Ladies' TASTE

Ouvrage dirigé par Audrey Messiaen
Collection dirigée par Hugues de Saint Vincent

Département de Hugo et Compagnie
38, rue La Condamine 75017 Paris
www.hugoetcie.fr

Dépôt légal : avril 2015
ISBN : 9782755617368
Imprimé en France (Corlet) - N° 170825

NEW ROMANCE

LAURA TROMPETTE

Ladies' TASTE

ROMAN

Hugo Roman

À mes étoiles filantes,
là-haut, trop loin...

« Les femmes rougissent d'entendre nommer
ce qu'elles ne craignent aucunement à faire. »

Montaigne

1

Éléonore

CE MATIN PLUVIEUX vient de saisir d'effroi un Paris encore au rythme des vacances. La haute tour du groupe de luxe Modus domine une Seine agacée par les assauts du vent. Un coup d'œil à mon smartphone en remontant du parking interne m'apprend que je suis très, très en retard.

Ma première partie de matinée – comprise entre six et huit – a été le prolongement cohérent d'une nuit cauchemardesque. Jules, mon fils de six ans, s'est réveillé toutes les heures dans des quintes de toux qui faisaient vibrer les murs ; sa jumelle Lili, pour se venger, a ravagé l'appartement à l'aube, prétextant chercher un puzzle égaré de longue date. Mon mari, contaminé par le virus du petit, s'est coulé au fond du lit en décrétant qu'il n'en sortirait pas. Et moi, pauvre mère de famille, je n'ai eu que cent vingt minutes pour faire en sorte que les chérubins se toilettent, déjeunent et soient déposés à l'école. Il fallait bien bâcler quelque chose afin d'être ponctuelle à la réunion hebdo à laquelle notre PDG, Jean-Claude Viss, tient tant : pas de brushing et un maquillage sommaire.

Souffle de soulagement en quittant Neuilly, où notre famille est installée, pour me rendre dans le XVIe où siège l'auguste tour. Je ne me doutais pas que la galère ne faisait que quitter le port… Comme M. Destin et Mlle Poisse ont pris un café et décidé de pourrir mon début de semaine, ma Mini s'est engluée dans un embouteillage monstrueux, la bruine a ruiné mon semblant d'effort capillaire et je m'aperçois à présent que mon passe magnétique pour franchir les barrières de sécurité du parking manque à l'appel.

Deux explications possibles : le passe gît au fond du sac Hello Kitty de Lili et les chances qu'il se perde définitivement décuplent de minute en minute ; ou Jules, qui a déjà compris la vie, me l'a subtilisé pour l'échanger contre une pièce d'un euro ce soir.

Les trois vigiles de Modus – qui me saluent tous les jours – se concertent sans fin.

– Pas de passe, pas d'entrée… On va être obligés de garder votre permis, Madame, si vous voulez monter…

– Non mais vous plaisantez ? Vous me voyez tous les matins… Vous voulez me fouiller, aussi ?

Scandalisée, je me retiens de parler de la bombe cachée dans mon string, sachant que ce genre de blague peut vous attirer une cohorte d'ennuis qui seraient ravis de rejoindre ceux que j'ai déjà. L'heure file. Au septième étage, le plus prisé parce que c'est celui du grand patron, je me rue vers la salle de conférences. J'ouvre lentement, me faufile aussi discrètement que possible vers la place libre la plus proche (manque de mourir lorsque mon téléphone se met à sonner), me débarrasse de mon trench.

Jean-Claude Viss fronce les sourcils. Je suis sa collaboratrice préférée, il a toujours raffolé (dit-il) du chic de ma garde-robe ; et en grand secret, il espère encore pouvoir un jour coucher avec moi. Le BB – pour Big Boss – soupire, resserre sa cravate et me punit avec un certain sadisme… Il désigne une jeune femme brune que je ne connais pas, de la main :

– Voici Crystal Roche. Dites-lui bonjour, Éléonore, et surtout dites-lui au revoir. Elle est l'assistante que je vous avais promise. J'ai décidé de l'affecter au service personnel de Barbara. Quand on a du mal à gérer son temps, on ne gère pas celui des autres…

Pour l'équipe, c'est un désaveu on ne peut plus clair. Chacun sait que, depuis des années, Barbara Carton, directrice marketing du groupe, et Éléonore Wilde, directrice artistique, mènent une guerre de cuir et de velours sans pitié. Ma sempiternelle complainte au sujet du manque d'effectif dans mon service... se solde donc par l'octroi d'une petite main à mon ennemie.

Le conflit entre Barbara et moi est si outrageusement cliché ! Un genre de *Diable s'habille en Prada* sauf que nous sommes deux succubes que nos tempéraments, préférences vestimentaires, conceptions du monde et de l'esthétique opposent. Deux démones au milieu desquelles Satan a jeté en pâture une innocente. Fort jolie, de ce que j'aperçois du coin de l'œil. N'a pas l'air plus impressionnée que cela.

Je n'y peux rien : Barbara m'exaspère. Ma supérieure par l'âge et la hiérarchie me renvoie, au quotidien, à mon manque d'autorité et de pouvoir. (« L'art n'est rien si on ne sait pas le vendre », martèle la Carton à qui ne veut pas l'entendre, c'est-à-dire moi.)

Cette dernière a le triomphe faussement modeste, réfugiant sa joie et sa mauvaise haleine (l'une des raisons qui a rendu notre collaboration impossible, je suis hypersensible aux odeurs) derrière son mug de café brûlant. Crystal esquisse un sourire gêné dans ma direction. J'ai perdu une assistante ravissante. Alors que je fais mine de saisir mon calepin pour prendre des notes, Jean-Claude indique que la réunion est terminée.

– Désolé, murmure-t-il en sortant. Il faut bien que quelqu'un vous recadre, ici, et si ce n'est pas moi...

Je ravale ma salive et enroule nerveusement une mèche autour de mon doigt, évitant Barbara et Crystal qui quittent la salle. Je me retourne lorsqu'elles se sont éloignées. La nouvelle a vingt-six ans, selon son CV. Un visage ovale à la peau parfaite, un nez légèrement en trompette, un grain de beauté qui me fait penser à une actrice américaine dont le nom m'échappe.

Une silhouette souple, qui semble sur le point d'ouvrir les bras pour embrasser un avenir glorieux. Minijupe en daim beige, mini-blouson de cuir bordeaux sur mini-pull noir à col bateau. Tout est mini, en dehors de sa taille – elle me dépasse d'une tête si ce n'est plus – rehaussée par une paire de talons conquérants. Un mélange étonnant, harmonieux et pétri d'une audace rare pour une fille qui débarque. Ses cheveux d'un noir d'encre retombent en cascade sur ses épaules. Ses yeux charbonneux brillent d'une gaieté insolente, à peine policée par les circonstances.

À côté d'elle, notre DM fait vraiment figure de baleine quinqua disgracieuse, qui dépense pourtant une énergie considérable pour masquer le départ en retraite de son sex-appeal. Que d'efforts ne fait-elle pas pour entretenir sa peau tachetée, ses poteaux à varices et sa tignasse si régulièrement teinte et reteinte qu'elle finit par avoir une couleur totalement indéfinissable ! Elle n'a pas encore succombé au Botox mais pense sérieusement qu'une injection de silicone redresserait sa poitrine aussi plate que son derrière est rebondi.

Carton la Barbante, qui déteste la compétition, va être servie par ce bébé sexy qui pourrait être sa fille. Avec un peu de chance, Barbara reportera sur elle ses ardeurs professionnelles, ça me fera des vacances.

2

Crystal

« Le premier jour du reste de ma vie. » Cette phrase tourne en boucle dans ma boîte à pensées depuis que le réveil a brutalement mis fin à ma nuit. Si, en apparence, ce n'est que le lendemain de plus d'une soirée de débauche très arrosée, les papillons dans mon ventre et l'espoir qui coule dans mes veines – avec un reste de whisky – me confirment la singularité du moment. Je vais enfin entrer dans la cour des grands. Le vrai monde, loin des chaises de l'école de stylisme pleines de promesses en attente. Cette idée m'aide à me défaire de mon plaid bicolore dont la texture chaleureuse me donne le sentiment d'avoir ma propre fourrure, comme une seconde peau qui me rapproche de la condition animale.

La tête embrumée, je m'extirpe tant bien que mal de mon lit douillet, après avoir joui de mes traditionnelles dix minutes de mise en condition musicale avec Bob Marley. Et là, horreur, je pose mes orteils déjà congelés dans… une mare de vomi. Alceste, que je renommerais bien « Fous le camp » pour l'occasion, me regarde narquois depuis son coussin mauve, posé près du canapé. Ah, il veut jouer ? Parfait. Je décide d'opter pour le pire des affronts : l'indifférence. Sans un geste dans sa direction, je marche vers la salle de bains pour me laver des restes baveux de croquettes.

L'appartement est petit, mais heureusement la salle de bains (pièce phare) est de belle taille. Ses murs couverts de miroirs, sa baignoire d'angle et son Velux donnant sur les toits de Paris lui confèrent un air d'antichambre de palace. Je souffle de soulagement : je préfère qu'Alceste se soit déchargé sur le parquet de la chambre plutôt que sur mes tapis à poils longs, qu'il a longtemps eu tendance à prendre pour des adversaires.

En savonnant mon corps frigorifié, je me dis qu'Alceste est parfois pire qu'un gosse. Sa vie de pacha, faite de ronrons et de miaou-miaou dans ce studio – devenu son antre plus que le mien –, ne semble jamais assez princière à son goût. Monsieur Chat-trop-gâté, qui ne supporte pas ses heures de solitude nocturne, me fait payer mes sorties tardives à coups de rendus gastriques et autres séances de boudin prolongées. Ce qu'il ignore, c'est qu'il en faudra plus pour gâcher cette journée que j'attends depuis si longtemps. Pendant qu'il ruminera mon dédain entre quatre murs, je gambaderai gaiement vers mon avenir, montée sur dix centimètres de talons.

Je me faufile jusqu'à la porte branlante de mon placard délabré, lequel occupe presque tout mon espace chambre (avec le king size bed, hein, il faut avoir le sens des priorités !), et pense à Carrie Bradshaw. Je me plais à imaginer que plus tard, peut-être, j'aurai un dressing flambant neuf pour ranger (et dorloter) les Manolo Blahnik qui auront alors remplacé les Minelli. En attendant, je fouille dans les tas pour trouver la tenue adéquate. Comment me vêtir pour briller dans la tour de Modus ? Oui, j'aurais pu y penser plus tôt. Seulement, ces derniers temps, mon attention a été entièrement monopolisée par mon trentenaire du moment. Son charme ravageur, ses tablettes parfaites, ses attributs imposants et sa bouche – aimant de la mienne – me font perdre la raison… et le sens de l'organisation.

Focus : mes vêtements. Dans ce fatras, il faut que je déniche ce qui fera mouche chez Modus, à la fois auprès de la gent féminine aussi guindée qu'exigeante et auprès du clan masculin basique au regard baladeur. La minijupe devrait faire l'affaire avec cette dernière et le pull sans décolleté plongeant m'évitera les foudres des éventuelles frustrées. J'ajoute à cela les bas couleur chair, des sous-vêtements dénichés sur mon site fétiche *Lemon Curve* (être bien dans ses dessous donne des ailes) et l'*Alma* noir de Vuitton – merveille qui m'a obligée à manger de la salade verte et des pâtes pendant six mois.

Devant mon miroir couvert de buée, je suis heureuse de constater que – malgré mes galipettes endiablées dans une somptueuse suite de l'Hôtel Seven – j'ai conservé mon brushing d'hier soir. Reste maintenant à corriger mes cernes qui disent « Salut, je suis une fille légère n'ayant pas jugé bon de préparer son arrivée par une longue nuit de sommeil ». Je dessine sur mes paupières des traits noirs et des ombres grises, j'allonge mes cils façon Eva Longoria, je tapote mes joues de terracotta et je finis le travail par une touche de gloss orangé sur mes lèvres encore engourdies (oui, c'est bien ce que vous croyez).

Alceste n'a pas bougé d'un poil. Il fait semblant de dormir, mais j'ai noté ses mouvements de moustaches réguliers et ses oreilles en alerte, tantôt vers le bar de la cuisine américaine, tantôt vers la fenêtre qui ne filtre pas les bruits d'un Paris en éveil. Je l'ignore et remplis mon *Alma* adoré. Les clés, les lunettes noires d'assistante sérieuse, le stylo rouge-bimbo, le bloc-notes, la carte bleue (vivement la Gold), la trousse de maquillage, le pass Navigo, le miroir, l'indispensable iPhone pour les sextos avec l'autre organe sur pattes, les cigarettes mentholées pour les pauses méritées : je suis parée.

J'enfile ma veste en cuir et mon écharpe anti-crève, j'évite soigneusement la flaque de vomi que mes bottes supporteraient encore moins que mes pieds vernis et je souris en pensant que mon chat-roi se farcira l'odeur toute la journée. J'espère secrètement que cette punition – que je m'inflige aussi à moi-même, quand je retrouverai sa galette puante en rentrant ce soir – lui passera l'envie de recommencer. Le zouave a les narines fines. J'attrape en coup de vent mon parapluie anti-poils de fesses sur tignasse brushée, et je lui claque la porte de mes 30 m² au nez.

Je quitte mon IIIe rassurant pour m'engouffrer dans un métro bondé, direction le XVIe chic. Mon casque audio vissé sur les oreilles, je m'isole au mieux de cette proximité écœurante de voix, de peaux et d'haleines. Je me plonge dans un roman de Sagan et dévore chaque ligne pour occulter le stress qui commence à prendre possession de moi. À peine calmée, je me redresse sur mes talons pour marcher jusqu'aux portes de mon destin. Je serre Sagan contre mon cœur pour me donner du courage et j'essaie de chanter à voix basse sur les notes de Céline Dion afin de réguler ma respiration qui s'emballe de seconde en seconde.

À l'accueil de la tour – un desk circulaire imposant et tenu par deux créatures tout droit sorties de l'agence Elite – on m'envoie au septième. Vibrante d'impatience et d'anxiété, je monte et atterris dans un bureau immense, open space quasi désert. Un type un peu bizarre, dégingandé, vient à mon secours.

– Hector Lape, du service marketing ! se présente-t-il en rejetant en arrière, dans un geste tout à fait loréalien, une mèche de cheveux décolorés.

Ses doigts longs et manucurés, son nœud pap' style aristo décadent et sa façon de plisser le nez le trahissent immédiatement. « La fofolle du service, oui ! », je songe en réfrénant un sourire.

– Tu es la nouvelle de la créa, c'est ça ? Le CDD de six mois alors qu'on est en pleine crise ? Félicitations ! Je te présente Andréas. Viens, on nous attend en salle de réu. Il manque encore du monde et certaines sont aux toilettes pour se refaire une beauté.

(*Déjà à la coke à 9h du mat ?*)

Andréas s'efface pour que je passe devant lui, et dans le couloir je sens son regard sur ma croupe venir compléter celui qui a précédemment balayé mon corps de la tête aux pieds. Même sans le dressing de mon idole de *Sex and The City*, j'ai dû réussir l'assemblage (ou l'emballage, comme on veut).

J'ôte mon cuir, que j'installe délicatement sur un dossier de siège, et pose mon postérieur sur la chaise qu'une quinquagénaire (de celle de la catégorie des frustrées vipères) – à la moue déjà inquisitrice – m'a montrée du doigt. J'observe discrètement la dizaine de personnes présentes et j'essaie de les deviner. C'est une de mes activités favorites : imaginer les personnalités et les vies qui se cachent derrière des apparences, des visages encore inconnus. Malheureusement, je suis coupée dans mon élan par le maître des lieux, Jean-Claude Viss, qui commence son brief matinal, visiblement agacé par l'absence d'une collaboratrice.

La retardataire n'est autre qu'Éléonore Wilde, directrice artistique que je dois seconder… Pas de bol. Pour le moment, on m'introduit à Barbara Carton, la quinqua défraîchie qui pue le café-clope et dont la figure ridée me donne envie de courir acheter une crème anti-âge. Je prie pour qu'Éléonore soit différente de cette directrice marketing et comme je l'ai rêvée : brillante, douce et féminine. C'est alors que déboule dans la salle une blonde aussi essoufflée que gênée mais d'une élégance à faire pâlir toutes les Barbara de ce monde. Perchée sur stilettos et enroulée dans un trench, elle tente de s'en sortir en empruntant les yeux du chat dans *Shrek*. Jean-Claude Viss semble à la fois charmé et à bout de nerfs quand retentit – du fond de son sac à main – « la Drôle de vie » de Véronique Sanson. C'en est visiblement trop.

Il signale à celle qui ne peut être qu'Éléonore, mon Éléonore tant attendue, qu'elle devra se passer de mes services et que ce retard inexcusable sera sanctionné par mon affectation à une autre : Barbara. Je meurs. Je voudrais intervenir, me défendre, l'excuser elle, le supplier lui, mais bien sûr, je ravale ma frustration. Je me contente de jeter un sourire timide mais déjà complice à ce bout de femme au visage poupin. Elle bat des cils et se replonge, comme moi, dans son bloc-notes.

Alors que la réunion s'achève, j'emboîte le pas à Madame Carton, à regret, en me promettant que je trouverai le moyen de rejoindre Éléonore.

3

Éléonore

UN THÉ BOUILLANT, un appel à mon Jack pour vérifier qu'il est encore en vie : j'y tiens, à mon mari !

Jack, ça n'est pas simplement le type croisé dans un palace de Rome alors que j'y errais le cœur en deuil. Il incarne le compagnon idéal et j'ai eu la chance de tomber sur lui. Le bel homme sur lequel les femmes se retournent – louchant sur son annulaire gauche pour vérifier sa disponibilité. Il y a d'abord sa taille : il est grand sans être imposant, costaud sans paraître ridicule. Sacrément bien sculpté, grâce à ses séances tous les soirs au club de sport très sélect qu'il fréquente à Londres. Impeccable sans faire minet ou austère. Élégant (merci qui ?). C'est un homme travailleur, ambitieux, solide et généreux. Et un excellent amant, ce qui ne gâche rien. Si je suis tout à fait honnête avec moi-même, Jack a le défaut de ses qualités – mais n'est-ce pas le cas pour beaucoup d'entre nous ?

Séduisant : les femmes qui traînent ouvertement autour de lui m'agacent. Je m'énerve de voir une serveuse de restaurant nous apporter plus vite les plats parce que mon mari l'a gratifiée d'un sourire enjôleur. Je trépigne d'exaspération devant mes parents, béats d'avoir récupéré un tel gendre.

Solide : sa constance a quelque chose de monotone, donc ennuyeuse. Oui, on peut toujours compter sur les vacances d'hiver aux Antilles ou au ski, sur les vacances d'été consacrées à la famille. Il prend les billets d'avion six mois à l'avance sans ciller ou douter d'une date, d'un kopeck, d'un planning. Son aplomb m'effraie. À partir de quel moment sa confiance en lui s'émousse-t-elle ?

Généreux : à la fin, ça devient irritant. Au restaurant, il dégaine l'AmEx et invite toute la table. Si votre gamin de douze ans a envie d'un iPhone 6, que votre femme rêve d'une thalasso à Maurice, que votre aînée étudiante à la fac de je-branle-rien-Paris-Dauphine envisage un séjour à l'UCLA pour compléter son cursus soldes-chez-Louboutin... appelez-donc Tonton Jack ! Il serait furieux de savoir ce que je pense de ce que sa générosité masque, en filigrane : un éprouvant besoin de dominer...

Travailleur : Jack aurait pu bosser à Paris, sans aucun problème. Mais il y avait plus d'argent et de reconnaissance à obtenir de Londres. Le jeudi soir, mon mari ne rentre pas seul. Il est systématiquement accompagné d'un attaché-case pour son MacBook Air, rempli de paperasses diverses, de contrats à relire, de statistiques à examiner, de clauses à vérifier.

Un Nurofène plus tard, je rejoins mon bureau. L'endroit ressemble à un boudoir d'hôtel particulier du XVIIIe siècle. Meubles de bois blond, bibliothèques, photos et affiches de campagnes publicitaires, canapés et coussins moelleux cerise... Les ordinateurs high-tech nous rappellent à propos que nous sommes là pour travailler à la gloire du maître.

Je traverse le plateau jusqu'à mon bureau, isolé par quatre murs de verre qui me font parfois penser à un aquarium, sur lequel j'ai fait poser des voilages crème mais opaques à mon arrivée pour plus d'intimité. L'initiative ravissait Jean-Claude – toujours cette histoire de coucherie – et m'avait valu ma première dispute avec Barbara.

Barbara, dont l'ancienneté ne se mesure plus, a son propre bureau fermé à l'opposé. Avec ses lunettes, elle pourrait apercevoir les grimaces que je lui adresse sitôt qu'elle s'en départ. La Carton avait mal digéré que sa DA soit aussi bien logée qu'elle, et m'aurait volontiers étouffée avec mes rideaux pour n'avoir pas eu l'idée d'en mettre avant moi. Une discussion hypocrite sur mon manque d'implication dans le collectif s'en était suivie ; le début d'une longue série à laquelle je me mis à répondre avec un cynisme qui ne me ressemble pas du tout…

Depuis son vivarium, Barbara coule une œillade dans ma direction. Sa pin-up griffonne sur un carnet avec un air appliqué qui me fait d'autant regretter mon retard. Mon besoin d'assistante est réel, à un moment clé pour l'entreprise où il s'agit d'innover.

J'en oublie de claquer la porte de mon aquarium comme j'avais prévu de le faire. Je jette trench et sac à main sur le fauteuil club face à mon bureau, et tâche de me concentrer sur ce début de semaine qui sera forcément intense : nous lançons avant Noël un nouveau parfum qui doit rafraîchir l'image de Modus, la rendre un peu plus subversive pour rajeunir sa cible.

« Je veux que les créatures de *Pretty Little Liars* et de *Gossip Girl* s'arrachent ce nouveau parfum ! tonnait Jean-Claude, fatigué des princesses saoudiennes. Que les *It-girls* de Paris et Manhattan retrouvent les chemins de nos sacs à main et de nos mascaras ! »

J'ai eu beau lui expliquer qu'avec la vingtaine de *It-girls* que Paris et New-York comptent au max, il ne ferait pas fortune, il n'en démordait pas.

Nous avons donc imaginé un parfum capiteux, sorte de venin entêtant et sensuel, à base d'ambre, de poivre, de jasmin et de citronnelle. Plusieurs nez réputés se sont succédé pour mettre au point l'élixir parfait, autant pour fêter les vingt ans de Modus que pour attirer les vingtenaires. Une équipe de concepteurs-rédacteurs, la « team Wilde », a conçu le flacon (une orchidée noire en verre soufflé de Murano) et une campagne qui fera date : deux femmes qui hésitent à se battre pour gagner le cœur de l'homme ou à s'embrasser. Une image censée exciter n'importe quel être masculin, et par conséquent conférer au parfum un pouvoir érotique implacable. Si j'y crois ? Disons qu'il fallait raconter une histoire…

L'affiche et ses déclinaisons pour la presse ont été l'occasion de nuits blanches de travail, de discussions et de foires d'empoigne. Le visuel principal, encore sous embargo, montre deux femmes langoureuses, vêtues d'un étrange mélange de mousseline et de latex, prêtes à s'égorger avec des dagues dans un décor d'alcôve de bordel… Je n'approuve pas ces choix à cent pour cent, pour moi le « porno chic » est un concept éculé, mais Barbara a eu le dernier mot. Nos mannequins forment un duo explosif, immortalisé par Peter Lindbergh : Beyoncé et Scarlett. Le nom de cette drogue, supposée mettre les museaux en émoi et favoriser la séduction ? *Ladies' Taste*, bizarrement validé sans chichis par la Barbante. Laquelle me fait un signe depuis son vivarium : elle m'envoie sa Crystal.

– Tu ne peux pas prendre ton téléphone, connasse ? je grommelle en souriant de toutes mes dents.

La grande perche traverse l'open space avec nonchalance, comme une panthère qui apprivoise son territoire. Elle se fait mater par Andréas, beau gosse prétentieux un peu idiot, sous-fifre de la dir com', qui se tord le cou pour avoir une meilleure vue sur les longues jambes de la nouvelle.

Décidément, elle m'amuse. Elle fait mine de toquer à la porte, je me lève en l'invitant à entrer. Je la sens me détailler des pieds à la tête, ce qui me procure une sensation étrange, un peu désagréable. Mentalement, je passe en revue ma tenue. Ma robe fourreau est-elle froissée ? Je prends une inspiration (j'aime assez l'odeur sucrée qui émane d'elle) et me rassieds le plus posément possible pour écouter ce que la Carton me transmet à travers les lèvres brillantes de son nouveau joujou.

4

Crystal

Je suis Alice au pays des merveilles ou Cendrillon dans sa robe de princesse. En suivant de près ma nouvelle patronne, je balaie des yeux les bureaux de Modus, où chaque détail visuel, chaque emplacement de plante verte est réfléchi – un vrai bureau de gonzesses ! – et j'ai hâte de faire partie de ce monde pailleté.

Barbara ferme la porte et m'invite à m'asseoir sur le siège qui lui fait face. Elle pose, sans grande délicatesse, ses larges lunettes taupe et strass sur son nez un chouïa proéminent, et manipule ses dossiers dans un silence qui m'oppresse. À quelle sauce va-t-elle me manger ? J'essaie de m'occuper l'esprit en détaillant son espace de travail, espérant ainsi trouver, à travers ses choix, des indices sur sa personnalité. Le yucca radieux qui trône près de la fenêtre indique qu'elle a la main plus verte que moi (le mien est décédé après cinq mois de cohabitation ratée) et les multiples références au Japon me conduisent à penser qu'elle est probablement aussi stricte qu'elle en a l'air.

– Alors Crystal, nous prendrons le temps de nous connaître plus tard, pour le moment nous avons du pain sur la planche.

Le ton est donné. Elle poursuit avec une description détaillée des enjeux autour de la sortie de la fragrance *Ladies' Taste*. Un seul mot d'ordre : perfection. La soirée de lancement doit être l'événement de l'année, avec le gratin parisien et la jet-set.

La quinqua, dont les traits s'adoucissent vaguement, me tend une « to-do list » qu'elle vient de griffonner en me parlant (oui, les femmes ont le don de faire plusieurs choses simultanément). Je parcours le papier aux lignes bleues saccadées qui définira mes prochaines journées, me disant que j'ai plutôt intérêt à impressionner mon nouveau tyran. Envoyer des mails et écrire un plan d'attaque pour les réseaux sociaux, je sais faire. Réfléchir à la déco des pièces, à l'ambiance musicale, au traiteur qui séduira les papilles gustatives exigeantes, aux *It-girls* qui lanceront la mode *Ladies' Taste* et aux BG qui attireront ses dernières : j'y arriverai. Apporter à Éléonore un canevas sur le sujet : c'est ma partie préférée. Bien que nous n'ayons même pas eu l'occasion d'échanger un mot, je sens qu'un fil invisible me relie à elle. Un feeling, une intuition, une envie sortie de nulle part, une connexion chimique. Qui sait ?

Barbara, que j'ai décidé d'appeler le Serpent à lunettes, me désigne ensuite mon bureau, collé aux vitres de son bocal. Aussi inconfortable que puisse être l'idée d'avoir un écran d'ordinateur offert au regard de ma supérieure hiérarchique, je prends possession de mon espace avec une joie certaine. Une nouvelle aventure commence. Elle me répète une fois encore qu'elle espère que je suis ce genre de fille à ne pas compter mes heures parce que de longues semaines de labeur nous attendent. J'ignore pourquoi mon corps me crie aussi fort depuis ce matin que cette femme me fera chier des bulles.

J'allume mon Mac, moi qui ne jure que par PC (oui, je sais…), en essayant de trouver mes marques. Safari remplace Firefox et, pour le reste, mon expérience iPad-iPhone-iPod devrait m'aider à m'en sortir. En farfouillant dans mon Facebook pour dénicher un fond d'écran à la fois personnel et neutre (les lunettes taupe et strass ne sont jamais loin), je découvre un message de Lola, une ancienne collègue.

J'ai connu cette petite rousse montée sur ressorts lors de mon stage au studio Prêt à Porter Sonia Rykiel, entre février et juillet dernier. Elle y assiste deux stylistes depuis trois ans et je me suis beaucoup nourrie de son expérience pour forger la mienne. Si je dessine inlassablement des collections (dont Alceste et mon meilleur ami Lorenzo sont les seuls témoins) depuis des années, débarquer dans une enseigne aussi prestigieuse remet les pendules à l'heure et se charge de vous débarrasser de l'orgueil qui vous servait de moteur. Lola, qui a été une épaule tendre et solide, est donc devenue une copine (de beuverie, et plus encore).

La magie des réseaux, c'est l'instantanéité. Lola sait tout de mon nouvel environnement grâce à mon statut Facebook et me félicite, avec l'extrême gentillesse qui la caractérise. Je prendrai quelques minutes pour lui répondre ce soir parce que, pour l'heure, la découverte du bureau d'Éléonore m'appelle à grand renfort de trompettes.

D'un pas décidé, j'avance chemise en main. En dehors d'Hector Lape, dont j'ignore encore les fonctions précises, l'étage grouille de visages inconnus, à la fois effrayants et intrigants. Une remarque : les minijupes, elles, ne sont pas légion. Cela me donne d'ores et déjà une singularité que j'assume volontiers. On n'est pas obligé de porter du trente-quatre pour être fière de sa croupe.

Éléonore m'invite à la rejoindre. J'y suis. Son bocal, qui arbore un parfum vanillé séduisant mes narines aussi sensibles que celles d'Alceste, est autrement plus chaleureux que celui du Serpent à lunettes. Très coloré. J'enroule nerveusement une mèche de cheveux sur mon doigt et lui explique le pourquoi de cette intrusion en lui tendant le fameux canevas. Elle le pose sur son bureau, me promettant de l'étudier avec attention – et au stylo rouge – dans l'heure qui suit. Sans chercher à en savoir davantage, la jolie blonde moulée dans sa robe bleu marine préfère entamer une discussion plus amicale avec moi. Mes premières impressions l'intéressent. Scotchée par le mimétisme avec lequel elle triture sa chevelure couleur blé, je mets quelques secondes à lui répondre.

Elle le remarque et, peut-être gênée par l'insistance de mon regard, me propose de descendre rapidement à l'étage du dessous pour prendre un café (la machine du septième ayant rendu l'âme). Elle est parfaite, me devine déjà. Une dose de caféine me donnera le coup de fouet dont j'ai besoin. Je lui ouvre la porte, avec la galanterie dont je sais faire preuve (pourquoi ce mot serait-il réservé à l'homme ?) et pour avoir l'occasion de l'observer de derrière. Joli petit cul.

Dans l'ascenseur, je checke mon iPhone pour éviter le malaise des silences propres à ce lieu confiné. Un sexto de mon trentenaire monté comme un poney m'attend sur l'écran d'accueil. Comme si la proximité d'Éléonore ne suffisait pas déjà à m'émoustiller, Ethan me chauffe allègrement. « SALUT POUPÉE. J'AI PASSÉ LA JOURNÉE SUR MA BÉQUILLE À CAUSE DE TOI. UN PEU DE NEIGE, DU CHAMPAGNE, TON STRING ET MES MENOTTES : CHEZ TOI OU CHEZ MOI ? » Je glousse et garde ma réponse au chaud pour plus tard. C'est Alceste qui sera content.

J'avale ma première gorgée de cappuccino avec un plaisir non dissimulé. Éléonore, qui tourne plutôt à l'expresso serré, brise la glace :

– Qu'est-ce qui t'a menée chez Modus ? Et pourquoi le département créa, alors que le marketing est *tellement* plus fun ?

Elle appuie volontairement sur certaines syllabes, et je saisis alors quelle personnalité subtile – peut-être vicieuse ? – j'ai en face de moi. Quelqu'un qui a l'air très sympathique, mais qui doit être redoutable en affaires. Ou, en tout cas, qui s'efforce d'être dure pour ne pas être bouffée toute crue dans la fosse aux requins. Comme dirait ma mère, ce ne sont pas forcément les plus foncièrement gentils qui vous font des cadeaux. Je devine qu'Éléonore a dû en baver. Ce qui me pousse à me livrer un peu plus que de coutume :

– La mode est une passion chez moi. Depuis que je suis gamine. Pendant les cours de maths, en terminale, je dessinais en boucle des vêtements et des chaussures...

– Tes parents t'ont alors encouragée à faire une école de stylisme...

– Pas exactement. J'ai fait un peu de lettres pour les rassurer, puis je suis partie vivre à New York pendant quelques mois. Mon oncle m'a permis de faire un stage chez Macy's, et j'ai su que je commençais à trouver ma voie.

– Tu as aimé ta vie là-bas ?

– Beaucoup ! Mais le stage de fin de cycle que j'ai fait chez Sonia Rykiel pour valider mon diplôme d'école de stylisme, encore plus…

– J'imagine ! Et comment tu as atterri ici alors ?

– Je suis plutôt calée en réseaux sociaux et je connais le monde de la mode. J'ai posté une annonce sur un site pro et la DRH de Modus m'a contactée… Je crois que mon profil à la fois arty et branché côté nouvelles technologies lui a plu. Et puis, il vous fallait bien du renfort pour lancer *Ladies' Taste*, pas vrai ?

Éléonore m'observe avec attention.

– Tu attends quoi de ton séjour chez nous ?

– Que vous m'appreniez les ficelles, que je puisse comprendre les arcanes de ce monde-là, que j'évite de me prendre les pieds dans le tapis d'une Carton…

Éléonore sourit. J'ai envie de la flatter un peu :

– Vous êtes vraiment jolie !

– Je t'interdis de me vouvoyer. J'ai l'impression d'être ta mère… Mais merci pour le compliment !

Je me retiens de lui dire que c'est impossible, cela ferait un peu trop lèche-cul. Quel âge peut-elle avoir ? Une petite trentaine, pas assez pour être ma mère qui ne porterait jamais des stilettos avec cette décontraction.

– Et qu'est-ce que tu t'imagines comme avenir ? Je veux dire, ma question est un peu vaste, mais en bossant dans un service créatif, même si pour le moment tu es sous les ordres de Barbara, tu as sûrement… des ambitions… plus créatives ?

Touchée, je me dis intérieurement. Je tremble en avançant un de mes pions.

– J'aime beaucoup dessiner…

Je ne me mouille pas trop.

Les yeux d'Éléonore se rétrécissent comme les prunelles d'un chat qui essaierait de me percer à jour. Elle ne commente pas. Elle murmure comme pour elle-même :

– Dessiner… C'est sûrement ce qu'il y a de plus merveilleux dans ce boulot de chiens.

Sur ce, elle envoie son gobelet dans la corbeille et se dirige vers l'ascenseur.

– On remonte… Je ne voudrais pas que Barbara s'imagine que je t'accapare dès votre premier jour de collaboration !

Maudite soit Barbara, cet ascenseur bondé qui monte trop vite, cette « to-do list » qui m'attend.

♦ ♦ ♦

C'est en allumant ma lampe que je réalise à quel point je n'ai pas vu les heures défiler. Mon Mac désobéissant me confirme cette impression : il est 20h15. Concentrée sur mes sextos, mes envois de mails et mes pages de propositions pour Barbara demain, je n'ai pas levé la tête du guidon. Je constate que l'endroit s'est progressivement vidé. La lumière éteinte chez Éléonore indique qu'elle a dû rejoindre ses marmots ; le Serpent à lunettes ferme la porte de son antre.

– Vous avez pu avancer comme convenu, Crystal ?

Non, j'ai glandé toute la journée, bitch. Ce « vous », aussi impersonnel que vieux jeu, me glace le sang. Je lui ferais volontiers une révérence moqueuse, mais je me contente de répondre que je lui présenterai les fruits de mon travail dès qu'elle le souhaitera. Elle m'invite – enfin – à quitter les lieux et, pour éviter de marcher avec elle vers la sortie, je traîne à ranger mon bazar.

En arrivant chez moi, je me souviens. Le vomi séché. Lui qui, comme prévu ce matin, s'est chargé de remodeler l'environnement olfactif de mon studio. Alceste vient se frotter à mes jambes et me gratifie de son plus beau ronronnement, comme pour proposer une trêve. Je jette mon *Alma* chéri sur le lit et le prends dans mes bras pendant que je le peux encore. Dès qu'Ethan investira l'espace, les hostilités repartiront de plus belle. Je profite de l'instant avant de m'attaquer à la moquette et à la séance épilation, remaquillage, ajustement vestimentaire.

Ding-Dong, le voici. Le chat-roi bondit, les oreilles dressées, en position d'attaque. J'éclate de rire. Il faut vraiment qu'il travaille l'attitude rottweiler parce que, pour l'heure, il ferait à peine peur aux cochons d'Inde de ma mère. Une dernière caresse en guise d'excuse, et j'ouvre à mon Don Juan. Ethan m'enlace, avec une impatience perceptible et excitante. Si nous pouvons parfois discuter inlassablement devant des verres qui se vident toujours trop vite, il y a des soirs où l'on partage plus d'orgasmes que de mots. Il brandit fièrement une bouteille de champagne, la paire de menottes et un sachet de coke pour annoncer la couleur (et tenir les promesses de ses sextos).

Alceste – le poil hérissé – se cache sous le lit, parce qu'il connaît la suite. Je l'attrape sans grande compassion, chope son coussin au passage et l'installe dans la salle de bains. Il est hors de question que celui que je considère comme mon fils à quatre pattes assiste à mes ébats. Pendant ce laps de temps pourtant très court, Ethan s'est dévêtu. Il me tend la main et m'invite à danser à l'horizontale. Le bouchon de la bouteille fuse vers le canapé, les bulles pénètrent mon corps (oui, au goulot, sans chichis inutiles) et l'élixir coule sensuellement de bouche en bouche. Seul mon sautoir survit à l'effeuillage qui suit, dans une animalité enivrante. Mon partenaire de jeu, dont le meilleur allié est dressé vers le ciel, travaille à nos plaisirs respectifs. Il dessine, avec un talent d'artiste, une poutre presque aussi longue que la sienne sur sa verge qui me fait de l'œil et me lance un « Madame est servie » sans le formuler. J'aspire d'un coup ma piste et j'alterne entre gorge profonde et langue agile. La connivence est palpable. On ne fait plus qu'un et, dans un va-et-vient délectant, mains liées dans le dos, je prends mon pied.

Après ce 23h-1h très mouvementé, je me blottis contre ma boule de poils qui n'a même pas la force de me résister, pour une douce nuit, collés-serrés. Je sais que l'intrusion de mon sex toy vivant est à moitié pardonnée depuis que j'ai congédié le coupable.

5

Éléonore

COMMENT NE PAS TRAÎNER des talons lorsqu'on se gare à plus d'un kilomètre de chez soi ? J'ai quitté Modus si tard (moins tard que la nouvelle, quel zèle !) que je tourne longtemps avant de trouver une place de parking.

Notre immeuble a le charme de l'ancien avec ses inconvénients : il faut le ravaler comme une Barbara, les planchers en point de Hongrie craquent comme une maison hantée, le chauffage central est systématiquement mal réglé. Sans compter ses habitants, pétris eux aussi du charme de l'ancien : propriétaires depuis trente ans, ce sont des versions non salariées du concierge inquisiteur, sûr de son bon droit et de la noblesse de ses interventions. Les réunions du syndic cristallisent des tensions décennales épouvantables que je fuis comme la peste.

Sur le palier, en fouillant dans mon sac sans parvenir à en extirper mon trousseau de clés, je tends l'oreille. Pas un bruit. Inhabituel. La baby-sitter anglaise Alison, perle recommandée par sa tante Emily (collègue de Jack), étudiante brillante de surcroît, a-t-elle réussi à calmer les jumeaux que le crépuscule déchaîne ? Leur a-t-elle donné à dîner, comme je l'en ai suppliée par SMS en fin d'après-midi ? J'étais prête à la payer deux heures sup' même si elle ne les faisait pas : nourrir Jules et Lili tient du pentathlon militaire… Il y a les chamailleries, bien sûr ; le tropisme pour les pâtes ou le riz ; les chipoteries de l'une et les vols caractérisés de l'autre ; sans parler des cuillères transformées en catapultes alimentaires.

A-t-elle planté les microbes devant *Les Bisounours* (j'ai acheté l'intégrale en Blu-ray dans l'intention de les pacifier – l'espoir fait vivre) avant de se tirer ? Est-elle morte ? Mon mari gît-il encore au fond du lit, gémissant que c'est la fin du monde et qu'il a fichu sa semaine en l'air ? (« La City n'attend pas, Élé chérie, et elle t'oublie en un claquement de doigts... ») Jack travaille dans un cabinet d'avocats à Londres, vit avec nous du jeudi minuit au lundi à l'aube.

Ce silence est si inquiétant que je tremble avec ma clé dans la serrure. Je me déshabille dans l'entrée, descends de mes escarpins de torture et avance à pas chassés vers la cuisine. Nickel. Une marmite d'où s'échappe un délicieux fumet ronronne sur la plaque à induction. Perplexe, je me dirige vers le salon. Un feu de cheminée éclaire la pièce, décorée dans les tons beige et bordeaux avec des matériaux modernes. Jack est installé comme un pacha sur sa méridienne, le *Times* dans la main gauche, et une tasse dont j'identifie le contenu immédiatement à l'odeur.

– Du rhum ! On ne s'emmerde pas ici !

Jack pose un doigt sur les lèvres.

– Chut...

Mon petit cerveau fatigué reconstitue peu à peu le puzzle. Calme louche + blanquette qui mijote + mari détendu = maman Wilde a débarqué de sa Bretagne natale. Prête à féliciter la nounou et à dorloter Jack il y a un quart de seconde, je m'effondre. Ma belle-mère va encore se taper l'incruste pendant une quinzaine, m'abreuver de conseils pour mieux gérer les affreux, cuisiner des plats succulents, me suggérer d'arrêter le chardonnay – mon apéro mignon.

Je fais demi-tour, sachant d'avance qu'aller dans la chambre des jumeaux me fera découvrir une scène crispante : Lili et Jules, anges comme jamais, blottis contre leur Mamalis qui invente une histoire pour eux. J'ai bien dit : inventer.

Maëlis Wilde sait tout faire. Pas besoin de livre pour cuisiner ou endormir les enfants. Pas besoin de mari (Papa Wilde s'est évaporé après la naissance de Jack), pas besoin d'invitation pour s'installer chez les autres. Anéantie, je me sers un verre de chardonnay (le dernier, je le jure) et je m'écrase lourdement à côté de Jack, plongeant mes doigts de pieds meurtris dans le tapis persan à poils longs.

– *Come on*, Élé *darling*, je ne pouvais pas lui dire non…

– Ah ! Parce qu'elle t'a demandé ton avis ?

– Ça tombe plutôt bien ! Tu es débordée au boulot, les jumeaux et moi on a la crève… Elle s'occupera de nous, tu verras.

Je n'en doute pas. Je promène lentement mon regard sur mon nid en dérangement. L'appartement n'est pas immense, nous n'avons que deux chambres, Maëlis s'installera par conséquent dans la nôtre pour avoir son intimité, sa salle de bains. Jack et moi allons déplier le sofa, nous contorsionner pour entrer dans la baignoire-sabot de la salle d'eau des jumeaux (mon Dieu, faites que je n'attrape pas leurs saloperies, pas cette semaine !), vivre à un rythme qui me fait grincer des dents.

Maëlis entre dans le salon sur la pointe des pieds, réjouie de son succès auprès des enfants dont elle commence à me raconter la fin d'après-midi, sans m'avoir saluée.

– C'est incroyable ce que les petits ont progressé, Jules *blablabla*…

Elle interrompt sa logorrhée devant mon absence de réaction (le chardonnay, mmmh, un miracle) et observe son fils, le front soucieux.

– Jack-Jack, mon chéri, comment tu te sens ?

Elle me pousse gentiment pour s'asseoir à ses côtés.

– Tu as aimé ton grog ? Tu te sens un peu requinqué ? Tu en veux un autre ?

Jack a l'air si abattu, soudain… Comédien, va. Mon homme sait entourlouper toutes les créatures, sa mère en premier lieu. Rarement femme lui aura résisté… Quand j'y pense, je ne suis pas sûre que cela soit bon signe pour moi ! Je contemple ses fossettes et ses abdos bien dessinés sous la chemise. Suis-je la seule à en profiter ? Lorsque cette idée s'invite dans nos conversations, il me fait taire d'un geste et me prouve que dix ans de mariage n'ont pas entamé ses ardeurs d'époux gourmand…

– Il faut que tu manges, mon chéri… Ça n'est bon pas pour la digestion de se mettre à table après 21 heures ! Ah, vous faites ça tous les soirs ? Bon… Tu vas te régaler, blablabla… Et toi, Éléonore, il faut te remplumer ! Tu vas disparaître ! Comment nous fabriqueras-tu une autre paire de jumeaux ?

Je ne savais pas qu'on attendait de moi une nouvelle couvée. Désemparée, je hoche la tête et termine mon verre d'une traite. Maëlis se ravise.

– Mouais, c'est peut-être pas le moment. Tu as l'air au bout du rouleau.

Elle allonge le bras vers la table basse pour attraper le verre de Jack. Je manque de m'étouffer. Une envie soudaine de foncer chez Modus, de m'abrutir de boulot. Je me lève lentement et branche l'iPod sur ses enceintes : Amy Winehouse parviendra-t-elle à assourdir le babil de ma belle-mère ? La rockeuse me fait penser à la jeune Crystal, chez qui je soupçonne une tendance destroy qui détonnera dans le poulailler aseptisé qu'est la Tour. Je l'imagine chez elle : pas le genre à se faire une bouillotte et des cracottes devant la télé.

Blablabla… Crystal s'envoie sûrement en l'air avec un amant d'un soir. Ou peut-être peaufine-t-elle ses dessins. Et si elle buvait des coups avec ses copines dans un bar branché, en parlant de leurs belles-mères ? Je les rejoindrais avec plaisir… Encanaillement garanti.

– À taaable ! clame Maëlis.

6

Crystal

CE MATIN, j'embrasserais volontiers ma balance, si le souvenir de la pisse qu'Alceste – contrarié – avait déversé dessus il y a trois mois ne m'arrêtait pas. J'ai perdu deux kilos ! Entre les cafés, les photocopies, les plats bio, le teinturier et les autres caprices du Serpent à lunettes, ces dix derniers jours ont été le plus efficace des régimes. Une course permanente.

Je me sens si légère dans mon slim que j'ai l'impression de voler. J'arrive à mon poste avec un petit quart d'heure d'avance, ce qui me vaut un « Bonjour » plutôt sympathique de la part de mon tyran. Moi qui pensais en profiter pour descendre chercher discrètement deux cafés à partager avec Éléonore, c'est loupé. Pourquoi cette Barbara de malheur est-elle déjà là ? Son horloge militaire déraille-t-elle ? Habituée à la voir débouler systématiquement entre 9h15 et 9h20, j'avais préparé mon coup en misant sur un 9h très précis parce que, depuis l'incident de la réunion, Éléonore appliquait la méthode du présentéisme intensif. Un procédé efficace qui calme tous les patrons du monde.

– Cryyyyystal, vous venez ?

Ah, je vais me la farcir ! Je rêve secrètement de la gratifier de la blague préférée de mon père : « Qu'est-ce qu'on fait quand on a une cervelle de dinde ? On se met un marron dans le cul et on attend Noël. » Cette pensée me donne le courage de l'affronter.

– Tout de suite !

Je saisis mon bloc-notes et la rejoins. Ça pue le parfum de vieille et les couches de crèmes mal superposées, mais ça prétend savoir ce qui va plaire aux minettes fashion ? Hilarante, cette Barbara.

Elle lit mes documents en fronçant les sourcils, comme toujours. « Attention à ta ride du lion ma grosse, elle enfle ! » me dis-je amusée. Je poireaute en observant Andréas, le beau débile de la com'. Il me lance des coups d'œil insistants dès que sa boss Nathalie, quadra au brushing blond cendré impeccable, douce et enjouée, est occupée ailleurs. Le Serpent à lunettes me rappelle à l'ordre :

– Crystal, c'est par ici que ça se passe ! Vous êtes bien tête en l'air ce matin... Bref, j'aimerais que vous décrochiez davantage votre téléphone parce que je ne vois pas beaucoup de confirmations sur la liste des invités ! La soirée approche, il faut accélérer. Abrégez les pauses cigarettes et mettez-vous au travail.

Quelle salope ! Je cravache sans relâche, j'ai réduit de moitié ma consommation et elle ose me réprimander ? Ah ! c'est sûr que lorsqu'on fume à la fenêtre de son bureau, comme une ado boutonneuse évitant le regard de *papa-maman*, c'est plus facile. J'acquiesce, je l'écoute me donner son avis de quinqua ignorante sur les réseaux sociaux et tourne les talons. Tu veux de la confirmation, tu vas en avoir.

Jean-Claude Viss prend ma place dans le vivarium de la teigne et, d'après les bribes de conversation que je perçois, ça swingue. Je suis partagée entre la joie de la voir se faire malmener et la peur que ça me retombe dessus. Je me concentre sur les relances, par e-mail et téléphone, selon ce qui me paraît le plus judicieux. Andréas continue son manège, que j'ignore, tandis qu'Hector la grande folle lui tourne autour avec ses rires trop sonores et ses tortillements disgracieux.

Chez Sonia Rykiel, Lola avait pour habitude de me seriner que je n'étais pas là pour être une distraction visuelle.

La rouquine essayait de me protéger. Elle en avait vu défiler, des stagiaires payées 436 euros le mois, et elle savait que les jolis petits lots un peu trop sexy ne faisaient pas long feu s'il n'y avait rien à gratter sous la pellicule de provoc'. « Brille par ton intelligence et par ta créativité, Crys ! Ensuite, les gens se diront qu'en plus tu es canon. Si, en revanche, tu fais les choses dans le désordre, on ne fera pas l'effort de se demander si tu es aussi brillante que bonnasse, crois-moi. » Ses mots résonnent souvent en moi. Et présentement, devant la récréation forcée que m'imposent les deux loustics aux allures de « pénis sur pattes », force est de constater que ce n'est pas moi la source de dissipation dans l'open space.

Je réfléchis à un stratagème pour calmer le Dragon de Komodo (un peu dur de la feuille, venimeux, la langue fourchue et jaune – de tabac –, la peau de croco, les 150 kilos… c'est elle !). Sur la liste VIP, j'isole celles et ceux que je peux atteindre en direct. Si je m'étais initialement convaincue de garder des cartouches pour plus tard et d'obtenir ces confirmations par la voie traditionnelle, je sens qu'il est temps de passer la seconde.

La baby doll chanteuse sans voix ni textes (ni album depuis dix ans, d'ailleurs), dont la presse fait encore ses choux maigres dès qu'elle pointe son nez (refait) dehors ; la bloggeuse mode à la verve tantôt assassine tantôt élogieuse, que tous les attachés de presse bichonnent ; les sœurs Accor, party girls patentées ; l'auteur qui a vendu sa trilogie sur les cafards à plus d'un million d'exemplaires et qui est une star en Corée du Sud ; le tennisman qui fricote avec les plus belles gonzesses de l'Hexagone… Qui sait, je parviendrai peut-être, en connectant plusieurs de mes réseaux, à faire venir le vampire le plus sexy du moment ? Le mot d'ordre, c'est aussi « jolies filles ». Une soirée sans jolies filles, ça n'est pas une soirée. Et notre patron s'y connaît. Jean-Claude viendra avec la bomba latina qui l'a pécho en quatrièmes noces, jeune assistante dont la longueur des jambes compense le nanisme cérébral.

Hector Lape porte décidément bien son nom. Il lèche tellement Barbara qu'elle finira par jouir sur sa chaise. Je me demande d'ailleurs à quoi ça ressemble, un Serpent-Dragon en plein orgasme ? Ça couine légèrement comme un hamster, ça gémit avec pudeur ou ça gueule façon pétasse en pleine simulation ? Dieu merci, je ne le saurai jamais.

♦ ♦ ♦

Déjà trois jours que je n'ai pas vu Ethan. Le petit con s'éclate à Ibiza, sans moi, et sa grande excuse, c'est qu'il m'a proposé de l'accompagner mais que j'ai décliné. Les nuits chaudes, le champagne sur tee-shirt transparent, la drogue en abondance et sa queue de diablotin ne faisaient pas le poids face à Modus. Bien sûr, j'ai adoré imaginer la tête déconfite de Barbara m'entendant lui annoncer que je devais m'absenter un moment pour raisons personnelles, mais je suis plus working-girl qu'incorrigible fêtarde. J'ai donc passé mon tour et je me console avec ma collection de sex toys.

Ce soir, vibromasseur à la main, je me surprends à penser à Éléonore... Son élégance, son odeur douce et piquante à la fois, ses petites fesses délicates, ses cils charmeurs et sa chevelure blonde me trottent dans la tête. Je me demande si elle a déjà flirté avec une femme, si elle me trouve charmante. Je me projette dans son bureau, sur son fauteuil en cuir, les mains posées sur ses hanches. Elle parcourrait ma peau, de ses doigts hésitants mais curieux. J'embrasserais son cou, oserais descendre mes lèvres sur ses seins émus dans un frisson... Mon joujou à piles fait le reste... Serait-ce aussi bon en vrai ?

Alceste dort paisiblement. J'écoute Katie Melua et je divague au milieu de mes coussins chocolat. Ces images saphiques me ramènent, entre deux gorgées de graves, à mes souvenirs new-yorkais. Les mois que j'ai vécus là-bas n'ont été qu'excès et intensité. Tonton Guillaume m'avait décroché un stage chez Macy's, au croisement de la 6th et de la 34th, et trouvé un logement tout près de Times Square chez l'une de ses meilleures amies. Mes parents, qui avaient eu du mal à digérer mon départ, auraient fait un infarctus s'ils avaient su le dixième de mes réelles occupations. (J'ose d'ailleurs à peine imaginer le futur quotidien de mon frère qui va prochainement poser ses valises à L.A. pour quatre semaines.)

De soirée en soirée, je m'étais constitué une bande de copines – toutes lesbiennes – avec qui j'ai brûlé la vie par les deux bouts. Allégresse, gourmandise et jouissance comme seuls mots d'ordre. Delia, l'une de mes acolytes, a été mon initiatrice. Si j'avais déjà fantasmé sur l'idée de coucher avec une femme, je n'étais pourtant jamais passée à l'acte. Delia, une brune ténébreuse aux formes généreuses, n'a pas eu besoin de me chercher longtemps…

Les réminiscences de notre première nuit dans son appartement, niché dans un bel immeuble de l'Upper East Side, m'émoustillent encore. Son lit, offrant une vue imprenable sur Central Park, a été le témoin de nos ébats mi-tendres, mi violents sur fond de cocaïne (oui, encore). Delia, telle une dompteuse, m'a dominée comme rarement un homme n'en a eu le pouvoir. « Déshabille-toi ! » Son ton péremptoire et la noirceur de ses prunelles m'ont convaincue : je me suis exécutée. À la lueur des bougies, elle me dévorait des yeux, perverse et sûre de son emprise. Renversant mon corps soumis, Delia a pris le soin de faire valser ma tête dans le vide, sur le rebord de notre couche. Une main sur ma gorge, l'autre pressant mon sein droit avec adresse, ma furie a parcouru mon bas-ventre à coups de langue. Contrainte et impuissante, j'ai découvert, avec elle, une autre part de moi. Une Crystal docile, se laissant guider là où les désirs de Delia la mèneraient. Totalement nue, tandis qu'elle avait gardé son tee-shirt et son string, j'étais sa poupée. Elle m'a pénétrée de ses doigts virtuoses, étranglée jusqu'au bord de l'évanouissement, tiré les cheveux pour amener ma bouche sur ses lèvres inférieures. Je me suis pliée à sa volonté, ce qui, à ma grande surprise, a décuplé mon plaisir. De la cire, du whisky, de la coke : mon corps est devenu sa table de jeu. J'ai joui, même dans la douleur, et putain, c'était bon. *Histoire d'O* prenait tout son sens.

7

Éléonore

SATANÉE CRÈVE, parfum, microbes, mari, belle-mère, voisins : satané monde. Je pensais avoir vaincu sans combattrre la grippe familiale qui tournait chez nous depuis plusieurs semaines. J'ai la sensation de peser une tonne, ce matin, et d'être aussi glamour qu'un hippopotame dans sa mare. D'avoir soixante-cinq ans alors que j'ai trois décennies de moins. Faites des enfants, fondez une famille, perdez votre jeunesse en deux minutes quinze ! Si les gens du bureau, qui me voient comme une trentenaire dynamique et séduisante malgré mon côté un peu froid, hitchcockien, me découvraient ainsi...

Jack et moi nous sommes couchés hier crevés par plusieurs heures de discussion avec Maëlis, *blablabla*, qui ne comprend pas notre mode de vie commune à mi-temps. Entre les mots, je lisais son incrédulité face à mon refus de sacrifier ma carrière et mon salaire pour rejoindre Jack à Londres. Difficile de lui asséner que nos jumeaux ont des parents encore mariés, qui s'aiment ensemble ET à distance. Notre fatigue n'a pas empêché mon beau mari de me taquiner la croupe, puis le reste... Je n'ai pas dit non. Quelle meilleure manière de s'envoler au pays des rêves que d'avoir un orgasme en catimini, au milieu d'une maisonnée endormie ?

Je soupçonne Maëlis de craindre une tromperie, raison pour laquelle elle débarque sans s'annoncer. Elle prend la température de notre mariage. Et via ce geste ô combien altruiste, elle se donne du sens, de l'importance, de l'intérêt. Mon beau-frère, son gendre, hausse les épaules, pas franchement dans l'empathie : Maëlis s'invite chez eux trois fois moins que chez nous. Je n'ai pas ce problème avec mes parents : installés en Thaïlande depuis leur retraite – mon père a vendu sa PME pour profiter aussi longuement que possible des avantages du statut de senior –, c'est plutôt là qu'on a envie de squatter...

Mes poumons sont si encombrés qu'en toussant, au lieu de les libérer, je les presse comme des citrons sur le point d'éclater et les obstrue davantage. Mes tempes bourdonnent, mon nez coule, les courbatures me clouent sous les draps. Ma nuisette est trempée de sueur. J'essaie d'émettre un son, mais ma gorge douloureuse le remballe sans préavis.

Ma belle-mère chantonne dans la cuisine, la bouilloire siffle, le chocolat au lait frissonne. Pas question d'appliquer ma méthode de mère indigne – placer le bol de lait-Nesquik au micro-ondes une minute –, non, Maëlis concocte un breuvage matinal maison, tourne la cuillère en bois dans la casserole avec amour. Si elle pouvait, elle trairait la vache et moudrait les fèves de cacao. Le toaster répand l'odeur délicieuse du pain grillé. Jack se lève d'un bond, comme les tartines, tandis que je sursaute. Je vais mourir et il ne s'en aperçoit pas.

– À taaable !

Est-il possible d'être au bord de la crise de nerfs alors qu'on est éveillée depuis cinq minutes à peine ?

– À taaable ! répètent en chœur les jumeaux, qui envahissent le salon et sautent sur mon ventre.

J'enfouis mon nez dans leurs cous chauds comme des croissants, où règne une odeur que je reconnaîtrais parmi mille autres.

♦ ♦ ♦

Toutes les mères l'avoueront, qu'elles en aient honte ou l'assument : il est parfois plus reposant d'être au travail qu'à la maison. Je me suis mis une pile pour sauter dans une robe noire, moulante, courte et décolletée. Je me suis maquillée lourdement pour dissimuler les cernes et le teint d'hippopotame. Donner le change, comme on dit. J'ai embrassé tout le monde de loin, enfilé une paire de ballerines et jeté des escarpins dans un sac pour les chausser plus tard, claqué la porte de l'appartement et dévalé les escaliers avec bonheur. Dans ma voiture, j'ai harcelé mon généraliste qui m'a accordé dans un élan de pitié (ou de lassitude) un rendez-vous à quatorze heures : j'irai dans la foulée de la pause déjeuner, serai de retour à quinze heures trente max.

Un peu plus à la bourre ce matin, je me sens guillerette en saluant les vigiles : j'agite triomphalement mon passe magnétique (miraculeusement déniché par Maëlis dans la poubelle de la cuisine. Elle n'est donc pas totalement *useless* !). Les quelques médicaments gobés à la hâte, dans le désordre, font effet…

L'ascenseur est déjà bondé, mais une Girafe que je ne reconnais pas immédiatement se faufile et me colle son sac sous le nez.

– Quel joli sac à main ! je m'exclame, presque malgré moi.

Je découvre l'assistante de ma meilleure ennemie qui m'adresse un large sourire, éclatant de fraîcheur, et se penche pour me faire la bise. Étonnée, car elle a l'air de me connaître depuis dix ans, je m'approche puis recule.

– Vaut mieux pas ! Je suis pesteuse ! Mes enfants et mon mari m'ont filé leur crève, alors si je t'embrasse…

Les gens autour de nous s'écartent ostensiblement. Crystal éclate d'un rire joyeux, genre cascade un peu rauque. A-t-elle trop fumé la veille ? Sa jeunesse et son léger fond de teint empêchent de deviner si sa nuit a été courte, si elle est fatiguée, si c'est une marmotte : c'est surtout une maligne.

– J'en ai connu d'autres ! Je suis immunisée. Les virus ne m'aiment pas.

Au septième, Crystal s'éloigne pour rejoindre son bourreau, évidemment déjà en place, qui tonitrue des ordres, vissée à son téléphone. Son front se déride quand Crystal apparaît.

Elle est soulagée, ne restera pas seule face à l'immensité du travail et aux questions métaphysiques qui y sont liées. Puis notre admirable DM se renfrogne : la Girafe est encore plus sexy en pantalon qu'en minijupe. Comment est-ce possible ? Je jubile intérieurement en voyant la môme déboutonner subrepticement le haut de sa chemise cintrée. Barbara n'est pas au bout de ce chemin de croix qui la ramène à son âge.

Comme pour conjurer cette image, elle se redresse dans son vivarium, fait un grand geste à l'attention de Crystal, manque de se manger la Kartell qui éclaire son bureau bien rangé. S'étrangle d'agacement, sort de son antre, jette d'une voix aiguë qui traverse l'open space :

– Jean-Claude exige qu'on ait mis au point le conducteur et confirmé la liste VIP de la soirée avant dix-huit heures ! Il organise un dîner avec le bureau de presse ce soir ! C'est maintenant que vous arrivez ?

Il est neuf heures vingt-cinq. Crystal fait une grimace comique à mon attention avant d'attraper son cahier et son stylo rouge. Elle me fait un clin d'œil, rajuste sa ceinture pour que son pantalon épouse un peu mieux ce fessier rebondi et parfaitement proportionné.

♦ ♦ ♦

L'étage entier est convoqué par la Carton en salle de réunion dès dix heures. Pourquoi suis-je enchaînée à une nana qui me rappelle ma prof d'histoire de seconde, distribuant devoirs et bons points, motivant ses troupes comme des soldats pour une guerre de tranchées ? La moitié de la salle (les nouveaux) prend des notes. L'autre moitié écoute, pose des questions, argumente, sait que ce qui semblera finalisé aujourd'hui sera défait demain. Crystal s'est assise à côté de moi – ce qui n'a pas fait tiquer la Barbante, toute à son affaire.

Trois cents cartons d'invitation sur papier vélin ont été envoyés – il devrait donc y avoir cent cinquante invités

« lambda », auxquels on ajoutera une centaine de VIP. Nous communiquerons à ceux qui confirmeront leur venue, le matin du jour J et par SMS, le lieu tenu secret. Ce mystère renforce l'attrait de notre soirée auprès des convives, des paparazzis soigneusement choisis et de ceux qui ne manqueront pas de s'y incruster. Cette pirouette cache en réalité l'interrogation que nous avons tous au sujet dudit lieu. C'est mon dossier, et il devient brûlant…

Moi qui pensais m'éclipser pour voir le médecin, m'abrutir de drogues remboursées par la Sécu et revenir ni vu ni connu ! Or, Barbara a fait commander des sushis pour son déjeuner. Ce qui signifie qu'elle ne sortira pas de cette salle et qu'elle ne tolérera pas une interruption de la session de travail. Si j'ai le malheur de ne pas revenir des toilettes, comme j'en ai caressé l'intention, je n'ai pas fini d'en entendre parler…

– Allons, allons, un peu de tenue ! gronde Barbara. Hector, montrez-leur la surprise du jour.

Hector sourit jusqu'aux oreilles, extrayant d'un sac Cartier un écrin en velours incarnat. Il l'ouvre et révèle à l'assistance un fabuleux bracelet de diamants et de rubis en forme de gouttes.

– Il sera porté par Beyoncé à la soirée.

– Un jour, c'est moi qui le porterai… murmure une petite voix rêveuse que je suis la seule à entendre.

Crystal a les yeux qui brillent comme une gamine devant un déguisement de princesse.

♦ ♦ ♦

Vers midi, un épisode inattendu détend l'atmosphère exécrable. Alors que chacun est concentré sur un tableau et des graphiques, la baronne de carton debout, expliquant ses camemberts avec une baguette d'instit', on entend un drôle de bruit grave et aigu à la fois, genre miaulement. Crystal balaie la pièce du regard, fait mine d'être surprise.

– Mouiiii ? Quelqu'un a une question ? aboie Barbara.

On reprend, c'est peut-être le portable d'un collaborateur qui a oublié de l'éteindre et qui n'ose pas se dénoncer.

Un deuxième miaulement nous surprend quelques minutes plus tard, suivi d'un grattement… Crystal plonge sous la table, on entend le bruit d'un zip de cabas, puis un grognement étouffé suivi de ce qui ressemble à un félin de taille moyenne en train de vider ses tripes. Silence de mort, puis juron de Crystal :

– Merde, Alceste, tu pouvais pas être malade un autre jour ? Tu sais ce qu'elles m'ont coûté, ces putains de bottes ?

Rires étouffés. Crystal remonte à la surface, la mine écœurée, un peu rouge et ébouriffée.

– Je suis désolée… Je ne pouvais pas l'abandonner à la maison tout seul, il a la gastro…

On dirait une petite fille, ou plus exactement une jeune mère qui n'a pas réussi à refourguer son gosse malade à la crèche. C'est à la fois cocasse et touchant.

Barbara n'est pas sûre de la contenance à adopter. Faut-il réprimander sévèrement son assistante, qui a eu le culot de ramener son matou au bureau en le planquant dans un sac ? Il n'y a que Crystal pour oser un truc pareil, voilà ce que chacun pense tout bas, avec un peu d'admiration incrédule. Et que ça fait du bien de respirer, de se détendre les zygomatiques, d'arrêter de se prendre au sérieux deux minutes.

La Girafe attrape son tigré et le monte près de son visage. Elle grimace.

– Ce que tu pues, bordel, un vrai petit cochon…

Je pouffe, même si l'odeur de gerbe commence à me donner mal au cœur, et c'est le signal d'une hilarité générale. Crystal est un peu étonnée, ne songe pas un instant à s'excuser et hausse les épaules.

– Je lui ai filé un quart de Lexo pilé dans une croquette avant de venir, je pensais que ça le ferait dormir jusqu'à…

Elle s'interrompt car Alceste ouvre la gueule, on est persuadés qu'il va recommencer à rendre. On arrête tous de respirer,

Barbara comprise, je sors de ma poche un mouchoir parfumé à la menthe… Le chat bâille, on distingue quasi l'extrémité de son œsophage, puis se rendort brutalement. Crystal, bien équipée, brandit un paquet de lingettes, éponge la catastrophe en trois mouvements, renfourne son chat dans le cabas sous ses pieds, récupère son stylo et balance d'un air digne et inspiré :

– On en était où ?

♦ ♦ ♦

Alceste n'a pas fini sa journée chez nous. Lorenzo, copain de Crystal et « cat-sitter gay », a récupéré l'animal.

– Si tu doubles le tarif, il s'occupe aussi des enfants, ça t'intéresse ?

Nathalie, qui passait par là, a posé sa candidature.

Soulagée de son encombrant compagnon, la nouvelle star de la Tour me suit à la machine à café, autre excuse valable. Alors que je me penche pour récupérer mon gobelet, elle me fait sursauter tant elle se colle à moi.

– J'ai failli la faire exploser hier… Je veux voir comment tu t'y prends ! Moi, je suis nulle avec les machines.

Je glousse, consulte ma montre, touille mon café non sucré.

– Tu es pressée ? me demande-t-elle.

J'hésite à lui confier ce qui me préoccupe et grommelle :

– Je dois m'absenter… une course perso…

– Pourquoi tu n'y vas pas ?

– Tu as vu l'état de ta boss ? C'est précisément quand je ne serai pas là qu'elle voudra aborder tous les aspects dits créatifs de la soirée. Ceux sur lesquels je dois donner mon avis.

– Et qui sont ?

– Bof, le genre de discours et d'animations qu'on retient, le lieu et la déco… Le canevas commence tout juste, elle est focalisée sur sa liste d'invités et sur son déroulé global, mais tu verras qu'il suffit que je m'absente pour qu'on aborde les détails. L'esthétique. Or, les détails et l'esthétique…

– C'est toi, complète-t-elle.

Sans compter ce putain de lieu…

Elle réfléchit un instant.

– Fonce. Cours à ton rendez-vous. Je dirai que tu as eu le coup de fil de… Paula Jackson, et qu'elle t'a convoquée sur-le-champ.

Je ravale ma salive.

– Tu te rends compte de ce que tu dis ? Paula Jackson ?

Paula Jackson est la reine people des événements parisiens. L'âme des soirées courues. Mariée au DJ le plus *bankable* de la planète, sœur d'une pop-star des années 1990 décédée d'overdose, maîtresse d'une héritière grecque.

– Impossible ! je rétorque.

– Et pourquoi pas ?

– Tu imagines ce qui se produira si, au moment où je suis censée être avec elle, on apprend qu'elle est à New York pour un concert de son mari ? Si elle tweete qu'elle est à Tokyo en train de prendre le thé avec Maggie Cheung ?

Crystal me rassure d'un geste.

– Paula est une amie. Elle est à Paris, clouée par une grippe…

– Tiens, elle aussi ! La grippe est très à la mode ! Comment tu sais qu'elle est malade ?

– Je l'ai eue au téléphone hier ! Et si c'est moi qui raconte l'histoire en réunion, ce sera très crédible, tu verras. Vas-y, vite, tu vas être en retard !

Elle ajoute :

– Si ça peut te rassurer, je vais l'appeler et lui raconter. Ça la distraira, et si Barbara essaie de vérifier l'histoire, sûr qu'elle corroborera.

Je réfléchis. Un dernier doute à dissiper.

– Comment l'as-tu rencontrée ?

– Tu sais sûrement que c'est une dingue de chaussures…

– Oui, c'est aussi connu que sa bisexualité ravageuse !

– Nous avons quelques amis communs, et l'an dernier, en vacances chez l'un d'eux, j'ai dessiné des platform shoes en lamé d'argent et talons saumon…

– C'est ton croquis qui est à l'origine du modèle qu'elle a porté tout cet été sur les dancefloors ? Incroyable !

Je suis épatée. Crystal savoure son moment de triomphe, mérité : ces chaussures uniques, photographiées par tous les paparazzis, ont fait le tour du globe ! Sans que le nom de sa créatrice ait été cependant cité, à ma connaissance. La jeune fille pose sa main sur mon bras.

– Vas-y, je te dis. J'expliquerai à Barbara que tu veux convaincre Paula de s'impliquer dans l'organisation de l'événement.

– Et c'est jouable ?

Crystal fait la moue.

– Impossible de savoir, mais le concept *Ladies' Taste* peut lui plaire...

Je fonce pour récupérer mes affaires et les clés de ma Mini. Crystal me sauve la mise. Sans raison apparente. Sauf si elle s'apprête à m'étrangler par-derrière. Quelque chose me souffle que je peux compter sur elle... maintenant. Et plus tard ? Et si Crystal était le pion qui me manquait pour gagner ? Plus qu'un pion ? Je me surprends à être étonnée. Quel est le fond de cette complicité que je n'ai pas vraiment vue se nouer ? Moi qui n'ai pas le temps de voir mes meilleures amies, à cause d'une vie trop remplie, j'ai failli lui proposer de déjeuner... En plus, je suis certaine que nous nous serions amusées. Voilà ce qui manque à ma vie de chien aliéné à son job, son supérieur hiérarchique, ses mômes et son mari sublime : un peu de rire. De légèreté. D'insouciance.

8

Crystal

QUI A DIT QUE LA DISTANCE sert à rapprocher les êtres lorsqu'ils se retrouvent ? Pendez-le ! Depuis qu'Ethan est rentré de son séjour hispanique, il m'ennuie et me laisse un goût étrangement insipide sur la langue. Un peu comme quand on meurt pour un cupcake (*Red Velvet* de Magnolia Bakery à NYC) mais qu'une fois le péché gourmand en bouche, une crève carabinée nous prive de sa saveur. Mon trentenaire doit le sentir parce que depuis ma non-réponse à son dernier message, je n'ai pas de nouvelles. Cette passade a sûrement assez duré. Je déteste les relations fanées, dont on n'arrive pas à faire le deuil parce qu'on reste bloqué sur ce que l'on a vécu, avant. Quand ça manque de sel, de texture et de charme, on court vers la suite. On n'est pas sept milliards sur Terre pour rien… *Next !*

Le Dragon rit : c'est un jour à marquer d'une croix sur le calendrier. J'ignore ce que ce brave Hector Lape lui raconte (peut-être ses folies nocturnes, elle ne doit plus savoir ce que c'est depuis un bail), mais ça la distrait. Pendant qu'il la déride, elle me fout la paix et je cravache – casque sur les oreilles – sur le menu que l'on proposera lors de la grande soirée. Ce n'est pas une mince affaire parce qu'aujourd'hui la bouffe ne doit plus seulement être délicieuse, elle doit aussi être esthétique, assortie au style de l'événement, au décor du lieu… à la musique tant qu'on y est ? Si le japonais fait fureur depuis des années (les femmes y voient un allié minceur, oubliant trop vite les calories dissimulées dans le saumon, la friture, le fromage, les sauces et j'en passe), j'ai protesté auprès de Barbara en lui disant qu'il était de mauvais goût de présenter des sushis à côté du foie gras poêlé, des macarons et des verrines de risotto. Soit on mêle les univers en optant pour des plats franco-japonais tels qu'on les savoure au Sola dans le Ve arrondissement de Paris, soit on choisit la gastronomie française traditionnelle et l'on s'y tient. Le Dragon, qui se croit « IN », voudrait parfois casser les codes (qu'elle semble tant aimer par ailleurs) pour lancer des modes à tire-larigot. Heureusement qu'Éléonore, sa sagesse et son raffinement, s'emploient à raisonner le cerveau en carton, un peu dépassé.

La musique : autre point de désaccord. Quand Barbara insiste lourdement pour un DJ (elle veut le mari de Paula Jackson et harcèle Éléonore depuis notre baratin sur leur entretien), ma jolie blonde préconise un live de Katie Melua – voix suave et corps sexy –, je plussoie. J'attends de savoir qui va renverser l'autre sur le ring, en essayant de ne pas faire front de manière trop visible avec ma compétitrice favorite. Si seulement elles pouvaient se livrer à un combat en string, le corps couvert de boue… J'imagine Éléonore jetant le Dragon contre les cordes, de part et d'autre. La vision d'horreur de Barbara en tenue d'Ève se trouvant largement compensée par celle de ma Barbie… Je m'égare !

♦ ♦ ♦

Delphine, la petite boulotte à la coupe au bol qui travaille un peu plus loin en face de moi, me fait de grands signes. Qu'est-ce qu'elle veut, celle-là ? (Tant qu'elle ne me propose pas de boire un verre…) J'ôte mon casque avec une certaine nonchalance et comprends tout de suite :

– Crystaaaaaalllll, hurle mon tyran.

À en croire les multiples paires d'yeux de l'open space tournés vers moi, dont celles de Jade Wilden (bombe atomique méprisante de l'étage), elle s'égosille depuis un moment. Je bondis de mon siège, déconfite.

– Crystal, vous m'agacez ! Vous vous croyez dans votre salon ? Bon sang, c'est quoi cette manie d'écouter vos chansons toute la journée ? Le silence ne vous suffit pas ? Vous me faites perdre du temps, Crystal, et ce n'est pas pour ça qu'on vous a engagée !

Prise à la gorge, je m'excuse en essayant d'avoir l'air sincère. Barbara poursuit :

– Au lieu de chantonner bêtement, j'aimerais que vous alliez aider Éléonore qui me semble perdue. Elle ne s'en sort pas avec le choix du lieu pour la soirée, je la sens sous pression et ça ne me rassure pas. Si vous pouviez l'assister et me tenir au courant des avancées, vous me seriez plus utile qu'à naviguer sur Facebook à votre bureau.

Je contiens mon envie de lui expliquer que je ne « navigue » pas sur Facebook mais que j'y travaille, comme convenu. J'ai, par ailleurs, peur de ce que je comprends. Le Dragon m'envoie-t-elle espionner à son compte sa jeune rivale ? Imagine-t-elle sérieusement que je vais être son pion malléable, pour comploter contre Éléonore et la poignarder à la première occasion ?

– Ça vous pose un problème, Crystal ?

– Non, non, pas du tout, au contraire, dis-je en sortant de mes pensées.

– Si je vous mets dans la confidence quant à mes doutes sur la solidité d'Éléonore ces jours-ci, c'est pour que vous puissiez me prêter main forte. Il vous suffit de me faire des comptes rendus réguliers sur ses idées, avec la discrétion qui s'impose. Vous savez faire ça ?

– Bien sûr, Barbara, je m'y attelle tout de suite.

Cause, vieille peau, cause ! En regagnant ma place, je réalise que le Dragon vient, en réalité, de me faire un cadeau mal emballé. Pendant qu'elle se branle sur son conducteur et sa liste VIP, je vais m'amuser à la créa avec Éléonore, sans susciter les interrogations. Parallèlement, je pourrai protéger ma blonde en rassurant la brune décolorée (même si ce n'est pas ce qu'elle veut entendre) sur son efficacité. C'est un programme qui me sied.

♦ ♦ ♦

Une vingtaine de bougies, de l'encens pour dissimuler l'atroce odeur de tabac froid, mes nouveaux coussins léopard, des menottes accrochées aux barreaux du lit, des sex toys et des sous-vêtements éparpillés… Mon studio ressemble à une chambre de maison close ! Je décide de mettre un peu d'ordre dans ce barnum afin de ne pas effrayer mon frangin qui débarque dans moins d'une demi-heure pour dîner. Léo connaît tout de mes égarements, de mon goût du risque, de mes tortures intérieures et de ma perversité assumée. Parfois, je regrette de l'avoir érigé en confident, je m'interroge sur mon influence douteuse. Est-ce la meilleure manière d'honorer mon rôle d'aînée ? L'ai-je abîmé ? Me suis-je trop reposée sur lui, sur sa masculinité rassurante ? Et pourquoi je me pose systématiquement autant de questions quand je fais le ménage ? Ranger altère ma santé mentale. (Oui, c'est une excuse que j'ai déjà objectée à ma mère !)

Alceste sort les griffes. Ce soir encore, pour lui, c'est salle de bains. Large gamelle de pâté – repas de fête –, arbre à chat, petite souris montée sur ressort pour jouer : je le bichonne. Léo est allergique à mon colocataire et la condition sine qua none pour me voir gratifier de sa compagnie à domicile, c'est la mise en quarantaine du chat-roi. J'essaie donc de les ménager l'un et l'autre.

– Je vois que tu ne t'es pas encore mise à la cuisine, sœurette !

Du Léo tout craché. Non, je ne serai jamais à la hauteur de mes deux cordons-bleus de parents. Et puis, à quoi servirait

Alloresto s'il n'y avait pas sur la planète un million de nanas comme moi ?

– Estime-toi déjà heureux avec ta pizza, j'aurais pu te commander la même salade que moi ! Si tu veux de la grande gastronomie, tu dînes chez papa et maman, hein… Sauf que chez eux, je te rappelle que tu ne pourras pas griller ton joint à table !

Léo baisse les yeux, en silence. Vexé pour si peu ? Pas son genre. Je creuse et je le sens fuyant. Je me répète mes derniers mots pour comprendre ce qui a pu déclencher ce mutisme inattendu. Le joint ? Non, il continue à tirer dessus nerveusement. La salade et la pizza ? Ah ! papa et maman ?

– Tu t'es fâché avec les parents ? C'est à cause de L.A. ?

– Non, Crys, on ne s'est pas embrouillés.

– Eh bien quoi alors ? *Spit it !*

– C'est le bordel, tu sais. Je ne voulais pas t'en parler, mais comme je pars un mois, j'ai peur que tu l'apprennes autrement.

– Quoi ??

Papa et maman s'entretuent depuis quelques semaines. M'man lui reproche son désintérêt et son manque de tendresse… et P'pa se referme comme une huître au lieu de répondre aux signaux d'alarme. Du coup, ça fuse dans tous les sens et moi je suis totalement impuissant.

– Putain. *Fuck*.

– Comme tu dis. Je ne veux pas t'inquiéter, mais j'ai bien peur que, cette fois, ils ne passent pas Noël.

Mais non, Léo, tu exagères. Maman a régulièrement des phases badantes, des passages à vide. Elle finit toujours par se raccrocher aux wagons du passé.

– Je ne sais pas, Crys…

– Je vais appeler papa demain pour lui secouer les puces.

– Bon courage !

– Oh ! arrête Léo, je le connais. Il l'aime tellement, même s'il n'a jamais trouvé les mots pour le lui dire.

– Ouais…

– Bon, ne t'affole pas, t'as bien fait de m'avertir. Je vais m'occuper de ça.

Là, je tiens ma place de grande sœur. Je suis paniquée à crever, mais je lui offre mon visage le plus serein et je change de sujet, pour qu'il ait l'impression que cette révélation ne me tracasse pas plus que ça, qu'il dédramatise. Au fond, j'ai une mer agitée qui ne demande qu'à couler dans les chiottes. Je tiendrai bon, j'ai passé l'âge de vomir quand je suis contrariée.

Allongés sur le lit, défoncés au dixième degré, on délire sur fond de « Drunk in Love » de Beyoncé et Jay-Z. Errant entre nos souvenirs d'enfance, les promesses de la vie aux States et nos vices respectifs. Désinhibés, on se raconte souvent nos cochonneries, sans gêne ni pudeur. C'est comme ça que j'ai un jour appris qu'il avait levé trois gonzesses dans un club échangiste (oui, sans Viagra!) et qu'il a eu vent de quelques détails sur mes nuits avec Delia. Les trucs de lesbiennes le fascinent et je crois même qu'il m'admire encore plus pour ça. Cette considération me ramène toujours à une réalité : avant d'être mon frère, c'est un homme.

– T'es bien chez Modus ?

– Ouais, c'est sympa. Y'a une meuf qui me fait mouiller en plus.

– Arrêêêête ! Raconte…

– Blonde, taille 36, 1m70, yeux bleus, canon.

– Je vois. Putain, suis fracassé.

– Moi aussi.

(Rires.)

– Et tu comptes leur parler de ta collection de chaussures ?

– Pas tout de suite. Je ne sais même pas si j'aurai l'occasion d'être en tête à tête avec le BB.

– C'est qui le BB ?

– Le Big Boss, banane !

– Je suis fracassé.

– Moi aussi.

♦ ♦ ♦

Le BB sort du bureau d'Éléonore et j'en profite pour m'y glisser. Je ne l'ai pas vue depuis notre désormais traditionnel cappuccino du matin et elle me manque déjà. Ma dépendance naissante à sa présence commence d'ailleurs à m'inquiéter. Barbie est maquée, maman de deux morveux hauts comme trois bouteilles de Jack Daniels, et très hétérosexuelle selon mon radar. Pourtant, « *she turns me on* », comme dirait Delia. Son petit côté coincé me donne envie de la dévergonder, ses yeux de biche me laissent rêveuse et son attitude de bonne élève – qui cache ses dents qui voudraient rayer le parquet – m'amuse.

Soudain, je m'arrête sur les photos de la paire de mioches qui pullulent dans son bureau. Comment ai-je pu ne pas remarquer plus tôt ce détail ? Étais-je à ce point focalisée sur son corps ? Quel cauchemar, ces mères qui pensent que leur progéniture passionne la terre entière autant que les heureux parents ! Éléonore, qui a – par ailleurs et sans le vouloir – su me séduire par tout ce qu'elle dégage, a bien un de ces défauts qui me tapent sur les nerfs : celui d'être une maman gaga et obsédée par ses jumeaux.

Certaine que ces deux-là m'intéressent, elle me racontait hier leur splendide après-midi au Jardin d'acclimatation, pendant la pause cigarette à laquelle je l'avais contrainte. Dingue des animaux – je précise, au cas où ça n'était pas déjà évident –, je l'ai écoutée en demandant si, comme moi précédemment, elle y avait rencontré Bambi. (Un faon était un jour sorti de l'enclos principal et, ayant réussi à l'attirer à moi avec des feuilles, j'avais passé une heure à le nourrir, le caresser, au grand désespoir de Léo qui m'accompagnait.) Et Barbie – qui ne partage clairement pas mon amour inconditionnel pour les bêtes à poils – avait inlassablement ramené la conversation aux cabrioles et aux découvertes de Lili et Jules, avec un peu de Jack par-ci, par-là. Grrr.

– Dis, Barbie, ça te branche qu'on aille chercher une salade et qu'on se pose ensuite ici pour grignoter en bossant ?

– Barbie ? dit-elle, surprise, en levant les yeux au ciel.

– Ça te va bien, tu ne trouves pas ? Tu es ma Barbie chevelure magique ! Mais si tu préfères *Dragon de Komodo*…

– Non, non, tu as gagné, Barbie fera l'affaire. Et OK pour la salade, si tu me laisses trois minutes pour finir mon mail.

– Pas de sushi !

En attendant que ses doigts – qui m'envoûtent eux aussi – finissent de taper sur le clavier, je lui tourne autour, histoire de la déstabiliser un peu. Je sens bien qu'elle ne sait pas sur quel pied danser avec moi. Ses rires un tantinet nerveux et son regard parfois fuyant m'indiquent que, malgré sa domination par l'âge, elle n'est pas en position de force dans nos rapports plus « intimes ». Depuis que le Serpent à lunettes m'a assignée à elle, je joue, je la frôle, j'ai décidé de monter d'un cran en termes de séduction. Je ne peux pas penser à elle en me masturbant et me contenter de travailler avec elle. Je cherche donc à provoquer une relation plus intense, plus charnelle. Tout en me répétant bien sûr, que je fantasme, et que je continuerai sûrement à me branler longtemps sans qu'elle ne s'invite dans mon lit…

♦ ♦ ♦

Je pleure, la tête blottie dans les pattes d'Alceste. J'ai eu mon père au téléphone et rien ne s'est déroulé comme prévu. Il était plutôt froid et imperméable, avec un ton qui disait à demi-mot que ce n'était pas mes oignons. Bien que nos échanges soient moins fouillés qu'avec ma mère – avec qui le cordon n'a jamais été coupé –, nous nous aimons très fort et avons donc appris à nous parler, plus profondément, au fil des années. Mais ce soir, il n'y avait rien à en tirer. Le pire, c'est la résignation que j'ai cru percevoir dans sa voix. Comme si, quoi qu'il fasse, Maman ne s'en contenterait pas. Putain, ils ne vont pas réellement balayer vingt-huit ans de vie commune parce qu'ils sont infoutus de communiquer ? Ils sont un modèle de stabilité pour Léo et moi (bien que nous n'ayons pas encore décidé de suivre cette voie, la jeunesse...) et pour nombre de leurs amis dont le mot « divorce » a entaché les foyers. *Fuck.*

Je tenterai ma chance avec ma mère plus tard. Pour l'heure, je préfère déverser ma peine sur les poils de mon colocataire, qui bénéficie ainsi d'un toilettage gratuit.

♦ ♦ ♦

Modus s'est transformé en club. Une vraie orgie. Croulant sous le boulot depuis quelques jours, nous sommes nombreux à avoir élu domicile au septième étage de la Tour ces dernières nuitées. Les deux premières fois, je suis quand même rentrée dormir trois petites heures. Ce soir, heureuse d'avoir prévu le coup, avec un sac de rechange préparé ce matin, je sens que je ne bougerai pas d'ici.

Avant-hier, nous avons commencé doucement en descendant chercher un peu d'alcool et de Red Bull (mélange à bannir) pour nous donner de l'entrain sur les coups de 21h. Je ne suis pas mécontente d'avoir accueilli la proposition avec un engouement certain, sans pour autant avoir été l'instigatrice de l'idée – sait-on jamais. Le Dragon, le BB, Éléonore et tous les vieux nous avaient laissés, nous jeunes âmes volontaires, nous débrouiller avec la multitude de tâches à effectuer avant l'aube. Alors, nous avons décidé de jouir des avantages de notre solitude, en bande organisée. Ah ! les ancêtres des lieux veulent pouponner en paix, dîner avec bobonne et se défaire des besognes subalternes à la nuit tombée ? *Eh bien, les juniors utiliseront leurs méthodes pour égayer un peu ces permanences imposées*, avons-nous pensé en chœur.

Andréas m'a suggéré de l'accompagner à la supérette de la rue d'en face et j'ai accepté – au moins pour être sûre de boire autre chose que de la bière – *beurk* – devant mon ordinateur. Hector a bien tenté de se joindre à nous – il suit Andréas comme une mouche ou une abeille, selon l'image que l'on préfère –, mais le beau gosse lui a fait comprendre qu'on s'en sortirait à deux. J'ai senti à ce moment-là que mes relations avec Hector, déjà altérées par sa tendance à sucer Barbara, allaient se compliquer. Mon serviteur a porté les courses, payé la note et pas tari d'éloges sur ma « beauté italienne qui divertissait la Tour ». Un peu déçu que je ne lui aie pas renvoyé le compliment, il a tourné les talons en remontant au septième. Je l'ai soupçonné d'essayer de me rendre jalouse avec les assistantes du BB. S'il savait comme je m'en moque...

Notre petit comité s'est étoffé. Les rumeurs selon lesquelles ces permanences se dévergondent n'y sont pas pour rien. Les nouveaux venus ne vont pas regretter leur lit !

Aujourd'hui la musique, les tenues pensées pour l'occasion, les yeux ronds comme des billes et le bureau du Dragon servant de minibar montrent clairement une montée en puissance de notre rendez-vous nocturne. Les sessions tardives et très détendues de travail ont cédé la place à une teuf géante durant laquelle on parle vaguement de nos dossiers en cours.

Si certains ont d'abord tenté d'investir le bureau de Barbie, craignant de déplacer un objet chez le Dragon et qu'en s'en apercevant, celle-ci décide de couper des têtes, j'ai lourdement insisté pour ne pas déflorer le bocal d'Éléonore. Il est tellement plus jubilatoire de sacrifier à son insu celui de Barbara. Mes arguments ont convaincu le plus grand nombre : le repère du monstre regorge désormais de liquides grisants. J'ai sorti mon pantalon léopard (oui, assorti aux coussins), mes bottines noires à talons hauts, mon col roulé dessiné pour moi (beige, avec un large trou entre la naissance du cou et la poitrine, offrant une vue imprenable). Vêtue ainsi, je détonne et j'adore ça. Sentir tous ces yeux qui se promènent sur mon corps, c'est vivifiant.

Il est 22h30 et Andréas fait son show. Il se trémousse sur « Single Ladies » de Beyoncé. (Évidemment, c'est Hector aux platines.) Finalement, tout ça est très sérieux : on étudie, en détail et en rythme, l'une de nos égéries. Petit arrangement entre nous et nous-mêmes qui me convient parfaitement. Jade – sculpturale assistante du BB – se poudre le nez aux toilettes toutes les quinze minutes. Mes narines réclament aussi, mais je vais tenter d'être légèrement plus discrète.

– Je déborde de champagne, je reviens, je lance à Inès, brune au charme méditerranéen qui bosse avec Andréas et qui me scotche de très près depuis une heure.

Assise sur les WC clos, j'ouvre mon miroir sur mes genoux serrés et sors mes provisions de mon soutien-gorge. Je dessine une longue piste blanche – pour ne pas avoir à y revenir tout de suite – j'expire, puis j'inspire à la paille mon poison préféré. Elle est bonne. À peine dressée face au lavabo, je sens déjà la chaleur m'envahir, mes pommettes se rehausser et mes tempes qui ont envie de se dire bonjour. La nuit ne fait que commencer…

Dans son pantalon de cuir, Inès m'invite à la rejoindre au bar. Pénétrer ce bocal, d'habitude si repoussant, pour y retrouver une poupée et une vingtaine de bouteilles, c'est jouissif. Elle me sert une coupe (dans un gobelet en plastique, parce qu'on improvise quand même) et garde volontairement ses doigts sur les miens quelques secondes. Troublée. Bien sûr, elle me plait, mais le visage d'Éléonore clignote dans ma tête. Ma Barbie aurait elle, à son insu, planté une graine de fidélité dans ma chair ? Et fidélité à quoi au juste ? À un désir non consommé et probablement unilatéral ? J'accepte malgré tout un corps-à-corps avec Inès sur ce que l'on peut officiellement appeler le dancefloor.

Andréas se frotte les yeux comme pour vérifier qu'il ne voit pas trouble. Inès l'a bien remarqué et semble vouloir jouer avec ses nerfs : elle me prend la bouche par surprise. Je lui rends son baiser, mais me ravise assez vite parce que, même si l'on s'amuse bien, les ouï-dire au travail vous collent au train comme le regard de votre patron. Si le BB, Barbara, Élé et les autres grands de cette boîte nous imaginent stylo et cahier à la main, les murs ont des oreilles. Je ne perds pas cette certitude de vue.

♦ ♦ ♦

7h15. J'ai mal aux cheveux. Je me réveille sur un canapé de la salle de réu, à côté de Delphine, la bouboule. Vision d'horreur. Mais où est donc Inès ?

9

Éléonore

LE COMPTE À REBOURS de la soirée est lancé. Je ne vois plus mes enfants, Jack fait vaguement la tête. Lorsque je lui ai suggéré de profiter de mon indisponibilité le week-end pour sortir avec ses potes, il n'a pas hésité un instant… Je préfère le savoir occupé que tournant en rond avec les jumeaux. Vive Alison, qui accepte de bosser le samedi et le dimanche – hors repas !

À la Tour, certains collaborateurs ont fini leur nuit sur les divans de l'open space. Des rumeurs courent d'ailleurs sur des couples noués en ces occasions. Crystal, qui laisse peu de monde indifférent, se serait rapprochée d'Andréas… ce qui me plaît moyennement. Je lui attribuais un peu plus de cervelle ! Tomber dans les bras du beau gosse pas si beau, doté d'un QI de poisson rouge, alors que la demoiselle ne jure que par Sagan, avouez qu'il y a de quoi être perplexe…

Les aspects de la soirée qui me concernent ont pris forme, et l'implication de la Girafe y est pour beaucoup. Nous avons choisi le traiteur, la déco et le fleuriste, avec lesquels il sera possible d'ajuster les détails jusqu'à la dernière minute. Ils ont compris le genre d'ambiance chic que l'on souhaitait, nous ont fait de superbes propositions. Après le sacro-saint photocall, reconstitution du shooting de Beyoncé et Scarlett, vêtues des créations Jean-Paul Gaultier. Le spot de pub, destiné aux grandes chaînes de télévision et Internet le lendemain, sera diffusé en avant-première sur écrans géants. Un court-métrage mettant en scène nos égéries et conçu par un réalisateur branché enflamme déjà la toile... Jean-Claude fera bien sûr un petit discours.

Pour la partie musique, Katie Melua fredonnera plusieurs chansons, je croise les doigts pour que DJ Paul J. (le mari de Paula) accepte de mixer, mais Crystal y croit. En bonne dir'com', Nathalie tremble qu'il décline au dernier moment.

Tout cela est alléchant. À un détail près, de taille... À quelques jours de la fête, l'adresse des réjouissances reste à déterminer. Tous les matins, Crystal me rend visite dans mon bureau avec un cappuccino, habitude prise aux États-Unis qu'elle se plaît à exporter ici. Elle imite les pendules : Tic... tac... tic... tac... pour me rappeler qu'il y a urgence. Nulle malice de sa part : elle veut me motiver, n'osant m'avouer que chacun estime, Barbara la première, que je risque de tout faire capoter.

Le soutien de Crystal m'est précieux. Son audace continue d'épater le petit monde enchanté de la Tour. Elle ose. Un verbe qui lui convient parfaitement. Porter des leggins zébrés, nettoyer le vomi de son chat en réunion, organiser un vide-grenier sur la terrasse du sixième, lancer un concours de shots au B-52 à la cantine *pour se détendre*...

J'ai décidé d'oser aussi. *Ladies' Taste*, c'est mon pari personnel. Une étape à franchir. Un envol – ou un crash ! – potentiel. Ce parfum me change, m'exalte, révèle des pans de ma personnalité que j'ignorais. En dépit des incertitudes concernant le lieu, j'ai résisté aux déstabilisations de la Cartonnante. Sans manœuvres sinueuses, simplement en disant non. Exit ses idées à la con – réserver le Cirque d'Hiver, installer une tente géante aux Tuileries, monter une croisière sur la Seine, privatiser le Grand Palais, affréter un train pour conduire nos people à Deauville. Il faut frapper fort. Quitte à attendre encore, à chercher l'inédit, le spectaculaire, qui inscrira la soirée *Ladies' Taste* dans les annales des nuits parisiennes. Hors de question de choisir du commun, du déjà vu qui rappellerait forcément un autre happening.

Où donner une soirée mémorable à un emplacement aussi vierge et inattendu que notre parfum est supposé l'être ? Je me suis creusée aussi sûrement que nos collaborateurs imaginent que je manie la pelle dans ma tombe. La seule qui paraît me comprendre et me soutenir, c'est Crystal. Nous passons plus de temps ensemble et je découvre que c'est une grande adepte des nuits au champagne, des retours à l'aube joyeux, des plaisirs les plus variés. Son absence de limites m'effraie parfois un brin… Alcool, sexe, drogue, rien ne l'inquiète. Je la sermonne gentiment : a-t-elle réellement besoin de tout cela pour se sentir exister ?

« Cause toujours… »

Elle ne manque pas d'inventivité. Elle a pensé à une soirée SM dans les catacombes de Paris. J'ai tellement ri en l'imaginant vêtue d'une combinaison de latex noire assortie à la mienne. Nous aurions été les *Cat's Eyes*, face à une Barbara incapable de remonter la fermeture Éclair de sa tenue. Un peu trop extrême pour Modus, même si le tableau, exposé pour détendre l'atmosphère plus que comme proposition sérieuse, a laissé notre BB rêveur.

Dépitée, Crystal a râlé :

– Éléonore, moi je t'emmènerai dans les catacombes. Il n'y a rien de plus romantique… Ils n'y connaissent rien. Ils sont trop vieux.

– Et toi tu es borderline, chérie. Pas exactement ce qu'on recherche pour *Ladies*…

– Ah, parce que *Gossip Girl*, le modèle du BB, ça n'est pas borderline peut-être ? Des coups tordus, des ébats qu'on retrouve sur Internet, de la perversité sans états d'âme, du sadisme à peine déguisé…

On en est là. Je l'appelle chérie. Elle bouscule mes habitudes. Elle me fait rire, et nos discussions sont fructueuses. Crystal m'apporte un œil neuf sur notre monde – celui de sa génération – et sur notre métier, qui me fait défaut depuis que j'ai adopté les codes de bataille pratiqués dans les multinationales. Je m'en aperçois grâce à la Girafe : je me suis coupée d'une vitalité artistique contemporaine qui m'a pourtant conduite à accepter mon poste actuel. Crystal ne m'aurait pas crue si je lui avais dit qu'au départ, je me destinais à être peintre…

Lors de mon entretien d'embauche avec Jean-Claude (grâce à l'intervention de Jack, qui le connaissait), auquel Barbara assistait, cette dernière m'avait jugée inoffensive. Elle connaissait ma vie de jeune artiste mariée qui expose sans le sou, obligée de trouver un travail sérieux. Elle imaginait récupérer une DA fragile et névrosée, ce que je pouvais être, mais elle n'avait pas envisagé un instant que le vizir guettant le faux pas du calife cohabitait aussi en moi.

Barbara rate tout du potentiel de Crystal, qu'elle fait végéter en lui octroyant les relances téléphoniques, le buzz sur les comptes Facebook et Twitter de notre event, les photocopies. Cela me chagrine, tant je vois en Crystal la jeune fille créative que j'ai été. Je n'agis pas, pourtant. Je pourrais prendre ses intérêts un peu plus à cœur, et je ne le fais pas pour mille raisons valables – ou pas.

Crystal sait, comme je le sais moi-même, que je la vois telle qu'elle est : une source d'originalité et d'inventivité. Elle m'en témoigne d'autant plus de reconnaissance et de fidélité – cela même qu'elle n'offre pas à mon ennemie.

– Barbara cerne mal notre complicité. Elle voudrait m'accaparer mais sent confusément que c'est trop tard, me confie Crystal. Et ça n'est pas en me traitant en subalterne que ça va arranger les choses !

Je ne commente pas, mais je suis ravie des liens qui se tissent entre nous. Outre la partie d'échecs menée contre Barbara, avec Crystal dans le rôle du cavalier rapide et dévoué, il y a aussi ce que j'éprouve pour cette jeune fille maligne, jolie, charmeuse, hors pistes. Dieu qu'elle nous change des pois chiches sur pattes dont nous sommes entourés – Hector, Andréas et la cohorte de donzelles promptes à rafraîchir leurs profils de réseaux sociaux mais pas tellement à s'investir au taf.

Crystal. J'aime ce que je vois, cette fougue, cette énergie, ce regard implacable, sans concession et sans diplomatie. Il faudrait que je lui apprenne à tempérer ses ardeurs. Barbara lâche la bride, et la brunette en profite. Pause déj, clopes ou café, tout est prétexte à passer cinq minutes ensemble.

– Je n'ai envie de parler qu'avec toi, tu crois que j'ai une seconde à perdre avec tous ces idiots ?

Disant cela, elle plante ses pupilles dans les miennes sans sourciller. Mon ego est flatté, il y a quelque chose de très sincère dans ses mots, de palpable. Je crois que Crystal ne s'intéresse pas à n'importe qui – ce qui me rend d'autant plus perplexe lorsque je pense qu'elle sort avec cet abruti d'Andréas. Mon besoin de reconnaissance s'en repaît : être l'aînée d'une fille différente qui vous prend comme modèle est galvanisant. Elle vient me chercher sur n'importe quel prétexte. Elle complimente mes tenues, mes coiffures, à m'en faire rougir. Je suis la première à être étonnée. Si Andréas me faisait un numéro pareil, je serais plus à l'aise. Je l'enguirlanderais. Crystal, j'ai envie de mettre ma tête sur son épaule, de l'écouter me parler de moi, d'elle. Je sais si peu de choses, en dehors de son goût pour les soirées de débauche. Je pourrais être une grande sœur pleine de compréhension pour ce qu'elle traverse, si elle me racontait sa vie… C'est une fausse bavarde. Curieuse, elle pose beaucoup de questions et le peu que j'ai appris sur elle l'a été par nos collègues et les indiscrétions de couloir.

Je suis une ancienne fumeuse, ce que la Girafe ne peut pas savoir puisque je le cache comme une gosse honteuse. Aussi, lorsque je l'accompagne sur la terrasse et que je hume les vapeurs de ses clopes, je me rappelle les gestes qui étaient les miens à l'époque où j'étais autre. Ni épouse ni mère ; peintre.

J'observe Crystal, ce qu'elle ne peut ignorer. Ses choix vestimentaires recherchés. Ce lourd parfum que j'ai eu du mal à identifier. Crystal fait partie des êtres dont l'odeur de peau change la fragrance dont elle s'asperge. Ainsi, elle peut porter un *Hot Couture* ou un *Flower Bomb*, c'est toujours son odeur à elle qui reprend le dessus.

Pendant ces moments, nous débriefons, envisageons les prochaines attaques de Barbara. Nous sommes comme deux espionnes au rapport, au temps d'échange limité, qui œuvrent pour une cause commune. Je vais au clash sans le dire à ma Girafe, ne souhaitant pas l'inquiéter, mais je peux prédire que notre complicité nous attirera des ennuis. Barbara devra tôt ou tard s'opposer à notre connivence pour préserver sa coopération avec Crystal. Rien de fâcheux ne se produira avant la soirée ; je maximise donc l'entente entre ma petite (hum, grande !) Crystal et moi.

♦ ♦ ♦

L'illumination me vient ce matin où Barbara a décidé de m'écraser comme un cafard. Elle a convoqué dans la salle de réunion tout le septième étage, Jean-Claude Viss compris, à dix-neuf heures : il s'agira pour elle de démontrer qu'il faut me dessaisir de l'organisation de la soirée.

Ce matin-là, Crystal m'appelle à l'aide. Le métro est bloqué, elle ne parvient pas à attraper un taxi dans son IIIe, je ne suis pas exactement sur le bon chemin, mais j'accepte de faire un détour par Concorde pour la dépanner. Nous sommes devenues si proches depuis quelques jours que, même si l'envie de lui rétorquer qu'elle se débrouillerait bien toute seule est grande, le ton de sa voix m'attendrit.

Les gens sont fous, la circulation est abyssale, les automobilistes klaxonnent. Impossible de savoir comment, mais après avoir récupéré la Girafe dans le centre, nous voilà longeant la Seine en direction de Bastille, au lieu de retourner sagement vers le XVIe. Cet enfer nous conduit au paradis sans que nous le sachions.

La Mini est coincée devant l'île Saint-Louis. Je regarde machinalement vers le ciel, lourd de nuages grimaçants. Les immeubles en pierre de taille s'élancent fièrement vers le haut.

–Zahi… je murmure, sans y croire.

–Qui ça ? s'étonne Crystal.

–Zahi est un homme d'affaires libanais que m'avait présenté Jack, lors d'un dîner dans son appart de dingue… Il vient très rarement à Paris, mais il s'est aménagé un pied-à-terre exceptionnel. Il a acheté les derniers étages de deux hôtels particuliers qui sont face à face, et il les a reliés par une passerelle de verre gigantesque…

–Ah ouais ? Et comment il a obtenu le permis de construire d'un truc pareil ?

–Sûrement à coups d'arrosoir de billets violets !

–Et tu crois qu'on pourrait y faire la soirée ?

–Il doit bien y avoir six cents mètres carrés au total, car les appartements sont entourés de terrasses gigantesques en teck…

J'arrête la voiture, Crystal m'interroge du regard. Je lui enjoins d'attraper son cuir, son sac à main, et de me suivre. Je sais que la Mini sera conduite à la fourrière, mais à cet instant je m'en fiche éperdument. Sans expliquer quoi que ce soit à Crystal, je brandis mon iPhone et appelle Jack pour récupérer le numéro de Zahi.

Zahi n'est pas là, mais il joint immédiatement sa gouvernante, qui est aussi la gardienne de l'immeuble dont je soupçonne notre ami libanais de l'avoir entièrement achetée. En moins de dix minutes, la vieille –revêche mais docile– nous ouvre. Crystal et moi montons dans un ascenseur à l'ancienne, qui grince, avec des grilles de fer forgé à travers lesquelles on peut compter les étages qu'on gravit. Elle déverrouille celui des appartements qui sert « d'entrée » à l'ensemble. Comme dans mon souvenir, les quelque cent cinquante mètres carrés qui s'offrent à notre regard sont dénués de portes, de cloisons, de meubles. Une cuisine américaine, un bar, et un coin salon paraissent minuscules dans l'ensemble. Le parquet fleure la cire, les cheminées portent nos voix dans un écho impressionnant, les murs soutiennent quelques œuvres d'art que le salaire d'une vie ne suffirait pas à acheter. La gardienne ouvre les rideaux d'un coup sec, et nous invite à la suivre.

Je jette un œil à Crystal, scotchée, qui ne moufte pas. Elle serre son sac à main comme si on allait le lui voler alors qu'elle marche sur des lattes qui valent chacune trois *Alma*, que les colonnes qui soutiennent les plafonds imposants sont d'un marbre d'une pureté qu'elle n'a jamais approchée. Elle s'imprègne du faste et du vide insolents des lieux. Elle n'est pas au bout de ses surprises : nous nous dirigeons vers le point fort de l'appartement, la passerelle qui le relie à l'autre hôtel particulier.

Cette passerelle est sans doute l'endroit le plus vivant du logis de Zahi. Il l'a conçue toute de verre et emplie de plantes diverses. On s'y retrouve comme dans une serre surplombant les toits du Marais. La vue incroyable nous promène jusqu'aux hautes collines de Meudon vers le sud, jusqu'à Montmartre et au Sacré-Cœur au nord. Nous traversons la passerelle sans rien dire. Un Botero posé au sol et une petite statue de Giacometti trônant sur un cube de bois repeint en blanc nous accueillent au seuil du deuxième appartement. Crystal est presque choquée par tant de luxe et de dépouillement. J'étais comme elle lorsque nous avions dîné avec Zahi, il y a quelques années.

Le deuxième appartement est identique. Quasi vide, il est occupé par un lit gigantesque, un dressing, un écran géant face au lit, une bibliothèque couvrant un mur. C'est la chambre de notre ami, prolongée par une salle de bains dont la tuyauterie est en or massif – je n'ai jamais prétendu que Zahi était un ambassadeur du bon goût.

Je souris à la gardienne et la remercie : nous n'allons pas tarder à revenir chez Modus. Crystal acquiesce. Je mitraille ces lieux enchanteurs avec mon iPhone avant de les quitter, prenant soin de faire de nombreux clichés des terrasses paresseusement encombrées de transats et de mobilier de jardin design, d'arbustes raffinés.

Le cadeau de la journée ? La fourrière n'est pas passée, et ma Mini est exactement là où nous l'avons abandonnée, en bas de l'immeuble, à moitié sur un passage pour piétons. Avec une grosse prune sur le pare-brise, mais pas de taille à nous enlever un gramme de bonne humeur.

♦ ♦ ♦

– Éléonore est arrivée à treize heures, ce matin…

Barbara est si heureuse de pouvoir le dire !

– Tout est bouclé de mon côté, mais j'estime que l'incapacité légendaire de notre DA à prendre une décision devient dangereuse.

Elle s'interrompt, guettant nos réactions. Jean-Claude fronce les sourcils. Il déteste entendre cela, les crêpages de chignon ne l'intéressent que s'ils ne mettent pas en péril sa société, ou qu'ils ont un caractère sexuel. Je prends un peu de courage dans la complicité muette de Crystal, qui a agrandi mes clichés et les a mis en forme sur PowerPoint. Je me lève pour les commenter alors qu'ils se mettent à défiler. Les collaborateurs sont fascinés par ce qui s'offre à eux. La dimension de cet espace, son caractère modulable, sa classe évidente, l'originalité de la passerelle et la vue qu'elle offre sur Paris…

– Et encore, vous voyez Paris de jour sur ces photos ! je conclus avec une feinte modestie.

Barbara s'étrangle. Elle apostrophe Crystal, lui demande ce qu'elle fichait si loin de la Tour en cette journée cruciale. Personne ne relève. Crystal se trouvait au bon endroit au bon moment. Elle se tourne ensuite vers moi.

– Un appartement de particulier pour organiser une soirée people, mais tu n'y penses pas, ma pauvre Éléonore ?

Chacun y va de son avis, contraire au sien. Surtout Nathalie, qui s'avère être une alliée de taille. Elle s'y connaît en événements parisiens, depuis le temps qu'elle organise les sauteries du groupe. C'est l'idée du siècle. L'endroit est loin d'être un appartement de particulier, c'est juste un lieu d'exception dans lequel il ne sera pas compliqué d'apporter la déco, le traiteur, la musique, la mise en scène et les people… puisqu'il n'y a presque rien.

– Et le prix ? triomphe Barbara, car elle est certaine qu'au moins sur ce plan, elle se fera entendre.

– Éléonore a négocié et le propriétaire a accepté de le lui céder pour rien, affirme Crystal avec aplomb, sans que j'aie le temps d'intervenir.

L'assistance est médusée, et je me ravise. Pourquoi admettre que Zahi est un ami de mon mari, après tout ? Je fais un clin d'œil à mon acolyte.

– Eh bien, Barbara, on dirait que vos inquiétudes ont été vaines ? Notre Éléonore s'en tire avec maestria, comme d'habitude ! *Ladies' Taste* a trouvé son écrin. Et c'est un écrin qui ne va pas nous coûter un sou ! Vous ne ferez pas mieux, même en essayant très fort. Recentrez-vous sur vos priorités, et laissez un peu votre DA faire son boulot.

Les mots de Jean-Claude sonnent comme un couperet. Je n'ai pas seulement gagné, j'ai balayé la Carton. Comme je suis aussi maligne qu'elle dans ce genre de circonstances, au lieu de jubiler, mes yeux se teintent d'un voile humble et hypocrite. Je me contente de glisser à Crystal, alors que nous quittons tous la salle de conférence :

– Je t'invite à fêter ça tout à l'heure, rejoins-moi quand tu as fini…

Crystal sursaute et me regarde étrangement.

– Oui, bien sûr, souffle-t-elle.

Elle serre mon bras brièvement, et un courant d'air me flanque la chair de poule.

♦ ♦ ♦

Le dernier drame du jour : la disparition du bracelet Cartier, qui a mis le bureau en ébullition. Il était conservé dans un coffre-fort dont seuls Jean-Claude et Barbara possèdent la clé… D'ordinaire, alors que je me sens si concernée par tout ce qui a trait à la boîte et au septième étage, j'ai décidé de m'en foutre. J'ai eu ma part de problèmes, il est temps de souffler un peu.

Crystal et moi sommes installées dans les fauteuils club d'un fumoir du XVIe. Nous commandons du champagne pour fêter notre petite victoire. Je remarque que Crystal s'est remaquillée aux toilettes, en trois minutes à peine. Elle est décidément si grande et si élancée, elle me domine. C'est étonnant puisque je suis censée être sa supérieure. Même si le rapport entre nous s'affranchit de ces conventions, je suis vaguement ébranlée. Je tente de reprendre un peu de contenance en la faisant boire.

Quelques coupes vidées plus tard, je m'alanguis sur les coussins. Crystal me fait du bien, sans le savoir. Je retrouve mes vingt ans à ses côtés, j'oublie que je suis mère de deux affreux microbes qui me mènent en bateau, unie à un type chouette mais qui n'en a que pour La City et son job. Ma tête tourbillonne un peu, je ris beaucoup, je parle trop. Crystal m'interroge, elle conserve plus de retenue que moi, comme d'habitude, mais rien ne m'incite à la prudence. Je parle. Je lui raconte ma peinture frustrée par les chemins que j'ai choisis, mon mariage précoce…

– Pourquoi tu dis précoce ?

– J'avais vingt ans quand j'ai rencontré Jack, deux ans après je l'ai épousé et j'ai commencé chez Modus… Tu as quel âge, toi, déjà ?

– Pas beaucoup moins que toi ! fait-elle pour me rassurer avec ses yeux en amande.

– Tu parles, tu es mignonne… T'inquiète, j'assume parfaitement mes trente-trois ans ! Contrairement à bien d'autres femmes que l'âge angoisse, j'adore avoir plus de trente ans, et les quarante ne m'effraient pas.

– Tu en es loin… Et tu sais, il y a quelque chose de doux et enfantin sur ton visage, on te donne moins de trente ans.

Je reprends une gorgée. Plus de bulles dans la bouteille. Je fais signe au serveur de nous en donner une autre. Crystal ne proteste pas, nous savons toutes les deux que la note de frais sera apportée demain matin direct à la compta.

– Tu es sans attache, tu vas rentrer tout à l'heure et appeler Andréas pour qu'il te rejoigne, alors que j…

– Andréas ? Qu'est-ce que tu racontes ?

– Ben, vous êtes ensemble, non ?

– Je ne copule pas avec les abrutis de son genre ! Tu me prends pour qui ?…

Je soupire de soulagement.

– Tu ne couches pas avec Andréas !

Elle sourit. J'insiste :

– Mais tu couches avec qui, alors ?

– Et toi, tu baises avec qui ?

– Mais… ça te regarde, peut-être ?

– Et toi, ça te regarde ? Ça n'est pas parce que je suis ton assistante que je te dois de la transparence sur ma vie privée…

– Je couche avec mon mari, figure-toi, chérie.

Crystal grogne.

– Avec ton mari ? Le même qui t'a épousée il y a plus de dix ans ? Mais quel ennui…

Je suis piquée au vif.

– Coucher avec Jack, ça n'est pas du tout barbant. Je vais te le prêter, pour que tu te rendes compte…

Nous pouffons toutes les deux.

– Tu n'es pas sérieuse, Élé ?

– Non. Je ne suis pas sérieuse. Je ne suis pas partageuse dans ce domaine.

Nous nous taisons un instant. J'ai l'intuition que la bouteille va se vider très vite. Nous trinquons.

– Comment fais-tu pour rester fidèle ? demande-t-elle.

Je bluffe :

– Pourquoi conclus-tu que je le suis ?

– Oh ! arrête ton sketch. En dehors de Modus, tu ne vis que pour tes jumeaux, ton petit mari, ta belle-mère même. Tu sais que j'ai raison…

– Et c'est mal ? Ça te semble si rasoir que ça ?

– C'est pas ça… C'est juste… inhabituel pour moi, et c'est un schéma qui colle tellement à celui de mes parents…

Crystal hésite. J'embraie :

– Et alors, le schéma de tes parents, c'est un modèle à suivre, non ?

– Aucune idée. Et de toute façon, je te l'ai déjà dit, tu n'as pas franchement l'âge d'être ma mère.

Je perçois une gêne dans sa voix qui a baissé d'un ton. Tandis qu'elle se racle la gorge et fixe sa coupe, j'enchaîne, en me demandant si j'ai appuyé sur un mauvais bouton :

– J'ai l'âge de quoi, alors ?

– Je te répondrai demain. Quand tu seras sobre !

Crystal sourit à nouveau. Notre conversation n'a ni queue ni tête.

– C'est étrange de parler de ça avec toi… je murmure.

Ma complice se tait puis hausse les épaules.

– C'est pas mal de ne pas parler de boulot…

– Pas faux.

– J'aime bien quand tu me racontes des trucs un peu plus perso…

– Tu ne fais pas allusion à ma belle-mère ou à mon mari, j'imagine ?

La Girafe grimace.

– Je pensais plutôt à ta peinture, à ce qui te plaît, en dehors de tout ce cirque chez Modus…

– Parce que toi tu te confies, peut-être ? Il n'y a pas grand-chose qui filtre, en dehors de ce que les gens disent. Et c'est trompeur, tu vois, j'étais convaincue que tu te tapais

Andréas. Ou un autre mec qui voyage beaucoup. Voilà ce que j'ai entendu…

– C'est tellement plus compliqué que ça !

Une bouffée de gaieté envahit Crystal, qui boit une coupe d'une seule gorgée et la repose pour mieux se resservir.

– Si tu veux tout savoir, en dehors des hommes, j'ai d'autres… passions.

– Ah oui, je me souviens, tu avais évoqué le dessin, il me semble, lors d'une de nos premières conversations…

Crystal se renfrogne un peu. Elle rajuste sa bretelle, et je sens que ses yeux s'attardent sur mon cou et la naissance de mes épaules.

– Le dessin, reprend-elle, songeuse.

Je l'encourage :

– Tu es sur un projet en particulier ?

– Après avoir conçu la paire de chaussures de Paula, je me suis dit que je devais persévérer. Ce que j'ai fait.

– Et…

– Et j'ai dessiné toute une collection. Avec un de mes amis, Lorenzo, que tu as rencontré…

– Le cat-sitter de ton chat dégoûtant ?

– Alceste est un merveilleux compagnon !

– C'est un ancien petit copain ?

– Alceste ?

– Mais non, Lorenzo, *silly*.

– Plus gay et plus ruiné que lui, tu meurs ! Je lui aurais présenté Hector si je n'avais pas été convaincue que ça ne marcherait jamais entre eux…

– Ton ami semble plus classe que notre lèche-bottes, c'est sûr. Et donc, vous avez dessiné une collection, pour de vrai ?

– En fait, il m'a surtout aidée à la réaliser. Une collection d'une quinzaine de modèles uniques, que je vais compléter.

– Mais comment a-t-il fait ?

– Le père de Lorenzo est un chausseur connu, qui a des boutiques partout en Europe. Bon, on ne joue pas dans la catégorie luxe, mais c'est un business qui marche bien… Lorenzo travaille dans un de ses ateliers à Paris…

Elle s'interrompt. Je l'encourage d'un geste.

– Eh bien, je ne devrais pas te le dire, mais on n'hésite pas à se servir des matériaux de l'usine de banlieue à laquelle il a accès !

J'écarquille les yeux. Sacrément débrouillards, la paire de copains… La jeune femme entreprend de me raconter le concept qui sous-tend sa collection, jusqu'ici tenu secret… L'idée n'est pas juste géniale, elle est révolutionnaire.

Trois quarts d'heure après, nous commandons un taxi pour elle, et je reprends le chemin de Neuilly en priant pour ne pas croiser la route de flics munis de ballons.

♦ ♦ ♦

L'appartement est plongé dans l'obscurité. Je rejoins notre chambre sur la pointe des pieds. Jack est déjà couché. J'allume dans le couloir, en titubant un peu, ivre d'une joie que je n'avais pas ressentie depuis longtemps. Je me sens victorieuse. Je veille à ce que mon mari ouvre un œil, puis un deuxième. Il m'observe alors que je me déshabille le plus lentement possible. Il sait que j'ai éclairé le couloir pour lui, afin qu'il soit aux premières loges d'un strip-tease langoureux. Je suis excitée par cette journée de succès. Trouver notre lieu d'exception, rembarrer la Carton devant les collaborateurs et le BB, embarquer Crystal pour une soirée champagne, m'enivrer de tous ces parfums…

Je me place devant la lumière du couloir, au seuil de notre porte, de profil. Je me déboutonne. Les pointes râpent la soie du soutien-gorge, s'emballant à mesure que les couches de tissus s'envolent. Le regard de Jack dans la pénombre me pousse à me cambrer. Je brûle que mon mari me rejoigne pour prendre mes tétons entre ses lèvres. Il pourrait me faire jouir rien qu'en promenant sa langue sur mes auréoles, et en glissant un doigt entre mes jambes. Il n'aurait qu'à me caresser quelques minutes... Mais il sait me faire attendre, et repousser l'explosion. Il reste immobile.

Je poursuis mon effeuillage, tout à fait consciente que la queue de Jack forme un pic sous nos draps de percale. Je n'ai même pas besoin de regarder. Je sais. Je fais glisser ma jupe et mes bas. J'enlève mes talons, gardant simplement le string, j'entre dans la pièce et m'assieds sur le pouf près de la coiffeuse. Je croise puis décroise les jambes en me penchant vers le lit. Un serpent brûlant monte. Je gémis, pas pour exciter Jack, mais parce qu'une fureur inattendue s'est emparée de moi. C'est Crystal qui me caresse, ses mains et ses bagues me griffent doucement, sa bouche étouffe la mienne, ses seins s'écrasent sur les miens.

Électrochoc de l'image. Je reprends mon souffle alors que Jack se lève d'un bond, avec une érection sublime. Un halo de Fahrenheit nous enveloppe. Je m'adosse contre l'encadrement et dresse ma poitrine vers le plafond. Je rejette la tête en arrière, j'inspire fort, il se plaque contre moi et me prend sans brutalité, mais sans autre préliminaire. Je m'écartèle, il m'emporte dans un va-et-vient étourdissant.

Dois-je préciser que Maëlis a levé le camp ?

10

Crystal

Dans mon bain moussant, je me délecte devant un épisode de *Californication*. Hank Moody, c'est en quelque sorte moi en mec, et en pire. Dépravé, libertin jusqu'au bout de la bite, drogué par alternance, tendre sans y penser, alcoolique, sexy et sarcastique. Je suis tombée amoureuse de lui dès la première saison. J'ai maintes fois eu envie de pénétrer l'écran et de le rejoindre dans son bordel. Le mec qui est capable de sortir : « *Désolé d'avoir sali le tapis, je ne savais pas que ta vieille était une femme fontaine* » ou encore « *Les règles que j'ai appris à L.A. : un matin de gêne vaut mieux qu'une nuit de solitude, et je ne rentrerai peut-être pas dans l'histoire mais je rentrerai sûrement dans ta sœur* » mérite sans conteste mon admiration. Je le laisserais bien me rentrer dedans si l'Atlantique ne faisait pas barrière.

Dans un autre genre, je suis absolument dingue de Kate Walsh. Je l'avoue, j'ai même une photo d'elle dans le tiroir de ma table de nuit – réminiscence de mon adolescence non digérée. La rousse, rendue célèbre dans *Grey's Anatomy* et star de son dérivé *Private Practice*, a cette élégance, ce charme de la quadra ultra-féminine, ces courbes renversantes, cette chevelure rousse qui appelle la caresse et ce sourire diamant qui me font chavirer. Mon histoire d'amour avec le sexe féminin est née de ce constat simple : je trouve globalement les femmes plus canon et plus attirantes que les hommes. La beauté d'un être, celle qui enivre en un coup d'œil, me fait perdre mes moyens, et j'ai systématiquement soif d'en apprendre davantage sur celui ou celle qui se cache à l'intérieur. Mais pour moi, esthétique attrayante ne rime pas avec plastique parfaite. C'est au-delà des mots et des conventions. C'est un détail, une grâce singulière, une attitude qui portent en avant des atouts ravissants. J'avais à peu près 15 ans lorsque je me suis interrogée sur le pourquoi de mon obsession pour ma prof d'art. Pourquoi pensais-je à elle tous les soirs avant de m'endormir ? Pourquoi avais-je ce besoin de la suivre un peu partout au collège ? Pourquoi étudiais-je avec le plus grand soin ses choix vestimentaires ? Pourquoi ne m'intéressais-je pas plutôt aux starlettes du foot dans la cour de récré ? Ce n'est que par un phénomène de répétition que j'ai compris, des années plus tard. Je suis attirée par le corps des femelles autant que par celui des mâles. Bisexuelle ? Sûrement. Pourtant, à long terme, j'envisage plus facilement ma vie avec un homme, notamment depuis ma relation avec Delia. À ses côtés, j'ai réalisé que sa présence ne me suffisait pas. Que la dualité homme-femme, et la richesse de l'échange qui en découle, me manquaient. Donc, je ne me donne pas d'étiquettes (j'ai horreur de ça). Je choisis mes partenaires de jeux au gré des rencontres et de mes envies. Le genre m'importe peu, c'est l'attraction et l'effusion qui prévalent.

♦ ♦ ♦

Éléonore me manque. Depuis notre coup de maître à la réunion du Dragon et notre soirée champagne, je la sens lointaine. Barbara, qui nous pendrait volontiers par les ovaires sur la place publique, ne nous facilite pas les choses. Comme elle s'est sentie trahie, humiliée et dépassée par notre chair fraîche, elle me surcharge de travail et de petites missions de secrétaire, dès que je pose mon postérieur rebondi sur ma chaise le matin. Finies les pauses cappuccino parce que

« Crystal, le cappuccino ça fait grossir et vous n'avez pas le temps ». La salope s'obstine et n'a plus qu'un but : me séparer d'Éléonore dont elle a compris que je serais l'alliée précieuse pour renverser sa monarchie. À ceci près que le Dragon, même toutes griffes sorties, ne freinera pas l'affection grandissante que je nourris pour sa rivale blonde.

Ce qui m'ennuie en revanche, c'est cette impression étrange et taraudante que Barbie me fuit. Je sens ses yeux qui balaient régulièrement mon bureau, comme si elle réfléchissait en m'observant. Mais à quoi ? Suis-je allée trop loin en lui parlant de ma collection de chaussures ? M'a-t-elle utilisée pour défaire son ennemie avant de me jeter sans états d'âme ? J'ai des doutes... Je me remémore nos échanges alcoolisés, je la revois me confier des bribes de sa vie, me poser des questions indiscrètes. Regrette-t-elle ses confidences ? Je me souviens de nos rires, de ses idées folles sur Andréas et moi, de nos œillades tendres. Non, je dois flipper pour rien. C'est fou comme la panique s'empare plus facilement de vous quand des sentiments naissants vous suspendent à un fil, vous fragilisent en même temps qu'ils vous électrisent.

Inès, quant à elle, n'a visiblement pas oublié la rencontre de nos lèvres sur la piste de danse. Elle trouve des prétextes pour me parler, me propose des pauses cigarettes, d'ordinaire réservées à Éléonore, et même un déjeuner, que j'ai décliné. Je la trouve aussi sexy que creuse, elle ne me divertirait pas longtemps... En revanche, elle offre une récréation à Delphine qui nous épie, entre dégoût et envie. Comme si sa fin de nuit collée à mes basques sur le canapé ne lui avait pas suffi, Bouboule renfrognée nous surveille avec un visage qui dit : « Est-ce que ça m'attire ou est-ce que ça me répugne ? » Je voudrais lui crier : « Ça t'écœureeeeee, laisse tomberrrr !! », pour que la balance penche du bon côté, pour qu'elle ne tente jamais, au grand jamais, sa chance.

♦ ♦ ♦

J-7 avant le lancement. Les coussins sautent et glissent de part en part. Alceste, interloqué, m'examine en train de faire des bonds sur mon lit. Je l'ai enfin aux pieds ! Le prototype d'une paire de ma collection, que je vais inaugurer dans une petite semaine. Lorenzo, mon cat-sitter (le seul être vivant que le chat-roi tolère en dehors de moi), mon acolyte, celui qui fabrique ce que je dessine, me sourit.

– T'es heureuse ?

– Tu plaisantes ? Je pourrais jouir rien qu'en les regardant ! Elles sont parfaiiiiiiites !

– Elles te vont à ravir en tout cas, chérie. Tu vas ray-o-nner !

– Ce nude est somptueux, les strass m'éblouissent et alors ce talon aiguille, j'ai envie de l'embrasser…

– Allez, darling, marche avec ! Défile pour Alceste et moi !

– Grave, mate ça, chou !

Une belle occasion d'emmerder la voisine grognon du dessous qui gère le syndic et n'a pas jugé utile de me prévenir de la réfection des portes il y a quelques semaines. À cause de cette cruche, ma doudoune noire – qui un soir a malencontreusement rencontré la peinture fraîchement étalée – est maintenant parsemée de taches bleues ! Je l'aurais étranglée. Alors, en paradant devant mes deux amours, je force le coup de talon et je savoure l'instant.

Affalés sur le canapé, on se fait ronronner dessus en tirant sur un pétard gros comme un majeur dressé (en direction du Dragon ? De la voisine ?). Lorenzo m'apaise. Avec sa présence rassurante, son odeur enivrante (*Rochas Man Intense*), sa façon de me dire que je suis belle sans arrière-pensée (Andréas serait davantage son genre pour un coup d'un soir), il a le don d'éclipser mes peines et d'atténuer mon stress permanent.

– Tu crois qu'Éléonore va aimer mes chaussures ?

– Évidemment, chérie, tu m'as dit que c'était une femme de goût, non ? Pas certain en revanche qu'elle ose les porter, si elle a le style plus consensuel que tu m'as décrit… Mais elle te trouvera canon, va, t'inquiète.

– J'espère. J'aimerais bien qu'elle les enfile pour voir si ça lui fait de l'effet… Pour voir si ça stimule ses zones sensibles, si tu vois ce que je veux dire !

– Cochonne !

– Après tout, elles sont faites pour ça, hein ! C'est le cadeau parfait, tous les hommes du monde devraient les offrir à leur femme. Des chaussures aphrodisiaques, les mecs vont bander rien que sur le concept !

– Ça t'excite, toi, de les porter ? Est-ce que tu sens les effets de la réflexologie ?

– T'as pas vu ma tête quand je trottais dessus ou quoi ? Un vrai kif !

– Oui, mais comme je sais que tu pourrais atteindre l'orgasme rien qu'en imaginant ta vieille voisine se retourner dans son lit froid en te maudissant…

Je ris, on ne se connaît pas depuis huit ans pour rien !

♦ ♦ ♦

Le Dragon a quitté son antre. Elle qui, ce matin, a osé fouiller sous mon bureau, persuadée d'avoir entendu un miaulement suspect, a enfin débarrassé le plancher pour se rendre à un rendez-vous à l'extérieur. Loin, très loin, qu'elle y reste ! Si seulement la Bête pouvait se manger un miroir (comme dans *Vidéo Gag*) et, le nez cassé, rester clouée sur son lit d'hôpital. Elle pourrait aussi opter pour un peeling, comme Samantha dans la saison 5 de *Sex and the City* et, blanche-rouge, semblable à une tomate périmée, décider de ne pas se montrer à la grande soirée de l'année…

Je surfe sur Facebook et je pense à Élé. J'ai déjà repéré son profil sans pour autant franchir le cap en l'ajoutant dans mes contacts. Si nos rapports se sont clairement intensifiés, je ne sais pas jusqu'où je peux la laisser entrer dans ma vie. C'est l'éternel problème des réseaux sociaux, surtout quand on y est prolixe comme moi. Non seulement mes pages grouillent d'états d'âme, de références à des moments personnels et de photos capturées au hasard de mes aventures mais mes amis ne s'interdisent rien. Je me souviens d'une escapade à Budapest pendant laquelle des copines de foire et moi avions joué les mannequins nocturnes au Boscolo Palace, entre deux gorgées de whisky. Et tandis que je dormais profondément aux premières lueurs du matin, tout le bureau de Sonia Rykiel avait pu jouir de mes poses suggestives, accrochée à deux nichons, la bouche pleine d'un gode surdimensionné. C'est la magie du « tag » qui nous impose une transparence que nous n'avons pas forcément choisie. Les clichés nous échappent à l'instant même où ils sont saisis. Les informations confidentielles deviennent publiques en un clic. Et la suppression n'est jamais définitive.

Facebook est un outil de communication aussi fabuleux que destructeur. Au moindre faux pas, il consume un couple (parce que la conversation sexy avec le mec rencontré dans un bar n'a pas été effacée à temps), dévaste une amitié (quand l'un se rend compte que non, il n'a pas été convié à cette fantastique soirée qui se déroule d'image en image sous ses yeux embués), anéantit de jeunes espoirs professionnels (lorsque dans un moment d'égarement, on prend sa page pour un défouloir anti-patron et collègues casse-couilles).

En connaissance de cause, j'ai quand même envie de cliquer sur le bouton « ajouter ». Barbie me trouve trop secrète, c'est l'occasion de me dévoiler davantage. Après tout, j'aurai aussi accès à son univers, que j'imagine avec un certain dégoût rempli de jumeaux qui bavent, de belle-mère envahissante et de Jack… trop Jack. Si cela pouvait briser le mur dressé par Barbara entre nous, ça vaudrait sûrement la prise de risque.

♦ ♦ ♦

Éléonore Wilde a accepté votre invitation. Mon palpitant s'emballe, ça n'a pas été long. En prime, elle est en ligne. Tchatter, alors que quelques mètres nous séparent, a un côté « mission secrète et confidences sur le pouce » qui me séduit d'office. Une méthode discrète pour rire en douce et se remonter les infos clés. Je me lance.

– Barbara se casse ! Alléluia !

– Je vois ça. Elle a oublié ses lunettes dans son vivarium, elle va se ramasser dans les escaliers !

– Si seulement... Ça lui ferait peut-être comprendre que ce n'est pas en évitant l'ascenseur qu'elle va perdre ses 15 kilos de graisse superflue.

– Tu penses, elle rêvera jusqu'à la mort de rentrer dans feu son 38.

– LOL ! Tu sais qu'elle a mis son nez sous ma table pour chercher Alceste tout à l'heure ? (J'ai cru mourir de la sentir si près de moi.) Elle est siphonnée au dernier degré, hein ! D'une, qu'est-ce que ça peut bien lui faire que je prenne soin de mon chat tant qu'il ne lui gerbe pas dessus ? De deux, elle est sourde, mais en plus elle entend des voix.

Tu me fais marrer ! Ah attends, le BB s'approche de mon bocal...

– Ah oui... Bon courage Barbie !

– Non, fausse alerte, il a bifurqué vers Hector.

– Lape, Lape ! En l'absence du Dragon, il va avoir besoin de travailler son coup de langue sur quelqu'un d'autre, celui-là.

– Ah ah ah ! Tu sais comment tu t'habilles pour le lancement ?

– Non. C'est un cauchemar. J'ai essayé toutes les tenues auxquelles j'avais pensé hier et impossible de tomber d'accord avec mon reflet dans la glace. Rien ne va avec mes chaussures magiques. Je comptais faire un saut aux Galeries ce soir, si Barbara ne me garde pas jusqu'à 21h !

– MAIS TU ES DINGUE ! À UNE SEMAINE DU GRAND JOUR ?! Comment tu vas t'en sortir ??

– Oulah, tu paniques plus que moi, ça m'inquiète ! Je ne sais pas, mais si tu as une idée miracle, je prends...

– Miracle, miracle, t'es mignonne, toi. C'est vraiment *short*, là.

– Arrête de me faire flipper !!

– Bon. Je vais faire de mon mieux, mais je ne te promets rien. J'ai un ami, un jeune créateur fabuleux. C'est le futur Jean-Paul Gaultier, donc a priori pas le genre de type que tu appelles à la dernière minute… Je vais toutefois essayer de sauver tes fesses en t'organisant un essayage rapide dans son atelier.

– Tu ferais ça ? T'es mon ange gardien, Élé !

– Attention, j'ai dit que ce n'était pas gagné, Girafe ! Mais on ne va pas te laisser nue de toute façon, ça rendrait la Carton encore plus folle qu'Andréas et le BB…

– J'ai presque envie de t'embrasser là, tout de suite…

– Du calme, ma belle, bois un verre d'eau ! Je t'abandonne, j'ai un coup de fil à donner au traiteur… Je m'occupe de ça dans la foulée.

– OK, merci encore. Baiser.

– À tout à l'heure. Bise !

Le BB fonce vers moi. *Maman*, j'ai peur. On dirait un volcan en éruption. Lape n'a pas dû laper assez. Il plante ses yeux irrités dans les miens.

– Elle est où, Barbara ?

– Euh, en rendez-vous dehors.

– Avec qui ? C'est pas le moment, là ! Elle se moque de moi ou quoi ? Dites-lui de venir me voir dans mon bureau dès qu'elle revient.

– Bien sûr.

Dieu est sur les nerfs. S'il pouvait les passer sur le Serpent, ce serait FAN-TAS-TIQUE ! Je ne manquerai pas de lui envoyer le colis dès qu'il repointe ses plis dans les parages.

Céline Dion vissée sur les oreilles, « All by mysellllllffff », je vérifie la pile de dossiers que Barbara m'a donnée, je corrige les coquilles, je prépare des propositions de SMS à expédier aux invités pour leur révéler le lieu secret, j'envoie des mails pour aider l'équipe de com' de Nathalie et je balise. J'ai conscience de n'être qu'une petite main au milieu d'une immense machinerie, pourtant je me sens aussi responsable du bon déroulé de l'événement. Si je suis dans l'ombre des grands, j'ai envie de leur être indispensable.

Voilà que Delphine recommence avec ses grands gestes. Mais qu'est-ce qu'elle veut, encore ? Le Dragon n'a pas réapparu, qui peut donc chercher à me couper de ma chanteuse préférée et de ma concentration acharnée ? Elle insiste, je mets Céline sur off et je comprends. Mon téléphone chante « Rolling in the deep », à pleine puissance.

There's a fire starting in my heart, Reaching a fever pitch and it's bring me out the dark. Paula.

– Allô, ma belle !

– Salut, ma Paula, comment tu vas ? Ça me fait plaisir de t'entendre !

– Moi aussi, ma chérie. Écoute, ça va mieux depuis que cette maudite crève m'a lâché les basques. Je n'en pouvais plus, j'ai cru mourir, tu sais…

– Ma pauvre…

– Tu n'imagines pas ! Alors, c'est bientôt ta soirée de lancement hyper-ultra-importante ?

– Ouiiii, dans six jours ! C'est le speed total ici !

– Tu serais toujours heureuse que je vienne, pour t'aider à émoustiller ta boss ? Comment elle s'appelle déjà ?

– Éléonore… Ce n'est pas vraiment ma boss, tu sais, disons que je l'assiste par intermittence, quand mon tyran me fout la paix. Pourquoi, tu vas venir, pour de vraiii ?

– Tu sais bien que, pour tes beaux yeux, je traverserais des océans, Crys !

– Oh ! tu vas me faire rougir… Je suis tellement contente que tu puisses être là !

– Je ne raterai pour rien au monde l'inauguration de ta collection de chaussures aphrodisiaques !

– T'es un ange, mais je te rappelle qu'on inaugure surtout *Ladies' Taste* ! Mes escarpins ne seront sûrement pas très remarqués.

– Tu parles, s'ils ne viennent pas d'eux-mêmes, moi je vais attirer les flashs dessus, t'inquiète pas ! Je t'amène ma meilleure amie Dita, mes danseuses burlesques et Paul pour l'ambiance. Je voulais te faire la surprise, ils sont tous d'accord, même si c'est du *last minute* de chez *last minute* !

– Waouh, tu ne fais pas les choses à moitié toi ! Dis, tu ne voudrais pas que je te passe Éléonore, pour que tu lui annonces tout ça ? Elle va vibrer.

– Allez, vas-y Crys, je te la chauffe un peu !

– Ahah, merci ma Paula, je file vers son bureau. Je t'embrasse fort !

Je fonce vers ma Barbie, d'un pas décidé, le cœur léger. Je sais que je vais taper fort avec ce coup de fil. Je lui tends mon smartphone en l'invitant à écouter. Elle se mord les lèvres (quelle comédienne !) et m'interroge, en battant des cils. Je lui fais un clin d'œil et m'avachis dans son fauteuil club. Je contemple son visage d'ange qui s'illumine à mesure que les minutes s'égrènent. Une petite fille qui, près du sapin brillant de couleurs, trouve sa poupée tant attendue. Élé m'émeut. Ses fossettes qui se découvrent par moments, lorsqu'elle exulte, sa mèche qui – s'enroulant autour de son doigt – copie ma manie de toujours, sa façon de sautiller sur elle-même quand elle obtient ce qu'elle veut… oui, elle m'attendrit. J'ai envie de l'entourer, de la protéger des serpents venimeux, de lui dire des choses tendres, de la câliner. Je perçois ses failles, sa fragilité dissimulée sous une carapace de femme multitâche et ambitieuse, qui a rangé ses angoisses derrière ses aspirations.

En raccrochant, elle me dit, avec une spontanéité que je ne lui connaissais pas encore :

– Cette fois, c'est moi qui ai envie de t'embrasser !

Ah oui ? Sérieusement ? Je m'approche d'elle, m'arrête à deux centimètres de ses lèvres, plante mes yeux dans les siens en respirant fort dans son cou et dévie sur sa joue où je pose un baiser vif. Éléonore reste muette. J'ai opéré très vite :

une manœuvre suffisamment directe pour la décontenancer, mais trop concise et floue pour la choquer.

J'enchaîne, l'air de rien, sur l'orchestration parfaite de notre lancement en grande pompe. Beyoncé, Scarlett (que je collerais bien contre un mur à l'occasion), Paula, ses danseuses burlesques et son DJ Paul J. de mari (qu'il va falloir caser sur le précieux conducteur du Dragon tout en virant avec diplomatie l'autre ringard qu'elle a engagé « parce que merde, Éléonore, tu rêves en Technicolor, tu n'obtiendras ja-mais DJ Paul J. ! »), la star de l'effeuillage : on est prêtes pour le meilleur. Élé acquiesce en me rappelant qu'il me manque quand même une chose cruciale (ma tenue), toujours un peu perturbée, sous cette façade lisse qui contient l'émotion. Artifice qui ne prend plus avec moi depuis quelques semaines déjà.

♦ ♦ ♦

J-3. Le vent frais de décembre infiltre l'habitacle de la Mini de Barbie qui, par compassion pour mes nœuds de stress dans le dos, me laisse m'en griller une à la vitre. La radio diffuse des news toutes plus déprimantes les unes que les autres, et franchement, on n'a pas besoin de cette sinistrose ambiante aujourd'hui. Je fouille dans mon *Alma*, attrape mon iPod aux cinq mille merveilles, sélectionne « Feeling Love » de Paula Cole (chanson qui accompagne le bain de Meg Ryan dans *City of Angels*) et connecte l'engin à la voiture. La sensualité qui émane de ce morceau troublerait n'importe qui. Éléonore chantonne en conduisant. Je fais mine de laisser tomber un paquet de mouchoirs entre son siège et le levier de vitesse pour déposer ma main sur sa cuisse au détour de ma mission de récupération. Elle frissonne. Je change de chanson. Souffler le chaud et le froid est une technique de séduction éculée mais des plus efficaces.

Alors que la Tour nous croit dans les appartements de Zahi pour une dernière vérification, rue Vieille-du-Temple, je brûle d'impatience. Je secoue ma queue de cheval de gauche à droite, comme une gamine qui gesticule vers la cour de récré, les fesses qui roulent en supplément.

J'aime tellement le Marais, ses ruelles calmes qui croisent et entrecoupent les artères plus populaires et animées. Éléonore a garé sa voiture au parking de Beaubourg, et nous nous engageons dans une impasse à l'écart du tumulte ambiant. Après avoir franchi plusieurs portes à codes, nous entrons enfin dans une vaste cour fleurie et arborée. Je suis ma complice qui, d'un pas décidé, s'avance vers la véranda empiétant sur la cour : c'est l'entrée de l'atelier d'Armand Modinier. Barbie me l'a décrit comme un jeune prodige de la mode ayant su s'imposer dans le monde fermé de la haute couture, avant même d'être consacré par Hollywood. (Un producteur très connu est venu le chercher pour dessiner les tenues des héroïnes d'une série très en vogue, qui sert régulièrement de référence à notre BB national.)

Un coup de sonnette, et la porte s'ouvre automatiquement, dans un silence presque religieux. À l'intérieur, la lumière du jour est réfractée sur les murs et les baies vitrées. Une musique zen – harpe et bruit de cascade – complète l'agencement Feng Shui.

– L'atelier est une surface d'environ deux cents mètres carrés d'un seul tenant, avec quelques bureaux et cabines d'essayage au fond, derrière ces rideaux, m'explique Élé à voix basse.

Quelques femmes sont affairées sur une gigantesque table en bois, machine à coudre ou aiguille à la main. Plusieurs mannequins de cire attendent d'être drapés, en chiens de faïence face à d'autres plus habillés. Immédiatement, j'aime ce que je vois. Des robes élégantes et sexy sans être vulgaires, qui doivent être d'une originalité certaine sur les catwalks. Deux jeunes filles filiformes, à qui il semble manquer des côtes, prennent la pose en se détaillant dans le miroir qui court le long d'un mur.

Éléonore me présente Armand, grand blond méché efféminé, lunettes noires et carrées, qui a surgi du fond de l'atelier. Il jette quelques ordres aux couturières, donne un conseil à l'habilleuse qui guide les modèles, rajuste un jupon sur l'une des silhouettes inanimées. Il a à la fois la dégaine d'un surfeur, d'un coach et d'une mère poule – drôle de cocktail.

– Bienvenue Crystal, me lance-t-il d'une voix liquoreuse.

Barbie me donne l'impression d'être comme chez elle et navigue entre les paravents, les tables, les mannequins en plastique et les porte-vêtements. Moi, je suis impressionnée, l'endroit a une âme.

Armand m'apporte trois tenues, pensées selon ce qu'Éléonore lui a dit de moi, tandis qu'elle nous laisse un peu d'intimité. Parfait, je préfère la surprendre le jour J. Je n'en crois pas mes yeux. Je découvre une combinaison-pantalon drapée, d'un bleu saphir, plutôt cintrée en haut et très évasée dans la longueur, le tout relevé par un décolleté push-up. À côté, une robe bustier rouge et dentelle, plissée sur les cuisses – style écolière coquine ou adepte du SM. Pas ma came. Et puis je la vois. L'apothéose. Ma tenue de rêve. Une robe noire somptueuse, longue, au dos nu vertigineux, fendue sur les seins – avec deux pans reliés par des lanières de strass. Coup de cœur, il faut que je l'enfile, tout de suite. Elle tombe à merveille sur mes pieds nus (eux qui attendent leurs partenaires de jeu) vernis d'un rouge corail, et le rapport charnel qui s'installe immédiatement entre ce tissu et moi confirme ma première sensation : c'est elle. Armand me fait tourner et sourit.

– On dirait que je l'ai dessinée pour toi.

– Oh ! merci, je me sens comme une princesse, en plus sexy. Tu as un talent fou.

– Tu as de la chance, il n'y a même pas besoin de retouche, à peine un point sur la taille pour que ça tienne au mieux. C'est plutôt rare.

– C'est parfait…

– Dis-moi, au passage, c'est quoi ces sous-vêtements somptueux ?

– Ils viennent de mon site de vente en ligne préféré : *Lemon Curve*. Ils font de la lingerie pour toutes les femmes, toutes les formes et toutes les tailles ! Et de la qualité en plus, on y trouve une quantité de marques hallucinante ! C'est frais, souvent sexy et pas vulgaire, j'adore !

Je virevolte, je me touche de haut en bas, je déborde de bonheur. Je suis presque certaine de plaire à Élé, mais je réserve le moment : dans trois jours, avec les chaussures. Armand emballe mon cadeau et Barbie nous rejoint. Elle devra patienter pour apercevoir ma trouvaille, mais je la prends dans mes bras pour la remercier. Elle semble contente de son initiative à double effet gagnant : la création de son ami va briller sous les projecteurs et moi, j'ai ma compagne de soirée. J'embrasse Armand à qui je ne sais comment témoigner ma gratitude et nous prenons congé de ce lieu insolite et chaleureux pour rejoindre la Tour.

♦ ♦ ♦

J-1. Le précieux SMS est parti, le Dragon n'a pas fait de peeling désastreux, le BB tourne au scotch pour rester zen, Barbie n'a rien avalé malgré mes tentatives depuis hier matin tandis que Delphine a dû ingurgiter 10 000 calories en 48 heures, et Lape Lape n'a plus assez de salive pour détendre toutes nos directrices, Inès et Andréas se battent pour obtenir des miettes de mon attention entre deux Red Bull anti-*je-dors-sur-mon-bureau* et moi, je flippe ma race.

Il est onze heures, et il y a ce putain de coup de fil qui vient foutre en l'air toute la machine soigneusement préparée. Le coup de fil que l'on souhaite ne jamais avoir dans sa carrière.

– Crys, c'est Paula…

– Je n'aime pas le son de ta voix, je fais en tremblant.

– Ma puce, on a un problème.

Là, je songe à me suicider tout de suite, pourquoi attendre ? Barbara a accepté de décommander le DJ ringard, un de ses amis, et elle prétend depuis qu'elle s'est « grillée à vie dans le milieu de la musique ». Je demande, chevrotante, quel est le problème en question, et j'écoute à peine sa réponse car, simultanément, Éléonore, Barbara et Nathalie déboulent dans l'open space en hurlant pour une fois en chœur :

– Dans la salle de réu, tout le monde, et tout de suite !

Je prends une grande inspiration et je me concentre sur ce que raconte Paula. Paraît que le vol de Paul de midi a été annulé, pour cause d'intempéries – ça c'est la raison officielle. La raison officieuse, c'est que les douanes ont saisi des quantités de coke monstrueuses dans les valises de ses assistants. Ces crétins imaginaient que voyager dans un jet les plaçait au-dessus des lois et ont cru mourir en voyant des officiers monter à bord avant le décollage alors qu'ils venaient de sortir un sachet et une carte première. Tout ce beau petit monde tente de s'en expliquer auprès de la police australienne, que ça ne fait pas marrer du tout.

– S'il ne part pas en fin de journée, c'est mort.

– Et s'il part demain matin ? j'ose, sans y croire moi-même.

– Sydney-Paris, c'est plus de 22h de vol, chérie !

– *Fuck*.

– Comme tu dis ! Et je ne te raconte pas les emmerdes dans lesquelles on risque d'être plongés à cause des petits cons qui l'entourent. Transporter leur came, non mais, quelle idée ! Ils ne peuvent pas se fournir sur place ? J'hallucine encore, Crys, tu sais…

Je m'abstiens de lui rappeler qu'il y a dans ces valises une bonne partie de la conso perso de son mari, ça n'arrangerait rien. Je soupire.

– Je te *call back*, ma Paula, ça me dépasse là, mais peut-être que Élé ou Barbara auront des idées.

– Je compte sur toi pour que ça reste confidentiel, chérie, OK ?

– Bien sûr, *darling*, *don't worry*.

Je soupire et je traîne les talons vers la salle de réunion.

L'heure est si grave que personne ne songe à relever mon arrivée légèrement tardive – quatre minutes trente après l'aboiement de la direction tricéphale, faut-il être maso. *Yes, I am !*

Éléonore, qui parle davantage à ses stilettos qu'à l'assemblée, est confuse. L'attachée de presse de Scarlett, une hystérique comme on en voit beaucoup dans le milieu du cinéma, piaille que la bombe égérie d'Almodovar déteste le modèle qu'on lui a choisi pour la soirée.

– Comment c'est possible, ça ? lance Barbara, haineuse.

– Aucune idée, on a envoyé il y a trois mois plusieurs dessins et elle en a sélectionné cinq. Le styliste s'est déplacé à Los Angeles pour prendre ses mesures et afin qu'elle choisisse elle-même les tissus. Les cinq modèles ont été confectionnés car, disait son attachée de presse à l'époque, elle ne parvenait pas à se décider tellement elle les trouvait parfaits… Et subitement, aucun ne lui convient plus ?

Nathalie intervient d'une voix douce qui m'horripile un peu.

– Scarlett a peut-être un peu minci ou pris deux kilos et elle n'ose sûrement pas le dire…

Éléonore paraît soulagée.

– Si ce n'est que ça, on va envoyer le styliste au George V avec pour mission de rajuster la robe ou d'en proposer d'autres…

– Avec une énorme gerbe de fleurs et une corbeille de parfums, de chocolats, de savonnettes hors de prix ou je ne sais pas quoi d'autre, pour remercier l'attachée de presse de nous donner une autre chance ! beugle le Dragon.

C'est moi qui ai envie de gerber. Le tyran continue le tour d'horizon des tracas du jour.

– Nathalie, puisque tu as la parole, tu la gardes… Tu as un souci avec Queen B ?

– Son chihuahua, Champs-Élysées, a la gastro…

– Oh non !!! je m'exclame.

Je compatis plus que le reste de l'assistance. Alceste n'est donc pas le seul compagnon à pattes à avoir les intestins fragiles.

– Champs-Élysées, sérieusement ? sifflent les autres.

Mais le Serpent n'a pas terminé – et dire que moi, je n'ai même pas commencé…

– Le traiteur a eu un problème d'approvisionnement, plus de saumon ni de caviar. Quel est l'imbécile qui devait gérer la partie buffet ?

Soupir de soulagement général. Deux détails culinaires à changer la veille pour le lendemain, c'est *easy* ! Mais la diva du marketing vit essentiellement pour les drames qu'elle contribue à créer au quotidien… Elle s'aperçoit du peu d'inquiétude que cela soulève autour d'elle, toussote et lâche le gros morceau :

– *Last but not least*, le bracelet Cartier que devait porter Beyoncé n'a toujours pas réapparu. C'est inquiétant. Il était enfermé à double tour dans mon armoire…

Je déglutis. Il me semblait pourtant avoir remis l'écrin à sa place, après notre soirée de permanence déjantée… Personne ne réagit. Du coup, je me hasarde et change de sujet :

– À propos de la musique…

11

Éléonore

JULES ET LILI sont assis au bord de notre lit, sages et coiffés (un miracle). J'en profite pour m'observer sous tous les angles dans le miroir, avec une nervosité croissante. Je suis nouée, au bord de l'évanouissement, mon estomac remonte dans mon œsophage alors que je n'ai rien avalé depuis deux jours. Les interventions régulières de Crystal, par SMS ou Facebook, qui tente de me gaver de cappuccinos, cupcakes ou salades supposées light, ont échoué. Rien ne passe.

« Serre les fesses, souris et mets-toi une pile ! » me suggère en général ma meilleure amie Claudia. Marraine de Jules, ancien mannequin et actrice italienne, je l'ai peu vue cet automne. Elle est rarement à Paris, tournant pas mal à Hollywood ; ses conseils sont sommaires mais jamais mauvais. J'espère la capter ce soir. Elle n'a pas confirmé sa venue, fait partie de ces VIP qui oublient les RSVP parce qu'ils entrent à peu près partout. Par sécu, je lui ai envoyé l'adresse de Zahi : elle avait jugé mon idée géniale quand je la lui avais racontée au téléphone.

Claudia est une fille drôle, décidée, qui se fiche des convenances et n'agit qu'en fonction de son instinct et de ses intérêts. Elle connaît mes secrets comme je connais les siens. Bientôt quarante ans, une indépendance d'esprit, un sens de l'incongruité... Nous nous connaissons depuis qu'elle s'était amourachée de l'une de mes peintures, encore accrochée dans son salon aujourd'hui. D'une famille très riche, mariée à un nabab de la finance, constamment en voyage, nos vies ne se ressemblent en rien, mais nous sommes très liées. Notre amitié, devant cette toile qu'elle avait comprise d'emblée, était née en un regard.

Je lui présenterai Crystal, elles devraient s'apprécier. Qui sait, Claudia aura peut-être des idées pour la carrière de ma jeune amie ? La quête de nouveaux talents est sans fin, surtout dans le septième art. De ceux qui sauront mettre en valeur, via les tenues et les accessoires, les futures légendes du cinéma. Claudia elle-même est attentive à tel styliste qui monte, tel créateur de bijoux branché ; elle m'avait pas mal conseillée lorsque j'étais entrée chez Modus.

Crystal ne le sait pas encore, mais Claudia nous a sauvé la vie pas plus tard qu'hier. Quand nous avons appris que DJ Paul J. était coincé à Sydney, il a fallu agir vite. Le BB est lui-même intervenu, en appelant un diplomate influent haut placé qui a accepté de graisser la patte aux officiers témoins de l'affaire. Puis j'ai supplié Claudia d'envoyer le jet de son mari chercher celui de Paula – les autorités australiennes avaient immobilisé l'avion, et rien ne pouvait le débloquer dans les temps.

J'enfile une robe Dior portée quand j'avais vingt ans. La soie sauvage bleu nuit n'a pas vieilli, et que dire de cette coupe sublime, New Look, qui revient périodiquement à la mode… Le bustier met en valeur la rondeur des épaules en soulignant aussi la taille. Cette robe signifie beaucoup pour moi, sorte de porte-bonheur depuis mon premier vernissage à Paris : j'avais vendu toutes mes toiles.

À cette époque, mon père, installé en proche banlieue, m'avait serrée contre son cœur, soulagé. Je pouvais désormais voguer sans lui. Il avait rempli son contrat. Faire fructifier l'entreprise fondée par son grand-père, se marier et rendre sa femme heureuse, propulser sa fille unique dans une destinée artistique rentable. Il pouvait se retirer en Thaïlande six mois de l'année.

Lili me tire de ces souvenirs.

– Ma-man ! hurle ma poupée en tendant les bras pour que je la prenne contre moi.

Je m'exécute. Ne manquer un câlin sous aucun prétexte. Mes enfants aiment le New Look mixé à la paire de Jimmy Choo de la collection « Crystal Anniversary » (un… hasard ?) : des sandales *Niagara* à plateau en plexiglas, dont les brides sont rehaussées de cristaux. Je ne les montrerai ni à ma pauvre mère, qui s'évanouirait d'un tel assemblage… ni à Jack, qui se prépare pour un cocktail aux antipodes du mien.

Moment tendu : deux événements importants et simultanés nous séparent ce soir. Jack devient associé de son cabinet ; il me l'a avoué il y a une heure, lorsqu'il a réalisé que je n'assisterais pas à son moment de gloire. Il a hésité : devions-nous nous prendre dans les bras ou nous engueuler ?

– Tu pourrais zapper ton cocktail de parfumeurs…

– Non, mais tu es malade ?! C'est l'événement de l'année ! Si je le loupe, je suis virée !

– Si tu es virée, tu t'installes à Londres avec les jumeaux et tu recommences à peindre. Je peux subvenir à nos besoins à présent…

– Pas maintenant, Jack. Et arrête de me faire le coup du retour à la peinture.

Mâchoire crispée, tête baissée, il a quitté la chambre.

Et si Crystal me trouve ringarde ? Je chasse cette idée et me concentre. Une copine coiffeuse de plateaux télé a arrangé ma tignasse en une espèce de natte décoiffée sur le côté. Je me suis maquillée seule, en allongeant mes yeux d'un trait d'eye-liner discret, mes cils sont si recourbés qu'on va encore dire qu'ils sont faux. J'ai un peu forcé sur le gloss nude.

Jack, lui, s'habille dans la chambre des jumeaux. Il se contorsionne pour ajuster les boutons de manchettes et la cravate. Son pas sur le parquet grinçant est hésitant et lourd. Je sais que son cœur l'est aussi, et j'ai envie de le rejoindre pour l'embrasser et lui promettre mille autres soirées meilleures.

Il ronchonne en se repassant, j'imagine, le film de l'instant où on s'est fâchés… Comme je sors peu, Jack n'a pas jugé utile de me prévenir de la date de son cocktail. Et comme il est absent de la maison en semaine, je ne me suis pas imaginée sortir à son bras pour *Ladies' Taste*.

Dernière tentative depuis la buanderie où il est allé repêcher des chaussettes noires.

– Tous mes collègues, et surtout les *partners*, seront accompagnés… Bien accompagnés…

– Ce sera si difficile d'expliquer mon absence ?

– Oh ! je dirais que tu t'occupes de Jules qui est malade…

– C'est malin, ça ! Et si j'apparais dans les magazines people aux côtés du BB, de Paula, Claudia si elle se pointe, Beyoncé ou Scarlett, tu feras comment ?

Jack ose son nez dans la chambre. Ses prunelles noires scintillent.

– Tu crois que ça me préoccupe vraiment ? Si tu cessais de virevolter cinq minutes pour t'occuper de cette famille, tu verrais…

Jack s'interrompt. L'une de nos règles est d'éviter les disputes devant les enfants. Il disparaît de la pièce.

Lili entoure ma taille :

– Une histoire ?

Je l'attrape pour une dernière chatouille et l'emmène se coucher. Je la dépose au creux des draps, lui donne un livre et le commence avant de l'abandonner, parce que le sommeil prend déjà le relais. Alison sourit et borde Jules dans le lit d'à côté.

– J'ai vu votre taxi en bas, Éléonore ! Votre mari devrait descendre le retenir… Au bout de cinq minutes, en général, ils s'en vont !

Je me lève d'un bond. Retenir mon taxi, ou plutôt me le souffler ! Je fonce récupérer sac et étole dans ma chambre, et claque la porte d'entrée. L'ascenseur est là, je m'y jette et je descends, pour m'apercevoir dans la rue que Jack m'a devancée. Je dois rêver, mais j'ai l'impression qu'il m'adresse un signe moqueur depuis la vitre arrière.

♦ ♦ ♦

Le quai est très encombré. La montre galope, je décide de descendre avant l'immeuble de Zahi afin de gagner du temps. Je paie la course et entreprends de marcher jusqu'à la foule qui se presse. Comme je le soupçonnais, notre ami libanais a acheté un des deux immeubles, qui paraît inhabité. En revanche, les habitants du deuxième (largement dédommagés pour le dérangement, en amont), sont suspendus à leurs fenêtres et balcons.

Les équipes de sécurité à l'entrée de l'immeuble dissuadent les resquilleurs et les badauds avec politesse et fermeté. En guise de patte blanche, de charmantes hôtesses postées sous le porche menant à la cour intérieure demandent que l'on pose son smartphone sur une borne : seuls les numéros enregistrés par nos soins peuvent entrer.

Des petites bougies disposées dans des photophores roses, sur les dalles de la cour pavée, illuminent les façades richement travaillées du bâtiment et désignent le chemin qui mène aux cieux. Je me hâte en prenant garde de ne pas vaciller sur mes sandales, car les flashs des photographes autorisés crépitent déjà, même si l'heure du photocall n'a pas sonné. Je vérifie rapidement que tout est en place. L'affiche en 4 par 3 de la campagne, encore recouverte d'un voile, encadrée par des panneaux blancs parsemés du logo de Modus, et par des énormes pots de plantes exotiques, trône là où elle doit, ouf ! Le tapis noir sera déroulé au dernier moment. Je me dirige vers le fameux ascenseur ancien que nous avions emprunté avec Crystal et monte au dernier étage, sachant qu'il me faudra redescendre dans un quart d'heure pour accueillir les VIP et nos égéries. Là-haut, tout le staff doit arranger les derniers détails. Dans ma pochette, mon téléphone vibre : c'est Jack. Je l'ignore délibérément. Il vibre une deuxième fois alors que je ne suis même pas au dernier palier : Crystal, que je prends sans hésiter. Le bruit autour d'elle me convainc qu'elle n'est pas loin. Mais où ?

– Dans l'escalier, Barbie ! glousse-t-elle.

Je me penche à travers les grilles de l'ascenseur et la découvre en train d'engloutir les marches de l'escalier pour ne pas être distanciée, sans chaussures et passablement chargée. Je pouffe. Nous parvenons au dernier étage au même moment, je la reçois quasiment dans mes bras.

– Tu sais que c'est smoking et robe longue exigée ? je la sermonne, exagérant à peine.

– Et alors, elle n'est pas longue peut-être ?

Elle virevolte. Je manque de m'étrangler en découvrant le dos nu vertigineux qu'a conçu Armand. Ses ongles sont laqués de prune et assortis : ceux des mains et ceux de ses pieds, que je découvre incroyablement mignons. Des pieds de danseuse. Étonnants pour une fille si grande.

– On ne peut pas en dire autant de toi... ajoute-t-elle en tirant la langue devant mon jupon *old fashion*. Sexy, ta robe longue !

– Hey, on s'incline devant les formes du maître... Sexy, tes *shoes* !

– Je ménage mes effets, moi.

– Je ne le fais pas assez, peut-être ?

– Disons... que tu m'étonnes rarement.

Je suis vexée et je la base en me retournant d'un coup. Qu'elle reste pieds nus, cette peste ! Je défie n'importe quel homme de s'intéresser à ses petons, une fois son monstre de chat sorti de sa tanière.

– Tu es sûre que tu ne veux pas voir les merveilles ? Je te donne l'exclu...

Nous sommes sur le seuil de l'appartement (qui pourrait sans conteste rivaliser avec ceux de Serena ou Blair dans *Gossip Girl*) et j'aperçois cette Carton de barbante, notre cher BB avec l'ex-assistante-plante-verte-épouse-trophée suspendue à son bras, les bretelles roses d'Hector et la brillantine d'Andréas, les seins rebondis des Jade, Inès et Charlotte – pardon, Déborah – enfin, de toutes ces cruches qui peuplent ma vie. Crystal, ça c'est un prénom qu'on retient.

Je reviens presque malgré moi, sachant d'avance que je vais lire sur son visage un triomphe qui va durer quelques minutes. Bingo. Elle me tend son sac à main et une chemise en carton – les doubles des discours sur fiches Bristol, comme me l'a demandé Barbara – et ouvre un autre paquet encombrant, s'assied sur une marche, en extrait une incroyable paire de chaussures que Cendrillon n'aurait pas reniées. Imaginez des escarpins couleur peau, d'une grâce incroyable, donnant presque l'impression que le pied n'est que recouvert d'un voile de strass. Semelle semi-compensée sous la plante prolongée par un talon aiguille, l'équilibre entre l'épaisseur et la finesse est idéal. Je suis scotchée, Crystal jubile.

– Tu aimes ?

Et comment… C'est un des prototypes de ta collection « Mourir de plaisir » ?

– Yep.

Respect. Si on faisait une pointure identique (impossible vu nos mensurations), j'exigerais de les essayer. Par goût, et par curiosité. Car le concept de sa collection est tout à fait révolutionnaire : des chaussures qui vous tuent de plaisir… On le sait, les chaussures les plus élégantes sont les plus douloureuses à porter. Celles de Crystal ne font pas vraiment exception à la règle, mais elles ont été conçues à partir des points de réflexologie plantaire. C'est-à-dire qu'en portant ces pompes, vous souffrirez sûrement mais, au moins, vous serez stimulée au cœur, au plexus solaire et, bien entendu, aux organes génitaux. Ces chaussures magnifiques massent, sans que vous le sachiez, les endroits qui vous préparent à l'orgasme. Ce sont des pompes qui vous chauffent, des sex toys, quoi…

En se redressant, ma Girafe (son surnom lui colle mieux que jamais) miaule un simulacre de joie, et je m'esclaffe.

Nous entrons dans l'appartement de Zahi.

– Merde alors !

Crystal est ébahie. L'ensemble est resté dépouillé, mais illuminé des mêmes photophores roses qu'en bas. Les murs sont recouverts de photos du shooting de Beyoncé et Scarlett par Lindberg, en noir et blanc (devant lesquelles la brunette tombe en arrêt). Comme les températures ont remonté, les baies vitrées sont ouvertes et les terrasses en teck décorées dans le même esprit. J'ai choisi d'ajouter, en plus des bougies, des compositions de lys et d'orchidées, et des psychés plaquées au mur – lesquelles agrandissent considérablement l'espace, du moins visuellement. Des petites tables sont disposées çà et là, des buffets raffinés n'attendent que nos invités. Le BB et la Barbonnante nous foncent dessus, pas pour les mêmes raisons. Le premier dissimule difficilement son blocage sur les courbes de Crystal (ce que n'apprécie guère sa plante), la deuxième fait une fixette sur ses chaussures (ce qui fait bicher la Girafe), et les deux me supplient d'aller vérifier la passerelle et l'autre appartement. J'ai presque envie de leur rétorquer de s'en charger. Et ma Dior, tout le monde s'en tape ?

Je jette un œil à l'un des miroirs : je suis canon, et je n'ai besoin de personne pour me le dire. De profil, j'ai l'air d'avoir vingt ans et des pommes glissées dans le corsage. Le saphir prêté par Cartier fait ressortir la couleur de mes yeux et le sillon de mes seins. Mon téléphone vibre à nouveau, Jack, qui se prend ma messagerie pour la deuxième fois de la soirée. J'abandonne l'assistante stylée, le boss et la diva du marketing.

La passerelle a été dégagée selon mes consignes. Les plantes vertes de Zahi ont été réparties plus harmonieusement dans l'appartement. Des divans, des coussins et des méridiennes courent le long de ladite passerelle, conçue comme un lieu de passage ou de repos. En regardant vers le sud-ouest, je tressaille : la tour Eiffel qui s'illumine sur les coups de vingt heures est un spectacle inoubliable. J'aurais aimé le partager avec Jack. Je secoue la tête, m'efforçant d'oublier la dispute.

Dans le second appartement, la chambre a laissé place à une scène où Jean-Claude fera son discours, et où Katie Melua et DJ Paul J. se produiront. Il y a de quoi danser ou… s'asseoir, la musique de Lisa Ekdahl pour que les esprits soient sereins avant la fête, et des coupes de champagne prêtes à être remplies. Nathalie drive une petite équipe de journalistes qui rendront compte de la soirée, et leur explique que les sacs cadeaux contenants des flacons de parfum ont été précieusement rangés au rez-de-chaussée de l'immeuble. Ils repartiront avec, cela va sans dire…

Elle me fait un signe de la main, je m'approche :

– Tu t'en sors ?

– Je serai heureuse quand tout sera fini… Je ne vois pas ce qui pourrait foirer, mais j'ai l'estomac en vrac…

– Tu me rassures, je ne suis pas la seule !

– Où est Andréas ? Il devrait être avec toi, non ? C'est le chef des attachés de presse, après tout !

– Et où est la petite qui doit vous seconder, toi et Barbara ?

– Pas loin…

– Peut-être qu'on va la retrouver en même temps qu'Andréas ? J'ai entendu dire que…

– Ah non ! Tu ne vas pas t'y mettre, toi aussi ! Elle m'a juré qu'il ne s'était rien passé.

– Parce que tu lui as demandé ? s'étrangle Nathalie.

– Quoi… J'aime bien connaître le fond de nos bruits de couloir.

– Alors bon courage, parce qu'on n'a pas idée de ce dont ces petits cons sont capables !

Les petits cons en question s'avancent, en groupe. Ils rivalisent d'audace et d'élégance, ça empeste l'after-shave et la vanille Sephora. Ils portent leur arrogance sur le front, ils sont beaux et fringants. En tête du cortège, Crystal, qui sort clairement du lot (elle ne porterait jamais de parfum non griffé), entourée d'Andréas et Inès.

– Tu vois ce que je veux dire ? glisse Nathalie, découragée.

♦ ♦ ♦

Près de la porte d'entrée, Nathalie se raidit. Elle joue sa partie. Les invités ne pénètrent pas assez vite dans notre royaume, la queue sur le trottoir est toujours aussi longue. Pour que la soirée soit réussie, il faut respecter un certain timing…

En haut, le champagne coule déjà à flots.

– Je peux t'aider ?

Elle ne me répond pas et dégaine son talkie pour écouter un interlocuteur pressant. Elle raccroche, gémit :

– On ne sait pas où est Beyoncé, et Scarlett piaffe dans sa loge, tu peux aller la calmer ?

Je m'y rends et découvre Crystal scotchée à elle, mimant l'assistante rapprochée pour que la blonde supporte mieux l'attente de sa partenaire de show. Pauvre bibiche. Elle la gave de coupes de champagne et de compliments. (Moi et ma Dior, en revanche, on ne l'émeut pas plus que ça.) Elle tourne autour en gloussant comme si Hector avait pris possession de son corps. Ça commence à me chauffer.

Je la prends à part, elle me coupe tout de suite.

– Barbie, il faut te détendre…

– Facile à dire, quand on a des grolles à orgasme intégré aux pieds !

– À orgasme pré-pa-ré ! rit-elle en détachant les syllabes.

– *What ever…*

Le visage de Crystal s'assombrit :

– Tu es si soucieuse… ton front est tout barré…

Je sursaute.

– Tout barré ? Plissé ? Des rides ?

– Mais non ! Tu es tendue, c'est tout. Tu veux que je te fasse un massage ? Je t'emmène, ni vu ni connu, cinq minutes après tu es une nouvelle femme…

Le ton de la belle a changé. Il s'est voilé. Sa voix rauque est descendue d'une octave. Je tâche d'être plus légère.

– Et si quelqu'un nous surprenait ? je fais, sur le mode coquin-je-plaisante-au-dixième-degré.

– Ça n'en serait que plus délicieux ! rétorque l'effrontée.

– Au lieu de raconter des bêtises, suis-moi.

– Quoi, on va dans un endroit super discret et je m'occupe de tes épaules super nouées ?

– Mais non, andouille. On monte parce que le speech de Jean-Claude démarre dans cinq minutes, et que tous les VIP qu'on attendait sont là.

– Tu parles, Beyoncé manque à l'appel, je te parie qu'on ne commencera pas à l'heure…

Je jette un œil à ma montre, puis à la rue, et reconnais immédiatement une brune superbe qui se fraie un chemin jusqu'au porche, mais qui n'a rien d'une Beyoncé. Monica Bellucci en mieux, en mince, en vrai. Ma meilleure amie.

– Claudia !

Je m'empresse de la faire entrer et tombe dans ses bras :

– Ma chérie, tu es venue… Tu es magnifique…

Je suis réellement heureuse de la voir, elle aussi, et nous nous étreignons longuement. Mais lorsque je me retourne pour la présenter à Crystal, cette dernière s'est envolée. J'espère qu'elle n'est pas allée jouer la fan en extase dans la loge de Scarlett. À quelques mètres de là, le photocall est sur le point de s'achever. Les photographes reconnaissent de loin mon amie italienne et se mettent à l'apostropher.

– Claudia ! Claudia, par ici ! Venez devant l'affiche de *Ladies' Taste*, s'il vous plaît !

L'Italienne me fait un clin d'œil et se prête avec grâce à ces demandes tandis qu'un brouhaha fiévreux monte à l'extérieur quand crissent les pneus d'une limousine. Je respire de soulagement : notre deuxième star est là. La soirée débute vraiment.

♦ ♦ ♦

Les discours de l'actrice et du BB étaient parfaits. Courts, précis, sans chichis. J'ai été appelée par Jean-Claude pour dire quelques mots, ai remercié nos collaborateurs – en particulier Crystal à travers des mots qu'elle seule pouvait comprendre, des allusions à nos conversations de ces derniers jours. Impossible de capter son regard dans le parterre d'invités. Beyoncé et Scarlett ont réalisé la séance semi-improvisée prévue dans le conducteur, et ont même mimé un baiser à la fin. Aucun doute : ce lancement est un succès. Invités et journalistes sont ensorcelés. Katie Melua a chanté les trois titres prévus au programme, puis on a fait une pause pendant laquelle les danseuses burlesques de Paula se sont glissées parmi les convives pour exécuter des numéros.

Claudia ne me quitte pas d'une semelle. Ou plutôt, je la colle pour qu'elle ne s'envole pas immédiatement, sachant que les soirées la gonflent et qu'elle n'est là que pour me faire plaisir.

– Chérie, je dois rentrer, je suis tellement jetlag…

– Encore un quart d'heure !

Je la supplie, et ça fonctionne.

Quelques coupes de champagnes plus tard, je décide qu'il est temps de lui présenter Crystal, que je me mets à chercher. Et c'est en nous dirigeant vers les toilettes que nous la percutons. Percuter est le bon mot, puisqu'elle baisse la tête et que nous manquons toutes de tomber sur les fesses. Elle relève le menton, ses pupilles sont très dilatées, elle porte machinalement ses doigts à son nez. Je comprends immédiatement, et je tire Claudia par la main.

– Viens.

Je ne veux pas que l'Italienne se fasse une idée fausse de la personnalité de Crystal, elle qui est toquée d'hygiène, de bio, de vie saine.

Suis-je en train de commettre une erreur, estimant que mes deux amies se rencontreront plus tard et me montrant si proche physiquement de Claudia ? Si Crystal a disparu tout à l'heure, n'était-ce pas parce qu'elle ne supportait pas mon effusion de tendresse soudaine envers une autre qu'elle ? Plus j'observe Crystal, et plus je me rends compte qu'elle est passionnée et jalouse, dans un constant besoin d'être rassurée sur l'affection qu'on lui voue. Ses amis lui sont chers, et elle ne supporte pas qu'on s'éloigne d'elle. Son pote gay Lorenzo est toujours célibataire en dépit de ses tentatives : Crystal lui casse ses plans au fur et à mesure qu'ils se présentent... La Girafe me l'a elle-même confié, à la fois lucide et désolée...

Mais a-t-elle le droit de considérer que je fais partie de ses proches, et de sa propriété ? Tout se brouille. Je suis la DA d'un grand groupe, j'ai une famille, un mari génial, des mômes, qu'est-ce qu'une fille comme Crystal, aussi différente et originale soit-elle, vient perturber mes équilibres...

Je crois que j'ai trop bu. Claudia pose une main sur ma hanche et une autre sur mon épaule, et plaque un baiser sur ma joue.

– Cette fois, ma toute belle, j'y vais. L'avion pour Rio, c'est pas toi qui le prends demain à six heures...

Elle s'éclipse. J'avale une autre gorgée de champagne et je m'écroule sur un canapé de la passerelle. Paris scintille, mon stress s'est envolé, la soirée suit son cours sans moi, et c'est très bien ainsi. La tour Eiffel qui s'illumine à nouveau, parce qu'il est minuit. J'ai salué toutes les personnes présentes, ou presque. Mon job est terminé, je peux souffler. La troupe de danseuses burlesques se disperse parmi les invités, comme prévu. Un visage connu s'installe à mes côtés et allume une cigarette.

– *What a view !*

C'est Dita Von Teese, s'il vous plaît. Je souris.

– Vous savez ce que j'aime dans les soirées françaises ? demande-t-elle en expirant une bouffée.

– L'élégance des tenues ? La nourriture raffinée ?

– La beauté des femmes. Vous avez remarqué à quel point les femmes françaises sont belles ?

J'admets que ce type de réflexion ne me traverse pas souvent.

– Les Françaises sont incroyablement séduisantes. Et les fêtes comme celle-ci en rassemblent un nombre impressionnant au mètre carré !

Je me retiens de lui dire qu'elle n'est peut-être pas française mais qu'elle est aussi devenue un joyau de *Ladies' Taste*, de par sa présence.

– Regardez la grande brune avec Scarlett !

Dita Von Teese pointe du doigt, avec une discrétion de mondaine, la piste de danse qui s'anime, alors que DJ Paul J. vient de monter sur l'estrade. Les jeunes gens qui se sont rassemblés comme des mouches l'applaudissent et le sifflent. Le bruit est assourdissant. Je tente de discerner la créature à laquelle elle fait référence. Je ne la vois pas vraiment mais, au fond, je sais : ça ne peut être que Crystal. Je jette ma tête en arrière et observe le ciel sous le toit vitré de la passerelle. Il est dégagé et piqué d'étoiles. Je ferme les yeux…

Je les rouvre et découvre Crystal collée à Scarlett. Les deux se déhanchent au rythme de la musique mixée et presque inaudible tant les invités sont déchaînés. Les serveurs n'osent plus fendre la foule pour proposer le champagne et préfèrent contourner le carré sommairement dessiné par des tapis de la piste de danse. Scarlett est derrière Crystal et se greffe à elle, tous (gros) seins dehors. J'hallucine. La brune se retourne, promène ses mains le long de la taille de sa partenaire. La blonde, plus sensuelle que jamais, se frotte, encore et encore, plantant ses pupilles azur dans celles de la Girafe. Les jambes s'écartent et se frôlent, les escarpins s'emmêlent, l'ambiance est torride. Les photographes s'en donnent à cœur joie. Les flashs fusent de part en part. Je devine les gros titres de la presse people demain : « Scarlett craque pour une Française qui dessine des chaussures à orgasme ».

Plus loin, le BB semble avoir arrêté de respirer et la Carton est proche du malaise. Quant à Andréas, il se touche l'entre-jambe sans retenue. (Je pense qu'il essaie de dissimuler son érection au bord de l'explosion.) Et les deux continuent leur spectacle, à la limite de l'indécence. Elles ne vont quand même pas s'embrasser ? Et pourquoi suis-je si contrariée ?

Inès veut paraître détachée, mais elle bout de jalousie. La jeune fille, dont je ne vois que le nez épaté et le derrière large, s'approche de mon canapé, déserté par Dita. Certains diraient qu'elle est voluptueuse. Pour moi, c'est une jument. Si elle imagine trouver en moi une oreille attentive pour écouter ses déboires sentimentaux avec Crystal, elle va vite déchanter. Je tente déjà de dealer avec mon propre énervement.

Faut-il rejoindre les deux excitées ? Est-ce de mon âge ? Avec mes presque dix bonnes années de plus que tous ces juniors, et au vu de mes fonctions, que puis-je me permettre ? Aller perdre la tête avec cette insouciante jeunesse, ou rejoindre Jean-Claude, Barbara et Nathalie qui discutent dans un coin ? Mes quelques amis parmi les invités et les VIP ? En même temps, ne suis-je pas plus proche en âge des juniors que des seniors ? Je bosse depuis trop longtemps, trop jeune, sans doute… Est-il correct de se laisser draguer par le PDG de Truc ou de Machin ? J'ai le cul entre deux chaises. Je ne suis bien nulle part. Je hèle un serveur pour qu'il remplisse ma coupe, et je claque le beignet de Jack une énième fois au téléphone, tout en culpabilisant : il va finir par s'inquiéter, et je n'en ai rien à cirer. C'est mal.

Une silhouette un peu tremblante, odeur sucrée que je remets immédiatement, se jette près de moi.

– Elle est partie, ta pétasse ?

Les pupilles de Crystal sont moins dilatées que tout à l'heure, mais il y a dans sa voix une violence que je ne reconnais pas. Quelque chose qui s'apparente à de la virilité.

– Je t'interdis d'appeler Claudia *ma pétasse* ! Et toi, t'as fini de t'envoyer avec Scarlett sur la piste ?

Crys est dans un état très différent de l'ordinaire. Elle est langoureuse et en colère. Drôle de mélange. Sa vulgarité orale prend le dessus sur le contrôle qu'elle s'impose au quotidien.

– Elle te drague ta pote, tente-t-elle, peu sûre d'elle.

J'éclate de rire.

– Claudia, me draguer ? Tu déconnes ! Elle est mariée et nous sommes amies, depuis des lustres…

Le visage de Crystal s'éclaire.

– Depuis des lustres… Alors, tout va bien ?

Je ne comprends pas sa remarque. Elle s'explique :

– Cette expression désuète… T'es pas dans un *mood* drague, c'est sûr !

Décidément, la drôlesse a l'art de me vexer, ce soir. Je décide de continuer à la prendre à contre-pied de son petit jeu de possessivité.

– Alors que toi… C'est quoi, ce numéro avec la starlette ?

Crystal pouffe.

– Contente que ça ne t'ait pas échappé… Moi, avec Scarlett, je ne faisais que te rendre jalouse en assouvissant un vieux fantasme, rien de sérieux, tu penses bien. P'tain, je suis toute mouillée, ça y est…

Je sursaute. De quoi parle-t-elle ? Seulement de la coupe de champagne qu'elle vient de répandre sur la merveille de robe qui met son corps en valeur.

– Tu m'accompagnes aux toilettes ? Faut qu'j'éponge…

J'acquiesce et nous nous levons. Inès, qui danse désormais avec Charlotte – heu, Janette ou Déborah – nous fixe sans se déplacer. La Méditerranéenne n'a pas fini de haïr les blondes ce soir. Dans la salle de bains marbrée et dorée, j'aide la Girafe à effacer puis sécher la trace sur son corsage. À deux centimètres de mon visage, il y a la naissance de ses seins. À deux centimètres de ma propre poitrine, les pointes qu'ils dessinent sous le tissu de sa robe. Et toujours ce parfum qui en émane, qui commence à me brouiller les esprits. Je titube un peu, sous l'effet combiné de son odeur et du champagne.

J'ai envie d'embrasser son cou long et bronzé, mais me morigène. J'évite ses yeux de personnage de manga, étirés, qui tentent de me kidnapper. J'évite de réfléchir aussi, car mes pensées ne sont pas nettes et qu'elles m'emmènent vers des conclusions qui ne doivent pas être les bonnes, ou qui sont sans doute le résultat de fantasmes personnels.

Nous revenons vers le monde qui bruit, boit, bâille, bulle, boite, borborygme, il faut fuir. Bras-dessus, bras-dessous, nous nous élançons à travers la passerelle de verre pour rejoindre le premier appartement, puis l'ascenseur rouillé. Nous gloussons comme des petites filles – elle m'a raconté une blague que j'ai déjà oubliée. Dans la cage, le temps de la descente, elle lâche mon bras et me presse contre elle. Surprise, je me laisse faire. Ce qu'elle veut… je n'ose pas le formuler. Je ne suis pas habituée à ça. Les relous qui draguent, les hommes qui séduisent même si on leur résiste parce qu'on est l'incarnation de la fidélité, le flirt au boulot qui n'aura aucune conséquence. Mais pas ça. Mon portable vibre et nous sépare à nouveau. Je décroche, nerveuse, parce que ça me permet aussi de mettre quelques centimètres entre nous. Jack. Mon beau mari. Celui dont toutes les voisines rêvent. Qui hurle. J'écoute à peine le début de ses reproches.

– Mais où étais-tu ? Qu'est-ce qui t'a pris de ne pas répondre de toute la soirée ? Je commençais à m'inquiéter !

– Je…

– Rejoins-moi tout de suite à l'hôtel Bristol !

– Chéri, je suis naze, je rentre à la maison…

– Mais c'est pas vrai, tu ne peux pas…

Clic.

Nous nous engouffrons dans le même taxi. Je vais déposer Crystal chez elle, son IIIe arrondissement n'est pas loin, avant de rentrer à Neuilly. Elle pose son sac sur la banquette et attrape ses pieds pour examiner ses chaussures à orgasme.

– Eh ben, tu vois, j'ai même pas si mal que ça…

– Et tu es prête ? Je veux dire, tes chaussures ont-elles préparé la venue de Scarlett ?

– Je suis prête pour toi.

Crystal se penche et saisit ma bouche. Mes cheveux se décollent à la racine, un long frisson parcourt ma colonne. Son souffle se mêle à ma respiration, la douceur de ses lèvres me saisit tandis qu'elle tente d'ouvrir les miennes d'une douce pression. Elle rapproche son buste, prend appui avec un bras sur le dossier du siège, m'entoure de son autre bras et me plaque contre la banquette. J'abandonne tout. Ma nuque, mes lèvres. Sa langue fraie son chemin, et nos deux corps prennent feu. Je halète, pas trop fort pour ne pas alerter le chauffeur qui répond à son téléphone à oreillettes dans une langue étrangère, sans se soucier de nous. Nos salives se mélangent, ce baiser est d'une douceur et d'une sensualité que je ne connaissais pas. Je prends son menton d'une main, des mèches de ses cheveux la balaient, et je pose la seconde sur son cou. Mes doigts descendent le long de sa gorge, alors que nos bouches sont toujours soudées et que nos langues bougent à peine l'une contre l'autre. J'atteins le corsage de sa robe, que je brûle d'arracher d'un coup sec pour découvrir enfin ses seins opulents, les caresser. Je les ai imaginés souvent, sans me l'avouer. Je n'ose continuer le geste qui m'emmènerait naturellement à son ventre. Cette fille m'a envoûtée. Elle défait ma natte.

Nous nous décollons quand elle descend. Elle claque la portière. Est-elle perturbée comme je le suis ? J'ordonne au chauffeur de foncer vers mon domicile, lui indiquant le chemin le plus court. Je me rajuste grâce à mon miroir de poche. Il faut lisser les cheveux, remettre le bustier et le jupon en place. En arrivant, je lève la tête et constate que notre étage est allumé dans le salon. Je soupire. J'aurais préféré rentrer avant mon mari et me coucher sans avoir à affronter une scène.

♦ ♦ ♦

Jack est furieux. Il m'attend, un verre de whisky sans glace à la main, installé dans son fauteuil club, cravate dénouée mais encore en smoking.

– Où étais-tu ?

La phrase est si cliché que je ris doucement.

– Chéri, tu as oublié qu'il y avait ce soir un événement déterminant pour ma carrière ? Tu sais, un truc qui justifie que je ne t'ai pas accompagné…

Il explose.

– J'ai parlé à mes collègues, mes nouveaux *partners*, et aucun n'a excusé ton absence. Tu aurais dû être là, point barre !

– Je n'ai pas envie de parler, là, tout de suite. Je t'ai dit : je suis crevée…

Je n'ai qu'une idée en tête : quitter ma tenue et mes escarpins, me démaquiller et ramper sous les draps. Mais Jack n'a pas fini de me pourrir… Il me poursuit dans la salle de bains, le dressing, la chambre. Il m'observe me dévêtir et enfiler une nuisette, s'agace de mon absence de combativité alors que je me coiffe devant mon miroir.

– En fait, tu n'en n'as rien à foutre, de ce que je pense… de mes sentiments…

– Jack, enfin, merde…

– Tu sais ce que ça fait, d'être filtré ? Alors que je voulais te dire qu'on pouvait se rejoindre, de ton côté ou du mien, après avoir terminé nos mondanités respectives ? Je venais faire la paix, Élé, et toi tu m'as donné un beau silence bien dégueu.

Je tourne le dos tandis qu'il se déshabille, et je meurs de honte quand le texto de Crystal apparaît sur le portable que je viens de rebrancher sur ma table de nuit : « Bonne nuit Barbie. J'ai hâte de te voir demain. Pour débriefer. »

Jack, arrivé au bout de sa diatribe sur mon égoïsme et mon manque de présence à ses côtés, se remet à grogner. Il lit par-dessus mon épaule, car nous nous sommes couchés et que je n'ai pu cacher l'écran de mon téléphone.

–Ah oui ! le débrief, c'est pour demain, non mais elle se prend pour qui celle-là ?

Il s'écroule en me serrant, avec une possessivité inédite, contre lui. Pour une fois, ses abdos si bien dessinés ne suscitent en moi aucune envie particulière. C'est d'un autre corps dont j'ai envie.

12

Crystal

Mes jambes tremblent, mon cœur cogne si fort dans ma poitrine que je peine à respirer. J'ai dû tenir mes chaussures chéries à la main pour être sûre de ne pas m'étaler dans les escaliers. Mon téléphone m'a échappé deux fois des mains avant que je sois en mesure de taper un SMS. J'ai embrassé Éléonore. J'AI EMBRASSÉ ÉLÉONORE ! Et la seule personne à qui je vais pouvoir en parler ne comprendra pas un traître mot de ce que je raconte et répondra en *miaou-miaou*.

J'ai pris sa bouche et, bien loin de m'envoyer valser de l'autre côté du taxi, elle a posé ses mains sur moi en me rendant mon baiser. C'était presque irréel. Je n'ai pas ressenti ça depuis une éternité. Le vertige de l'instant, lorsque nos langues se sont caressées. L'ivresse. Son parfum, la douceur de sa peau, sa manière de me toucher… je ne vais pas en dormir de la nuit. Ça fait des semaines que j'y songe, que je me masturbe sur l'idée, mais que je me persuade de sa posture de mère de famille rangée, comblée. Et c'est arrivé.

Comment va-t-elle me regarder demain ? Était-ce pour elle le simple prolongement d'une soirée exaltante, la conclusion tendre de notre pari réussi ? Son ébriété certaine l'a-t-elle conduite à agir en sens inverse de ses envies profondes ? A-t-elle été trop surprise pour me repousser ? Ou bien ressent-elle la même attirance que moi ? Se projette-t-elle dans mes bras pour une nuit d'extase ? J'ai mal au crâne.

Entre Scarlett, qui m'a émue bien plus que je ne l'ai avoué à Éléonore, et ce baiser qui chamboule tout, je suis à l'envers. Et tellement excitée que j'ai le sentiment qu'on vient de me faire un cunnilingus pendant cinq minutes, avant de m'abandonner au bord de la jouissance dans mes draps vides. Le désir est parfois si fort qu'il brûle. De cette douleur, comme une gêne incessante, qui parcourt le corps, pétrit l'entrejambe, en attente d'une chute. Nulle concentration possible, pas d'échappatoire. Il faut une conclusion, un orgasme, une suite. Quelque chose qui remette l'organisme en fonction.

Alceste ne m'est d'aucun secours. Il roupille la tronche entre ses pattes et ne fait même pas mine d'écouter mon souffle inquiet, mon monologue insensé. Les boules de geisha ? Le vibromasseur ? Le gode à deux têtes ? Le dauphin vibrant spécial clito ? Les doigts ? Un sex toy vivant de mon répertoire d'urgence ? J'écoute « When you put it like that » d'Isle DeLange en attendant l'illumination.

I can't turn my back
When you put it like that, put it like that
Right here in front of me, is all I'll ever need
And when you touch me like that
Hold me like that, love me like that
Forever sure sounds good
When you put it like that

Ethan ? Non, il m'ennuie et ne me manque pas. Delia ? Un peu loin New York. Frédéric ? Il va vouloir me prendre les reins directement, et j'ai envie de tendresse ce soir. Marc ? Trop amoureux transi, il va croire que j'ouvre une porte alors que je n'ouvre que mes cuisses. La barbe ! Je monte et je descends mon carnet d'adresses sexuel sans que mes yeux ne s'accrochent à un nom. Inès ? Andréas ? Non, trop facile et paradoxalement trop risqué. Ah ! Yannick. Grande baraque affectueuse, coups de trique enivrants, grand huit top niveau, doigté agile et pas bavard. PARFAIT ! De toute façon, « une fois cuite, l'écrevisse se fout éperdument de savoir qui lui suce la queue ». Je ne me souviens plus du nom de celui qui l'a pondue, mais j'adore.

Il décroche, il est à Paris, dispo. Trente minutes : service encore plus rapide que pour la blanche. Parfois, je pense à ces gens aux vies sexuelles mornes et périmées. Ceux qui sont parvenus à se convaincre qu'exulter est accessoire. Que l'on peut bâtir sur des fondations plus solides, avancer sans se perdre dans le plaisir éphémère qui ne construit rien. Dans ces moments-là, je serre mon précieux répertoire contre moi et je souris de bonheur. Je n'ai ni mioches qui me couvrent de bisous ni mari qui m'a promis amour et fidélité devant un curé, mais j'ai mes numéros SOS orgasme.

♦ ♦ ♦

– Putain Crystal, t'as la croupe de J.Lo, c'est trop bon !

Continue à flatter mon ego, sex toy, continue. Je sais rendre un homme fou rien qu'avec mes fesses. J'ai ce don de danser sur leur baguette, comme sur une barre de strip, la pénétration en plus. Elles gesticulent, elles se lèvent à tour de rôle, elles disent ta bite est géniale sans que j'aie besoin de le formuler. Et, plus je suis ivre, plus j'excelle.

Le sentir en moi comble mon vide post-Éléonore. La guérison des tortures crâniennes par le sexe a toujours été mon truc. Quand je suis en mode chienne avide de volupté, concentrée sur la satisfaction de mon partenaire de jeu autant que sur la mienne, j'oublie tout.

Ma bouche monte et descend sur sa verge. Prostrée à ses genoux, lui offrant ainsi une vision plongeante sur mon décolleté sublimé grâce à ma dernière trouvaille sur *Lemon Curve*, je le laisse atteindre mes cordes vocales. Puis je passe ma langue sur ses boules, je m'aventure derrière quelques secondes (les hommes ne l'avoueront jamais à leur femme bien-aimée, mais ils en raffolent), je reviens sur le bâton dur comme de la glace, j'aspire légèrement. Yannick pousse des cris bestiaux et je pense à Barbie. Je veux la faire jouir.

♦ ♦ ♦

Méchante gueule de bois. J'ai fermé les yeux pendant trois ridicules heures, largement pourries par d'affreux cauchemars. De ceux que je traîne depuis l'enfance. Les attaques d'araignées géantes (ça signifierait, selon la littérature sur le sujet, que je me sens oppressée par quelqu'un… tiens donc), les choix terribles – flingue sur la tempe – entre les membres de ma famille, les chutes vertigineuses… Je préfère de loin mes rêves érotiques !

Je câline ma bestiole en avalant une tranche de pain complet tartinée de confiture, qui tentera comme elle peut d'éponger ma marée intérieure. Je panique en regardant ma montre. 10h30. Le BB a bien précisé qu'on était libres de nos horaires matinaux eu égard à notre réussite flamboyante de la veille et à nos états respectifs lorsqu'on a quitté les lieux. Je pense aussi que le Jean-Claude a voulu prévoir la récupération de sa nuit d'orgie. En partant, il avait vraisemblablement une paire de nichons supplémentaires au bras. (À moins que j'aie simplement vu double ?)

La Tour est étrangement silencieuse. Nombreux sont ceux qui manquent encore à l'appel. Ils dessaoulent sûrement ou sniffent pour se remettre sur pied. Évidemment, le Dragon, lui, a déjà investi sa tanière. J'aurais tant aimé qu'un guignol la trouve à son goût après une vingtaine de coupes (il faut au moins ça) et la prenne sauvagement entre deux portes, histoire de la faire voyager un peu. Si Barbara s'envoyait en l'air, comme à la belle époque de ses vingt ans, je suis certaine qu'elle débanderait au septième étage. L'imaginer rêvasser, chantonner, sourire connement, c'est plaisant.

Mettre un peu de gaieté et d'insouciance dans ce corps qui semble crier vengeance (aux années qui défilent, aux filles sexy, aux collègues fraîches et talentueuses), ce ne serait pas du luxe. Si ma tranquillité doit passer par son bonheur, qu'il en soit ainsi. Je vais la coller sur Adopteunmec.com, moi !

Le bocal d'Élé est sans vie. Pas de lumière pour relever cette grisaille hivernale, pas de tête blonde à l'horizon. Digère-t-elle encore notre instant sensuel en se préparant devant sa glace ? Cajole-t-elle Jack en culpabilisant ? Embrasse-t-elle ses jumeaux baveux pour se conforter dans son rôle de maman gaga ? Choisit-elle sa tenue en pensant à l'effet qu'elle va produire en moi ?

Le BB a l'œil défraîchi d'un poisson qui pourrit depuis deux jours sur l'étalage, Andréas semble dormir sur sa chaise. Les assistantes bonnet D, Delphine – qui ressemblait hier à une paupiette serrée dans ses fils, Hector et les autres – font la grasse mat.

– Crystallllllll !

Putain, déjà ? Moruc !

– Ouiiii, j'arrive.

Les deux yeux globuleux me fixent au-dessus des lunettes. Elle me détaille de la tête aux pieds, comme si elle essayait de subodorer comment j'avais fini ma nuit. J'attends qu'elle termine ce déshabillage des plus désagréables pour éructer son venin. Je hume les lieux, surprise par une odeur inhabituelle. A-t-elle une nouvelle crème anti-cellulite ? Y'a un parfum inédit, parmi la multitude.

– Asseyez-vous. Miss Wilde a pris quelques jours de congé avec son mari à Rome… La pauvre a visiblement fourni trop d'efforts pour réattaquer d'office, comme tout le monde. La jeunesse… Bref.

Je manque de m'étrangler. Quoi ? Barbie s'est barrée en douce ? Sans m'en avertir ? Le Dragon continue à parler, mais je ne l'entends même plus. J'ai l'impression que la foudre vient de me percuter. Elle se casse avec son vieux après ce qu'on a vécu dans le taxi et elle a la maladresse, le culot, l'arrogance de me transmettre le message par la voix de la salope en chef ? J'ai envie de briser la Kartell sur la tête de Barbara, de l'étouffer avec ses plantes asiatiques, d'écraser ses binocles sous mes talons, de lui cracher dessus, comme sur un pénis en érection. Qu'est-ce qui me cloue à ce fauteuil ? Pourquoi je me retiens de lui claquer la porte au nez et d'émietter ses vitres sacrées dans un geste violent ? Je voudrais foncer aux chiottes, me tracer deux poutres et divaguer en pleurant ma haine. Pourquoi je m'attache toujours à des chiens et des chiennes qui miaulent comme des chatons tendres ?

Fuck.

Je déteste cette position. Celle dans laquelle on se trouve lorsqu'une personne nous obsède mais que l'on sait pertinemment que chaque carte posée sur la table compte. On voudrait dire « j'ai envie de toi » et on choisit de sourire à la place. On aimerait effacer un numéro,mais on sait que l'on manœuvrera ensuite des heures pour le récupérer, alors à quoi bon ? On souhaiterait hurler des horreurs au visage entêtant et l'on se retient pour la bonne cause à venir. On refuse de répondre à un message, alors que les doigts nous brûlent d'impatience, parce que c'est un moyen de ferrer l'autre.

Je rêve de défoncer Barbie (et pas avec un ustensile), de lui dire qu'elle fuit les sentiments qui la troublent, de bousculer ses certitudes et de beugler mon énervement. Pourtant, en tortillant une mèche de cheveux sur mon index, je réfléchis aux conséquences de mes actes. Je pourrais bien sûr agir avec toute l'impulsivité qui me caractérise, mais la vie m'a appris à calculer mes coups. La manipulation règne en maître dans les relations humaines. Rouler de l'arrière-train devant un homme qui nous plaît en battant des cils – tout en feignant d'ignorer ses avances – est, par exemple, la meilleure façon de le voir ramper et d'avoir la main. Souffler le chaud et le froid, encore une fois. J'opte donc pour un SMS mi-niais, mi-provoc, plutôt gentil. Et je poirote. En vain. Saloperie.

Inès et toute la clique bavardent si fort qu'elles me donnent l'impression d'être encore cuites. Elles s'extasient devant les retombées de notre grande soirée dans la presse people, à laquelle je n'ai même pas encore pensé à jeter un œil. Je profite du rendez-vous au sommet entre le BB, Barbara et Nathalie (Éléonore va en prendre plein les dents et je m'en réjouis presque) pour rejoindre les gossipeuses.

– Ah ! Crystal, tu tombes biennn ! me lance Inès en me tendant un des magazines.

J'ai soudainement des bouffées de chaleur. Mon petit numéro avec Scarlett, à défaut d'occuper la une, fait l'objet d'une double page. Je retrouve le sourire : ce souvenir, en plus d'être gravé dans ma tête, est immortalisé sur papier glacé. Je lis, excitée comme une puce.

– Ils parlent de mes chausssuuuuures !!

Chacun y va de son compliment, Inès préfère me caresser la cuisse. Et moi, je jubile.

Paula me textote pour me féliciter. Je lui glisse un gros merci dans ma réponse parce que je devine le rôle qu'elle a joué dans les deux pages que je viens de parcourir. Le journaliste n'a pas déchiffré comme par enchantement les vertus aphrodisiaques de mes escarpins ni le nom de ma collection « Mourir de plaisir »...

Adèle se remet à chanter : Lorenzo.

– Chéééériiie, tu es la plus belle ! J'ai cru verser ma larme devant tes pieds en gros plan choupette... Tu n'imagines pas ! Je suis siiii fière de toi. Et waouh, t'as osé chercher Scarlett, t'en loupes pas une, t'es *the best* !

Le tout dit avec sa délicate féminité et son *italian touch*. Mon cœur fait boum.

♦ ♦ ♦

L'eau bouillante coule sur mon corps. Le jet percute ma poitrine, mon esprit s'évade. J'ai toujours eu un rapport particulier à l'eau. Quand je prends une douche ou un bain, c'est un moment qui m'appartient, qui me permet de farfouiller dans mon crâne. C'est souvent salvateur et ça finit en général par une sortie en vitesse – parce que j'ai une idée de chaussures – ou par la petite mort. Voire les deux.

Présentement, le ruissellement me donne envie de me toucher. D'atteindre un état second pendant quelques douces minutes. La bonne nouvelle, c'est que je n'ai besoin de personne pour cela. La pomme de douche dans une main, le manche du rasoir dans l'autre. Je ferme les yeux et j'imagine un homme qui me saisit et une femme qui me lèche. Je suis dans un hangar, sur le sol, à la merci de ces deux êtres. (Parfois, il y a beaucoup plus de monde, je l'avoue.) Ces gens sont usuellement flous, dépourvus de visages. Ils me violentent et me satisfont en même temps. Je presse mes seins, je serre ma gorge, j'agite l'objet dans ma chatte puis dans mon trou moins visité, je dirige le jet au sommet des petites lèvres. Jusqu'à ce qu'un cri me libère. Plus légère, je peux rejoindre mes feuilles et mes crayons.

Je griffonne sur mon lit, à côté duquel trônent désormais les clichés de ma courte mais intense histoire avec Scarlett. (Je suis tellement fière que j'aurais presque envie de les montrer à ma mère.) Mes croquis éparpillés sur la couette et mon prototype à succès – que je garde toujours dans mon champ de vision – m'aident à supporter l'absence de Barbie… et les questions qui cognent mes tempes.

Je jette des traits sur le papier, en essayant de concevoir un modèle supplémentaire à ma panoplie. Un spécimen qui s'appellerait *B. comme baiser*, pensé spécialement pour elle. Les boulettes s'accumulent sur le parquet, ce qui plaît à mon chat-roi qui court dans tous les sens. Le bruit du papier froissé l'a toujours émoustillé.

Comment dessiner des chaussures à l'image de quelqu'un qu'on ne parvient pas à cerner pleinement ? Ses yeux ne disent pas la même chose que ses mots. Même ses SMS sont louches, comme lissés pour dorer le tableau, pour ne pas donner trop d'elle.

Du rouge passion pour ce patin enflammé ? Du noir pour l'enterrement de notre liaison mort-née ? Du jaune pour ses cheveux de blé ? Du rose pour la poupée en elle ? Du bleu pour la déclaration version Piaf ?

♦ ♦ ♦

Je navigue sur Facebook, pour suivre les premières aventures de Léo à L.A., et je déprime. Quel veinard ! Du soleil, des palmiers, des cocktails par dizaines et des bimbos en maillot de bain. Ni *like* ni commentaire, il ne faut pas exagérer. Le cochon s'éclate comme un fou pendant que je pourris dans un open space sans ma muse, pour laquelle je ne suis même pas fichue de créer une paire de *shoes*. Je lui transfère par mail un scan de mes précieuses photos et j'attendrai sa réponse (qui a intérêt à me caresser le poil) pour daigner m'intéresser à son quotidien de prince de la cité des anges !

Je monte en direction du balcon pour m'en griller une. À la seconde où je sors, je regrette à crever mes bas et ma micro-jupe. Le vent glacial – qui n'a rien à envier à celui de New-York – me gèle les entrailles. String + bas + jupe + zéro degré = congélateur entre mes cuisses, qui ont tendance à préférer la chaleur. Au secours ! Je sautille sur mes talons et je décide d'appeler ma mère pour prendre des nouvelles du navire qui tangue. La dernière fois que je l'ai eue en ligne, sa voix fébrile m'a inquiétée malgré ses tentatives pour me rassurer.

– Salut Maman.

– Bonjour ma bichette, tu vas bien ?

– Oui, je me caille les couilles en fumant, mais ça roule.

– Oh, Crystal, ne parle pas comme ça…

– Oui, je sais Maman, c'est pas féminin, blablabla.

– Eh bien, non, ça ne l'est pas. À ton âge quand même, Crystal, tu pourrais faire un effort ! Une femme, en société, doit savoir se tenir. Tu exagères… J'espère que personne ne t'a entendue.

– Non, t'inquiète pas, l'honneur est sauf, je suis la seule cinglée à m'intoxiquer à la clope par un temps pareil.

– Il faudrait que tu arrêtes un jour, tu fumes trop.

– Bon, quand tu auras fini de me sermonner, on pourra peut-être passer au vrai sujet du moment ? Comment ça va avec Papa ?

– Mieux, on a eu une grande discussion.

– Mais encore ?

– Je lui ai dit ce que j'avais sur le cœur et il m'a enfin écoutée. On a longuement parlé de tout ce qui nous divise depuis plusieurs années. Et, en remettant tout en question, on a finalement conclu qu'on était mieux ensemble que séparés. Il ne se voit pas vivre sans moi, et il l'a formulé.

– Chouette, on avance. Ça m'enlève un poids, tu ne peux pas savoir.

J'aurais tant aimé lui dire aussi que mes chaussures ont été mentionnées dans la presse, mais elle s'étranglerait devant les poses suggestives avec Scarlett (dont elle ignore sûrement l'existence d'ailleurs). J'attendrai donc sagement de voir si l'une de ses amies vend la mèche ou si un rendez-vous productif avec le BB mérite d'être relaté.

♦ ♦ ♦

Mon répertoire me fait de l'œil. Je m'ennuie comme un rat mort. Lola a annulé notre soirée à la dernière minute, parce qu'elle s'est soi-disant bloqué le dos. J'ai eu l'élégance de ne pas lui demander comment c'est arrivé, mais j'ai ma petite idée. Cette dépravée n'en rate pas une, avec son penchant tordu pour les acrobaties sexuelles. (Un jour, elle m'a raconté avoir fabriqué une balançoire de fortune dans son appartement pour s'envoyer en l'air avec son amant du moment.)

J'ai envie d'une saillie (un truc bien poignant, à la Chuck Bass) et, parallèlement, une petite voix à l'intérieur de moi me dit que je ferais mieux d'utiliser mon temps libre pour dessiner. Multiplier les partenaires et les orgasmes ne me fera pas avancer dans ma vie professionnelle. Je regrette parfois d'être une jouisseuse. Je sais que ça me distrait de mes objectifs, que ça m'induit en erreur, me fait perdre de vue l'essentiel aussi. Comme à l'école de stylisme quand, au lieu de me focaliser sur le cours de « mode et matière », j'avais les yeux rivés sur le professeur, sur la bosse dans son pantalon. Je l'ai rendu dingue et j'ai fini par le mettre dans mon lit. Mais qu'ai-je retenu des heures d'initiation aux nouvelles technologies de la matière et de l'image ?

« Mourir de plaisir » se compose actuellement de 19 modèles et *B. comme Baiser* devrait venir compléter la gamme, si toutefois je parviens à le finir. Je crois que l'image d'Éléonore me bloque. Je décide donc de chercher l'inspiration non pas dans un va-et-vient profond et grisant mais dans un fond de bouteille de Jack Daniel's. Clope au bec, verre à gauche, crayon à droite, « I'm a slut like you » de Pink dans les enceintes, bougie rouge Pompidou – pour le plaisir de mes narines aujourd'hui raisonnables –, j'esquisse un escarpin.

On y est, je ne pense plus à rien. Mon cerveau fait le lien avec ma main, dans un mode automatique. Transe ? Art ? Génie extérieur ? Ma seule certitude repose sur l'efficacité de ces moments de grâce. Comme en apesanteur, je travaille avec cette impression de ne plus y réfléchir, ce sentiment d'être un canal, un outil, bien plus qu'une tête pensante. Habitée, pénétrée, utilisée, transcendée, voilà comment j'aime créer.

13

Éléonore

QUARANTE-HUIT HEURES que Jack et moi n'échangeons que des formules polies et convenues lors des repas. Nous évitons l'essentiel. Hors de table, mon mari se cramponne à son *laptop* tandis que je fais semblant de lire le dernier bouquin à la mode – l'histoire à peine distrayante de deux jumelles pucelles se faisant initier au plaisir SM. Depuis quand ai-je ce genre de lecture ? Passons, même si je relis en boucle le chapitre 3 depuis que nous sommes montés dans l'avion pour Rome.

Nous ne sommes pas un couple conflictuel, et cette froideur qui suit notre dispute est difficile à supporter. Je n'ai pas le début d'un remords, il est évident que je ne pouvais pas manquer la soirée *Ladie's* et j'en veux à Jack de ne pas m'accorder au moins ça.

Quant au baiser, il ne peut pas être au courant. Et puis, la petite m'a chauffée, elle m'a trouvée… Que cherche-t-elle d'ailleurs exactement ? Que sommes-nous en train de construire, doucement, avec les apparences d'une amitié qui n'en n'est pas vraiment une ? Et moi, quel jeu frissonnant suis-je en train de jouer avec elle ? Qu'est-ce qui m'attire et, je dois bien me l'avouer, m'excite à ce point chez elle ? Se pourrait-il qu'il s'agisse uniquement d'une excitation liée à la nouveauté, à la surprise de voir mes sens en ébullition au contact d'un corps féminin ? Je suis stupide. Je ne suis pas en ébullition. Nous étions ivres.

Aucune raison de culpabiliser. Jack lui-même jugerait ça anodin... voire stimulant. Je disais à Crys n'être pas partageuse. Quand on s'interroge sur ma vie maritale, je fais semblant d'être convaincue que tout est très solide et que nous sommes fidèles l'un à l'autre, Jack et moi. La vérité, c'est que je connais mon homme : chaud. Mais je serais effondrée s'il menait une double vie...

Le lendemain de nos fêtes respectives, prenant le café debout dans la cuisine, Jack m'a avoué d'un ton maussade qu'il avait préparé une surprise pour célébrer sa promotion : il avait pris deux billets pour Rome et réservé une suite dans mon hôtel préféré, le Raphael. Un Relais & Châteaux splendide, derrière la Piazza Navona, facilement reconnaissable à sa façade recouverte de vigne vierge, dont je suis tombée amoureuse quand Claudia me l'a fait découvrir. Le Raphael n'est pas seulement idéalement situé, y séjourner donne l'impression de déambuler dans les couloirs d'un musée – la collection de céramiques de Picasso joue sans doute son rôle dans cette sensation toute particulière. Je ne connais pas, surtout en été, de terrasse plus plaisante que la terrasse Bramante, sur le toit.

Comme dans un rêve, ce matin-là, alors que j'émergeais difficilement des vapeurs de champagne et du souvenir velouté des lèvres de Crystal, je me suis entendue opposer à mon mari mille excuses pour ne pas prendre ce vol...

– Et les enfants ?

– Ma mère s'en occupera. Son train arrive à Montparnasse à quinze heures, elle ira les chercher à la sortie de l'école.

– Et... il faut que je le dise à Alison ?

– Je m'en suis déjà occupé. Elle viendra quand même pour le bain et le repas, comme ça Maman n'aura pas tout à gérer.

– Maëlis est infoutue d'arroser les plantes, de récupérer le courrier ou d'ouvrir au livreur de courses le samedi...

– On ne part pas longtemps, et tu n'as qu'à reporter la livraison à lundi soir ! Un clic, et c'est une affaire réglée.

– Et les repas bio des jumeaux ?

– Merde, tu as oublié que Maman avait eu deux enfants elle aussi ? Maintenant, ne m'invente pas un chat fantôme qu'il faudrait nourrir, vermifuger ou sortir trois fois par jour…

– Je ne peux pas partir comme ça sans prévenir au bureau !

– J'ai envoyé un mail à Jean-Claude, aucun problème de son côté à condition que tu remplisses le formulaire pour la DRH, que tu le renvoies et que tu leur passes un coup de fil.

– Et le formulaire…

– Il est là, je l'ai imprimé. Tu n'as qu'à le signer, le scanner et le mailer.

– Et Barbara…

– Depuis quand tu te soucies de la vieille peau ?

– … et Crystal…

– Qui ça ?

Jack a froncé le sourcil :

– La môme qui t'envoie des textos à deux heures du matin ?

– …

– Il va falloir qu'elle se calme, celle-là… Depuis quand l'avis des stagiaires t'intéresse ?

– Depuis toujours. Le regard neuf, tout ça. D'ailleurs elle n'est pas stagiaire, elle est…

– Tu m'as dit qu'elle avait décroché un contrat de trois mois !

– Six !

Jack a haussé les épaules.

– Mais de quoi tu me parles, Élé, bon Dieu, je t'emmène en micro voyage alors qu'on a bossé comme des ânes pendant des mois, c'est tout l'effet que ça te fait ? Ne me dis pas que tu n'as pas envie de ces cinq jours avec moi, loin des problèmes du quotidien ?

Il était en colère, pour la deuxième fois en moins de vingt-quatre heures, alors que c'est en général le calme qui domine ses nerfs. Et moi, je n'ai pas pu répondre. Impossible de rétorquer que non, je n'ai absolument pas envie de ce tête-à-tête, que je ne souhaite pas que Crystal se méprenne sur ce départ soudain – mais après tout, qu'est-ce que je lui dois ?

Afin d'entériner ma résolution intérieure, j'ai souri à mon mari et je lui ai planté un baiser réconciliant sur les lèvres avant de foncer dans notre chambre pour préparer mes bagages. Il a cherché à me retenir, à m'accrocher contre ses plaquettes, me sachant faible face à cette partie de son anatomie. Je me suis doucement dégagée.

En atterrissant à Fiumicino, et en rallumant le boîtier de Pandore, j'ai découvert un message de Crystal, d'une consonance triste et étonnée malgré le smiley : « ON DIT QUE TU T'ES TRANSFORMÉE EN BARBIE HÔTESSE DE L'AIR ? ☺ ÇA DOIT ÊTRE SEXY… J'AURAIS BIEN AIMÉ QUE TU ME LE DISES… TU ES PARTIE AVEC KEN ? » Je n'ai pas cédé à l'envie de lui répondre. Ça aurait servi à quoi, à part à nourrir ses fantasmes ? Jack avait raison, il fallait qu'elle se calme, la petite… Avais-je envie qu'elle se calme ? Il fallait que moi, je me calme. Ce séjour était finalement le bienvenu.

♦ ♦ ♦

Nous prenons donc le petit déjeuner en silence. Jack est plongé dans *La Repubblica*, ce qui me fait bien rigoler parce qu'il ne connaît pas un mot d'italien.

Nous n'avons pas fait l'amour depuis que nous sommes au Raphael, ce qui est inhabituel. Nous n'avons pas abordé notre différend. Nous nous sommes installés (avec résignation ?) dans notre chambre, après avoir constaté que la direction s'était trompée dans la résa. (Nous avons écopé de deux twin beds que nous avons rapprochés, au lieu d'un king size.) Nous avons brandi nos lectures respectives pour éviter la parlotte.

Mon croissant est fade, le café est tiède, le jus d'orange est mal pressé ; ma mauvaise foi est sans bornes, je trouverais n'importe quelle excuse pour m'évader. Jack ne s'aperçoit pas que je ruse. J'en ai les larmes aux yeux, en remontant précipitamment, sur un prétexte bidon qu'il n'a pas l'indélicatesse de relever. Dans l'ascenseur, je me dis qu'il faut en finir avec cette grisaille.

Je pourrais reprendre un avion pour Paris. Faire une scène ce soir au resto de l'hôtel – le soir se prête mieux aux grandes scènes dramatiques que le midi, non ? Dans la chambre, je tourne comme un fauve dans son zoo, mille pensées se bousculent alors que le temps est radieux à Rome, pour décembre…

Je me penche au petit balcon de notre fenêtre, et tends mon visage au soleil. Je tente d'appeler Maëlis pour la cinquième fois depuis le lever. Je serre le téléphone, mon seul lien avec ma vraie vie, contre mon cœur. Il se met à vibrer. C'est un nouveau SMS, signé Crystal.

« ALORS CES VACANCES ROMAINES ? TOUT LE MONDE T'ENVIE, AU BUREAU. ON T'EMBRASSE. CRYSTAL »

Petite maligne. Elle sait très bien ce qu'elle fait en utilisant ces termes. Elle se rappelle à moi, crée de la distance en exprimant un sentiment collectif (« tout le monde… »). Pas de smiley alors qu'elle en est fan et coutumière, pas de note personnelle (comme si on lisait par dessus son épaule), et pourtant le message est loin d'être froid. Elle manœuvre les mots et la technologie avec beaucoup d'habileté…

J'hésite. Puis-je ne pas répondre à ce deuxième message ? D'autant que Jack va remonter. Faut-il renouer la conversation là où nous l'avons abandonnée dans le taxi ? Excuser mon départ ? Justifier mes silences ? Faire comme si de rien ? Tant de dilemmes.

Peut-être que Crystal se fiche de cela et qu'elle essaie simplement d'y voir clair. Est-elle troublée ? Il faudrait que je l'apaise, que je lui dise que ce n'est qu'une jolie parenthèse amusante. Que sa vie est belle, et devant elle. Elle n'a pas un mari sexy en colère et une carrière à booster – le succès de *Ladies* est éphémère, dans l'univers de la mode vous êtes aux nues un jour et au fond le lendemain… Elle peut tout faire valdinguer quand elle veut. Elle n'a qu'à se baisser pour ramasser dans la rue le type qui l'enverra en l'air. J'ai subitement envie de lui parler. Nos échanges sur l'amour et l'avenir sont si drôles. Moi, dans le rôle de la trentenaire sage et raisonnable, elle dans le trip de celle qui teste ses propres limites jusqu'à l'implosion. À quoi pense-t-elle, ce samedi matin ?

Je griffonne un mot à l'attention de Jack : « Serai de retour à l'heure du thé. Ne m'attends pas. Besoin de marcher et d'aller voir une expo recommandée à la réception. Kiss »

♦ ♦ ♦

Je me rends réellement aux musées du Capitole, histoire d'être crédible. Je passe par la place du Panthéon, puis je bifurque vers le sud en rejoignant le Corso Vittorio Emanuele II. Poursuivre jusqu'au Colisée, si colossal ? Ce lieu m'émerveille et m'épuise à la fois. De plus, j'ai promis à Jack de m'y rendre en sa compagnie.

Face au palais des Conservateurs, je ne résiste pas à la tentation d'aller saluer la Louve capitoline, cette sculpture en bronze du XIIe siècle qui représente les orphelins abandonnés Romulus et Remus, recueillis par la bête au pied au Mont Palatin. Une œuvre qui m'a toujours interpellée.

Je gamberge sur ma visite à la Louve et sur mon lien avec Crystal. Mon inconscient m'a amenée ici parce que le baiser échangé me taraude à deux égards. La mère que je suis ne peut l'accepter, alors que la femme voudrait le revendiquer.

Je sors mon téléphone de mon sac à main, pas de nouvelles de Jack et c'est tant mieux, pas de nouvelles de Maëlis, donc on va dire que c'est bon signe et qu'elle veille correctement sur MES louveteaux, et toujours cette icône qui représente une enveloppe de message ouvert. Je me décide, parce qu'un carillon lointain annonce qu'il est onze heures, et que c'est une heure excellente pour effectuer quelques pas chassés. Je pourrais écrire : « VACANCES ROMAINES IDYLLIQUES. ÇA ME FAIT UN BIEN FOU DE FAIRE LA GRASSE MAT', DE MANGER DU RISOTTO ET DE BOIRE DES GRANDS CRUS. JE T'EMBRASSE. E. » Ouh, la menteuse !

Le texto honnête, que je n'enverrais qu'à mon psy si j'en avais un, ou très éventuellement à Claudia, serait : « VACANCES DE MERDE, MARI QUI FAIT LA GUEULE, INCAPABLE DE TERMINER LA LECTURE DE MON BOUQUIN POURRI. À PART ÇA, JE PENSE À TOI. »

Mais je ne souhaite pas apparaître comme la gonzesse désespérée et malade de solitude. Hors de question de laisser filtrer mon désarroi. Il faut que j'écrive un texto authentique et sincère, sans me mettre en danger. Je relis le message de Crystal et je réponds enfin, après avoir pesé chaque mot et point de ponctuation : « SENTIMENTS CONTRASTÉS. LA VILLE EST MERVEILLEUSE, LE TEMPS EST GLACIAL. AGRÉABLE POUR RÉFLÉCHIR. JE T'EMBRASSE, GROSSES BISES À TOUT LE MONDE. »

C'est le plus honnête que je puisse faire…

♦ ♦ ♦

Crystal n'a pas réagi. À mon tour de me poser des questions. Et si elle avait rejoint Scarlett à son hôtel, après notre baiser ? L'actrice devait rester quelques jours à Paris, et mon écervelée est tout à fait du genre à lui proposer ses services de guide.

Il est midi trente. Quitter Rome. Cette pensée m'obsède. Je me répète sans cesse que je n'ai pas le droit de faire ça à Jack, qui ne le mérite pas, qui ne pigerait pas de telles réactions. Je suis quelqu'un de juste, ou qui tente de l'être. C'est mon père qui m'a inculqué cela. Réfréner ses instincts et ses mouvements, écouter l'autre, se comporter en fonction de ce que votre moitié attend de vous, être en contrôle de soi et en adéquation avec ce que l'intelligence vous dicte.

J'entre dans une trattoria de la piazza Navona, envahie de vacanciers, et je commande bien sûr un cappuccino. Je le hume, et même s'il a été conçu pour des touristes béats, il possède un fumet de Crystal. La mousse qui se dépose au coin de mes lèvres est aussi légère que la bouche de ma Girafe.

La première fois que je suis venue à Rome, j'avais vingt ans et je venais de perdre mon premier amour. Matteo était jeune, beau, intelligent, sculpteur, sûrement riche, trop rock'n'roll et cela l'avait perdu. Claudia me l'avait présenté à un concert dont elle était la marraine, et nous ne nous étions plus quittés pendant six mois. Mon amie savait que nous étions destinés à vivre ensemble une grande passion.

« Vous êtes les Rodin et Camille Claudel du XXIe siècle », avait-elle affirmé en riant. Ce que nous avions ressenti en un croisement de regards était magnétique et indicible. On avait l'impression d'avoir grandi ensemble, on parlait un langage commun alors que son français était balbutiant et que je ne parlais qu'espagnol. Les femmes l'intéressaient peu, il avait décidé de se consacrer à son art. De mon côté, il y avait eu peu d'hommes, et tous insignifiants.

Matteo n'avait aucune pitié. S'il n'aimait pas ce que je peignais, il l'exprimait (est-il utile de préciser qu'il s'exprimait souvent ?) sans nuance. Son intransigeance, son œil éduqué par et pour le Beau, les fleurs qu'il déposait à mes pieds en prétendant que j'étais sa muse et qu'il n'y en aurait pas après moi si je le quittais : cela m'avait attachée à lui sans condition. J'acceptais tout, comme un *package*. Il y avait d'un côté un homme tempétueux, amant poétique et doué, d'une intelligence vive et parfois cruelle, sculpteur prometteur. De l'autre, un être trop soucieux des apparences, doutant éperdument de son talent, flippé, accro à l'héro.

Je n'avais pas décelé cette fragilité immédiatement. Matteo et moi nous voyions tous les jours, sans contrainte financière, sans horaires de bureau, la vie était belle et parsemée de toiles, de glaise, de pâtes *al dente*. D'illusions. Mon amant, sujet à des sautes d'humeur importantes, pouvait être stressé, énervé puis absolument charmant la minute d'après. Je ne l'analyserais que plus tard, mais une fois l'héro vissée au corps, il devenait le plus doux et amoureux des agneaux. Il était, sinon, un artiste susceptible, pressant et passionné, insupportable. En manque. Lorsque j'avais compris… il était trop tard.

Personne ne peut dire ce que notre histoire serait devenue. Matteo a succombé à une overdose dans son atelier rue de Seine, avant d'avoir pu m'emmener visiter sa ville natale. Rome. L'éternelle. Celle où nous aurions conçu nos enfants.

Désespérée. Des funérailles de pacotille vite expédiées – sa famille, issue de l'aristocratie romaine, avait agi comme si les amis parisiens, Claudia, moi et bien d'autres, n'existaient pas, et avait rapatrié le corps en Italie après avoir donné une petite messe cache-misère à Paris. Matteo avait clamé ne vouloir être enterré qu'au Père-Lachaise, abhorrant l'idée de revenir dans le giron étouffant de la dynastie à laquelle il appartenait. Mais qui pouvait légitimement revendiquer ce souhait auprès de sa famille de sang ?

Incapable de me défaire de son fantôme, j'avais décidé de visiter les lieux de son enfance. Je devais venir par moi-même, respirer l'odeur de sa cité, fouler les pierres qui avaient usé ses semelles, contempler son ciel. Me convaincre qu'il était bien mort, puisque je me retrouvais chez lui sans lui. Je m'étais installée à l'hôtel Raphael, celui où nous aurions séjourné parce qu'il l'aimait.

Au bar du Raphael, un inconnu m'avait abordée alors que je noyais mes pensées dans des vins auxquels je ne connaissais rien, mais dont les prix me convainquaient qu'ils méritaient d'être choisis pour célébrer la mémoire de Matteo. Cet homme, c'était Jack. Jeune avocat ambitieux, au corps d'athlète plutôt que d'intello, venu à Rome pour une affaire dont personne ne voulait s'occuper dans son cabinet, et qui pourtant aurait des retombées très positives dans sa carrière. Il vivait à Paris, nous avions sympathisé… J'avais promis de le rappeler en rentrant et lui de passer à la galerie où on pouvait encore découvrir mes tableaux.

Personne n'avait jugé ma décision ou mon comportement. Le fait que je me recase aussi vite après la mort de Matteo avec un homme sûr de lui, établi. Jack était l'ange, beau, ambitieux, le parti et gendre idéal, venu me sauver.

Il connaissait mon histoire avec Matteo. Le soir de notre rencontre au bar du Raphael, il avait été l'épaule sur laquelle j'avais déversé mon histoire – à moitié cuite. Contrairement à d'autres, il n'avait montré aucun signe de compassion, d'où peut-être mon impression que c'était un homme fort, sur lequel s'appuyer. Il n'avait pas tenté de profiter de mon ivresse (combien s'y seraient essayés ?), s'était contenté d'écouter et de m'enjoindre avec douceur de tourner cette page. Il m'avait raccompagnée jusqu'à ma chambre, m'avait aidé à enlever mon châle, avait déposé un chaste baiser sur mon front et s'était écarté.

– J'aimerais vous voir nue, mais je vais vous laisser tranquille ce soir. Éléonore, jolie et perdue Éléonore. Vous me ferez signe. Vous avez des kilos de chagrin à abandonner et moi je vous veux… joyeuse. Vivante.

J'avais osé le rappeler. Ensuite, tout était allé très vite. Quelques sorties, l'emménagement, la demande en mariage et les crises de doute de Maëlis, les noces, la venue des jumeaux…

Jack me sécurise. Il m'a redonné courage après le deuil. Auprès de lui, je me suis sentie forte. Aimée. Comprise. Belle. Il a ce penchant rare de vouloir mettre les autres en valeur, sa femme en premier lieu. De les faire briller – ce n'est pas qu'un geste altruiste, Jack est aussi un être qui aime être entouré de personnes que l'on admire… C'est à un dîner donné par le cabinet qui l'employait que j'avais croisé Jean-Claude Viss : on connaît la suite. J'avais changé de vie, troquant mes peintures contre un joli poste de DA, dans lequel je m'étais fondue avec une facilité déconcertante. L'ambition de Jack avait déteint sur moi…

Impossible de m'imaginer sans quelqu'un à mes côtés. Je me réalise lorsque je suis en couple, je suis créative parce que protégée et aimée, je deviens moi-même grâce au regard de l'autre.

Question : suis-je moi-même sous le regard de Crystal ? Pourrais-je l'être ? Je frémis. Ne pas répondre. Je divague.

♦ ♦ ♦

Je me lève de mon banc. Je quitte la place du Capitole pour rejoindre le Campo di Fiori. Je veux voir des fleurs et humer leur parfum, acheter des graines pour les jeter aux pigeons sur la piazza Navona un peu plus loin – un truc que ferait Crys, tiens !

C'est sur cette chaise que le texto de Crystal me parvient, alors que je dévore un panini quatre fromages et qu'un tiramisu en barquette patiente sagement à côté de moi. Cette coquine me provoque. « TU SERAIS CONTENTE DE RENTRER ? POURQUOI, SI C'EST SI IDYLLIQUE ? PS : TU AS INTÉRÊT À ME RÉPONDRE DANS LES CINQ MINUTES. »

Je n'ai pas l'habitude d'être ainsi bousculée. Mais je me plie à son exigence, en y mettant autant de mauvaise foi que de suavité. « JE NE SUIS PAS TRANQUILLE SANS MES ENFANTS, MA BELLE… » La brunette ne daigne pas renvoyer la balle.

♦ ♦ ♦

Le soir, quand je rentre au Raphael, je ne sais pas ce que je vais y trouver. Un mari furieux, qui menacera de tout briser sur son passage ? En montant dans la chambre, je checke pour la centième fois l'écran de mon portable. Noir. Crystal doit s'être agacée de ma réponse *à côté*…

Jack est enfin passé à autre chose. Il s'excuse de sa froideur, de son emportement, me parle de l'importance de se retrouver. J'opine, soulagée mais incrédule. Quelque chose en moi lui en veut de la mascarade de ces derniers jours. Je ne remarque pas tout de suite que la chambre a été re-décorée comme pour accueillir un jeune couple en voyage de noces. Plus kitsch tu meurs. Des pétales de roses sur le lit. Une bouteille de champagne Laurent Perrier dans un seau à glace sur la console près du miroir. Une musique jazzy en fond sonore, les lumières douces et des bulles de savon qui éclatent depuis la baignoire moussante de la salle de bains. Jack s'approche de moi et me prend par les épaules.

– On skype vite fait avec Maman et les jumeaux, on débouche cet excellent cru, on plonge dans le jacuzzi et, si tu es sage, je te masse avec cette huile au jasmin…

Fier de lui, il brandit une petite fiole. L'idée du massage me fait malheureusement penser à Crystal, à sa proposition déjà indécente en début de soirée chez Zahi…

J'essaie de me la sortir de l'esprit. Être attentive à mon mari. Je me laisse approcher, déshabiller, conduire au bain avec une coupe. Sans qu'il me soit nécessaire de le formuler, Jack pige que j'ai besoin d'être seule encore un moment. Je m'enferme, en peignoir, avec le smartphone dans la poche. Je me regarde dans le miroir embué. J'ai les yeux qui brillent, et ça n'est pas à cause de l'alcool. Les efforts de Jack me touchent, et l'absence de réponse de Crystal… m'inquiète.

Je m'assieds sur le rebord de la baignoire. C'est alors que le tilt caractéristique ramène sur mes lèvres un sourire. C'est elle. « Barbie, tu es sûre que je ne te manque pas un tout petit peu ? Avoue. Si tu ne réponds pas dans les cinq minutes, je saute dans un avion et je fais foirer ton week-end d'amoureux de mes deux. » Quel toupet ! Et en même temps, je me marre. Le côté direct, spontané, avec un soupçon de grossièreté, du langage de Crystal, est très amusant à l'oral comme à l'écrit.

Mais ses ultimatums ! Faut-il y répondre ? Je décide que je suis loin et que je peux me permettre de déborder un peu du cadre. Je lève les yeux de mon écran pour vérifier que la porte qui communique avec la chambre est bien fermée. J'entre dans l'eau parfumée, en prenant garde de ne pas lâcher le téléphone. « Bien sûr que tu me manques. Tu es mon pot de colle préféré.

– Bitch.

– Allumeuse.

– T'es allumée ?

– Je suis dans mon bain.

– Mmmh ! J'aime bien t'imaginer dans un bain… On en prendra un ensemble, un jour ? »

Là je ne sais pas quoi répondre. Il y a des limites. Jack, à côté, s'impatiente. Il y a une bouteille, un massage, un petit jeu de jambes en l'air à exécuter pour que tout rentre dans l'ordre entre nous et qu'on puisse aller manger le risotto à la truffe qui nous tente depuis le début du séjour. J'hésite encore un instant avant de répondre, sachant que la discussion va se clore très vite ensuite :

« Je connais un hammam génial pas loin du bureau…

– Trouillarde. »

14

Crystal

Les derniers échanges avec Barbie m'ont redonné l'espoir d'un lendemain à notre baiser. Elle, toujours sur la réserve, qui calcule chaque mot, semble s'abandonner un peu à mon jeu. Parce que, franchement, qui répond à des SMS depuis son bain – en précisant donc qu'elle est nue – si ce n'est pour attiser le désir de l'autre ? Et puis, si j'ai fait flancher Scarlett quelques minutes, je peux sûrement allonger Éléonore.

Je me prépare avec entrain, heureuse de la savoir de retour aujourd'hui. J'opte pour la minijupe de mon premier jour à Modus, avec un beau décolleté en prime. (Oui, j'envoie valser l'interdit !) En faisant glisser les bas sur mes jambes, je sais d'ores et déjà que je vais le regretter, mais j'ai toujours préféré une bonne crève à un choix vestimentaire non optimisé pour ma *target* du moment. J'assortis les boucles d'oreilles à ma jupe, les bottes à mon top, la veste en cuir rouge à mon vernis à ongles, mon fard à paupière à mon sautoir. Je manque de m'étaler sur Alceste qui trône devant la salle de bains comme pour me barrer le passage. Ce chat est vraiment caractériel ! J'ai l'impression qu'il est capable de ressentir mon intérêt pour autrui et qu'il prend ça très personnellement. Comme si mon affection pour un être humain pouvait l'amputer d'une part de celle que je lui porte. Pire qu'un gosse, je vous dis !

Je jette un dernier coup d'œil à Scarlett (que je me retiens d'embrasser), fourre mes croquis dans mon *Alma* en prévision de ma soirée avec Lorenzo et me conditionne psychologiquement pour affronter le froid carnassier de décembre.

Ce métro, comme tous les matins, me répugne. Je rêve de devenir une star de la chaussure, autant pour vivre de ma passion que pour la gloire qui m'octroiera probablement un chauffeur. Une limousine ?

J'observe les femmes qui m'entourent (les hommes m'intéressent beaucoup moins à cet endroit), et je suis globalement affligée. En face de moi, une jeunette arbore une jupe moulante rouge à pois noirs, un manteau long en fausse fourrure marron, des Uggs rose et un col roulé vert pomme. *Ta maman ne t'a jamais dit qu'on ne doit pas dépasser trois couleurs différentes et que, sur aucune planète, on n'ose mélanger le rouge et le rose, sauf si on s'appelle Yves Saint Laurent ?* Plus loin, une trentenaire semble avoir confondu le balais à chiottes avec le sèche-cheveux : sa tignasse cramoisie est aussi grasse et poisseuse que celle d'un vieux chien sale. Et, le *must*, à côté de moi, une quadra se cure le nez avec ses ongles taupe écaillés, pour ensuite tartiner ses trouvailles sur son pantalon H&M mal taillé. Beurk.

Je gambade vers mon bureau en chantonnant. Barbie est à son poste, tandis que, ô miracle, le Dragon doit finir de se crémer la tronche dans sa voiture. J'allume mon Mac, jette écharpe et sac sur mon siège afin de signifier que je suis bien là, que j'ai commencé à travailler. Je laisse passer cinq minutes pour la crédibilité et fonce au sixième chercher deux cappuccinos.

Je gratte à la porte et entre sans attendre qu'Éléonore ait levé les yeux de son ordinateur. Je me rue sur elle… mais je suis arrêtée net par ses mains froides qui, se posant sur mes épaules, contiennent mon élan. Elle dépose deux bises chastes et furtives sur mes joues et recule de trois pas. J'avais imaginé un accueil plus chaleureux, mais je ne m'offusque pas encore. Je la regarde de la tête aux pieds, elle est ravissante. Une petite jupe noire, un col en V bordeaux et des bottes mi-hautes. Cheveux lissés, trait d'eyeliner parfaitement dessiné et une bouche glossée qui appelle mes lèvres. Pourtant, l'expression de son visage ne m'inspire rien de bon. Elle semble gênée, ailleurs.

– Tu as laissé ta tête à Rome, Barbie ?

– Non, non, mais je suis super occupée là, comme tu vois. J'ai des centaines de mails à éplucher.

– Tu veux dire que je te dérange ?

– Un peu, Crystal, mais merci pour le cappuccino.

Je tourne les talons sans daigner répondre à ce « Crystal » frigide et je claque à moitié la porte. La journée commence bien plus mal que prévu.

J'ai beau tenter de me concentrer sur la « to-do list » que Barbara m'a sèchement déposée, ma tête est embrumée, mon cœur en souffrance. Je n'ai qu'une envie : passer et repasser devant son bocal en gesticulant, en tournant le regard vers Inès plutôt que vers elle. Ah ! Madame recule ? Madame se retranche derrière son prétendu boulot pour masquer son malaise ? Madame a sûrement réalisé que son vieux mari parfait valait mieux que sa jeune Girafe déjantée ? Que Madame aille se faire foutre !

Josh Groban chante « Broken Vow » presque pour moi et je contemple la pluie qui s'empare, goutte à goutte, des vitres de l'open space. Elles sont le miroir de mes pupilles, qui se retiennent, à la fois pudiques et conscientes que ça n'est ni le lieu ni le moment.

♦ ♦ ♦

En quittant cette tour, j'ai l'impression d'être une princesse délivrée de sa méchante sorcière et de ses démons (qui, certes, dans les contes de fées, prennent rarement le visage d'une réplique de Raiponce). Lorenzo m'attend au pied des marches, sur sa Vespa. Je l'embrasse, enfile le casque qu'il a gentiment prévu pour moi et enfourche son engin. Le vent frais qui me bouffe la figure me fait le plus grand bien. Je respire. Je me serre contre mon acolyte, comme si ma vie en dépendait. (En réalité, c'est un peu le cas, vu sa conduite parisienne des plus inconscientes : il se prend pour le roi du monde sur son scooter.) Quand j'ai trop peur qu'on se mange l'une des deux voitures entre lesquelles il fonce sans hésitation, je ferme les yeux, je prie ma maman et je lui pince les hanches en signe de désapprobation.

Après avoir avalé un kebab (cette chose terrible qui donne un coup de *boost* aux bourrelets) et discuté une heure du problème Éléonore (sans qu'une once de solution n'apparaisse à l'horizon), on arrive à destination : rue de Berri dans le VIIIe, le Penthouse Club – ancien Hustler – nous ouvre ses portes chaleureuses. Oui, je sais, pour une réunion dite de travail, le choix est assez improbable. Mais il nous ressemble. Mater des culs et des seins (refaits), c'est une auto-prescription contre ma tristesse du jour que je vais me faire un plaisir de suivre. Mon Lorenzo, de toute son homosexualité, y prend goût autant que moi : il adore me voir ardente, pendant qu'une strip-teaseuse se déhanche sur mes cuisses.

Nous nous installons face au *stage* et commandons une bouteille de champagne (qui cette fois n'ira malheureusement pas sur le bureau de la compta). Une blonde filiforme se dandine sur sa barre, au rythme d'une chanson de Rihanna. Évidemment, il fallait que la première fille qui se produit devant nous ait des airs d'Éléonore (de très loin, je vous l'accorde). Je décide de chasser son image de ma tête, pour ma santé mentale. Je suis là pour me détendre !

Je sors mes croquis, sans grande conviction. Même si j'adore parler d'eux avec Lorenzo et construire ce projet qui me tient tant à cœur, j'ai plutôt envie de planer en paix et de commenter les filles. Je bois ma première coupe presque d'une traite, sous les yeux à la fois dépités et impressionnés de mon compagnon de débauche. Il pose mes feuilles sur ses genoux, comme s'il m'avait devinée. La blonde continue de réchauffer l'assemblée, n'ayant plus sur elle qu'un string ficelle, dissimulant à peine son sexe complètement nu de poils. Elle ne m'excite pas. J'ai faim d'une belle brunette, méditerranéenne (mon style de base, même si je donne plutôt dans la « Suédoise » en ce moment, entre Scarlett et Barbie).

Je scrute les lieux, à la recherche de mon dessert. Lorenzo m'aide dans l'exercice. Je l'invite à me suivre au fumoir, endroit fréquenté par les demoiselles, qui permet de les voir de plus près. Je sens le regard de deux gros porcs (de ceux qui doivent avoir une tendinite à force de se branler seuls devant du porno pour oublier qu'aucune femme digne de ce nom ne grimpera sur leur bite sans un billet violet de compensation) braqué sur mes courbes. Ils me donnent la gerbe et je plains celles qui vont devoir se frotter à leur bedaine dégueulasse. Avec ma minijupe et mon décolleté, je me fonds un peu trop dans le décor. Qu'ils bandent sur l'idée, si ça peut leur apporter un peu de satisfaction. Même pour des milliers de billets violets, je ne m'écarterais pas devant eux.

Lorenzo me fait une pichenette pour me signaler la présence d'une bombasse. Brune, les cheveux ondulés, des vrais seins en poire, une robe filet blanche qui prend la lumière à la perfection, une peau mate, des pupilles émeraude, des fesses rebondies que j'imagine volontiers dures comme les queues des deux gros lards, toujours en position du loup de Tex Avery. Je lui lance une œillade franche, séductrice. Étonnée (c'est sûr que ça change de la clientèle lambda), elle me sourit timidement, avant de réajuster ses lèvres devant le miroir mural. J'ai souvent du succès dans ce genre de club. Les filles ont le sentiment de faire une pause avec moi. Je sens bon, je ne suis pas lourde et je les intrigue. Bien sûr, elles ne s'installent pas non plus trois heures sur une banquette à mes côtés, parce qu'elles sont tout à fait conscientes que je ne les rincerai ni en champagne ni en cash. Un plaisir de courte durée partagé, en somme. Pour ce soir, j'ai trouvé ma distraction. Ce sera elle, ou personne.

De retour sur nos fauteuils, on s'intéresse quand même quelques minutes à notre bébé en devenir. Lorenzo se pâme devant *B. comme Baiser* et je dois avouer que je suis soulagée. J'ai mis un paquet de nuits à la pondre, cette paire. Rouge passion (pour le baiser enflammé, si vous avez suivi), talon de dix centimètres pour le vertige, points de réflexologie directement liés aux organes génitaux – sans passer ni par le cœur ni par le dos cette fois-ci –, fine lanière panthère pour le côté *grrrrr* et bout rond. Ça y est, « Mourir de plaisir » a officiellement 20 modèles validés par ses parents non pacsés. Ne reste qu'à fabriquer la totalité des prototypes, partie que je délègue avec bonheur à mon partenaire. Il m'annonce d'ailleurs fièrement que j'en aurai trois nouveaux dans deux jours. Alléluia ! Cette proclamation sonne officiellement la fin de l'interlude boulot : il est temps de retourner à nos moutons, nus de leur laine.

J'alpague une serveuse pour lui demander le nom de mon choix du jour. (Oui, c'est un peu le supermarché ici, en plus *glam*.) Adina. Putain, c'est beau, ça me plaît. Concupiscence à son apogée, il faut que je consomme, vite. Lorenzo glousse, en prévision du spectacle qui va se dérouler devant lui. Je fais un petit signe à Adina donc, pour qu'elle s'approche de nous. Avec une certaine nonchalance, agrémentée d'une sensualité qui me fout des frissons, elle marche vers moi. Je ne la quitte pas des yeux, mais elle n'ose pas soutenir mon regard. *Petite joueuse, tu vas voir.*

Je lui donne mon ticket, qu'elle prend avec une forme de réserve qui me charme. On se décale sur une banquette derrière nous, plus appropriée à l'exercice. Je ne m'occupe absolument plus de Lorenzo. Il a eu – contrairement aux hétéros qui m'accompagnent parfois – la finesse de rester sur son fauteuil.

Adina repousse d'une main sa chevelure ébène, écarte légèrement mes cuisses, découvrant le haut de mes bas. Elle se touche devant moi, sur les premières notes de notre chanson. Elle plante ses prunelles dans les miennes, frôle mon cou de ses lèvres. Son parfum m'enivre. Elle respire un peu fort, son souffle sur ma peau est délicieux. Je brûle d'envie de l'effleurer, mais je me contente de ce qu'elle me donne, c'est la règle. Elle s'effeuille, quittant successivement sa robe filet et son soutien-gorge. En revanche, en France et en public, le string reste à sa place.

Ses seins, à quelques millimètres de ma bouche, me narguent sans gêne. Adina ne lésine pas sur les moyens pour me tremper l'entrejambe. Elle s'autorise un contact qu'elle refuse sûrement à la plupart des hommes. Elle passe ses lèvres sur les miennes une seconde, puis redescend dans un dodelinement tout à fait fascinant. Se retournant, elle m'offre une vue de rêve sur sa jolie paire de fesses qui n'a rien à envier à celle de Megan Fox.

Au détour d'un mouvement, je découvre le tatouage qui lui habille joliment l'intérieur de la cuisse gauche. Sa danse luxurieuse me transporte loin, très loin. Elle s'allonge sur moi, déposant sa tête au creux de mon épaule, ses mains sur mes genoux. Elle presse ses seins… et cette satanée musique s'arrête pour passer au morceau suivant. Maudites soient ces trois minutes réglementaires. Dans un sourire, elle me gratifie d'une bise voluptueuse en me disant que je suis très belle. Ça fait plutôt bien passer la pilule.

Je voudrais lui dire de rester, l'inviter à me suivre en bas, dans les salons privés, mais elle est là pour remplir ses poches, et les miennes sont terriblement vides. Alors je la laisse vaquer à ses occupations tandis que je retourne vers Lorenzo qui n'a pas loupé une miette du spectacle. Je le vois trépigner et l'entends d'ici : *Alors, t'es chaude, ma Tatasse ?*

♦ ♦ ♦

Je tourne en rond dans mon lit, avec une envie de massacrer mon réveil qui, narquois, fait défiler des chiffres. Ces chiffres qui disent « tic-tac, *bitch*, ta nuit t'échappe ». En fœtus à gauche, puis à droite, sur le ventre ou sur le dos (bien que je ne sache pas dormir autrement que sur le côté), je peste et je finis par suer comme une vache sur un tapis de course. J'essaie de visualiser un mur blanc, de m'y accrocher désespérément pour lutter contre le Tetris dans ma tête. Une pensée en chasse une autre, de la plus futile à la réflexion profonde, je déroule des pelotes comme un chat excité.

Je déteste les insomnies, elles chamboulent tout sur leur passage. Elles crient *tu ne dormiras pas petite, tu vas te ronger le cerveau jusqu'à ce qu'il disparaisse*. Ça m'effraie et plus je lutte, plus je m'enfonce. Compter les Alceste n'a jamais fonctionné non plus. Je tente la télévision, mais je n'écoute rien. Je regarde à peine les images défiler, en continuant à bouillir à l'intérieur. Barbie, son mari, Inès, mes chaussures, les danseuses du Penthouse Club, Scarlett, mes parents, Léo à L.A., l'envie de coke, tout y passe. Chercher à arrêter ce défilé d'idées est absolument vain. Il faut seulement attendre qu'il s'achève, que je m'épuise, que je dorme, enfin.

À 4h30, je décide de prendre les choses en main. J'hésite d'abord à réveiller Alceste parce que, merde, il n'y a pas de raison qu'il roupille sur son coussin pendant que la folie s'empare de moi, mais je renonce. Il semble si paisible, ça m'attendrit à mon corps défendant. Je fonce vers ce damné radiateur pour le baisser avant que je me transforme en flaque, et je m'allume une clope. La première bouffée me réconforte.

Qu'est-ce qui cloche chez moi ? Comment puis-je à ce point me ronger pour des problèmes que je me crée toute seule ? Qu'est-ce qui, dans mon esprit détraqué, me conduit à draguer ma supérieure hiérarchique, à sauter sur une star hollywoodienne pendant une soirée professionnelle, à m'angoisser pour une collection qui ne verra peut-être jamais le jour ?

Bordel, comme disait souvent mon père quand j'étais gamine (et pile électrique), il a mis une goutte de trop dans ma mère à la conception. Mon père, ma mère… Eux dont la récente tempête participe à agiter mes nuits. Eux qui sont mon repère, mes éternelles fondations inébranlables. Mon socle, avec Léo. J'essaie de ne plus m'inquiéter, de croire que leur explication a fait son effet et balayé la tornade. Mais, au fond de moi, je suis fébrile. Je serais bien incapable de voir ce nœud-là se défaire.

Dans une dernière vague d'espoir, j'attrape mon iPod, sélectionne « Show me » de Bruno Mars et visse mon casque sur mes oreilles. J'ouvre mon tiroir aux trésors et saisis mon gode double effet (tête vibrante spéciale clito et pénis en silicone). Musique + orgasme = sérénité et dodo, non ? *Fingers crossed*.

♦ ♦ ♦

Le cœur léger, j'installe fièrement mon sapin Nordmann près de la fenêtre. Dès que Noël approche, le syndrome Peter Pan reprend possession de moi : j'ai cinq ans et demi. J'oublie tout de ma journée sans un mot échangé avec Éléonore, des crises de Barbara, des lourdeurs d'Andréas, des avances d'Inès qui ne lâche pas l'affaire, de la fatigue difficilement supportée après ma nuit écourtée. Je décore mon sapin, et la Terre pourrait bien cesser de tourner : je m'en fous. Ma guirlande électrique rouge, mes boules transparentes, mes rennes de Noël (oui, comme dans les fameuses pubs de Canal + dont je raffole), mes gouttes d'eau, mes petits personnages, mon fil d'ange et mes deux hérissons au pied (ne me demandez pas pourquoi, ils sont devenus une tradition, c'est tout). Quand il scintille devant ma tronche de petite fille assise en tailleur, je suis heureuse. Je chope Alceste, je l'embrasse et lui parle doucement. Je sais qu'il comprend.

J'ai proposé aujourd'hui de faire un grand sapin au septième, et je n'ai eu, en guise de réponse, que des visages d'adultes blasés, aigris. La magie de Noël et de ses lumières les a quittés depuis trop longtemps. Ils me dépriment tous. Seule Delphine semblait conquise par l'idée. Barbara m'a, quant à elle, demandé si je n'avais pas mieux à faire que rêvasser d'un arbre qui va pourrir et salir le sol de ses épines. Parfois, je me sens étrangère à ce monde-là. Celui où le train-train quotidien et la course aux besoins, aux réussites, à demain, effacent la mélodie de l'insouciance qui dort en chacun de nous. Cette insouciance qui nous rappelle d'où l'on vient et la joie des plaisirs simples. La Tour restera donc design, austère, sans autre âme que celle du dieu business.

Ce soir n'est pas un soir comme les autres. Alceste et moi fêtons nos trois ans d'amour et de colocation. Si j'ai bien pensé à lui préparer un festin petit-lait/poulet, j'ai finalement décrété que ce n'était ni assez symbolique ni assez fou pour nous. Il nous faut un programme à la hauteur de l'événement, une sortie en grandes pompes. Je sors donc son vêtement d'hiver, une petite combinaison mauve à capuche, et lui enfile péniblement. (Le chat-roi déteste cet accoutrement et oppose toujours une résistance féroce.) Qu'importe, il fait -5 degrés, alors pas de chichis. Je ne vais pas, en plus des gastros à répétition, me coltiner un rhume. La laisse, le sac spécial chat qui remplacera cette fois l'*Alma* tant aimé, les clés, le portefeuille : on est partis !

Ligne 4 puis ligne 1, direction la plus belle avenue du monde. Les Champs-Élysées ont revêtu leur habit de fête. Ça clignote, ça brille et ça sent bon la tartiflette. Les touristes se mêlent aux provinciaux et aux rares Parisiens qui osent encore s'aventurer dans ce méli-mélo de têtes. Le Parisien, trop habitué aux bains de foule et à la course contre la montre, est une race à part, écœurée par le monde. Ne nous leurrons pas, j'en fais clairement partie, sauf à la période de Noël durant laquelle la gamine en moi prend le dessus sur la jeune femme agoraphobe. Alceste semble un peu plus dubitatif dans son sac. Il ne moufte pas, mais je le sens trembloter. Je lui caresse les oreilles pour le détendre un peu, avant de lui imposer une petite promenade de santé. L'asticot a le poil dressé jusqu'au ciel, il lutte des quatre fers. J'insiste, je ne lui ai pas appris à marcher en laisse pendant des mois pour rien. Le vrai but de l'exercice ? J'adore passer pour une marginale qui balade son chat (habillé, ne l'oublions pas) sur les Champs. Le must ? C'est un fantastique piège à filles. Le bémol ? Ça attire les enfants comme des mouches et il est inutile de rappeler que je déteste ces choses-là…

Les cabanes en bois peintes en blanc proposent des milliers d'objets, de mets, de boissons et autres gourmandises, à des prix exorbitants. (L'an dernier, voulant être agréable à mes parents, je leur avais choisi deux bouts de fromage. Quand le type a dit « *ça fera 29 euros* », je lui ai demandé s'il avait mis le kilo !) Les arbres décorés pleuvent des couleurs qui m'émerveillent. Et, surprise, un traîneau illuminé – avec un vrai Papa Noël dedans – défile dans les airs toutes les demi-heures. Je suis aux anges tandis que mon chat-roi se décompose d'énervement et d'angoisse. Les « *oh, il est mignon, je peux le toucher ?* » l'amusent beaucoup moins que moi. Le voyant montrer ses ridicules canines à un mioche de deux ans, je décide que ma distraction a effectivement assez duré et le repose dans son cabas.

Bonne nouvelle Alceste, après l'effort, le réconfort ! Je tends 5 euros (!!) à un type qui baragouine le français en échange d'un gros hot dog. Je dispose ketchup et mayo (si Élé voyait ça…) de mon côté, laissant vierge la moitié de mon colocataire. Il se lèche les babines et retrouve, comme par enchantement, un peu de vigueur. Assise sur un banc, le tigré sur mes genoux, je déguste mon péché mignon de la soirée, ravie d'être en si bonne compagnie. *Maman, si un jour je me marie et fais des enfants, ce sera avec Alceste, sache-le.*

♦ ♦ ♦

La morosité ambiante au septième me rend dingue. Barbara recommence à me confier des tâches d'intendance, comme si depuis la soirée, mes frasques sur la piste de danse et les bruits de couloir sur mes chaussures, elle voulait me remettre à ma place. Hector a une crève carabinée et nous gratifie de ses éternuements sonores tous les quarts d'heure. Décidément, la discrétion n'habitera jamais ce corps. Andréas essaie d'attiser ma jalousie avec deux gros melons posés sur une toute petite cervelle, il perd son temps : au mieux il m'indiffère, au pire il m'exaspère. Éléonore s'enterre dans son mutisme, je l'ignore et j'échafaude secrètement des plans pour la heurter. Je veux lui faire mal, qu'elle en chie, qu'elle regrette ou qu'elle enrage.

Entre deux photocopies, un coup de fil au pressing et trois envois de mails dictés (*tu sais plus écrire connasse ?*), je me lève, je trotte aux toilettes situées derrière le bureau de Barbie démoniaque, et je souris d'un bonheur simulé. (Suis plus douée pour simuler la joie que les orgasmes, je crois.) Je suis investie par un mood mi-*bitch* mi-*horny*. J'ai envie de donner des coups et de mettre des doigts. La question est : qui recevra quoi ?

À l'heure du déjeuner, j'arpente l'open space tout en sachant très bien qu'Elle me regarde. Espère-t-elle que je m'apprête à débouler dans son bocal pour lui proposer une séance salade-papotage ? Feint-elle l'indifférence alors qu'elle rêve de me plaquer contre un mur ? Ou se moque-t-elle, dans un rire étouffé, de mon manège depuis trois jours ? Dans le doute, je garde ma ligne de conduite.

Je m'approche d'Inès, d'un mouvement lent et calculé. Je mets un bras de chaque côté de son corps et me colle au dossier de sa chaise, mes lèvres chatouillant ses oreilles. Sous les yeux d'Éléonore, j'en rajoute volontairement. Je l'invite à déjeuner, en sachant pertinemment que je me punis moi-même. De quoi va-t-elle bien pouvoir me parler ? De ses rendez-vous chez l'esthéticienne ou chez le coiffeur ? Oui, c'est réducteur, mais la jeune fille ne s'est pour le moment pas illustrée par son intelligence en ma présence. Je me dis qu'en cas de gros désastre, je la toucherai aux toilettes pour me soulager, dans les deux sens du terme.

Je jette un œil furtif en direction de ma cible pour savoir si elle n'en loupe pas une seconde, et je me mange deux billes rondes exorbitées et noires de colère. Si ces deux-là étaient chargées, je serais déjà allongée sur le sol, pleine de trous. J'exulte. Pari réussi, je sais à présent pourquoi je vais m'ennuyer une heure.

♦ ♦ ♦

J'ai goûté sa chatte. Comme je l'avais imaginé, la brune est plus distrayante aux WC qu'à table. Nos mains se sont aventurées sous nos jupes respectives, avant que nos doigts soient salement léchés. Elle ne m'a pas fait grimper au rideau mais, à sa décharge, j'ai besoin de plus qu'un touche-minou. L'idéal étant bien sûr une langue agile et un index vigoureux, bien orienté.

En rentrant, je lui ai glissé une tape sur les fesses en la raccompagnant à son poste. Je ne voudrais pas m'avancer, mais j'ai cru voir de la fumée sortir du nez de Barbie. Comme si, pour quelques minutes, c'était elle le dragon de la Belle au bois dormant. J'aimerais la prendre dans mes bras, lui dire que j'oublierai tout si elle me revient, que je n'aurai d'yeux que pour elle, qu'Inès n'est qu'un sexe de plus parmi la multitude tandis qu'elle est l'étoile du berger. Et, en même temps, j'aime la torturer. Sentir le pouvoir que j'exerce sur elle, avoir l'impression de la tenir sous mon talon et de lui renvoyer la monnaie de sa pièce (qui est toujours coincée en travers de ma gorge).

De retour à mon bureau, je reçois un SMS. Paula. « MA CHÉRIE, TU ES UNE STAR ! J'AI ENTENDU PARLER DE TES CHAUSSURES (LES PHOTOS AVEC SCARLETT N'Y SONT PAS POUR PEU BIEN SÛR) AU PALACE À CANNES, EN PLEIN CARRÉ VIP ! ET J'EN AI ENCORE TOUCHÉ QUELQUES MOTS À UNE JOURNALISTE QUI ME DEMANDAIT MON DERNIER COUP DE CŒUR. QUAND ON EST BELLE COMME TOI, ON NE PEUT PAS RESTER DANS L'OMBRE, JE TE L'AVAIS BIEN DIT… TU VAS CARTONNER CRYS. BAISERS. P. »

Paula écrit toujours des messages démesurément longs. Elle confond souvent mail et texto, signe systématiquement (comme si je ne connaissais pas l'expéditeur) et n'utilise pas de smiley. C'est un personnage à part et un cœur sur pattes quand elle aime quelqu'un. Même si elle n'a pas réussi à me mettre dans son lit, elle m'a gardé une place spéciale dans sa vie, prise sous son aile. C'est bien l'une des grandes différences entre une lesbienne (ou bi en l'occurrence) et un homme hétéro. Elle tentera de vous séduire à maintes reprises, n'abandonnera jamais vraiment (sans être lourde, elle pourra seulement vous laisser penser qu'elle est passée à autre chose et retenter sa chance un an après alors que vous ne vous y attendiez plus), mais ne vous en voudra pas de ne pas céder, ne se vexera pas. Peut-être parce qu'elle ne perd pas espoir ou parce que son plaisir repose plus sur la séduction que sur la satisfaction. Lui se fera velours, il montrera son plus beau visage et insistera un moment. Mais si vous vous refusez à lui alors que son intérêt de départ était uniquement de l'ordre d'une pulsion sexuelle, il se détournera, ne vous filera pas les mille contacts et les coups de pouce qu'il vous avait promis entre deux cocktails à la lueur d'une bougie.

Je lui réponds, avec la dizaine de smileys qui s'imposent, et lui promets de lui offrir tous les modèles qui lui plairont quand ils seront disponibles. C'est le minimum…

Mais quand seront-ils disponibles ? Autrement qu'en prototypes, je veux dire. Quand aurai-je le courage de sortir les couilles cachées dans mon string pour tirer mon épingle du jeu chez Modus ? Dans trois mois, tout sera fini. L'effervescence n'est déjà plus la même depuis que le lancement de *Ladies' Taste* est derrière nous. Bien sûr, cette réussite invite les grands manitous à imaginer des déclinaisons, une suite. Mais laquelle ? Et, du haut de mes 26 printemps, ai-je sérieusement une place à tenir dans la mise bas de la descendance de notre désormais produit phare ?

Faut-il provoquer la chance avec le BB, maintenant que les bruits de couloir, et surtout la presse qui les a alimentés, ont annoncé la couleur ?

En la matière, l'avis d'Éléonore me serait précieux. Cette pensée horripilante me redonne chaud. Quand j'ai les nerfs à vif, je finis vite par avoir le sexe en demande. Je suis donc doublement chaude. Et lorsque ma soif de bataille à l'épée véritable ne peut être assouvie, je me retranche sur la quête d'un échange de fluides torride.

Je balaie le plateau assombri et hésite un instant. Dois-je me lever pour mettre, encore un peu plus, l'endurance émotionnelle de Barbie à l'épreuve de ma mesquinerie ? Ai-je envie de passer la nuit avec Inès ? Et si la réponse à la première question est oui, est-ce que je m'intéresse réellement à la seconde ?

À la guerre comme à la guerre, je suis mon instinct. Je déambule telle une panthère affamée jusqu'à mon casse-dalle de cette nuit. J'essaie de me convaincre moi-même pour que le repas ct la lionne que je veux rendre jalouse – y croient vraiment. Inès contient difficilement sa joie et attrape ma tête pour m'embrasser. Je dévie, in extremis, sur le bas de sa joue, parce qu'on est quand même au boulot et que, personnellement, j'aimerais que l'on continue à me considérer sérieusement. *Je suis une originale un peu provoc, mais j'ai un cerveau, moi madame.*

Comme il est 20h, je décide de pousser le vice à son maximum en quittant l'open space au bras de ma brunasse écervelée. Les têtes se lèvent et les rictus varient de bureau en bureau. Je me tourne vers le seul visage qui m'intéresse : il est braqué sur son écran et me fait l'affront d'ignorer ma sortie tonitruante. Elle a vu, elle joue l'indifférence. Elle a bien raison, elle sauve les apparences et je ferais la même chose à sa place.

♦ ♦ ♦

Je suis déçue et sa présence m'indispose. Il est en effet beaucoup plus délicat de congédier une femme qu'un homme. Pourtant, je n'ai pas la moindre envie de partager mon lit avec elle jusqu'au lever du jour. Si encore c'était un prodige, mais que nenni. Aussi insipide qu'agaçante, elle rejoint directement le podium de mes plus mauvais coups, *ever*. Rendez-moi la langue de Delia, l'esprit de Barbie, l'élégance de Scarlett.

Devant l'impasse, je prie même Dieu. (Athée comme je suis, c'est un dernier recours qui montre la grandeur de mon impuissance.) Une fuite d'eau, un appel urgent, un amant qui débarque par surprise, une crise du chat-roi, n'importe quoi, je m'en accommoderai. Rien.

Aux grands maux les grands remèdes comme disait ma grand-mère. Je mime la crise de toux, attends dix minutes en justifiant que j'ai dû attraper la mort avec mes tenues affriolantes et fonce vers le canapé *parce que c'est plus raisonnable*.

Ouf… et merde.

♦ ♦ ♦

Les premières heures du matin ont été cauchemardesques. Me réveiller ailleurs que dans mon king size, me souvenir qu'une intruse trouble mon duo exclusif avec le petit poilu, avoir envie de saccager mon antre de colère pour la faire fuir. Devoir me contenir, au risque de nouer mon dos pour dix jours, sourire et proposer un café (qu'évidemment elle ne décline pas poliment) comme si j'avais le temps de préparer un petit déj' à mes sex toys vivants. Écouter « Fuckin' Perfect » de Pink pour décompresser, patienter devant la salle de bains occupée sans défoncer la porte, mourir quand elle a osé me quémander un string de rechange, accélérer le mouvement pour m'échapper plus vite, passer au large pour éviter toute proximité. Et, soudainement, adorer le métro.

À présent, je me demande qui, d'Éléonore ou de moi, va détester sa journée et devant la réponse évidente, je maudis mes plans foireux.

15

Éléonore

UN NOUVEAU JOUR va se lever sur nos vies misérables et répétitives. Je suis crevée et de très mauvaise humeur, alors que le vendredi matin, même avec peu de sommeil, je suis pimpante. En général, Jack rentre tard et me surprend dans le lit, se collant contre moi, exigeant son dû après quatre jours d'abstinence. Et je me prête à son désir avec entrain. En plus de dix ans de mariage, je suis prête à jurer que nous avons systématiquement fait l'amour le jeudi à minuit. Le scénario est immuable. Je laisse la lumière allumée dans l'entrée afin que l'appartement ne baigne pas dans la pénombre quand Jack revient, harassé par sa journée de travail et son trajet dans l'Eurostar.

Il arrive gare du Nord par le train de 23h17, et pose son sac dans le hall une vingtaine de minutes plus tard. La douce lumière dans laquelle les lieux baignent est censée lui souhaiter la bienvenue. Il lui faut un sas de décompression avant de réenfiler son costume de chef de famille, et heureusement que les jumeaux sont couchés. Je suis au lit, vêtue d'une nuisette sexy, je l'entends ouvrir son courrier, se servir un verre de whisky avec des glaçons, écouter les nouvelles sur la première chaîne d'info qui lui tombe sous la main, mettre ses affaires dans le panier à linge de la buanderie. Il passe ensuite à la salle de bains pour une douche rapide, et me rejoint entièrement nu et fleurant le savon.

Pour une fois, Jack ne m'a pas caressé le dos pour me réveiller, ne m'a pas fait l'amour. Il s'est glissé entre les draps en se guidant à la lueur de son téléphone portable, l'a gardé pour répondre à deux trois mails, a coupé puis ronflé très rapidement. Interloquée, je me suis mise à réfléchir. Qu'est-ce qui peut l'empêcher de me rendre les hommages du jeudi ? Ai-je grossi, est-il encore fâché par notre voyage à Rome, l'a-t-on taclé au bureau pour la brillante indifférence de son épouse ? Ou pire, vient-il d'en sauter une autre que moi ?

Résultat : je me suis tournée et retournée, ai compté plusieurs milliers de moutons et de louveteaux, sans parvenir à m'endormir avant trois heures. À quatre heures, Lili s'est mise à chouiner et je me suis ruée dans sa chambre : de quoi a-t-elle besoin ? De quoi ai-je besoin, moi, pour dormir ? D'un petit coup avec mon homme ? D'un baiser appuyé de Crystal ? Je réalise subitement qu'il faut que je pense... un peu plus à ma gueule.

Je crois à peine à ce que je viens de formuler. D'un baiser de... Crystal ? Jack est allongé de son côté, et même si sa respiration est suffisamment lourde pour indiquer un sommeil profond, je ne doute pas de ma capacité à le faire se dresser pour honorer son devoir conjugal. Si je le décide. Je n'ai pas besoin des lèvres gourmandes de la Girafe, qui doivent en ce moment même parcourir la nuque de cette imbécile d'Inès, Andréas, ou l'une de ces gravures de mode qui peuplent la Tour et qu'elle a dû séduire par inadvertance.

À cinq heures, je me redresse dans le lit, passablement en pétard, les nerfs recroquevillés, avant que le moindre bruit ne filtre dans l'immeuble. Je ressens comme une vague d'agressivité envers celui qui respire paisiblement dans notre chambre, et envers les microbes qui ne vont pas tarder à me sauter à la gorge. À cinq heures et demie, je me dis qu'il faut se calmer. Relativiser. Que je cesse d'inviter Crystal dans chacune de mes pensées.

« Concentre tes pensées sur ton avenir », me dis-je. Mes ambitions professionnelles, cette promotion que je dois extorquer à Jean-Claude. Je perds un temps fou à analyser les bouleversements hasardeux de ces dernières semaines. Il faut que cette petite ronde quitte ma tête, que je reprenne le contrôle, que le septième étage cesse d'être un terrain de jeu d'espionnage pour redevenir un plan de carrière solide. Car je suis de moins en moins efficace, à épier les allées et venues des juniors, de Crystal, autour de nous, histoire de comprendre quelle valse elle danse et avec quel partenaire... Cela ne me regarde pas et n'a strictement aucun sens dans ma vie. Je suis tentée de me frotter à Jack et de le faire bander, mais je m'abstiens. Il vaut mieux qu'il y en ait un de nous qui profite d'une nuit complète.

À six heures, je me lève pour placer du café moulu dans le filtre de la machine. Le petit bruit caractéristique s'enclenche, tandis que je sors le plus silencieusement possible quatre bols des placards. Ces gestes sont infiniment rassurants, de même que l'odeur qui commence à se répandre : toasts et pains au lait, confiture, clope imaginaire que je grille adossée au comptoir avec la radio en fond. Délicieux.

Au salon, je range quelques jouets, tire les rideaux et me poste face à la double-fenêtre qui domine notre petite place de quartier. Le sapin de Noël installé par la mairie clignote déjà. Les feux de signalisation du carrefour fonctionnent à vitesse réduite, l'aube n'est pas loin. Quelques rares passants se hâtent sur les trottoirs glacés. Ce qu'on va faire pour Noel ? Aucune idée. La question des jumeaux, répétée tous les jours, commence à me peser.

♦ ♦ ♦

– Je suis trop copine avec elle... suis-je obligée d'avouer à Claudia, qui m'appelle depuis un autre coin de la Terre.

– Il n'est pas trop tard pour rectifier, ma douce. Le bureau doit rester une sphère professionnelle, ta petite Girafe a fait exploser les limites, il faut les redessiner.

– Ce qui est dur, c'est de ne pas être trop sévère. Après tout, c'est moi qui ai permis qu'on se rapproche ! C'est de ma faute si les barrières ont été franchies. Les semaines qui ont précédé la soirée *Ladies' Taste*, j'ai favorisé notre proximité. Ça rendait le boulot du quotidien plus agréable et plus simple.

– Et puis tu gagnais des points sur Barbara, avoue.

– Pas faux. Mais il y a autre chose qui est né, et je ne sais pas comment m'en défaire pour redevenir… heu…

– Professionnelle ?

– C'est ça !

On adore se téléphoner depuis des chambres d'hôtel – plus souvent les siennes que les miennes.

– Mon Élé, je dois te laisser. Embrasse les microbes pour moi et dis-leur de se débarrasser de leurs satanés virus s'ils veulent me voir avant l'année prochaine.

Je secoue la tête et repars à la cuisine me servir une première tasse de café. La rue s'éveille, des petits bruits dans la chambre des jumeaux se feront entendre d'une minute à l'autre. Et il y aura le visage de Jack, qu'il faudra affronter. Ma question qu'il faudra ravaler, tue à Claudia – mais pourquoi n'avons-nous pas fait l'amour hier ? Qu'est-ce qui, dans ma vie, est train de m'échapper, de filer entre mes doigts ? Le café me brûle la gorge, j'en ai les yeux pleins de larmes.

Qu'est-ce qui nous a fragilisés ?

♦ ♦ ♦

Dix heures du matin. Mon énergie est revenue. *Warrior attitude.* J'ai volontairement opté pour un ensemble strict, aujourd'hui. Un tailleur gris, près du corps, rayé de noir. Gucci, tendance SM. La jupe crayon me fait des jambes interminables, la veste enserre ma taille. J'ai relevé mes cheveux, histoire de faire moins *Barbie* que d'habitude. Pas de boucles mais un chignon sur la nuque. Il faut garder une distance avec Crystal, lui montrer que son petit jeu de séduction avec Inès – entre autres – m'indiffère.

La journée est importante. Une réunion avec les associés de Modus a lieu pour évoquer le bilan du lancement de *Ladies' Taste*. En termes de retombées presse, il est excellent. Sur le plan commercial, le précieux flacon s'est vendu au-delà des espérances. Scarlett, Beyoncé, Paula, Dita, et bien d'autres joyaux de la planète people, ont fait une promo bulldozer.

La discussion programmée à 17h doit permettre de débattre d'une question cruciale : doit-on, ou pas, élaborer autour du nom et de l'image de *Ladies' Taste*, toute une gamme de produits de luxe ? Jean-Claude a des dollars qui scintillent dans les yeux chaque fois qu'on le croise dans un couloir, on en est presque unanimement contents pour lui alors que c'est le petit peuple qui fournit toute l'énergie nécessaire aux réalisations qui naissent sous sa bannière.

Pour ladite réunion, Nathalie, Barbara et moi avons préparé le bilan des effets positifs et rajeunissants sur Modus. Je dois en plus apporter quelques idées précises de développement, et là j'admets ma panne sèche. Je pourrais me pointer à ce meeting en proposant la solution de facilité qui ferait rêver tout le monde : offrir à Beyoncé et Scarlett des contrats mirobolants pour qu'elles prétendent avoir dessiné telle ligne de sacs ou imaginé une certaine déclinaison de couleurs de vernis à ongles. Toutes les grandes marques agissent ainsi, et l'armée de créateurs qui s'active dans l'ombre n'a même pas besoin d'être douée : l'image de la star ambassadrice fait passer une guirlande Franprix pour un joyau de la couronne britannique.

C'est tellement banal que j'en ferme les yeux et repose mon dos contre le siège. *Tu peux faire mieux, Élé*… je souffle, pour me motiver. Claudia ne me sera pas utile, elle m'enverrait dans des galeries improbables, rencontrer de l'artiste underground dont Jean-Claude Viss se fiche. La quadrature du cercle, chez Modus, a toujours été de faire du chic tout en restant grand public.

Il y a dans mon bureau comme une odeur sucrée, je rouvre les yeux et je manque de tomber de ma chaise en découvrant la Girafe à moitié penchée sur moi. Son grand sourire me dissuade de porter plainte, tant de candeur et de perversité rassemblées sur le même visage, c'est presque de l'art. Crystal se laisse tomber sur le fauteuil en face, rétablissant heureusement un peu d'espace entre nous.

– Barbie, faut qu'on parle… miaule-t-elle de sa voix onctueuse.

Elle tente de me forcer à la regarder, en me fixant. Elle a sorti sa panoplie, robe noire près du corps très années 1980, large ceinture sur les hanches, col en V et manches longues, genoux à l'air, cheveux retenus par une boucle sur un seul côté, yeux charbonneux. Ses longs ongles prune pianotent plus nerveusement que d'habitude sur ma table.

– Parler de quoi ? je lui demande, un peu plus sévèrement que je l'aurais souhaité.

Inès et Andréas rôdent autour de mon bocal avec insistance. Visiblement, cela ne plaît ni à l'un ni à l'autre de nous voir ainsi en grande conversation. Crystal aurait-elle vraiment couché avec l'un des deux, voire les deux, voire pire, les deux en même temps. À moins que… et ce scénario est celui de la catastrophe, Crystal ait parlé de notre baiser. Ma réputation serait fichue. Mon mariage menacé…

La grognasse à chat, qui ne sait pas tenir sa chatte tranquille, elle va aller au diable, je m'énerve sans le lui dire, dans un sourire presque aussi large que le sien pour faire illusion. Mais la Girafe ne s'illusionne pas, elle me grille.

– Ne me souris pas comme ça, j'ai l'impression que tu es au bord d'un trou noir… enfin, que tu es au bord du gouffre, et que tu ne sais pas à quoi te raccrocher en dehors de cette ironie qui, permets-moi de te le dire franchement, ne te va pas du tout. Mais alors, pas du tout !

Elle détache clairement ses syllabes, comme une mise en garde. Je soutiens la colère tout à coup allumée dans ses yeux.

– Qu'est-ce que tu attends de moi ? je lui demande.

Elle s'apprête à balbutier quelques mots, se ravise. J'assène :

– Je ne t'ai rien promis…

Elle claque ma porte. Je hausse les épaules et me replonge dans la lecture de mes magazines. Ne pas montrer au reste du bureau, qui s'agglutinerait contre mes vitres si c'était possible, qu'il y a une mini-crise entre la brune incendiaire et la blonde glacée. Tout en feuilletant sans les voir les mannequins retouchés des pages beauté, j'essaie de réfréner mon énervement. Qu'est-ce qui me prend ? Ce désir de me coller à elle, de se chercher sur Facebook ou de se moquer de Barbara, de s'envoyer des SMS à travers l'open space… Merde, qu'est-ce qui m'arrive ? On parle bien d'amitié, là, non ?

♦ ♦ ♦

Un peu plus tard, ayant noté quelques idées pas plus fameuses que ça et ayant fait mine d'ignorer les allées et venues de Crystal, je descends de la Tour pour déjeuner avec Claudia. Nous devons nous retrouver au Coq, un Costes de la place du Trocadéro. L'ascenseur tarde à arriver, aussi je me résigne à prendre les escaliers. Je pousse la porte qui y accède, et j'entends un fou rire nerveux quelques mètres plus bas… Reconnaissant la voix rauque de la Girafe, je rebrousse chemin. Elle n'est visiblement pas seule. J'ai envie de hurler. Qu'essaie-t-elle de me montrer ?

Claudia est radieuse dans sa robe d'hiver bleu roi. Elle se débarrasse de son manteau de fourrure, jette son sac en croco sur la banquette (si elle se déplaçait en métro, elle n'en sortirait pas vivante, les militants de la PETA la dépècerait avant), lance ses cheveux en arrière. Elle ne craint rien, et surtout pas les regards désapprobateurs qu'un duo de mamies derrière nous, fringuées en seniors modernes chez Tati et faussement modestes (quand on déjeune au Coq, on a du fric), nous balancent.

– Mais comment ça, tu n'as pas d'idées ? Tu te fous de moi ? s'indigne Claudia en picorant dans notre assiette de petits nems au poulet et au basilic thaï.

Elle m'a convaincue de partager aussi un peu de chardonnay, connaissant mes points faibles.

– Et cette fille, là, que tu as prise sous ton aile ? Celle qu'on a croisée, qui avait sniffé un rail de coke en sortant des toilettes, comment elle s'appelle, déjà ?

Mon cœur saute dans ma poitrine. Crystal. La suite, je la connais.

– Elle n'a pas fait sensation, chez Zahi ? Elle dessine des chaussures, il me semble que j'ai lu dans la presse qu'elle a bossé pour Paula Jackson et qu'il y a des godes cachés dans les talons de ses pompes…

Je pouffe de rire devant ce raccourci imagé.

– Et elle a chauffé Scarlett, non ? Elle n'a peur de rien, dis donc, ta protégée…

Je cesse de rire : l'évocation de l'actrice hollywoodienne en compagnie de la Girafe devient… douloureuse.

– Ma protégée ? Elle n'a pas besoin de moi, tu peux me croire…

Ma protégée. Crystal n'a rien d'une petite fille que l'on veille, c'est même tout le contraire, en dépit des années qui nous séparent, j'ai la sensation que c'est elle qui a joué le rôle de gardien ces dernières semaines chez Modus.

– Bon, et mon idée est bonne, non ? Tu devrais proposer qu'elle dessine une ligne de chaussures déclinées de votre parfum. Voilà !

Claudia est triomphante. Comment expliquer que Jean-Claude et Barbara ne laisseront sans doute pas une débutante porter le poids d'un tel enjeu commercial ? Anticipant ma réponse en demi-teinte, mon amie reprend :

– Vous pourriez partir de son concept et réunir une équipe plus chevronnée, et…

Je n'écoute plus Claudia. Je sais que Crystal n'abandonnera jamais son invention géniale, surtout si elle n'en n'est pas directement bénéficiaire. Et elle aura raison. C'est une fille aussi douée que maligne et retorse, dont l'ambition ferait peur à Hilary Clinton. Je ne l'écoute plus aussi parce que je pense avec nostalgie à cette nana qui me tourne la tête, alors que je n'ai rien d'une lesbienne. Je m'égare. Et si tout cela n'était qu'un vaste piège orchestré par Barbara dans le but de me déstabiliser et de me faire virer ? La Cartonnante pourrait avoir décidé de dévier mon attention, ou pire, de me faire douter de moi-même. De me plonger dans les affres d'une situation existentielle inédite. (Est-ce que j'aime les femmes, bordel ?) De cela, je ne peux m'ouvrir à Claudia, qui continue à parler de ses films et de ses dilemmes de cœur. Je la contemple, c'est comme si je me trouvais face à un écran dont on a coupé le son. Toute la danse qui accompagne la parole, avec les mains, les modulations des lèvres et les éclairs dans les yeux, est là ; mais il manque l'essentiel, le son.

– Hey, tu m'écoutes, Élé ?

Claudia se penche vers moi, soucieuse de me voir si lointaine.

– Désolée ma belle. Tu me parlais de… de ton film, et de…

– Cette réunion te préoccupe tant que ça ?

– Je crois que je deviens parano, j'ai l'impression de me découvrir des ennemis partout.

– Être paranoïaque, ça n'aide pas à avancer. Ça ne sauvera pas ta peau. C'est la démesure de prudence qui te perdra.

Ou pas. Je me dis que si j'écoute mon instinct, c'est là que je me perdrai. C'est la première fois de l'histoire de mon amitié avec Claudia que je suis soulagée de voir un de nos rendez-vous se terminer.

♦ ♦ ♦

De retour au bureau, j'appelle Crystal sur sa ligne et la convainc de me rejoindre à la machine à café. Je ne tiens pas à la convoquer dans mon bureau, ce serait trop visible. Je ne veux pas que les juniors de l'étage se fassent des idées, et que les directeurs me posent des questions trop appuyées. La petite me snobe, se penche vers son gobelet pour mieux faire rebondir sa croupe exquise. Elle se relève, petit noir en main. Comme si elle voulait me montrer qu'elle pouvait me surprendre.

– Tu voulais quoiiii ? fait-elle, mollement intéressée – du moins en apparence.

Elle ne me propose pas de cappuccino. Aucun de nos gestes complices de ces derniers mois n'est répété. Elle me tue.

– Je veux que tu prennes une heure de ton après-midi pour qu'on prépare la réunion de ce soir.

– …

– Quoi ?

– Le Drag… heu, Barbara, m'a mise sur un autre dossier.

– Pour cette même réunion ?

– Ben… t'es pas au courant ?

Crystal se tortille, gênée, et j'y décèle de la sincérité.

– La réunion a été annulée… Personne ne t'a prévenue ?

Je souffle. Non, personne n'a jugé bon de m'appeler.

– Et pourquoi, je te prie, puisque tu as l'air si bien informée ?

– Ne t'énerve pas, je suis sûre qu'on a essayé de t'appeler, tu étais sur répondeur. Tu faisais quoi, d'ailleurs ?

– Ne change pas de conversation, je grommelle en sortant mon téléphone de ma poche.

Il est éteint. Je visse l'engin traître à mon oreille. Il y a la voix monocorde de Barbara qui me suggère de continuer à écumer les soldes de presse. Et Jean-Claude Viss lui-même.

« Darling… on annule la réu de ce soir. Rien ne presse, on se verra tous en janvier pour la suite des aventures de *Ladies' Taste*. Je vais au ski. Vous comprenez, il vaut mieux séjourner à Courchevel maintenant qu'en janvier, il y a trop de Russes après. Pas de problème pour me joindre en cas d'urgence, mais il n'y aura pas d'urgences, hein ? Je vous embrasse. Et faites-moi signe si vous quittez Jack, mais telle que je vous connais, vous allez mourir ensemble. Tant pis pour vous. Allez, ciao. Je vous aime quand même. »

Je suis abasourdie, alors que je ne devrais pas. Je devrais être habituée à ces lubies de patron foutraque. J'essaie de dominer mon étonnement, face à celle qui est peut-être un cheval de Troie envoyé par l'ennemie pour abattre ma forteresse. Dans son regard, je ne lis que de l'intérêt pour les émotions internes transparaissant sur mon visage.

– Ça va ? demande-t-elle.

Si elle fait semblant, elle est drôlement bonne comédienne.

– Tu as dû bosser comme une dingue pour préparer ce meeting, je suis désolée…

Elle n'y est pour rien, la pauvre. Sa compassion est réelle. Comment continuer à penser qu'elle est l'émissaire de Barbara ? Mon intuition m'enjoint de faire taire ma prudence.

– Quand tu auras terminé ton dossier, viens quand même me voir. Il faut qu'on reparle… de ta collection.

– « Mourir de plaisir » ? roucoule la Girafe, aux anges.

– Pourquoi, tu en as d'autres en tête ?

– Si tu savais ce que j'ai d'autre, dans la tête… Mon imagination est sans bornes !

Crystal m'arrache un sourire.

– Il faut que tu parles de tes chaussures à Jean-Claude, en janvier. Que tu les lui présentes. Il les a vues, il a lu dans la presse tout un tas d'échos, mais il n'a pas encore saisi l'ampleur de ce que ça peut devenir.

– Tu penses que je pourrais dessiner une ligne de chaussures *Ladies' Taste* ?

– Oh là, tu vas vite en besogne…

Je suis obligée de tempérer sa fougue, même si elle a tout compris. C'est Claudia qui a raison. Il faut que Crystal soit l'initiatrice d'une gamme de produits dérivés (chaussures, et autres !) de notre produit star.

Je la regarde. Son air candide est plus sexy que la plus sexy que ses œillades, ses yeux de manga ouverts jusqu'au ciel font entrevoir des délices coupables. J'envoie mon gobelet dans la corbeille et je me jette sur elle. Totalement surprise par mon mouvement, elle n'oppose aucune résistance. Mon corps, pourtant plus petit et moins charpenté que le sien, la plaque triomphalement contre le mur pour lui rouler une pelle du tonnerre. Elle est douce et chaude, presque ouverte. En l'espace d'un instant, je crois que je comprends ce que ressent un homme qui saisit une femme pour la pénétrer. Personne, heureusement, ne nous surprend. Je suis cinglée.

♦ ♦ ♦

Quand Crystal toque à ma porte, presque timidement, il n'est pas loin de vingt heures. Nous nous sommes quittées dans un souffle un peu court à côté de cette fichue machine à cafés dégueulasses. J'ai réservé une table au Banian parce que je suis d'humeur très thaïlandaise – et pas qu'à cause des massages. Je laisse ma Mini au voiturier. La raison officielle de notre dîner ? Parler de « Mourir de plaisir » et présenter à Jean-Claude Viss un projet construit en janvier.

Quand la serveuse nous installe, on nous mate. Pas parce qu'on a l'air de s'aguicher, mais parce qu'on est jolies, chacune dans notre genre. C'est ce qui s'appelle une sortie de bureau réussie. Deux *Tigre qui pleure*, cette viande si savoureuse, relevée aux épices asiatiques, avec un verre de chardonnay pour moi et un rouge chilien pour elle. Le dîner est un prélude agréable à une tout autre aventure. « Mourir de plaisir », oui, ça compte. La viande est d'une tendresse incroyable…

16

Crystal

ATTABLÉE FACE À MA BARBIE chevelure de rêve, je me sens en apesanteur. Je la regarde, je l'écoute mais je suis enveloppée dans une sorte de transe. Ce dîner ne ressemble en rien à nos précédentes escapades hors de la Tour. Ça me perturbe autant que ça m'émoustille. Sa façon de se mouvoir sur sa chaise, son attitude et le son de sa voix transpirent l'excitation inavouée. Parler de « Mourir de plaisir » ne fait évidemment qu'amplifier cette impression. (Je me bénis une fois de plus du choix de ce nom.)

– Tu es prête à affronter le BB, le dragon et toute l'équipe ? Je sais que tu as les reins solides mais vu ton âge et ta jeune expérience, ils risquent de te charcuter…

– Je suis une panthère, je n'ai peur de personne. Mais, sincèrement, tu as vraiment envie de disserter sur mes capacités à assurer dans l'adversité ? Tu ne veux pas qu'on discute plutôt de comment JE pourrais te faire mourir de plaisir ?

Au moment où cette phrase s'échappe de mes lèvres, elle m'étonne moi-même. J'y vais un peu fort, guidée par cette tentation qui grandit de minute en minute. Après avoir avalé une gorgée de château pessan 2007, je cache sous la table mes mains tremblantes et scrute son visage. Elle rougit. Baissant les yeux, elle semble à la fois surprise, charmée et gênée. Elle se noie dans son verre, avant de reprendre :

– Tu trouves toujours les mots pour me troubler, espèce de Girafe obsédée !

– C'est parce que tu me plais et je veux être certaine que tu l'as intégré… obsédée *yourself* !

– Plus qu'Inès ?

– Qui ça ?

– Très drôle, ne fais pas l'innocente…

– Je ne vois absolument pas de qui tu parles. Je n'ai d'yeux que pour toi.

– T'es mignonne.

– Et toi, tu me trouves à ton goût ?

– Comme si j'avais besoin de le formuler après les épisodes du taxi et de la machine à café aujourd'hui…

– Bien sûr, mais je veux te l'entendre dire.

– Et voilà, tu recommences à m'embarrasser… Oui, tu es définitivement belle et attirante, mais je n'ai jamais vécu ça, tu sais, je suis un peu perdue. J'ai tantôt envie de combattre, tantôt de m'abandonner.

– Il faut une première fois à tout. Et puis, ne te torture pas trop. Parfois, l'attirance entre deux êtres dépasse de très loin les considérations de genre, j'en sais quelque chose. C'est chimique…

– Oui, mais je te rappelle que je suis mariée, et fidèle, enfin jusqu'à présent.

– La fidélité, c'est conceptuel ! Dans les faits, on croise des corps et des personnalités au fil de nos pérégrinations et résister, c'est se priver d'un plaisir à portée de main.

– Tu es jeune, Crys, si jeune ! La vie ne t'a pas encore donné de leçons, tu n'as ni mari ni enfants, tu ne sais pas ce que tu penseras dans quelques années. Les certitudes sont faites pour être balayées…

– Je te retourne l'affirmation. Je ne vois pas le rapport entre ma jeunesse et ma vision de la fidélité. Je pense qu'un couple a besoin d'incartades pour perdurer. Je crois aussi que se mentir à soi-même et se ronger de désir devant une tension sexuelle non consommée, ça détruit plus que ça construit.

–Tu dis ça parce que tu es une jouisseuse. Tu profites, tu cèdes à ta libido, tu n'as pas besoin de réfléchir aux conséquences.

–Arrête de parler comme une vieille aigrie, Barbie ! Tu t'enfermes dans une boîte et moi je vais t'en faire sortir…

Elle engloutit d'une traite la fin de son chardonnay et s'empresse de se resservir. Je pose ma main sur son genou et l'électricité circule d'un corps à l'autre. Elle bat des cils.

Le silence s'installe, parfois les gestes et les œillades parlent plus que les mots. Ils se laissent plus facilement aller aussi. Formuler les appétences rend les choses peut-être trop concrètes. J'ai toujours préféré les actions aux vérités, elles sont étrangement plus naturellement oubliées. La conscience et ses arrangements entre elle et elle-même…

Si Barbie n'ose pas dire, elle entreprend, poussée par cette charge émotionnelle qui s'est tissée entre nous. Ce fil invisible qui nous relie l'une à l'autre depuis le début et dont je me suis acharnée à renforcer les mailles. Cette attraction charnelle inexplicable et pourtant si palpable. Elle colle ses doigts sur les miens, je remonte ma main plus haut sur sa cuisse. Je rapproche mon siège du sien, lui souris comme pour la rassurer, attrape son visage et passe mon pouce sur ses lèvres. J'ai soif de sa salive, mais je retiens mon élan ; nous ne sommes pas seules, même si nous avons occulté le monde qui nous entoure. Bien sûr, je me fous éperdument de ces paires d'yeux curieux qui se délecteraient du spectacle, mais je pense à elle. Je ne dois en aucun cas troubler son cocon familial et c'est toujours lorsqu'on s'y attend le moins qu'une *Gossip Girl* grandeur nature s'empare d'un scoop qui fera par la suite ses heures heureuses en se répandant d'oreille en oreille.

Un regard suffit. L'addition, le taxi, la banquette arrière. Le chauffeur chinois, dont on ne comprend pas le marmonnement, nous préoccupe beaucoup moins que les clients du Banian. Je plaque Éléonore contre la vitre, avec autant de délicatesse que d'impatience, et je glisse ma langue sur, puis dans sa bouche. C'est chaud et humide à la fois, c'est doux, c'est bon. J'ai envie de fourrer mes doigts en elle, de parcourir chaque parcelle de son anatomie. Je veux lui faire du bien, je veux qu'on s'emboîte (oui, c'est possible, un peu d'imagination!), en nous faufilant l'une en l'autre. Je relève sa robe, je la caresse par-dessus son string, doucement. Ses yeux clos avouent son laisser-aller : elle succombe à ses sensations, elle ne réfléchit plus qu'avec son corps. Elle passe sa patte féline sur mon cou et se hasarde sur mes seins. Je frémis. Je me contiens pour ne pas l'allonger, là, tout de suite.

–Vous êtes arrivées, Mesdames.

Ah bon ? Je paye le taxi (Éléonore m'a invitée ce soir et j'avoue que, sortie des relations professionnelles, je n'aime pas me faire entretenir) et je la conduis vers mon antre.

Un bref moment de panique s'empare de moi. Va-t-elle aimer mon modeste appartement, s'y sentir à l'aise ? Ai-je suffisamment rangé l'éternel foutoir avant de partir ce matin ? Comment Alceste va-t-il réagir face à cette nouvelle intrusion ? Lui réserve-t-il un meilleur accueil qu'aux pénis sur ressorts ?

Nous titubons dans les escaliers, éclairées par mon iPhone, parce que je n'ai pas trouvé le chemin de la lumière. Mon *Alma*, qui ressemble à un labyrinthe piégé, m'offre un grand moment de solitude : où est donc mon trousseau ? Je ronchonne, honteuse, tandis qu'elle commence à rire, un peu fort. D'un coup, j'envisage la possibilité de l'étendre dans le couloir. Baiser sur un paillasson, voilà une expérience qui manque à ma collection. Mais, la clé enfin dans la serrure, je me reprends : Éléonore n'est pas femme à être prise sur un sol froid dans la pénombre. Elle mérite des bougies, du champagne, des coussins confortables pour supporter sa tête, puis étouffer ses cris.

Alceste bondit sur mes bottes et recule catégoriquement en voyant la deuxième paire. Ça promet. Barbie, dont le sens de l'observation m'étonnera toujours, quitte son manteau et attrape le tigré, dans un mouvement délicat. J'arrête de respirer et j'épie la scène, avec une inquiétude réelle. S'il lui refait le portrait de ses griffes acérées, je peux dire adieu à ce visage poupin que j'aime tant… et à ma nuit érotique ! Il n'en fait rien. Ses membres raides s'arrondissent, son museau frôle le menton de mon amante et ils s'installent tous les deux sur le rebord de mon king size. J'en pince pour ce tableau. En me débarrassant de mes chaussures, je sursaute : *non mais, je rêve, il ronronne ?*

Pendant que mes deux chatons s'apprivoisent, je plante le décor. Je dispose mes bougies rouge Pompadour aux quatre coins du studio. Du patchouli, de la vanille et du santal, relevés par un peu de chocolat et de céleri, avec une pointe d'orange et de truffe noire : cette senteur est propice à la création comme au sexe poétique. Elle attise mon feu intérieur, exacerbe la fièvre douce.

J'allume également mon sapin enchanteur et mes diverses guirlandes de lumières. Pas de lampes, pas de néons agressifs. Suavité et volupté, voilà ce que doit susurrer chaque détail de cette pièce.

La musique participe aussi à l'atmosphère idéale, pro-orgasmes. Au fil des années, j'ai créé les playlists adéquates à mes plaisirs nocturnes, adaptées à la versatilité des situations. On n'écoute pas le même son en s'envoyant en l'air défoncée avec Ethan, qu'en forniquant rapidement avec Yannick ou encore en faisant l'amour avec une Barbie. Je fouine dans mes tours de disques à la recherche de l'album idoine avant de réaliser que je suis vraiment trop *old school*, surtout à une heure pareille. En 2015, on branche son iPod sur ses jolies enceintes, on choisit sa liste et on n'a pas besoin de la pochette puisque les titres s'affichent sur l'écran. *Sex Lover*, ma playlist pour instants gourmands sur fond de sentiments, débute par ce qui ne pouvait être autre chose que « Feelin' Love » de Paula Cole (oui, cette chanson attrape-corps qui avait déjà accompagné notre escapade en Mini, le jour où j'ai découvert l'appartement de Zahi).

Élé n'a pas bougé et le chat-roi aiguise ma jalousie. La tête entre ses cuisses, il se fait gratouiller le pelage et pétrir de bonheur. Pense-t-il sérieusement s'accaparer ma distraction préférée du moment et rivaliser avec mes atouts, du haut de son triple décimètre ? *(Tu me rappelles la taille de ton zob, s'il te plaît ?)*

– Je vois que le courant passe plutôt bien entre vous. C'est extrêmement rare, il a dû sentir que tu étais unique…

– On s'est surtout reconnus, entre amateurs de féline.

– Ah, tu t'avances sur un terrain glissant, si je puis me permettre.

– J'adore quand ça glisse…

Il ne m'en faut pas plus pour saisir le poilu, le lâcher sur son coussin chéri et rejoindre ma blonde sur le lit. En pianotant sur son corps, je m'arrête net : *merde, les photos de Scarlett, ça craint*. Barbie suit mon regard, me devine et, tournant ma tête avec ses mains, me fait comprendre qu'elle s'en moque. *Ouf.*

Je me noie dans ses prunelles qui s'apparentent à un feu vert, et je l'embrasse plus sexuellement que les fois précédentes. Je suçote sa langue, je lèche ses lèvres, je me perds dans son cou. Sa façon de pencher sa nuque en arrière galvanise mon excitation. Cette femme est la personnification de la sensualité. Elle invite à pécher, avec un air de ne pas y toucher. Je dirais même que j'ai trouvé mon maître en termes de manipulation sentimentale.

À califourchon sur elle, je m'effeuille en premier pour la mettre à l'aise et quitte mon top pour lui faire découvrir la partie haute de mes sous-vêtements rouges. Elle se redresse langoureusement pour examiner mes seins de plus près. Elle m'interroge du regard comme pour me demander la permission et colle sa bouche sur un de mes tétons qu'elle vient de libérer de son cocon. Je laisse échapper un gémissement, ça lui donne de l'assurance. « Diamonds » de Rihanna met mes sens en ébullition, j'allonge mon Éléonore à côté de moi et dégrafe sa robe en lui chuchotant qu'elle est magnifique.

D'ordinaire, je ne parle pas vraiment quand je baise, mais ce soir, je fais l'amour à une femme mariée et hétéro. Je déroge donc à mes propres règles.

Plus le rythme s'accélère, plus je suis déboussolée. Bien sûr, je n'en montre rien mais je flippe ma race. Éléonore est à la fois mon fantasme et ma boss, ma proie et mon chasseur, mon élève et mon professeur. J'ai la lourde responsabilité d'être son initiatrice aux plaisirs saphiques, je ne veux pas la décevoir. Parallèlement, je n'ai pas envie de jouer les *porn-stars* expérimentées parce qu'elle est plus qu'un coup d'un soir, parce qu'elle m'intimide. Je suis simplement impressionnée, plus que je le souhaiterais. J'ai l'habitude de faire le show, d'en mettre plein la vue à mes partenaires. Et là, je suis dépassée par mes émotions.

« Le ballet » de Céline Dion apaise un peu mon palpitant. Elle, semble détendue, offerte et très présente en même temps. Ses doigts curieux s'aventurent sur mon string qu'elle retire avec ses dents. Waouh, OK. *Let's play the game*. Je la laisse me pénétrer avec l'index, elle est plutôt douée pour une novice. Ni trop tendre ni trop violente. La cadence est savamment dosée. Pendant qu'elle s'initie en perçant mon intimité, je la caresse. Ses seins en pomme s'émeuvent à mon contact, sa respiration saccadée parle pour elle. Notre étreinte naissante l'anime autant que moi.

De ses épaules, je descends progressivement le long de son corps en demande, m'attarde sur son bas-ventre, lèche ses lèvres inférieures, avant de remonter, puis de redescendre. Je joue avec ses nerfs, l'inassouvissement passager redouble le plaisir en devenir. Elle m'enlace de ses deux mètres vingt de jambes, arquées sur mes reins. Je chatouille son clitoris, je rentre ma langue en elle et je dessine des huit, inlassablement. J'aime me tenir là, la sentir à ma merci, en attente de ce que je vais lui octroyer. Elle pousse des petits cris discrets lorsque j'engouffre le majeur, venant agrémenter mes effets buccaux. Puis elle plaque ses mains moites sur mes cheveux et tremble de l'intérieur. Elle jouit, et je soupire de satisfaction (genre, *ça, c'est fait*).

Elle m'invite à remonter vers sa frimousse comblée et m'enlace quelques instants en murmurant à mon oreille « je suis bien avec toi Crystal ». Je m'apprête à lui répondre lorsqu'un bruit nous sort de notre bulle voluptueuse. Alceste planté en face du lit, les deux billes rivées sur nous, manifeste son indignation dans un miaulement emprunté à un siamois coléreux. Fou rire collégial. Si ce chat n'existait pas, il faudrait l'inventer. J'interdis cependant à ma complice d'enjoindre la boule de poils de rallier le domaine de nos ébats, ça me gênerait beaucoup trop. Je réalise d'ailleurs qu'il devrait présentement s'énerver sur mon tapis poilu de la salle de bains, enfermé à double tour. Mon enfant aux grandes oreilles n'assiste jamais à mes frasques nocturnes et, emportée par l'exaltation, j'ai failli à mes principes. Tant pis, c'est un peu tard pour le bannir de la pièce. Je lui ordonne toutefois de regagner sa place et, dans un dodelinement dédaigneux, il obéit. *Quelle autorité !*

Barbie me renverse pour dominer, à son tour, notre sauterie polissonne. Son regard traduit autant d'angoisse que de détermination. Elle ne me lâchera pas avant de m'avoir rendu l'orgasme que je lui ai procuré. Je me livre à ma blonde qui me goûte avec une délectation certaine. C'est bon... Son agilité m'enivre et je crois que je pourrais jouir simplement sur l'image. Elle se balade sur ma chatte en faisant, comme moi, des pauses euphorisantes. Je viens...

♦ ♦ ♦

Nichées dans les bras l'une de l'autre, on se triture respectivement les cheveux dans une sérénité propre à l'après-sexe réussi. Mon réveil clignote 1h15, comme pour nous rappeler à l'ordre. La vie réelle doit reprendre son court, Éléonore doit revêtir sa tenue de patronne-maman mariée et j'ai l'obligation de ne pas la retenir au creux de mon épaule.

Dommage, pour elle, j'aurais adoré préparer un petit déjeuner digne d'un festin post-nuit agitée. Mais son nid l'attend, et la crainte de l'aube nous vole déjà nos épanchements sur l'oreiller.

17

Éléonore

JE ME GLISSE tout doucement hors du taxi. Je n'aurais pas dû prendre une douche chez Crys, je suis désormais empreinte d'une odeur de noix de coco qui n'a rien à voir avec la mienne. (Pense-bête numéro 1 : lui offrir des savonnettes L'Occitane identiques à celles que j'utilise. Pense-bête numéro 2 : réfléchir à l'opportunité de reprendre des douches chez elle. Donc, à la suite de cette… affaire. Pense-bête numéro 3 : ne pas oublier la Mini garée près du resto.)

Si Jack ne dort pas ou que je le réveille, c'est à un interrogatoire en règle que je dois m'attendre, autant sur mon emploi du temps que sur mon parfum. Le coup de fil de la veille, expliquant que j'avais un dîner improvisé, ne suffira pas à justifier mon retour à… je consulte mon téléphone, presque deux heures. Aïe. Comment combler le trou de ce début de nuit passé ailleurs que dans notre lit moelleux, alors que le vendredi est sacré ?

Quelles excuses seront plausibles, si Jack en exige ? Impossible, comme pour Alceste, de l'enfermer dans la salle de bains pour le calmer…

Chéri, j'ai dû réconforter Claudia qui s'est fait larguer… Claudia étant celle des deux qui largue, je dois réfléchir à autre chose. *Chéri, il y a eu une urgence après mon dîner, j'ai dû repartir au bureau…* Jack risquerait de débarquer dans la Tour pour casser la gueule de Jean-Claude, qu'il soupçonne depuis longtemps de me draguer. Mauvaise idée. *Chéri, le chat de Crystal a une gastro chronique et je les ai conduits à l'hôpital car nous l'avons retrouvé dans un stade de déshydratation sévère, on a frôlé la ponction lombaire et je n'ai pas eu le courage de les lâcher aux urgences...* Mouais. C'est le moins mauvais des scénarios.

Je monte, le cœur haletant, les lèvres tuméfiées des baisers de ma Girafe. L'ascenseur grimpe vers notre étage, je tâche d'apaiser ma respiration.

L'appartement est plongé dans une pénombre silencieuse. Je dépose mon manteau dans l'entrée, sautille jusqu'au couloir, au seuil duquel je m'arrête, l'oreille aux aguets. Dans le salon, je constate que notre faux conifère a été remonté de la cave, couvert de neige artificielle, de guirlandes bleues et argentées, de boules assorties, de personnages en carton fabriqués par mes enfants. Une guirlande de petites lumières indigo scintille. Me fait penser au sapin chez Crystal.

Pour la première fois depuis la naissance des jumeaux, je n'ai pas assisté à l'embellissement de l'arbre de Noël. À leurs petits cris d'émerveillement et aux interrogations relatives au passage de l'homme à la barbe.

Ai-je le droit de reprocher à Jack de m'avoir privée de ce plaisir, moi qui ai contemplé chez une autre la magie des décorations de Noël ?

Un ronflement monte de notre chambre conjugale. Sauvée ! Mécaniquement, je me rends sur la pointe des pieds dans l'antre des jumeaux. Deux petites respirations bienheureuses s'élèvent en chœur. Envie de demander pardon, puis de dire merde aussitôt après. Il y a un bout de moi qui ne regrette absolument pas ce qui s'est enfin passé entre moi et Crystal, que je désirais sans me l'avouer. Je refoule ma culpabilité et mon accès de tendresse maternelle pour aller me brosser les dents.

Une autre partie délicate s'amorce : entrer dans la chambre pour attraper ma nuisette, toujours sans réveiller ma moitié ou un des Hobbits. Je tire la soie de sous l'oreiller, délicatement, l'enfile en m'étant au préalable déshabillée dans le salon. (Mes vêtements imprégnés de la fumée de cigarette de Crys ont été jetés dans la machine à laver qui tourne déjà.) Je m'étends sur le lit, sans chercher à ramper sous les draps. Les yeux rivés au plafond, le ventre repu et étrangement détendu.

J'ai oublié mon iPhone dans mon sac, sur la console de l'entrée. Tentée de me relever, là aussi, je me censure. Mon envie de relire les textos échangés *après* ne doit pas compromettre la paix qui règne ici. Les héroïnes de films ou de romans ne peuvent en général pas s'empêcher, alors que tout s'est pourtant parfaitement emboîté à la suite d'une bêtise inavouable, un geste qui fait tout foirer : ce geste, celui d'aller récupérer mon portable, au risque d'alerter Jack qui dort d'un sommeil sans méfiance, je ne le commettrai pas. Tout en me jurant aussi de ne pas commettre l'erreur inverse : celle de laisser le téléphone traîner.

J'entends un bip caractéristique au loin, et je vole sur un mouton vers le pays de Morphée, le sourire aux lèvres.

♦ ♦ ♦

Samedi à l'aube, six heures trente. La vie est dure, quand vos enfants décident à votre place du moment de dire bonjour au soleil. Je me redresse sur le lit, frigorifiée par mes quelques brouettes de sable de sommeil sans couverture.

– J'arrive, j'arrive…

Au passage, dans l'entrée, je récupère mon téléphone et découvre le dernier message de ma brunette. « J'AI HÂTE DE TE SERRER À NOUVEAU. TON MARI NE SE REND PAS COMPTE DE SA CHANCE. XOXO » Je m'en imprègne et m'empresse de l'effacer.

♦ ♦ ♦

J'ai gardé le téléphone à portée de main chaque minute de ce week-end radieux, ensoleillé, interminable. Tout a été si soudain avec Crystal que je n'ai pas songé à lui recommander d'éviter les textos en ces instants dévolus à la famille. Déjà, parce que ça me fait rougir ; ensuite, parce que Jack trouve ça louche de me voir bondir à chaque bip ; enfin, par simple respect pour lui…

J'ai bien cru que le week-end ne finirait pas. Samedi, nous avons terminé de parer la maison de guirlandes et de bougies. Les jumeaux m'ont montré avec fierté leurs dessins, spécialement conçus pour être suspendus un peu n'importe où. Je les ai emmenés en virée shopping aux Galeries Lafayette, ce qui les a émerveillés. Ils ont poussé des cris de joies sous le dôme, face à l'arbre géant illuminé. Ils se sont égaillés au rayon jouets pendant des heures, tandis que je tâchais en douce de constituer la hotte du gras visiteur du 24 décembre. Jack nous a rejoints pour déjeuner dans le quartier, puis nous avons continué nos emplettes. J'ai bien dû recevoir une dizaine de messages de ma belle. Tendres, me rappelant nos gestes de la nuit dernière. Nuit au sujet de laquelle Jack ne m'a absolument pas interrogée. Il ne semble rien soupçonner.

Vingt fois, dans les Galeries et dans la rue, je me suis cognée à des Girafes qui n'étaient pas la mienne, le cœur un peu battant. Croiser Crystal en compagnie de mon mari et des enfants aurait été… hautement dérangeant.

Le soir, nous avons commandé un plateau de sushis et Jack a débouché une excellente bouteille de champagne. Nous n'avions rien à fêter, et je m'en suis étonnée.

– Prendre du bon temps avec toi et les enfants, profiter, déguster… Est-ce qu'on a besoin d'une raison ?

– Pas faux…

– Je fête notre mariage.

– C'est en août.

– Notre mariage… c'est aussi un peu chaque jour.

Jack a appuyé sur ces derniers mots, avec une émotion que je ne m'explique pas. D'autant que je l'ai senti distant ces dernières heures, physiquement.

En avalant le pétillant breuvage, des images de ma soirée avec Crystal, qui ne quitte plus vraiment mes pensées, me reviennent… et me rendent grivoise. Je la revois se faufilant dans la baignoire, contre moi, avant que je parte. Nous sommes nues. Elle rit et me dit qu'elle a encore envie. Qu'elle ne sera pas rassasiée de sitôt. Elle prend mes seins dans ses paumes, sous le jet d'eau brûlante, les presse en me fixant droit dans les yeux, en collant son bassin au mien. Ses mains descendent, sans exprimer le moindre doute quant à leur destination. Elle me doigte avec une science qui m'impressionne. Aucun homme ne m'a caressée avec tant de savoir. *Barbie, tu dois partir…* Comment a-t-elle pu dire cela à un moment pareil ? Seule réponse envisageable : c'est une manipulatrice de première…

Je deviens enjôleuse, frôlant la cuisse, l'épaule, le bas-ventre de Jack. Sans succès. Comme s'il sentait que ce n'est pas vraiment lui qui provoque mon excitation… Je m'en effraie. Et s'il était déjà au courant de tout mais qu'il avait pris le parti de m'observer, pour mieux me confondre et m'enfoncer dans ma duplicité ? Je chasse ces idées absurdes. Les fautifs deviennent paranoïaques, je dois absolument éviter de tomber dans ce travers.

Dimanche, grasse matinée pour moi – Jack a tenu sa promesse et s'est occupé de Lili et Jules – puis brunch à bord d'une péniche géniale de l'Ouest parisien qui propose des animations pour les enfants. Apéro avec Claudia, qui ne soupçonne pas mon état cotonneux, et heureux. Ce soir, nous n'avons pas fait l'amour, et c'est peut-être tant mieux. Jack a hésité, je l'ai lu dans ses yeux. Il avait envie de me toucher. Sans oser. Si j'avais couché avec mon mari, aurais-je trompé Crystal ?

J'ai essayé d'avancer dans ma lecture de ce fichu bouquin emporté à Rome, impatiente d'arriver au lendemain. Je suis enfin parvenue au chapitre où les deux sœurs héroïnes s'abandonnent enfin à leur maître en jouissance, mais aucune excitation ne s'est emparée de moi. Je suis restée comme une idiote, sans soulagement, dans le lit qui a pourtant toujours assouvi la plupart de mes fantasmes. Et mon portable muet m'a fort agitée.

♦ ♦ ♦

Jack part à l'aube pour attraper son train à la gare du Nord : une nouvelle semaine s'ouvre devant nous, où je serai en tête à tête avec les jumeaux… et avec Crystal. Dois-je regretter l'absence de garde-fous ? À qui parler de mon obsession ?

Faut-il être sage ou sexy pour mieux capter ma brunette ? Parfois, je me prends à penser qu'il n'y a que mon corps qui l'intéresse. Ne m'appelle-t-elle pas Barbie ? Comme une poupée que l'on habille, déshabille à sa guise ? Cette pensée m'énerve, ravivant des craintes plus anciennes. J'ai déjà été femme-trophée, et j'accepte de l'être, dans des proportions raisonnables, pour Jack…

Mais cela m'est douloureux de penser qu'il pourrait en être de même avec Crys. *Allons, un peu de confiance en toi !* me murmure une petite voix intérieure. Drôle, douce, attentive, sensuelle, les crocs au taff… de quoi faire tomber quelqu'un amoureux, non ? La petite voix reprend : *Tu serais bien emmerdée, en fait, si elle tombait amoureuse…*

Et la Girafe, est-elle en train de se regarder devant son miroir, essayant des tenues pour me plaire ?

J'opte pour un ensemble qui paraît rangé mais qui ne l'est pas. En bas, jupe de satin bleu nuit si fluide qu'elle moule mes fesses. Elle laisse apparaître mes genoux mais aussi le jupon de dentelle opaque en dessous. En haut, cache-cœur noir avantageux pour ma petite poitrine, soulignée d'une rivière de diamants fantaisie, assortie à un bracelet. Des bottes de daim compensées. Une goutte de mon *Allure* de Chanel au creux du cou. J'ai une énergie de lionne, je me trouve subitement géniale, winneuse, prête à en découdre avec la Carton et surtout impatiente de revoir… ma maîtresse.

Ma maîtresse. C'est la première fois depuis notre aventure vendredi que ce mot me heurte. Pas bon, le mot « maîtresse ». Trop proche de traîtresse. J'ai une amante. Amante ? Pas franchement mieux. J'ai une Girafe. Voilà. Et elle, comment me nomme-t-elle ? Crystal qui jongle avec ses copains, ses chéries et ses sex toys, sans oublier son chat, comment me nomme-t-elle ? Barbie, ça je connais, mais depuis le début de notre nouvelle intimité ?

Au septième, je la découvre en grande conversation avec la Carton. Je passe près d'elles, lance un *Bonjour* cordial et une œillade appuyée à Crystal, et me dirige vers mon bocal, ondulant des hanches comme sur un catwalk, jetant mes cheveux brushés en arrière d'un geste de la main (manucurée). Est-il utile de préciser j'ai trouvé le temps de faire un gommage et de me rendre aux UV hier ?

Je sens le regard envieux de Barbara, et celui plus sensuel de Crystal, qui m'accompagnent le long de ma traversée de l'open space. Je salue Nathalie. Andréas. Les pétasses de l'étage. Inès, cette insignifiante, mais comment Crystal a-t-elle pu lui accorder une miette d'attention ? Rageuse autant que triomphante, je la convoque. Inès, d'une grâce plutôt mauvaise, me suit, calepin et stylo en main. Je lui donne une série de tâches laborieuses et inintéressantes à accomplir au plus vite, ce qui l'étonne. Je n'ai pas la réputation de martyriser les assistants, ou de leur confier des trucs que personne n'a envie de se taper. J'ai décidé de faire mentir ma réputation. Et si Éléonore n'était pas celle que l'on croit ?

◆ ◆ ◆

« Rejoins-moi tout de suite sur la terrasse » m'intime Crys par SMS. Il fait un froid de gueux et il pleut mais je m'exécute, ravie. On a une douche à finir, elle et moi…

J'enfile le manteau en fourrure que j'ai troqué contre le trench de cet automne. Je sais que Crystal va le détester et se lancer dans une diatribe contre ces femmes qui portent des animaux morts sur les épaules pour se réchauffer. Je m'en fous. Je suis une Éléonore qui se fiche du politiquement correct, délaissée par son mari ce week-end pour une raison encore inconnue. J'ai envie de provoquer. De ne plus être sage.

Crystal est excitée et angoissée à la fois.

– Barbie, tu ne peux pas te venger sur Inès…

– Me venger ? Mais de quoi tu parles ? Pour une fois que j'utilise cette peste à la hauteur de ses moyens… (Crys rit.) Tu sais, je ne t'ai pas assommée de messages hier, mais j'ai tellement pensé à toi.

Je jette un regard circulaire à la terrasse. Une vieille secrétaire qui s'en grille une, au fond, loin de nous. Pour me donner contenance, je lui demande une cigarette. Crystal réprime un mouvement de surprise.

– Mais non, chérie, je ne fais que justifier ma présence ici… je lance, alors que je meurs d'envie de fumer cette clope jusqu'au filtre et même bien après. La Girafe sourit, brandit son paquet et se met à fumer. Tout en notant ce qui me couvre le dos, avec ironie.

– C'est quoi, cette bête assassinée ??

– Un mignon petit renard argenté…

– Tu déconnes ???

– Pas du tout. Mais comme le manteau m'a été offert par ma mère qui le tient de ma grand-mère qui le tient de sa propre mère qui l'a usé jusqu'à la moelle, j'espère que tu m'absoudras du crime ?

Crystal oscille entre l'agacement, l'indignation, le soulagement. Je me dis que j'ai du pouvoir sur elle. Elle n'est pas sûre de ce que je pense. Elle n'est pas certaine de me cerner et elle ne se rend pas tout à fait compte que je la titille, que je la teste, comme j'aimerais goûter le parfum de ses lèvres frigorifiées ce matin…

Elle reste silencieuse quelques secondes de plus, avant de reprendre :

– Mes retouches de croquis seront terminées en fin de semaine…

– Super. On va regarder ça. Comme je te l'ai dit, malheureusement, rien ne se passera avant la rentrée de janvier.

– Je sais. J'ai compris. Disons que j'ai maintenant un prétexte pour te rendre visite. Pour t'appeler. Pour…

Elle ne termine pas sa phrase. Je lui fais un clin d'œil et, sans attendre que sa cigarette soit terminée, je me dirige vers l'ascenseur.

– Tu me fais signe…

♦ ♦ ♦

Crystal s'annonce en fin de journée. Elle a beaucoup ri de voir Inès, Andréas et Hector maltraités par mes soins, et totalement abasourdis des boulets rouges catapultés depuis mon bureau. Je sais que mon amante au fond me désapprouve, mais il faut que mes nerfs s'épuisent sur des sujets moins personnels. Et les vexations que j'inflige à nos bleus ne seront que les bases d'armes dont ils se serviront à leur tour, plus tard. Enfin, sûrement.

En début d'après-midi, alors que j'ai tiré les rideaux de mon bureau pour avoir un peu d'intimité, Crystal me téléphone via la ligne interne.

– Éléonore…

– Oui, ma belle ? je susurre, l'air de rien.

J'aimerais à cet instant pouvoir la regarder se tortiller sur sa chaise.

– Je peux venir ou tu es occupée ? J'aimerais te montrer quelques croquis. Dans le cadre des développements de… *Ladies' Taste*…

– Bien sûr. Tu passes quand tu veux.

Cette conversation n'a qu'un objectif : décourager les espions. Je suis, en l'espace de quelques heures, devenue totalement parano. J'imagine les filles environnant Crystal, sbires de Barbara, qui tendent l'oreille. La Carton qui a forcément mis ma ligne sur écoute. Jack qui a soudoyé mon opérateur, puis débusqué le mot de passe de ma messagerie.

Calme-toi, Élé. J'inspire profondément, consulte mon téléphone pour être certaine que mon mari ne cherche pas à me joindre, puis mon agenda pour vérifier qu'aucun rendez-vous n'interrompra mon entretien avec Crystal. Je suis nerveuse. La secrétaire du service sait que nous avons un meeting professionnel – j'ai bien insisté là-dessus, afin de dissiper des malentendus n'existant que dans ma tête.

Est-ce bien raisonnable ? Même avec les rideaux, est-il bien raisonnable de se voir dans les dix mètres carrés qui me servent de bureau ? Entourées de personnes sans égard, sans bienveillance ? Nous avons passé la matinée à nous frôler, à nous regarder, à nous envoyer des SMS à faire rougir une ado en émoi. Je devrais me comporter en adulte, repousser Crystal sur notre lieu de travail, la retrouver clandestinement ensuite. Mais quelque chose en moi m'en empêche, ces mille moments où nous avons fricoté aujourd'hui, sans aller *jusqu'au bout*.

Facebook nous a d'abord émoustillées.

Elle :

– Tu sais que tu es trop bandante, avec ta jupette ?

– Ah, j'espérais secrètement que tu la remarquerais…

– Je savais bien que tu l'avais mise pour moi !

Je n'ai pas donné vraiment suite, le principe de ce réseau m'inquiète un peu, j'ai peur qu'il subsiste une trace trop repérable de nos échanges.

À la photocopieuse, où je me rendais après y avoir envoyé Inès un demi-million de fois, une ombre s'est glissée derrière moi, se collant dans mon dos et empoignant ma poitrine à travers le tissu de mon corsage. Elle a assiégé mes seins, je me suis cambrée, pour sentir son pubis que je sais nu contre mes fesses. Crystal a passé une main à l'intérieur de mon décolleté, pour attraper un téton qu'elle *meurt d'envie de dresser jusqu'à demain* – d'après les mots qu'elle a glissés à mon oreille. J'ai tressauté de plaisir, tourné la tête et me suis retrouvée coincée pour la galoche du siècle.

– Tu mouilles, chérie ?

D'un coup de reins, je l'ai repoussée. En pouffant.

À la cantine, où j'ai accepté de croquer une salade pour lui faire plaisir, elle a choisi une mousse au chocolat. Elle a léché sa cuillère de la première à la dernière bouchée.

Aux toilettes, où elle m'a poursuivie plusieurs fois, mais où nous n'avons été seules qu'après le déjeuner, je me suis penchée vers le jet d'eau dans le lavabo, elle s'est plaquée contre moi, a remonté ma jupe pour furtivement me taquiner d'une main coquine, en me mordant l'oreille. Je l'ai regardée dans le miroir. Ses grands yeux m'ont noyée.

Au parking, où je suis descendue car j'avais oublié un dossier dans la voiture : derrière moi, elle a trottiné, sans crainte. Elle a ouvert la portière arrière et m'a allongée. Elle a posé mes chevilles sur ses épaules, a descendu mes collants et écarté mon string. Un courant d'air m'a fait frissonner, tandis qu'elle plongeait sa langue entre mes cuisses. *Chaud, froid.* Sa langue m'a parcourue plusieurs fois, de haut en bas, jusqu'à me faire gonfler, mais sans me faire jouir. Il ne m'aurait pas fallu grand-chose.

– Tu es un vrai bonbon. J'aime quand tu es excitée. Mais je ne vais pas te croquer tout de suite.

Dans l'ascenseur : nous étions trois, elle, moi, un bigleux insignifiant du huitième, sans doute un stagiaire. Elle s'est rapprochée, perverse, a frôlé le binoclard sur le slibard avant de se suspendre à mon cou en me murmurant « Tu es mon bonbon ! ». L'importun, tout ému, mettra deux semaines à s'en remettre.

Alors, quand Crystal entre dans mon bureau isolé et calfeutré, je ne résiste pas. Je l'observe refermer la porte derrière elle, s'y adosser, détacher ses cheveux. Je me lève, hypnotisée.

– On doit travailler, non ?

– Tu parles. On va travailler, oui, comme dans le parking, l'ascenseur, tous les lieux où tu as posé cette merveille qui te sert de fesses.

– Tu n'es pas dépourvue de merveilles, toi non plus…

Je verrouille la porte du bureau. Crystal, ma maîtresse, et moi, nous allons nous envoyer en l'air alors qu'une dizaine de personne œuvrent à quelques mètres de là. Ma brunette me fixe, enlève tous ses vêtements. Peur de rien.

18

Crystal

JE VOUDRAIS étrangler Lorenzo avec la queue d'Alceste qui – me sentant revêtir ma tenue de guerrière enragée – se terre sous le lit depuis un quart d'heure. Je hurle tout ce que je peux dans le combiné, en sachant bien, au fond, que j'exagère. Mon courroux, que je déverse sans retenue sur mon complice de toujours, est-il vraiment dû au retard de livraison des nouveaux prototypes de la collection ? Ses justifications à la mords-moi-le-nœud exacerbent-elles les tensions de mon corps qui réagit de façon très sonore ? Ou bien suis-je juste en train d'évacuer ma haine quant au refus d'Éléonore de dîner aux chandelles ce soir *(parce que les jumeaux veulent encore voir les décorations des Galeries Lafayette, tu comprends)*.

Quoi qu'il en soit, quand je suis dans cet état avancé de fureur frénétique, je ne fais jamais machine arrière. Exaspérée par les « t'es complètement folle », « prends ton Lexo », « c'est pas la mort, t'abuses » de Lorenzo, je lui coupe le sifflet d'un clic sur la touche rouge de mon iPhone. Ce dernier effectue ensuite un vol à travers la pièce et atterrit, fort heureusement, sur le plaid qui recouvre mon king size en manque d'action.

Ding-Dong. Mon dealer vient secourir mon appartement – souffre-douleur de mes moments de démence. Après avoir laissé filer les quatre billets de 20 dans les mains de mon fournisseur, j'éclate sur la table basse ce qui est censé être de la came fraîchement arrivée de l'aéroport, en provenance directe d'Amérique du Sud. Je sors ma boîte de pailles et chope une jolie rose dont je découpe les quatre premiers centimètres. Je trace méticuleusement une dizaine de lignes, balance la BO du film *Burlesque* dans mes enceintes et inspire avec la certitude de retrouver rapidement une certaine sérénité d'esprit.

Cinq minutes plus tard, je souris en cherchant ma boule de poils. Sauvée.

Trente minutes : je suis réchauffée, je tape trop vite. J'ai tellement envie de parler que je discuterais bien avec mes murs.

Une heure : je veux Barbie, maintenant. Je tourne autour de mon téléphone comme une bête affamée, j'écris des messages que je n'envoie pas, j'essaie de me raisonner. Sérénité, disais-je ?

Deux heures : plus une trace de poudre sur le plateau. Le corps en étoile de mer, les yeux rivés vers le plafond, j'écoute Lynda Lemay entre rires et larmes. Je pense à ces dernières semaines, aux braises tièdes, chaudes puis brûlantes. Qu'adviendra-t-il de cette idylle de bureau ? Éléonore ressent-elle la même passion vertigineuse ? Celle qui m'a prise d'assaut et me fait gamberger en pleine défonce. Moi l'indomptable libertine, j'avoue m'égarer sur le chemin sournois mais euphorisant de l'ardeur amoureuse. Bien sûr, je suis suspendue aux atouts physiques de ma Barbie, mais il y a plus que ça. Une dépendance, un gazouillis à l'intérieur. Quelque chose qui s'incruste et qui me fait peur.

Que suis-je pour elle ? Une lubie passagère ? Un orifice intrigant ? Le miroir de sa jeunesse sur le déclin ? Le bonbon aphrodisiaque qui distrait ses journées et égaie ses nuits ? Songe-t-elle encore à nous lorsqu'elle rejoint sa famille sacrée ? M'en veut-elle de pervertir son quotidien rangé de mes grivoiseries ? Envisage-t-elle de mener une double vie sur le long terme ? Et moi ? Suis-je prête à accepter le *package* ? À la partager alors que je la voudrais scotchée à moi ?

L'hédonisme insouciant a cette vertu d'éluder naturellement toute question existentielle : seul l'instant présent compte. La jouissance. Je trouvais ça bien plus reposant pour mes neurones. Suis-je condamnée à ne plus pouvoir planer en paix, sans qu'une dizaine de hamsters déchaînés ne viennent s'agiter dans mon crâne en ébullition ?

Lynda chante « Les épouses » et je parviens à arrêter mon attention sur ce texte que je perçois aujourd'hui différemment. Y a-t-il dans ces paroles un brin de la vie d'Élé ? (*C'est d'les voir, les épouses… C'est d'les voir accrochées, Aux vestons d'leurs maris, Diplomates et gentils, Qui les sortent le sam'di, Qui n'omettent la cravate, Que pour se mettre au lit, Qui s'endorment à la hâte, Assommés par l'ennui*) Et, si c'est le cas, dois-je y voir un espoir pour nous ?

En tout cas, c'était de la bonne.

♦ ♦ ♦

Inès sort furibonde du bureau de Barbie. Je me demande ce qu'elle lui a encore infligé… Tant de machiavélisme sous cette peau de princesse ! Si elle savait à quel point la brune est un mauvais coup (ce sont rarement celles qui paraissent les plus libidineuses qui assurent le plus, je suis une exception), elle s'acharnerait sûrement moins. Je suis partagée entre la satisfaction de la découvrir jalouse et la crainte de l'apercevoir si sadique.

J'en profite pour la rejoindre en essayant de me convaincre que c'est juste pour bosser. On ne peut décemment pas baiser chaque fois que je me faufile dans son bocal si l'on veut préserver notre secret et avancer sur le dossier de présentation de ma collection. Tout doit être parfait pour que le BB succombe au charme de l'idée.

Ma blonde m'accueille avec un grand sourire. En fermant la porte, je croise les regards noirs et interrogateurs d'Andréas et d'Inès. Je détourne les yeux, je n'ai pas de comptes à leur rendre. Leur guéguerre de séduction (j'exècre le jeu du « qui a la plus grosse ? ») se transforme progressivement en observation malsaine. Serait-ce les prémices d'un combat prenant l'univers professionnel en otage de querelles personnelles ? Ce sentiment de marcher, en talons, sur un champ de bataille à peine dissimulé galvanise mon excitation et m'effraie.

– Comment va ma Girafe préférée ?

– Elle t'embrasserait bien, mais elle a décidé d'être sérieuse…

– Hum, intéressant. Tu as reçu les nouveaux prototypes ?

– Ne m'en parle pas, j'ai failli tuer Lorenzo. Commençons par revoir les croquis un par un, si tu veux…

– D'acc ! Je me disais d'ailleurs que l'on pourrait envisager une collection plus mince dans un premier temps, en choisissant par exemple les dix meilleurs modèles à présenter au BB. Qu'en penses-tu ?

– Pourquoi pas, mais c'est un peu idiot de se priver des autres, non ?

– Ben, tu sais, le minimalisme dans la mode, c'est comme dans l'art : ça rend parfois les choses plus attractives, plus mystérieuses. Le but, c'est que le monde se les arrache. Il faut aussi créer une notion d'unicité, de rareté. Je pense qu'il serait bon d'en produire certaines en édition limitée. 500 paires seulement…

– Dans ce cas, on peut décider qu'on garde les vingt modèles mais que cinq d'entre eux sont en disponibilité réduite. Premières arrivées, premières servies.

– C'est un compromis intéressant effectivement. Allez, montre-moi tes *shoes*, chérie !

– T'es sûre que tu ne préfères pas voir mes dessous, princesse ?

– Je croyais que tu voulais…

– Oui, oui, je veux travailler, je te taquine. Mais cesse de battre des cils, ça me déconcentre…

– Je vais faire de mon mieux, dit-elle en recommençant.

Je contourne son bureau bien rangé (qui me rappelle qu'il va falloir mettre de l'ordre sur le mien avant que le Dragon fumant se permette une autre réflexion), j'installe mon postérieur sur l'un de ses accoudoirs et me cambre sur les feuilles que j'étale sous son nez. On se respire sans pudeur. Électricité sexuelle dans l'air, on s'en tient pourtant au plan, sans omettre de se narguer. Tout est dans la suggestion. L'inassouvissement cristallise l'envie. Un plaisir pervers, délectant.

– Mon Dieu, c'est quoi ces ongles, Crys ?

– Quoi, tu n'as jamais vu de vernis craquelé et tu te dis fashion ?

– Craquelé ? Mais comment tu fais pour dessiner ces tâches noires sur ton vernis corail ?

– Ah ! Barbie… Je mets une première couche de couleur et, dès qu'elle est sèche, je passe une seconde pellicule de noir. Et il se craquèle tout seul, c'est fait exprès.

– Tu trouves ça beau, toi ?

– C'est déjanté, original et ça fait parler : j'aime !

– Mouais…

– T'inquiète pas, va, une fois à l'intérieur, tu ne les vois plus et ils ont la même agilité…

– Rrrrr, cochonne !

– On s'y remet avant que je m'exécute sur un malentendu ?

Rires. Complicité. Œillades. Mains baladeuses. Feuilles noircies, dossier qui se concrétise.

Soudain, Barbara s'invite dans notre cocon, après avoir à peine toqué à la porte. Si elle cherchait à surprendre un moment inapproprié, afin de l'ajouter à la liste de ses griefs contre nous, c'est raté.

En attendant, on remballe, la fête est finie.

♦ ♦ ♦

Rue des Blancs-Manteaux, rue des Archives, rue Vieille-du-Temple. Je traîne mon amoureuse dans le quartier le plus gai (oui sans « y » aussi) de Paris, avec la soif de lui révéler ses charmes multiples. D'apparence, nous ne sommes que deux copines en promenade, mais je sens une nervosité poindre en elle. Je l'ignore, persuadée qu'une fois attablées devant un bon cocktail, cette gêne s'évanouira.

Après avoir traversé le quartier de part en part et partagé un Pat's Hot Dog de La Mosaïque (le meilleur de Paris !), je choisis de l'emmener place du Bourg-Tibourg pour prendre un verre. Je la sens absente, anxieuse, les yeux balayant chaque mètre carré qui nous entoure.

Lorsqu'une main se pose sur son bras, elle sursaute comme si elle venait d'être alpaguée par un fantôme.

– Je peux vous prendre du feu, s'il vous plaît ?

– Euh, je ne fume pas !

– Tenez, dis-je à l'intruse qui s'éloigne rapidement après avoir tiré sa première bouffée.

Tandis que je sirote ma Piña Colada, Barbie s'envoie son Cosmo en quelques gorgées. Quand elle me demande une cigarette et se ravise, je comprends que j'ai fait fausse route. La trimbaler ici, dans ce monde étranger qui lui rappelle sa position de « traîtresse » et réveille sa paranoïa, était une erreur plus grosse que les cuisses de Barbara. J'avale cul sec la fin de mon breuvage, laisse un billet de 20 sur la table et l'invite à me suivre en m'excusant.

À peine franchissons-nous le seuil de mon appartement que son visage retrouve ses couleurs naturelles. Après une courte séance de reniflement, Alceste la reconnaît et la gratifie de ses habituels coups de nez sur les jambes. Je déglutis et retiens les manifestations de ma possessivité maladive : je ne serais de toute façon pas capable de déterminer lequel des deux j'envie.

– Je suis désolée, Crys, ne m'en veux pas surtout, ce n'est pas contre toi…

– Je sais, ne t'inquiète pas. Je n'aurais pas dû insister. Notre histoire n'a pas besoin de spectateurs.

– Déjà oui, et puis cet univers ne m'intéresse pas vraiment. Je n'ai pas besoin de voir d'autres femmes s'embrasser ni d'une mise en condition. Le contexte bureau-resto-appartement me suffit. Il faut que tu comprennes que je ne me découvre pas lesbienne. J'ai seulement envie de vivre ce qui nous lie toutes les deux, sans le partager avec qui que ce soit.

– Je comprends.

Assises sur le sol, le dos contre le lit, les pieds sous la table basse, l'humeur est plus à la discussion qu'aux étreintes. Notre incursion dans le Marais a rendu Éléonore curieuse. Combien de femmes ai-je connues ? Ai-je une préférence entre les hommes et les femmes ? Suis-je plus souvent celle qui jette ou celle qui est larguée ? Qui a été la première ? Comment l'ai-je vécu ? À partir de quand peut-on se définir comme lesbienne ? Si on est bi, comment gère-t-on la double tentation lorsqu'on est en couple ?

Cette avalanche de questions me pénètre un peu violemment.

Je lance « The blower's daughter » de Damien Rice, pour la douceur mélancolique que j'aime tant, et j'essaie de lui répondre le plus sincèrement possible. Si je n'aime pas me faire asticoter de la sorte et qu'une autre se serait pris quelques silences dans la tronche, je me dis qu'étant la source même des interrogations qui fourmillent dans sa tête, je lui dois bien ça. L'évocation de Delia reste la partie la plus délicate. Je m'autorise quelques ellipses. Ne pas raviver la venimeuse… Préserver mes arrières.

– Tu en sais assez maintenant ?

– Pourquoi, je t'ennuie ?

– Mais non, c'est juste que j'aimerais profiter de ces dernières minutes pour…

– Tu ne penses qu'à ça, hein ?

– Tu ne m'as pas laissée finir ma phrase ! Et jouer les prudes ne te va pas du tout…

– Oui, pardon, je t'écoute…

– Arrête de penser à Delia, ça ira mieux. Elle appartient au passé. C'est toi mon présent. Je disais donc que j'aimerais profiter de nos dernières minutes pour t'offrir ton cadeau de Noël...

– ... Fallait pas, ma Girafe !

La revoilà mal à l'aise parce qu'elle n'a pas eu la même idée que moi. Comme si un cadeau attendait toujours un retour d'ascenseur...

« Liberta » de Pep's décrispe l'instant. Cette chanson est un bol d'air pur, une brise qui chatouille le visage pour nous rappeler à quel point l'on est vivant.

Je glisse sans me lever jusqu'à ma table de nuit et en extirpe un paquet rouge. Il renferme la bougie Pompadour, en provenance de ces fameuses Galeries. Bien sûr, j'ai été tentée de lui offrir un bijou (j'avais repéré une jolie bague chez Kenzo) pour la tendresse, l'intégrale de *The L Word* pour que le monde lesbien et bi lui soit moins étranger, un sex toy pour qu'elle pense à moi dans son vrai lit... Mais j'ai choisi quelque chose qui ne me ressemble pas et que j'apprends pourtant : la discrétion.

♦ ♦ ♦

J'arrive à Sceaux, les bras chargés de présents à fourrer sous le sapin et d'un Alceste qui pèse un peu trop lourd à mon goût. Le régime post-fêtes de fin d'année, ce sera pour nous deux, hein !

– Tu as pris le chat ??

– Bonjour Maman ! Joyeux Noël à toi aussi !

– Joyeux Noël, ma chérie... Mais pourquoi t'as emmené Alceste alors que tu ne viens qu'une journée ?

– Il n'allait quand même pas passer le 25 décembre tout seul à Paris, non ?

– Johanna, laisse-la passer enfin, intervient mon père. Rentre, ma bichette, il fait un froid à faire rétrécir la quéquette d'Alceste qui n'a déjà pas de quoi frimer !

– Roh, Alain, franchement... fait ma mère.

– Cryyyyyyyyyyys, interrompt Léo en me sautant dessus si vite que j'en perds l'équilibre.

OK, je ne me suis pas trompée d'adresse, me voilà bien dans ma famille de dingues. Heureusement que ma grand-mère, qui a fait le déplacement depuis le sud de la France, est là pour mettre un peu d'ordre et de bonnes manières.

Je tente de me défaire des bras de mon frère tout bronzé qui me pique déjà les nerfs avec sa gueule de *je rentre de L.A. et je vais te raconter mon kiff pendant des heures*. Alceste profite de mon inattention pour se ruer sur la cage sacrée des cochons d'Inde de ma mère. Et moi je joue avec les cheveux bouclés de ma Granny en la couvrant de baisers.

– Crystallllllll, il va manger mes bébés !!

– Mais non, Maman. Il regarde, ça l'intrigue, c'est tout.

En réalité, je sais qu'il vaut mieux que les mini-cochons restent à leur place derrière les grillages et bien au milieu de l'espace. Je prends ma bestiole sur les genoux et m'installe autour de la table joliment décorée. Maman a ce don d'embellir tout ce qu'elle touche, avec goût. Quand à Papa, en plus d'être le meilleur comique que je connaisse, il fascine mes papilles à chaque repas.

Alceste, qui jouerait bien au chat et à la souris avec les cochons, se prend soudainement de passion pour le gros nœud qui serre la nappe sur le pied, de mon côté. Je lui file une tapette sur le cul, doublée d'un *arrête tes conneries* dans son oreille droite. Il se ravise, pour le moment, sous les yeux outrés de ma grand-mère. *Ouf!*

– Tu es capable de t'occuper d'autre chose que de ton chat pendant trois minutes, Crys ? lance mon frangin en éternuant. Il est en train de me tuer à petit feu en plus, on ne peut pas le mettre dans sa caisse ?

– Oui, franchement ma petite Crystal, ce serait mieux pour ton frère, tu ne crois pas ? essaie de tempérer la maman de ma maman.

– Non, Léo, on ne peut pas. C'est Noël pour tout le monde ! Mais je vais voir si les parents l'acceptent dans la cuisine, avec un peu de saumon pour faire passer la pilule.

– Merci, sœurette.

Ça m'agace d'être systématiquement obligée de sacrifier ma boule de poils, mais j'avoue que des plaques rouges sur le visage bronzé de Léo, ça serait dommage. Quoique…

La traditionnelle ouverture des paquets, sur « Petit Papa Noël » chanté par Roberto Alagna et devant l'arbre scintillant, détend l'atmosphère. Je déballe comme une gamine ce que mes essentiels m'ont concocté en espérant que, cette année, Léo n'aura pas renouvelé le coup des boules de geisha. (Ma grand-mère est très ouverte, mais il y a des limites tout de même.) Je savoure l'instant, j'observe les réactions et m'interroge face à cet immense cadeau à mon nom.

– Le meilleur pour la fin, font-ils en chœur.

J'ouvre un plus petit sous l'œil rieur de mon cadet.

– Un *Kama Soutra* illustré, tiens donc. Léo, tu es incorrigible !

Papa pouffe, Maman s'empresse de passer à autre chose en détournant l'attention de sa mère et en m'invitant à dépaqueter la grosse surprise. Un chevalet, waouh. Touchée.

Embrassades à gogo.

Saumon sauvage, gambas, huîtres, dinde (Barbara… tu peux expulser le marron !) et pommes de terre sautées, plateau de fromages, bûche trois chocolats, le tout arrosé de champagne, vin blanc moelleux, vin rouge et petite prune – *ça va pas Alain, Crystal ne pourra plus marcher pour rentrer chez elle*. Mourir. Je ne peux même pas feinter en goinfrant Alceste sous la table puisqu'il est consigné en cuisine.

Trois heures de gavage intensif – c'est la vengeance des canards, de rires profonds, de bavardages complices, de blagues salaces (*Et Lorenzo, il enfile des kilomètres en ce moment ? Il vaudrait mieux qu'il évite de s'asseoir sur vos chaussures en tout cas, tu risquerais de ne plus les retrouver…*), de descriptions paradisiaques (*Non mais la villa de mes amis faisait 250 mètres carrés, il y avait un jacuzzi + une piscine*), de questionnement sur Modus, Barbara, Éléonore, *Ladies' Taste* – visiblement, personne n'a moufté pour Scarlett, tant mieux – et la suite des événements. J'ai donné le change, me servant de l'excitation des aventures dissimulées pour pimenter le quotidien moins affriolant. La fierté dans leurs yeux lorsque j'ai évoqué l'entretien à venir avec le BB m'a rhabillée pour l'hiver.

Je serai donc grosse mais chaudement couverte.

♦ ♦ ♦

Après avoir serré fort mon père qui a fait l'aller-retour pour m'éviter de transporter mon fatras dans le RER et lui avoir glissé ma joie de les retrouver complices avec maman, je découvre le clou de la journée sur mon paillasson. Un carton sobre et pas tape-à-l'œil (j'habite au cinquième et dernier étage mais sait-on jamais) renferme ma dernière surprise. Je peste un peu contre les couches d'adhésif résistantes puis je souris devant le contenu du sac rouge fermé d'un grand nœud doré. Les trois prototypes et une carte : « Joyeux Noël ma Tatass, Lorenzo. »

19

Éléonore

BOSSER EN ENFER et avoir l'impression de se rendre au paradis : peu de gens peuvent comprendre. Mon histoire avec Crystal change tous mes rapports à Modus, aux collègues du septième, à Barbara, à mon salaire sans prime. La *workaholic* que je suis devenue en faisant une croix sur ma vie de bohème et d'artiste, en épousant Jack, ne se reconnaît plus.

On ne le fait pas exprès, avec la Girafe, et pourtant nous arrivons souvent en même temps devant les ascenseurs qui mènent à l'étage des dieux. Elle ne peut s'empêcher, la gourgandine, de jeter un œil gourmand aux secrétaires *made Elite* de l'accueil. Œillade renvoyée, la plupart du temps. Ça m'amuse et ça m'énerve. Dans l'ascenseur, pour une fois, ma brunette se tient bien. Elle toussote, *Bonjour Éléonore comment vas-tu ce matin*, alors qu'on s'est déjà appelées trois fois, pendant ma douche, son café et nos trajets respectifs. Je lui souris, genre *On se connaît mal et je n'ai pas accepté de me mettre un œuf vibrant là où je pense pour t'exciter.* Si l'entourage immédiat lisait dans nos pensées…

Un œuf vibrant, je ne savais même pas que ça pouvait exister et j'en apprends tous les jours, aux côtés de cette coquine totalement dépravée. Son expérience est sans limites. À tel point que j'ai la sensation d'être vierge. Elle a failli s'étrangler quand je lui ai demandé… ce qu'était un œuf vibrant.

–Attends, Élé, t'es pas sérieuse là… Un œuf vibrant… Hou hou !! Tu es restée au… j'ose même pas le dire… au XIXe siècle ou quoi ???

Crystal en était presque indignée.

–Et un gode, ma parole, tu sais ce que c'est, un putain de gode ? Tu sais que ça peut être TRÈS utile ???

–Crystal, parle pas comme ça, on dirait une poissonnière des Halles…

–Ah oui ? Et les poissonnières des Halles, ça fait combien de temps qu'elles ont migré à Rungis, d'après toi ? Et tu crois que les poissonnières, ça les intéresse, les godes et les gaudrioles ?

–Crys, je vais me fâcher…

–Tu devrais plutôt te lâcher. Je rêve. Un gode ! Un tout petit œuf de rien du tout, et Madame ne connaît pas !

Je me suis fâchée. Je la reconduisais chez elle un vendredi soir, tôt, pour ne pas faillir à ma famille reconstituée du week-end. Drôle de sentiment de laisser l'une pour revoir l'autre. Ou de donner la priorité au groupe sur le couple. Car le couple, ça n'est plus vraiment Jack et Éléonore, ça bascule vers Crystal et la nouvelle Élé… Couple. Il faudra que je me penche sur la notion et sur l'idée qu'elle sous-tend quant à notre avenir. Y a-t-il un avenir avec Crystal ?

–Je sais ce que c'est qu'un gode, merde. Je sais même que tu peux les choisir de toutes les couleurs, de différentes tailles, avec massage du clito en option…

–Bon, et ça t'effraie ? T'as honte ?

Était-ce le ton que j'avais utilisé pour faiblement protester ? Crystal m'a percée à jour.

–Tu es une excellente amante, je te rassure… mais qui n'a jamais acheté de sex toy. Avoue. Il y a un début à tout, mon poussin…

–Mais arrête de m'emmerder avec ça, je n'en ai pas eu besoin, voilà !

Le cri du cœur. Qui a laissé ma maîtresse pantoise. Pensive. En claquant la portière de ma voiture, elle m'a glissé une pochette en plastique, me faisant jurer de ne pas l'ouvrir avant le lundi matin.

♦ ♦ ♦

Nous y sommes. J'ai ouvert son paquet en gloussant dans mon bureau, et j'ai accepté de me prêter à son petit jeu. Je joue au travail. Ma vie privée déborde. Mais, après tout, je ne suis pas la seule à agir ainsi… La vague médiatique engendrée par le lancement du parfum s'est apaisée. Notre fragrance continue à faire un carton dans les points de vente divers avec lesquels nous travaillons, et via notre site web.

Le mot d'ordre : brainstorming, études de marché et castings à gogo. Jean-Claude ne veut pas se précipiter. Pour lui, il est important de développer une gamme cohérente autour de *Ladies' Taste*. Le groupe a engrangé pas mal d'argent et n'a pas besoin de se positionner immédiatement dans le secteur. Notre président a d'une certaine façon ouvert une compétition au sein de ses services : c'est à celui ou plutôt celle, puisque ses services sont dirigés par des femmes, de lui proposer le projet le plus convaincant.

C'est ainsi que Crystal et moi avons obtenu le privilège, immense privilège que la Carton barbante a mal supporté, de travailler ensemble sur un dossier top secret.

Jean-Claude, que nous avons sollicité sans convoquer tout l'étage (bien nous en a pris ! Je sens que des bâtons nommés Andréas ou Inès se seraient jetés dans nos roues), a accepté en guise de récompense pour le travail fourni – avant et pendant – la soirée de lancement du parfum. Pour marquer le coup, il a fait envoyer un mail par sa secrétaire à tout le service : « Pour une durée indéterminée à ce jour, Mlle Crystal Roche quitte le service marketing pour rejoindre la DA. Merci. JCV, PDG de Modus. »

Crystal avait bondi de joie et s'était ruée vers son bureau (un sacré bordel, plutôt qu'un bureau) afin de plier bagages et de migrer vers l'autre bout de l'open space.

– Tu ne te rends pas compte, Barbie, c'est fini, l'haleine du Dragon de Komodo !

Ça, c'était en fin de semaine dernière.

Ce matin, j'accepte donc de porter un œuf… Je ne sais pas si les femmes qui portent souvent des œufs, et qui par ailleurs sont mères, se rendent bien compte de la symbolique de ce sex toy. Si cela leur traverse d'aventure l'esprit, je suis certaine que leurs amants n'y pensent pas une seconde. J'ai fermé les rideaux, tourné la chaise vers la bibliothèque pour déboutonner mon jean et écarter les cuisses. Étrange sensation d'écarter les cuisses… seule. Crystal m'a fait jurer de lui faire confiance, et de ne pas me renseigner sur le web…

« Crystal, je porte ton œuf… » Je lui envoie par SMS, espérant une réaction qui ne tarde pas : « Mmmmhhh… » Je réprime un sourire. Quelle dévergondée ! Je me surprends à aimer ça, et à en être même tout excitée.

♦ ♦ ♦

Réunion de routine du lundi. La moitié du staff dort sur place, le BB bâille aux corneilles, le nez rougi par ses vacances au ski. Il pianote sur son smartphone, se marre, vexe Barbara qui est – une fois de plus – au tableau avec son air de prof sévère. Notre PDG bien-aimé n'écoute rien, c'est un élève dissipé, sauf que cet élève-là, personne ne peut le sortir de la classe. Assise à ses côtés, pas trop loin de la porte heureusement – Barbara a fait installer les stagiaires et les assistants au premier rang, sachant qu'elle les tient –, je ne peux m'empêcher de répondre à ses plaisanteries à mi-voix.

Jean-Claude me glisse :

– Alors ma douce, on ne s'est pas parlé depuis Noël… Ça s'est passé comme vous vouliez, vos vacances ? Vous êtes toujours mariée ?

Je rigole.

–Jean-Claude... Vous savez que si Jack vous entendait, il piquerait une crise...

–Oh, je sais les calmer, moi, les maris trop sérieux. Et puis vous n'allez pas me dire que vous n'avez jamais trompé votre Angliche, quand même ? Faut pas charrier, *Mrs Wilde*...

–Il n'est pas anglais...

–Mouais. Alors ? Vous l'avez trompé ? Avec qui ? Pas avec quelqu'un de la boîte, j'espère, je serais vexé...

Je suis prise au dépourvu. Je secoue la tête, un peu, en avant en arrière, puis je dodeline et fais mine de me concentrer sur ce que raconte la Barbante. Elle a réalisé des camemberts sur PowerPoint – je ne sais pas ce qu'elle a, avec ses graphiques, si j'étais psy, j'y verrais sans doute une symbolique particulière.

Mon attitude consciencieuse ne trompe pas le BB.

–Allez, Éléonore, merde, la vie est trop ennuyeuse si on marche toujours tout droit... Vous l'avez trompé, oui ou non ? Vous pouvez me le dire, je ne juge pas les infidèles, moi ! Je serais gonflé, d'ailleurs...

Il glousse, pour lui infidélité est synonyme de virilité. Subitement, une chaleur très douce se répand au fond de mon ventre. Je sursaute, presque peur d'avoir fait pipi ou d'avoir mes règles en avance.

Jean-Claude reprend, en m'observant :

–Quoi, vous êtes fâchée ?

–Pas du tout, je... je suis très... très fidèle. Justement. Vous le savez.

–Pfff... Je vous croyais plus amusante... Tiens, vous avez mis des bas, j'en jurerais.

–Jean-Claude, je vous assure que...

Je m'interromps car l'œuf s'est mis à vibrer. Pas du tout préparée à ça, je commence à me trémousser. Les vibrations sont de plus en plus fortes, et la pointe de mes seins se durcit alors que ma poitrine se soulève au gré de ma respiration plus rapide.

– Vous êtes gênée à ce point ? Je ne savais pas que vous étiez aussi prude ! Remarquez, les plus prudes sont souvent les plus salopes.

– Jean-Claude !

– Oh ! je disais ça pour vous provoquer…

– C'est que… je…

– Ben allez-y, lâchez moi le morceau ? Ah, j'y suis, c'est un type de chez nous, c'est ça ? Vous avez du culot, sous vos cils de madone pieuse !

Jean-Claude promène son regard sur l'assemblée, comme pour chercher le suspect.

Je suis au comble du malaise. Des ondes de plaisir se propagent dans mon intimité, sans que je puisse contrôler quoi que ce soit. Quelle est cette chose démoniaque ? Je cherche à capter l'œil de la diablesse. Bien tranquillement installée au premier rang, prenant des notes, l'air de rien. Elle redresse très légèrement la tête et la pivote dans ma direction. Elle se retient de rire. Elle pose lentement la main sur un objet devant elle, que j'avais pris pour un portable. C'est une télécommande, mais elle a une utilité qui n'est pas du tout appropriée au contexte…

Les vibrations s'interrompent alors que le doigt de Crystal appuie sur un bouton. Je respire. Je reprends le contrôle de mon corps.

– Vous vous sentez bien ? Vous n'allez pas nous faire un malaise, quand même ? Je sais bien que les speechs de Barbara sont imbouffables, mais pas de quoi syncoper…

Jean-Claude me scrute, presque inquiet. Je sens que mes joues sont devenues rouges, quelques gouttes de sueur encore visibles perlent à la lisière de mon front. Il attrape une feuille pour m'éventer. Je reviens à un état normal, Jean-Claude se tait un instant. Mais c'est une commère dans l'âme, et son débit est si bien accordé au flot de ses idées de pipelette que j'ai intérêt à m'accrocher pour ne pas perdre le fil.

Impossible de lui répondre. Mon cerveau est au supplice, entre mon entrejambe, la bouche de Jean-Claude qui s'agite et les mains de Crystal, qui choisit justement cet instant pour réenclencher la télécommande. Vitesse modérée pour le moment, mais je connais la donzelle et ma paix sera de courte durée. Soudain, un fou rire me monte dans la gorge…

Les vacances de ski et les problèmes conjugaux de mon boss me passent à dix mille. Crystal, de loin, accélère la cadence. Une douleur lancinante, que n'importe quelle femme au monde reconnaît à la première piqûre, m'enserre le vagin. Je halète malgré moi. Je pose mes mains moites sur mon cahier. Je croise les jambes et je redresse ma colonne vertébrale.

Je pense à un feu de cheminée autour duquel on boit un chocolat chaud. À un bain glacé. À mes enfants qui se lèvent trop tôt, à mon mari bizarre en ce moment. Rien n'y fait, une chaleur se répand dans mon bassin et je laisse échapper un petit gémissement. Pris par le patron pour de la compassion pour ses histoires, mais malheureusement plus audible pour le reste de l'assistance. Ce gémissement de plaisir, de douleur, ou de honte, comme on veut, fait bondir notre diva du marketing.

Ne me dites pas… ne me dites pas que quelqu'un ou quelqu'une a ENCORE ramené un chat dans cette pièce ?

Crystal secoue vigoureusement la tête, tandis que moi, malgré ma température interne, je m'indigne. Comme si mes murmures ressemblaient aux gargouillis d'Alceste… Comme une envie de frapper la Carton. Ma tortionnaire réduit l'intensité des vibrations. Je soupire de soulagement. Elle a dû comprendre qu'elle dépassait les bornes.

Jean-Claude se penche vers moi.

– C'est votre protégée qui a introduit un chat malade ici, c'est ça ?

– Comment êtes-vous au courant ? je lui demande, interloquée.

– Oh, j'ai mes antennes, vous savez… Et puis la discrétion n'est pas le point fort de votre équipe du septième. Tenez, par exemple, à Noël, Nathalie…

– Par pitié, Jean-Claude, gardez ces infos confidentielles ! Ce qui m'intéresse, c'est qui est votre indic…

– Vous me prenez pour un bleu. Bon, vous ne m'avez toujours pas avoué qui était votre amant. Je suis jaloux. Et vos fêtes de Noël, la nouvelle année, l'Épiphanie, la Saint-Nicolas, et tout le tintouin ? Bordel, il y a tellement de vacances, la France veut la mort des patrons ou quoi ?

Je me retiens de rappeler à Jean-Claude qu'il est certainement celui qui prend le plus de vacances à l'année, au sein du groupe.

– Bof, classiques…

– Jack est rentré, quand même ?

– Oui, oui, il était là.

– Et votre charmante belle-mère ? Maëlis ?

– Fidèle au poste, qu'est-ce que vous croyez !

Voilà à quoi je dois penser pour désamorcer la bombe que Crystal m'a flanquée entre les jambes. Maëlis émoustille peut-être encore le BB, cet obsédé sexuel sans limites et sans âge, mais ma belle-mère me fait immédiatement redescendre. Crânement, je souris à Crystal : vas-y, déclenche ton machin si tu oses… Maëlis, pour une fois, je suis ravie de l'avoir à l'esprit. Je vais prouver à Crystal qu'il est possible de résister à l'œuf magique.

Cette année, c'était soi-disant notre tour de recevoir toute la smala familiale. Déterminée à ne pas me faire avoir, super boostée par les conseils de Crystal qui n'y connaissait rien en rassemblement familiaux *oversize* (vingt-trois au total, sans compter les habituels rajouts – la vieille tante solitaire, la meilleure amie récemment larguée d'une sœur, un cousin oublié rentré d'Asie) et que la pensée d'avoir un jour une belle-mère n'effleurait guère, je m'étais préparée.

J'avais acheté un cadeau pour chacun, investi dans un réfrigérateur d'appoint, commandé à l'avance cinq dindes énormes, plusieurs kilos de chutes de saumon de la Maison du caviar, huit douzaines d'huîtres et deux caisses de bouteilles de champagne. Razzia chez Picard pour être sûre de ne pas manquer de petits fours, de garnitures et de douceurs sucrées. Là encore, il ne fallait pas se tromper. « Bah, une bonne bûche pour assommer ta belle-mère… avait ricané mon impossible maîtresse. Tu es sûre que tu ne veux pas venir chez moi ? Mon père te plairait, tiens, c'est le spécialiste des blagues à ne pas faire en famille… » Ça aurait peut-être été plus fun que l'hôtel (non, il n'y avait pas de place pour nous, chez nous), la folie bio de Maëlis et la nursery géante dans mon salon !

Le chatouillis de l'œuf me reprend. Crystal s'est retournée et fait semblant de fouiller dans son sac à main chéri, pour mieux me regarder. Elle augmente la puissance du sex toy. Jean-Claude bavasse sur les charmes des belles-mères.

Une onde de plaisir m'envahit, mon bassin tremble, je laisse échapper un nouveau gémissement et je me lève d'un coup pour filer aux toilettes.

Crystal m'y rejoint. Je me lave le visage à l'eau froide, elle brandit sa télécommande.

– Alors… tu aimes ?

– Mais tu es folle !

– C'est le principe de ce sex toy… Moi, j'adore…

– On est au bou-lot, Crystal, au bou-lot !

– Oh, c'est pas comme si la réunion présentait un réel intérêt… La moitié des assistants dorment et le serpent a l'air de se faire chier aussi… D'ailleurs, je n'en ai pas tout à fait fini avec toi, ma princesse.

Ses yeux brillent avec intensité. Les vibrations reprennent. Je prends appui sur le lavabo et me laisse aller à ces sensations contre lesquelles même Maëlis n'a pas le dernier mot. Crystal se rapproche de moi pour caresser ma poitrine à travers le tissu, puis à l'intérieur. Elle débraguette mon jean alors que l'orgasme n'est pas loin. Sa main plonge dans mon string pour retirer doucement l'œuf, mouillé.

– Pourquoi ?

– J'ai envie de te faire jouir. Avec mes mains.

Sa main droite descend à nouveau, tandis que je pose une cuisse sur le rebord du lavabo pour lui faciliter l'accès.

– Ouh là, t'es vraiment trempée !

Je souris et je ferme les yeux.

– Fais vite… notre absence ne doit pas avoir l'air trop louche…

Je jouis contre elle. Je pose ma tête sur son épaule pour reprendre mon souffle. Elle m'embrasse tendrement. À certains moments, je m'interroge sur cette tendresse. Elle est la preuve que quelque chose se passe entre nous. Que Crystal s'abandonne aussi à une histoire qui n'est pas sans lendemain. Je m'empresse de remettre de l'ordre dans ma tenue, la Girafe se lave les mains.

– Dommage que je ne puisse pas garder ton odeur…

Et là, c'est Delphine qui entre.

♦ ♦ ♦

J'essaie de me persuader que ce n'est rien. Qu'est-ce que la Boulotte a vu ? Le regard qu'elle nous a jeté était ambigu. Il y avait du soupçon, du doute, de l'incrédulité dans ses prunelles. Crystal dédramatise.

– Elle n'a rien vu. Tu imagines si elle avait poussé la porte deux minutes avant ? Elle aurait eu une crise cardiaque… ou une révélation.

– Elle n'a rien vu… mais elle a peut-être entendu ?

– Bah, tu te tracasses trop. Je vais lui faire comprendre que j'adore ton parfum et que nous discutions de la fragrance de *Ladies' Taste*, ou un truc du genre… Elle a le cerveau aussi petit que son cul est large, elle devrait gober ça sans problème.

– Mouais, surtout si tu lui fais ton numéro de charme !

Cette fille est légère, me dis-je en rentrant à Neuilly. Aussi légère qu'elle devient profonde. J'aime ce contraste. Et j'aime ce qu'elle dégage au bureau : cet air plus doux et moins dévorateur qu'à son arrivée, il y a quelques mois. On lisait en elle la soif d'être regardée, de réussir, d'en mettre plein la vue. Quelle revanche a-t-elle à prendre, et pourquoi ? Lorsqu'elle me parle de son foyer et de son passé, quoique avec des réticences, elle ne semble pas avoir besoin de prouver à papa-maman qu'ils ont la fille la plus intelligente... Elle a l'air si proche de sa famille que j'en serais presque jalouse.

Plus douce et moins vamp, avec une assurance nouvelle. Comme si cette collection, un défi en somme, la posait différemment dans la vie professionnelle. Elle a désormais quelque chose à montrer, qui a de la valeur. Des idées que l'on a admirées en public. Une concrétisation, puisque les premiers modèles ont été réalisés.

Il y en a un qui est moins doux, en revanche, c'est mon mari. Nos week-ends ont été tendus à cause des fêtes de fin d'année, je prie pour que la routine me rende sa bonne humeur. Enfermé dans ses pensées, beaucoup moins communicatif et tendre ; englué dans ses responsabilités londoniennes, dit-il. Quelque chose le ronge et il refuse de s'en ouvrir à moi.

20

Crystal

ENCORE TOUT ÉMUE des échanges de fluide de la journée, je me prépare pour le dîner particulier qui m'attend ce soir. Depuis le début de notre histoire, Éléonore et moi ne nous sommes présenté personne, sauf en paroles et en descriptions étoffées. Seuls les habitants du septième connaissent notre complicité, sans parvenir à en deviner les vrais contours. Et voilà que je m'apprête à réunir les deux êtres les plus importants de ma vie en ce moment (Alceste et ma famille étant évidemment dans une catégorie à part) : Barbie et Lorenzo. Ça me remplit de joie et me stresse un peu. J'espère que mon complice saura se tenir, qu'il ne s'appliquera pas à raconter mes frasques pour la faire rire, qu'il devinera qu'on ne joue pas dans la même cour lorsqu'on est à la table d'Éléonore.

Comme Madame devait absolument faire un saut de puce chez elle pour embrasser les microbes – plus elle culpabilise, plus elle les idéalise, ceux-là –, j'en profite pour me pomponner. Alceste, quant à lui, semble chercher quelqu'un. Je soupire un *ne t'habitue pas trop à sa présence, mon pépère, une tempête est si vite arrivée*, sans savoir vraiment si je m'adresse à ma boule de poils ou à moi-même.

Dehors, le congélateur ambiant me rappelle New York. Le froid de chien ne gagnera pas : je choisis malgré tout une tenue sexy. Un tregging en cuir noir, avec une de mes créations aux pieds. Une paire bleu électrique à talons aiguilles argent et bout rond. Une tuerie (oui, je m'autocongratule parfois) que j'assortis à un décolleté de la même couleur, relevé par un sautoir en argent. Maquillage charbonneux, travaillé avec une touche de ce bleu envoûtant qui vernit aussi mes ongles, cheveux si longs qu'ils chatouilleront bientôt mon nombril : ensemble harmonieux et *hot* ! De quoi faire frémir ma blonde et oublier ses marmots quelques heures.

L'*Alma*, la dose de *Flower Bomb*, le bisou au poilu, le bonnet anti-frisotis d'humidité, l'étole en cachemire « *parce que chez Modus on ne connaît pas la grippe* », et je galope vers Le Pachyderme, restaurant cosy sélectionné pour la rencontre au sommet. Pour une fois, je reste dans mon secteur et, avec la neige en épée de Damoclès, j'en suis ravie.

Je ne marche jamais dehors sans musique dans les oreilles. Les promenades silencieuses me dépriment alors qu'en rythme, elles revêtent une apparence nouvelle en fonction de l'humeur et du son choisi. « Run to you » de Whitney Houston rend par exemple la place de la République plus douce et me rappelle combien j'ai hâte de retrouver mon Éléonore qui me manque déjà. Coupée du ronron des voitures, je dévale les rues, concentrée sur mes pensées et sur ce que mes yeux rencontrent. Je croise un homme emmitouflé dans une doudoune de circonstance (plus que ma veste en cuir !) et découvre avec surprise, dans sa capuche, un museau de chat. Je ne suis pas la seule marginale qui aime se balader avec son félin. Sourire complice.

J'arrive au Pachyderme frigorifiée et rejoins mon Lorenzo déjà attablé.

– T'es canon, ma Tatass, ce soir !

– Merci chéri ! Je vais sûrement finir en glaçon, mais le chic passe avant la santé, hein...

– Je n'en attendais pas moins de toi, *honey*. Et alors les *shoes*... *Gorgeous* !

– J'espère qu'elles vont plaire à Éléonore !

– Hum… Je pense qu'il n'y a pas que les chaussures que tu désires lui faire aimer…

– Tu me connais trop, toi ! Tu sais qu'elle ignore tout des confidences que je t'ai faites à notre sujet. Ne gaffe pas, *please*, ça la mettrait mal à l'aise. Et comme elle envisage de te proposer une mission, je pense qu'il vaut mieux qu'elle continue à ne se douter de rien.

– Ne t'inquiète pas ! Tu sais bien que je peux tenir ma langue. Je l'ai suffisamment agitée ce midi, elle est engourdie pour une semaine !

– Toi alors ! Ce midi ? Raconte !

– Un serveur du Marais, un coup rapide dans…

– Chut ! Elle arrive, tu me raconteras plus tard !

Visage radieux et démarche aérienne, elle s'approche de nous dans… son manteau de fourrure ! Elle a osé ! Titiller mes nerfs devient une activité à plein temps ou quoi ? Je réprime mon agacement, je ne lui ferai pas le plaisir de dire un mot sur cette tenue infâme. Je me contente de mettre moins d'entrain dans ma bise chaste (réservée au public) que d'ordinaire.

Trois salades dites « Babar » plus tard (oui, Lorenzo surveille sa ligne au moins autant que nous), la bouteille de vin commence à faire son effet. Ma main est inexorablement attirée par ses cuisses. Je me répète que ce n'est ni l'endroit ni le moment, que mon acolyte nous regarde et qu'elle y prendra moins de plaisir que moi. Mais rien n'y fait : je rêve de jouer avec l'œuf, là, tout de suite… Sentir mon pouvoir sur elle, à travers cette manette infernale, est un loisir ardent qui me donne le sentiment de la posséder.

Je les laisse discuter et je m'évade. Je pense à mes addictions, à tout ce qui me caractérise depuis toujours. À la folie qui prend le pas sur la raison, à la passion qui évanouit les éventuelles bonnes résolutions, à cette tendance que j'ai de transformer mes amusements passagers en dense obsession. J'essaie de me rassurer en me disant que je suis jeune, célibataire et destinée à profiter de l'instant. Mais, si je creuse et que j'ôte mes œillères, je sais pertinemment que je cherche les complications, que je nargue les interdits. Le boulot, l'hétéro, la femme mariée… Quel traumatisme ai-je bien pu subir dans ma tendre enfance pour devenir une adulte si avide de palpitations et de transgressions ?

Le modèle du bel appartement, de l'homme complice et pantouflard, du chien baveux et de la marmaille gueularde – soi-disant attendrissante – me donne envie d'une corde quand il fait rêver bon nombre de mes amies depuis l'adolescence. Suis-je normale ? Toutes les femmes se masturbent-elles au moins une fois par jour ?

– Crystal, tu es avec nous ? me lance Lorenzo.

– Oui, tu as l'air dans la lune alors que tu n'as même pas fini ton… quatrième verre ? renchérit Barbie.

– Mais oui, je suis là enfin. Je divaguais en pensant à « Mourir de plaisir »… C'est un peu dingue ce qui se passe pour moi, pour nous, depuis le lancement de *Ladies' Taste*. Parfois, je me surprends juste à réaliser tout ça…

– Roh, t'es émue Tatass !

– C'est quoi ce surnom ? fait Éléonore.

– Rien, Lolo s'égare…

Une œillade bien sentie de rappel à l'ordre et un fou rire général. Lorenzo et Barbie sont plus que compatibles et notre collaboration chez Modus s'annonce prolifique et déconnante.

De mon côté, je risque de cogiter toute la nuit sur ma fixette, sur le mur que je pourrais bien me prendre. Tous ces petits bonheurs professionnels et personnels, du bureau à l'oreiller, me semblent trop beaux pour être durables. J'anticipe le retour de bâton comme une teenager torturée. Ou bien est-ce la maturité qui pointe le bout de son nez ? Qui me rappelle que le *Carpe Diem* a fait son temps ? Saisir le jour ne construit pas forcément demain.

♦ ♦ ♦

L'open space est devenu aujourd'hui un espace vaste et flou à travers lequel je ne distingue qu'une chose : elle. Impossible de me concentrer sur ce mail dont j'ai tracé les premières lignes il y a au moins trente minutes. Je rêvasse, je regarde mon ancien bureau près du bocal du Dragon toujours fumant, je me remémore chaque endroit de ce domaine de jeux où nous avons flirté avec les limites de la décence. Si j'ai un jour eu l'habitude de venir dans cette Tour en pensant boulot et concentration sur le futur, désormais, chaque matin, je n'ai qu'une préoccupation : nous. Son odeur que j'ai l'impression d'avoir en permanence dans les narines, ses mimiques que j'épie par tous les interstices, sa peau, ses cheveux, ses doigts, sa langue. La cristallisation à son apogée. (Ou bien cela peut-il atteindre encore un niveau supérieur sur l'échelle du désir ?)

Je me demande comment il est possible d'en arriver à ce stade de léthargie intellectuelle. Moi qui d'ordinaire bouillonne d'idées, de projets, d'imagination et de créativité... je suis dans un étau. La tentation me démange à tel point que je ressens mon corps différemment. La situation inédite joue sûrement son rôle catalyseur. Quoi qu'il en soit, je peux percevoir les yeux qui se promènent mesquinement sur moi, qui se demandent pourquoi je ne tiens pas plus de vingt minutes sur ma chaise, pourquoi je me suis mise à faire des pauses pipi toutes les heures (moi qui me vantais d'avoir une vessie extensible). Je les ignore, ils ne comprennent pas ce qui m'anime. Ce qui régit chaque parcelle de ma carcasse, comme si j'étais un pantin ficelé, une poupée sous influence. Parce que, oui, je n'ai pas la main. Je ne maîtrise rien. Je subis, parfois avec délectation, parfois avec effroi.

Après avoir résisté près de quarante-cinq minutes sans bouger et fini une mission pour Barbara, qui ne digère pas mon départ sous couvert de « projet top secret » et ne s'en cache pas en usant de son autorité, je décide qu'il est temps d'agir avant l'explosion. Sautiller sur moi-même comme pour contenir les appels de mon entrejambe me fatigue, en plus de me ridiculiser. (Non je n'ai pas de morpions, Delphine, j'ai un clito qui bande !) Je me faufile discrètement vers les escaliers, évitant l'ascenseur bien trop risqué, et descends au parking. Je tremble, j'ai les talons maladroits, le cœur en suspens. Vais-je croiser quelqu'un et devoir justifier ma présence au –2 alors que je n'ai pas de Porsche Carrera S au bout des clés, seulement un métro au bout du pass Navigo ? Je poursuis mon incursion, déterminée, jusqu'à la Mini de ma Barbie. Ouverte, *as usual*. Têtue comme une mule ou distraite comme une femme amoureuse ? C'est en tout cas bien pratique et ça m'évite de me geler en l'attendant. Installée, j'attrape mon téléphone pour lancer l'invitation.

Elle me rejoint avec le sourire d'une adolescente qui va commettre l'irréparable. Ces cachotteries et cette angoisse permanente de nous faire gauler galvanisent nos ébats. On parle peu, on se comprend de prunelle à prunelle. On sait évidemment qu'on déconne, que l'on devrait s'appliquer à développer la collection avec Lorenzo, mais c'est plus fort que nous. Il n'y en a pas une pour rattraper l'autre, même si je pense être un démon de niveau supérieur, capable de pervertir n'importe quelle oie blanche et donc d'engrainer facilement un esprit déjà sensible à l'idée. Nos souffles s'intensifient aux premiers effleurements, on se mordille de plus en plus (comme pour se venger l'une de l'autre, se punir de cette attraction que l'on suscite mutuellement), on rentre en transe. Et on danse…

En cours de route, je rapproche sa main de ma gorge et lui demande de serrer fort en me regardant droit dans les yeux. Étonnée, elle s'exécute. Je jouis plus fort. Miam.

♦ ♦ ♦

Comment peut-on se masturber autant quand on est une femme et, de surcroît, une femme qui s'envoie déjà en l'air ? Chaque soir, sans aucune exception, je retrouve ma baignoire, j'écoute « Gorilla » de Bruno Mars (chanson que je classe dans mon top dix, toutes époques confondues), je saisis mon manche de rasoir (le Vénus, plus large au bout) et le pommeau de douche. J'écarte les cuisses, je mets de l'eau un peu froide (pour contraster avec le bain bouillant et avoir cette sensation enivrante de langue humide), je ferme les yeux et je me touche avec entrain en pensant à elle. Je l'imagine plus déjantée qu'elle ne l'est, plus libre. Non qu'elle ne me plaise pas ainsi, mais je crois qu'elle ignore encore à quel point je peux être sexuellement tordue. Je ne veux pas l'effrayer. La vérité, c'est que j'aime la violence passionnée, j'aime qu'on m'enfonce un doigt derrière quand on me lèche, j'aime qu'on m'étrangle et j'aime qu'on me domine. Si dans la vie je suis une leadeuse qui ne supporte pas de jouer les moutons et adore maîtriser les relations, avoir l'ascendant sur l'autre... au lit, j'apprécie qu'on me malmène tout en me faisant comprendre que je suis une déesse vénérée. Subtile mélange de contrainte physique envoûtante, de douleur légère (les pinces sur les tétons ou la ba-balle dans la bouche, très peu pour moi) et de plaisir pur. Bien sûr, je ne m'ouvre pas sur le sujet parce que je tiens à mon image. Nombreux sont ceux qui m'imaginent dominatrice, explosive et intransigeante, et ça me convient très bien. D'ailleurs, selon les partenaires, les jours et le feeling, je prends aussi mon pied à dompter. L'alternance, c'est le secret.

Toujours est-il que dans mon bain, les fresques que je dessine dans ma tête sont toujours empreintes de démesure, de fureur. Mon goût pour l'intensité, sûrement. Plus qu'un goût, c'est en fait une dépendance. L'intensité du désir, l'intensité d'un échange de regards lorsque l'attirance est électrique, l'intensité de la jouissance, l'intensité chimique qui ne s'explique pas.

Putain, c'est bon. Encore, encore, encore. Ce premier orgasme du soir dans l'eau me transcende. Meilleur qu'une gorgée de macallan douze ans d'âge, qu'une tartine de Nutella, qu'un shot de tequila, qu'une ratatouille maison, qu'un tiramisu italien, qu'une poutine de chez Ashton, que « La différence » de Lara Fabian ou qu'une bouffée de cigarette après l'amour. Et ce n'est pas peu dire.

♦ ♦ ♦

Observer mon Lolo dans le bureau depuis une semaine est assez spécial. À la fois bizarre et rassurant. Je me sens davantage chez moi, mon clan solide me protège des vipères qui rôdent. Et, parallèlement, j'ai plus de mal à me concentrer, ce que Barbie ne manque pas de me rappeler dans un sourire. Je suis aussi prise par des accès de jalousie passagers, de ceux que personne ne peut concevoir en dehors de mon esprit dérangé. Lorenzo et Éléonore se rapprochent de jour en jour et nouent une amitié aussi pressée que sincère. Mon ami s'illustre de tout son talent, il brille à ses yeux et occulte de temps à autre mon génie. Oui, j'ai un ego démesuré, souvent mal placé. Un ego décuplé par mon manque de confiance en moi, enfoui à l'abri des regards. Je ne tarde jamais à me reprendre : Lolo est mon acolyte, la moitié complice et nécessaire à la confection de ma collection ; le fait que Barbie l'apprécie ne rend l'ensemble que plus inébranlable et n'enlève rien à notre histoire parallèle.

Alors que j'écoute « Chasing Cars » de Snow Patrol pour apaiser la multitude de sentiments qui se cognent en moi, j'ai soudain une vision choquante. De celles qui vous font fermer les yeux (je les frotterais même si je n'avais pas peur d'abîmer mon maquillage soigné) et les rouvrir pour vérifier que vous ne rêvez pas. Barbara déboule sur le plateau, en retard, affublée d'une fourrure… vivante, baptisée Lilly-Rose ! Une petite crotte aux oreilles pointues, à la queue discrète et aux yeux renfoncés. Un mix entre un rat, un chat et un chien.

Oui, la quinquagénaire renfrognée s'est offert un yorkshire tricolore, aux poils si longs qu'ils viennent concurrencer ses bras touffus. Elle nous fait sa crise de la cinquantaine façon Paris Hilton. Pas idiote, je comprends le pied de nez : pourquoi le Dragon trimbalerait-elle donc sa bestiole au bureau ? Pour me prouver qu'un fossé nous sépare, que si j'ai l'interdiction formelle de ramener mon Alceste au septième, elle peut se permettre le luxe d'y héberger son petit rat sans que personne s'en offusque. Je l'entends encore : « Vous auriez au moins pu choisir un chien. Un chat, mais quelle idée ? Ces trucs sont sauvages, ingrats, ils lacéreraient la main qui les nourrit sans l'ombre d'un remords. Enfin, ça doit être une question de personnalité, on adopte l'animal qui nous correspond... » *Bitch*. Je lui dirais bien que si elle avait du goût, elle aurait choisi un chihuahua tricolore à poils longs, bien plus élégant que son paillasson sur pattes.

Je choppe Lorenzo sur son bureau et fonce chez Élé. L'instant mérite un café-commérages.

– Non mais Barbie, t'as vu ?

– Oui, je n'en ai pas loupé une miette.

– Elle se croit à L.A. ? Et c'est quand la dernière fois qu'elle s'est regardée dans une glace ? Elle n'a rien d'une Paris Hilton ni d'une Kim Kardashian. Je vais lui offrir un miroir, moi...

– Elle n'a pas non plus la moitié de leurs comptes en banque, rassure-toi.

– Hey les girls, vous n'exagérez pas un peu ? C'est plutôt une bonne nouvelle que le Dragon ait l'âme à câliner un york ? Ça la rend plus humaine, non ? intervient Lolo.

– Pas faux, elle est moins *heartless* que je l'imaginais. Je pense surtout à cette pauvre bête qui va devoir supporter l'image d'une vache surdimensionnée toute la journée. C'est traumatisant pour une si petite chose.

– Mais vous êtes dingues ? dit Élé, un peu plus fort qu'elle ne l'aurait voulu.

– Pourquoi ?? en chœur.

– C'est immonde, ces trucs-là. Je n'ai pas plus de pitié pour elle que pour son vermisseau. Ils rivalisent de ridicule l'un à côté de l'autre. Et, crois-moi bien que si la Carton espère faire balader son truc sans poil par les assistantes, ça ne va pas se passer comme ça. Elle qui rabâche à tout-va que l'on est ici pour travailler… Je ne la laisserai pas s'octroyer un nouveau privilège.

– Euh, Barbie, là, tu dramatises ! Ce n'est qu'un chien, ce n'est qu'un clin d'œil déguisé et méchant à notre Alceste adoré. Moi, j'ai une meilleure idée.

– On t'écoute, font mes deux compères.

– Je vais aller caresser la bestiole et m'émouvoir devant elle toutes les demi-heures. Après ça, petit un, le Dragon aura totalement raté son coup ; petit deux, Élé, tu ne seras pas près de revoir son toutou à l'étage.

– Vendu !!!

♦ ♦ ♦

Éléonore n'aura pas mis longtemps avant de deviner que Lorenzo savait tout à notre sujet. Elle a accueilli la nouvelle de façon plus relax que je l'imaginais. Je crois qu'elle lui fait autant confiance qu'à moi. Elle a aussi l'impression d'avoir un allié supplémentaire dans ses troupes. Lolo surveille nos arrières avec la tendresse et l'intransigeance d'une mère juive. Loin de nous répandre en maladresses pour autant, on a quelques débuts d'infarctus en moins tout de même. C'est toujours ça de pris, en période de guerre froide qui se réchauffe à vue d'œil.

Mon manège avec Lilly-Rose a fonctionné à la perfection. Le serpent à lunettes a perdu son air de vainqueur après trois allers-retours et m'a fichue à la porte au énième « bah alors toi, oh oui, t'aimes ça les grat-grat, hein ». Je savoure ma victoire au Coca Zero (un peu corsé au whisky, juste pour me donner du courage). *Chut !*

Hier, nous avons imaginé les choses en grand pour « Mourir de plaisir ». En très, très grand. Comme si le stress du meeting avec le BB ne suffisait pas à nous tordre le ventre, il a fallu que l'on grimpe quelques barreaux supplémentaires sur l'échelle de l'ambition. Nous avons décidé de monter un défilé... Une idée folle qui nous semble pourtant désormais incontournable pour taper fort et juste.

L'aide de ma Paula et celle de la Claudia de Barbie – que je trouve toujours aussi louche, je ne la sens pas du tout celle-là, mais je garde mes réserves pour moi tant qu'elle n'empiète pas sur mon territoire – nous seront ici précieuses. Organiser un défilé de haut vol pour montrer au monde que mes chaussures ont vraiment la vertu aphrodisiaque qu'elles prétendent... C'est un sacré morceau. Je visualise une ambiance très sexuelle, un carton ambigu, des stars féminines qui sentent suffisamment le cul pour être crédibles et se lâcher. Il faut qu'en quittant les lieux, les invités n'aient que deux envies : acheter une paire et s'envoyer en l'air. Le tout avec classe et paillettes, pour coller à la marque et éviter toute catastrophe médiatique. Bien sûr, l'image de Scarlett clignote dans ma tête, mais je ne ferai pas l'affront de cette suggestion à Élé et je ne vais pas corser davantage la situation : restons sur des people hexagonaux, je ne suis pas encore Sonia Rykiel !

– Hey Cryssss, ça fait longtempppsss !

– Grave, ma Paula, beaucoup trop...

– Qu'est-ce qui t'amène, ma belle ?

– Je veux te voir, vite. J'ai plein de trucs à te raconter !

– Ça tombe bien, chérie, suis à Paris cette semaine. J'ai un emploi du temps de ministre comme tu l'imagines, mais pour tes belles fesses, je déplacerais des montagnes, alors des rendez-vous... Je veux voir tes nouveaux prototypes !!

– Dis-moi où je peux m'incruster dans ton planning un soir et j'y serai !

– Je vérifie deux ou trois trucs avec mon assistante et je reviens vers toi vite, OK ?

– Ça roule ! Je t'embrasse !
– Moi aussi ma princesse, cia-ciao !

♦ ♦ ♦

Hector commence à me taper sur les nerfs. Cette folasse décérébrée, qui a eu tendance à me faire rire au début, me donne présentement des envies violentes. Il tourne autour de Lorenzo avec des manières qui le trahissent : il le déteste d'être plus beau, plus brillant et plus élégant que lui. S'il a pour dessein de lui pourrir la vie, il devrait se méfier. Pour Lolo, je me battrais avec un lion… alors cette autruche mal coiffée ne m'impressionne pas du tout.

Et, pour la peine, je vais proposer un café à Andréas. Double effet bénéfique ! Lape-Lape mord ses lèvres de jalousie, et le pseudo beau gosse raté pense que la porte n'est finalement pas fermée avec moi : il va peut-être lâcher les basques de la Team Wilde.

21

Éléonore

LORSQUE JE DÉBOULE près de la machine à café, les murmures s'éteignent comme par magie. Plusieurs mouvements sont à l'œuvre : les filles admirent ma nouvelle petite robe noire Chanel – cadeau de Claudia, qui a immédiatement attiré un froncement de sourcils de la Girafe ; les garçons se disent que pour une nana de plus de trente balais, j'assure ; tous estiment qu'il y a des papotages que je ne dois pas entendre.

Remettons les choses dans leur contexte. Modus, c'est le monde du luxe. Il faut y être jeune (célibataire et sans enfant), bien fait, cancaner et poser. Au-delà d'un seuil d'âge fatidique (la quarantaine), vous avez intérêt à être canon, pistonné, si intelligent que vous grimpez dans la hiérarchie depuis déjà quelques années ou à un poste qui vous place en dehors de la compétition acharnée que se livre la nouvelle génération. Cette compétition, quand j'étais entrée dans le groupe, je ne l'avais pas ressentie. Naïve, ou trop lunaire pour me soucier des regards posés sur moi ? J'avais été ravie que Jean-Claude me propose de prendre en main la partie artistique de cette boîte en expansion. Je ne pensais plus à mes tubes de peinture, mes croquis et mes toiles, liés symboliquement à Matteo…

Les bruits de couloir que je ne devrais pas entendre sont les suivants : Lorenzo plaît beaucoup, à Nathalie, au BB, à la DAF… ce qui met hors d'eux les bleus qui grouillent à l'étage dans l'espoir d'obtenir l'ombre d'un CDI. Pourquoi, dans ce contexte de crise et de resserrement des budgets, ai-je engagé un type inconnu au bataillon ? En quoi sera-t-il utile, sur quel projet top secret travaillons-nous ? Les langues s'agitent, et Crystal suscite du désir, de l'envie, de la jalousie.

Je suis étonnée par la verve des bribes que je viens de saisir. Les plus coupables sont toujours les plus lèche-cul :

– Bonjour Éléonore ! Vous êtes très en beauté, ce matin… susurre Andréas.

Petit con, va. Je suis certaine de l'avoir entendu maugréer que *la Team Wilde prend trop de place…*

– Et quelle tenue ! Quelles chaussures ! ajoute Inès, maladroitement car mes bottes datent de la guerre de 14 et qu'elles ont été ruinées par un des Hobbits, qui nourrit une passion sans bornes pour les pompes.

Cette seule réflexion m'aurait mis la puce à l'oreille si je ne l'avais pas déjà eue en entendant sa voix de crécelle : « *Lorenzo, c'est pas normal qu'il soit là, elles ont des trucs à cacher, faut pas le lâcher des yeux pour comprendre ce qu'ils mijotent !* »

Les mijoteurs, ce sont eux. Inès, que j'ai surprise traînant près du bureau de Crystal, par exemple. Si nous gardons le secret autour de la collection de Crystal, c'est parce que le BB doit être le premier au courant de ce projet unique. Mais Andréas, Inès, Jade et consorts, Hector et son menton fuyant, ne se remettent pas de sentir qu'il se passe quelque chose sous leur nez sans être au courant. Je fixe le lécheur officiel pour semer le trouble :

– Et vous, Hector, tout se passe comme vous voulez ?

– Mmmmh, bien sûr, oui, c'est un plaisir de travailler ici, mhhh…

– Surtout quand il n'y a rien à faire, pas vrai ?

Hector se fige, il ne s'attendait pas à un scud de ma part de si bon matin.

– Quoi, cher M. Lape, n'allez pas me faire croire que vous êtes débordé ?

Le tâcheron tente de se justifier.

– Mais, Éléonore pas du tout, je suis… je suis très utile à Barbara en ce moment, je lui tape ses comptes rendus, je lui apporte de la doc, et…

– Pas besoin de vous justifier, ça n'est pas moi qui signe votre chèque à la fin du mois. Continuez à être aussi inutile que vous le pouvez, c'est tout bénef pour vous, on est peu à s'en apercevoir. Mais puisque tout le monde surveille tout le monde, je voulais vous avertir…

Immédiatement, je m'en veux. Au lieu de leur rentrer dans le chou, je devrais plutôt essayer de désamorcer la ligne de front qui se dessine entre, d'un côté Barbara, Inès, Hector et Andréas, et de l'autre, Crystal, Lorenzo et moi, Nathalie étant plus ou moins avec nous.

Je me fais un café serré, je jette dans le breuvage noir une sucrette, la touille et repars, sachant que les regards sont fixés sur mes fesses. Sur ma nuque, dans laquelle bon nombre aimerait envoyer des fléchettes empoisonnées. Ça me fait rire intérieurement, même si cette animosité ne m'est pas habituelle. Ce qui compte, c'est que nous parvenions à présenter un projet que Jean-Claude aime.

Nous avons longuement discuté de la date avec Crystal et son cat-sitter-associé. Impossible de monter le projet ET le défilé pour fin janvier – époque de la fashion week. Il faut donc créer un événement hors des créneaux habituels. Lorenzo, au départ catastrophé de ne pas être dans les clous, a fini par se ranger à notre avis. Oui, il est envisageable d'organiser une exhibition de chaussures extra, à l'époque où rien ne se passe à Paris, au mois d'avril.

– Et on pourrait demander à Paula d'être la marraine ? Elle a toujours parlé du sexe avec une liberté incroyable, et elle a porté le premier modèle…

Nous sommes donc, à ce stade de la question, à tenter de boucler un super dossier pour une présentation prochaine de la collection à Jean-Claude, et à esquisser les contours du défilé.

–Soit le BB adhère, me garde et me propulse au firmament… commence Crys.

Voyant mon air dubitatif, elle se corrige elle-même.

–Bon, soit Viss me trouve du génie et accepte le concept de « Mourir de plaisir », soit je me lance toute seule. Enfin, avec Lolo et toi…

Crystal sait ce qu'elle veut, et elle a déjà admis, dans son schéma de carrière, de devoir ne compter que sur elle. C'est une force, même si elle imagine que ce scénario serait le pire. « Comment pourrait-il passer à côté de mon talent ? » lui arrive-t-il de fanfaronner, pour se donner du courage.

♦ ♦ ♦

Crystal passe m'embrasser en douce. Je l'attire contre moi. Elle est ravissante, pimpante, super bien gaulée. « Ma meuf est super bien gaulée », je me surprends à penser.

Elle se présente, seins en avant, fesses rebondies, tous ces monts que j'ai envie de pétrir et que j'attrape avec avidité lorsque la porte de mon bocal se referme sur nous.

–Oh là, doucement ! rit-elle, en s'offrant sans le moindre doute.

Elle s'assied sur mon bureau, sa gorge pigeonne. Un brin de dentelle dépasse de son corsage, que j'effleure, lui soutirant un gémissement.

–Tu aurais dû me rejoindre, hier soir. J'étais chaude comme la braise.

–Tu peux pas me dire ça comme ça… je fais, en respirant sa peau musquée et en caressant ses boucles brunes soyeuses. Et comment as-tu éteint la cheminée ?

–J'ai tout ce qu'il faut à la maison, tu as oublié mon tiroir magique ? s'exclame-t-elle.

Je l'embrasse, passant ma main sur ses épaules avant de descendre plus bas, pour sentir ses tétons. Ils sont durs comme des pointes de flèche. Je meurs d'envie de les prendre dans ma bouche.

– Qu'est-ce que tu attends, ma belle ? fait-elle, en me regardant dans les yeux et en écartant très subtilement ses cuisses.

Elle a mis une petite jupe très excitante, qui ressemble plutôt à une ceinture. Ceinture que je repousse à l'endroit où elle doit se trouver, dévoilant le haut des jambes.

Je n'ai pas le courage de lui dire le début de conversation que j'ai surpris tout à l'heure. J'ai juste envie de me frotter à elle, d'apaiser l'appétit qui monte au creux de nos ventres. Je lui enlève sa chemise, son soutien-gorge Chantal Thomas noir et brun (comment s'offre-t-elle autant de lingerie de luxe avec son petit salaire ?) et libère ses seins que je me mets à embrasser. Elle jette sa tête en arrière de plaisir. Je crois qu'en quelques semaines, je suis devenue assez douée en matière de plaisir saphique. Je sais comment lécher, avec régularité mais aussi en la surprenant, par à-coups, pour faire de sa poitrine un centre de jouissance maximal. Je presse l'ensemble et je commence à taquiner le bas.

Ma main droite est tout contre son sexe épilé, que j'attrape. Je relâche la tension et je l'empoigne à nouveau. En haut, je ne cesse pas mon petit jeu de langue. Quand je sens un peu de jus couler sur mes doigts, alors j'entre. J'écarte ses lèvres délicatement, mon index et mon majeur lui chatouillent le clitoris, elle mord l'intérieur de ses joues. Je la masse circulairement, pendant quelques minutes, pour ensuite lui imposer un mouvement de va-et-vient. Quand je commence à percevoir des tressaillements qui ne peuvent pas mentir, je lui serre le cou de la main gauche. Sans me poser de questions. Je crois qu'elle aime. Je descends avec ma bouche. J'ai à peine le temps de me coller à elle, elle jouit.

♦ ♦ ♦

– Tu ne penses pas qu'il faut un peu travailler ?

Crystal est vautrée sur mon fauteuil club, sirotant un Coca zéro que j'ai sorti du petit frigo installé dans mon bureau. (Installation qui m'a valu un autre mauvais point au compteur vengeur de Barbara.)

Un toc-toc discret nous fait sursauter. La voix sensuelle de Lorenzo nous rassure : il entrouvre la porte, se glisse dans notre antre et se pince le nez.

– Ne me dites pas ce que vous étiez en train de fabriquer, vous avez de la chance que ce ne soit pas le BB ou la Barbante qui se pointent...

Crystal, encore dans l'apaisement de son orgasme, rigole.

– Ils auraient voulu se joindre à nous...

Je sursaute. Ce qui lui apparaît comme un jeu amusant m'effraie, subitement.

– Et tu aurais permis ça ?

Elle sent dans ma voix l'inquiétude et s'empresse de me rassurer, mais aucun de nous n'est dupe.

– Bien sûr que non !

Nos limites ne sont pas les mêmes.

Lorenzo, qui est l'être le plus efficace et celui qui déteste le plus les silences que je connaisse, s'empresse de nous livrer les derniers potins du jour :

– Delphine la Boulotte est en congé maladie !

– Nooonnnn...

– Aucun détail sur le mal mystérieux qui la terrasse. Et la Carton s'est pris une prune au retour de son déj' à la Maison Blanche !

– Ça lui apprendra à bouffer aux frais du groupe dans un resto aussi vulgaire.

– L'amende aussi, elle sera aux frais de la princesse... Et vous voulez la dernière du jour ?

– Vas-y !

Crystal et moi sommes tout ouïe.

– Ah, je ne sais pas si je peux livrer mon scoop comme ça, les filles… minaude notre gay préféré.

– Salaud ! Pétasse ! Tu ne peux pas nous cacher quoi que ce soit… nous nous exclamons en chœur et avec tant de verve qu'il se met à se parodier.

– Alors, d'abord le BB divorce, et ensuite les chiffres du groupe sont si excellents qu'il a reçu une offre de rachat qu'il vient d'accepter… On est tous à la rue.

Nous retenons notre souffle. Une offre de rachat ?

– Je rigole, les filles !

On respire.

Lorenzo fait signe à Crystal de se lever pour lui laisser la place dans le club. La Girafe se redresse, rouspète vaguement et s'assied avec nonchalance sur ses genoux. Ils sont mignons comme ça, on s'attend presque à les entendre ronronner.

La sonnerie, toujours aussi discrète, du portable de Crys interrompt cette pause tendresse. Et, dès que la brune quitte l'espace, le visage de son acolyte change d'expression.

– OK, dis-moi ce qui cloche…

Je soupire, anticipant la suite.

Lorenzo est pensif. Il pèse ses mots. Je sais où il veut en venir, il va aborder l'hostilité dont il est victime depuis son arrivée. Une hostilité qui n'est pas imaginaire, j'ai été moi-même témoin de moments où certains membres de l'équipe n'ont pas été tendres avec lui. Mais il a un fort tempérament. Il est parvenu à retourner les opinions de la plupart, tout à fait conscient que l'antipathie dont il a été entouré n'est rien de plus qu'un règlement de comptes. Notre *amitié*, à Crystal et moi, est devenue sujette à jalousie. Tout comme la Girafe déplaît car elle est trop visible, avec ses chaussures et sa Paula…

– Hector… commence doucement Lorenzo, que j'interromps immédiatement.

– Si Hector est le problème, je m'en charge !

– Tu n'y es pas, j'allais dire qu'Hector est nocif mais qu'il n'est pas le cerveau de la bande.

– ???

– Oh ! je sais que tu as des idées bien cliché en tête, du style deux gays sur un même tatami, ça donne une guerre civile…

J'approuve du regard, alors qu'il secoue la tête en signe de dénégation.

– Hector, je sais exactement ce qu'il pense, où il va, les pièges minables qu'il peut me tendre. Hector n'est pas de taille.

– J'en suis ravie… Mais alors, qui est le fameux cerveau dont tu parles ?

– Inès, rétorque-t-il très sérieusement.

J'en reste pantoise. Comment cette évaporée peut-elle être le cerveau de quoi que ce soit d'autre que de la négociation d'un Aquabiking à moitié prix ?

– Andréas ? je tente.

– Inès, réaffirme-t-il.

Il tripote le col de sa chemise blanche immaculée. Il a le look parfait d'un hétéro si propre sur lui qu'on le soupçonne d'être gay, avant d'en rire et de passer à une autre rumeur. Sauf qu'il l'est réellement, ne s'en cache pas, mais refuse d'obéir aux stéréotypes en vogue. OK, il s'occupe du chat et des chaussures de sa meilleure amie. Mais au quotidien, si vous le séparez de Crystal et d'Alceste, c'est juste un type bien fichu, bien habillé, avec de la matière grise à revendre.

– OK, qu'est-ce qu'on fait ?

– Pas grand-chose, j'en ai peur. Elle rumine. Elle rôde, elle tente de me discréditer auprès des personnes importantes ici, mais comme tu me protèges…

– Elle n'a aucune crédibilité !

– Tu as raison, elle ne fait pas le poids face à toi, mais elle est nuisible. Elle introduit le doute. Elle sème les soupçons.

– Des soupçons… sur Crys et moi, tu crois ?

– Non, pas forcément.

Je respire de soulagement et m'en excuse.

– Je ne peux pas assumer le fait d'être avec Crys, pour des raisons… maritales. J'espère que tu le sais, et que tu me comprends, Lorenzo.

Son regard – droit dans mes yeux – et sa remarque qui suit, me touchent au cœur.

– Tu es une femme bien, Éléonore, je n'en ai jamais douté. Je le sais parce que Crystal ne t'aimerait pas autant, je le sais parce que je t'ai vue à l'œuvre, je le sais parce qu'on le dit même si tu as quelques ennemis dans ces couloirs…

Je le sais parce que Crystal ne t'aimerait pas autant ? Qu'est-ce que Lorenzo est en train de sous-entendre ? Je n'ai pas le loisir de m'attarder sur ce point, car le jeune homme poursuit.

– Je ne te juge pas, Éléonore. Je me doute bien que tu n'as pas envie de mettre en péril ton mariage. Crystal ne te le demande pas. Vous avez raison d'être prudentes…

Je suis soulagée. J'avais peur que Lorenzo finisse par soulever un point que Crystal ne formule pas : choisir. Comment choisir ? J'aime mon mari, notre vie, le foyer que nous formons avec les jumeaux, même avec cette chipie du troisième âge prénommée Maëlis. Et, de l'autre côté, j'adore ce couple atypique que nous formons avec Crystal… Subitement, il m'apparaît que je me suis rarement sentie autant en équilibre qu'aujourd'hui. « Attention à ne pas confondre l'adrénaline de la relation cachée et interdite, avec de l'amour… », me chuchote une petite voix.

– Inès déteste Crystal parce que notre amie l'a évacuée de son paysage comme une chasse d'eau, sans même y penser. Elle ne cherche qu'à la faire tomber. Ça passe par moi, ça peut passer par toi, assène Lorenzo, fin observateur de la politique intérieure chez Modus.

– Ne peut-on pas… faire chanter Inès ? je propose, sans conviction. Fouille sa vie et son passé, je ne sais pas, moi, sur Internet, sur les réseaux sociaux, trouve un truc qui nous permette de la tenir à distance…

– Elle est maligne, elle doit être enregistrée sous pseudo car je ne la trouve nulle part. Tu penses bien que j'ai déjà essayé !

– Il faut la coincer, elle peut nous faire du tort.

– Faire du tort à Crystal ! corrige Lorenzo.

– Mouais, c'est pareil ! je grommelle.

– Pas du tout.

Lorenzo se redresse.

– Toi, tu as une position, du pouvoir, Crystal est totalement vulnérable. Elle peut être virée et remplacée du jour au lendemain. Et sa grande gueule ne l'aide pas, puisqu'ici il faut d'abord avoir appris à ramper avant de la ramener…

Je suis piquée au vif.

– Je n'ai jamais rampé, dis donc !

Lorenzo fait un geste d'apaisement.

– Je ne parlais pas de toi. Il n'empêche. Comment veux-tu qu'elle se protège d'une campagne de dénigrement comme celle qu'Inès semble concocter, pour le compte de Barbara ?

– Tu l'as dit toi-même, j'ai un certain pouvoir ici. Mais ce que tu sembles oublier, c'est que j'ai beaucoup plus à perdre que Crystal dans cette affaire !

En effet, Lorenzo ne considérait pas les choses ainsi. Il me laisse poursuivre, signe qu'il devine mon raisonnement…

– Je bosse depuis des années pour ce putain de groupe. J'ai lâché ma passion pour la peinture afin de m'y consacrer, j'ai lutté contre Barbara pour ne pas être gobée toute crue… Ça, c'est ce que j'ai à perdre sur le plan professionnel, si campagne de dénigrement il y a et que je prends parti pour une assistante qu'une bonne femme comme Barbara ne manquera pas d'écraser comme un moustique. Sur le plan personnel, je pense que je n'ai pas besoin de te faire un dessin.

– Tu ne te feras pas virer parce que tu prends la défense, même acharnée, de Crys. Et ton mari ne croira jamais quelqu'un qui lui raconte que tu bouffes du gazon quand il n'est pas là.

Sa vulgarité volontaire, contraste absolu avec son flegme et son élégance, me détend. Il redevient plus sérieux.

–Inès, il faut la surveiller. Et Hector, lui clouer le bec. Barbara n'est que le bout de la chaîne.

–Comment peut-on les contrer ?

–On ne peut pas. Je t'assure. Je connais ces profils par cœur. Faut laisser courir, ne pas donner prise, oublier leurs perfidies. Et protéger Crystal, pas en manœuvrant mais en étant sincère avec elle. En l'aimant.

–Je ne manœuvre pas...

–Je sais que tu ne le fais pas consciemment. Mais ce que je peux te dire, c'est qu'elle te donne beaucoup d'elle. Beaucoup plus que tu ne le crois.

Cette conversation me bouleverse. La gorge serrée, je vois Crystal revenir dans le bocal avec un air de triomphe sur le visage.

–J'ai eu une idée de génie. Encore une.

♦ ♦ ♦

Alors que je sors ma Mini du parking souterrain de la Tour, je dois admettre ma confusion. La conversation avec Lorenzo m'a ouvert les yeux, à plusieurs égards. Je ne pensais pas qu'une fébrilité si grande régnait au septième, parmi les juniors. Un peu triste. À vingt ans, on devrait pouvoir y croire. Avoir les yeux qui scintillent, du cœur à l'ouvrage, un enthousiasme un peu candide mais courageux.

Crys et Lorenzo sont jeunes. Ils ont moins à perdre que moi. Puis-je réellement, sincèrement, imaginer une relation pro et perso durable avec ma Girafe ? Son âge me saute au visage si souvent. Il faudrait qu'elle voyage. Qu'elle visite Hollywood, Milan, Dubaï et l'Inde. Il faudrait aussi que Crystal découvre ce que c'est que devenir épouse. Mère. Elle qui frémit quand je prononce le prénom des microbes. Jules et Lili, ça la fait grimper aux rideaux. Elle a encore mille étapes à franchir dans sa chair et dans sa tête, que je connais, que j'aimerais partager, sauf que c'est impossible.

Son cheminement, elle le fera seule.

Quand j'arrive à Neuilly, j'ai l'immense surprise de voir débouler presque sous mes roues un grand type flanqué d'un enfant de chaque côté de son corps. J'aurais pu les écraser, alors que ce sont les êtres que j'aime le plus au monde. Jack slalome dans les rues, entre les tas de neige, Lily à sa droite, Jules à sa gauche. Quelques mètres derrière eux, une silhouette malhabile quoiqu'en phase d'apprentissage actif : Maëlis, la grand-mère.

Quelques minutes plus tard, nous sommes tous réfugiés devant un feu de cheminée réconfortant. Maëlis improvise un grand jeu de cache-cache dans l'appartement, et les voilà disparus.

Jack me fait face, silencieux. Je me hasarde :

– C'est à moi de dire quelque chose ? me sentant vaguement coupable – mais de quoi ?

22

Crystal

L'ÉLASTIQUE SE TEND et je me demande bien quand il va péter. Le septième est devenu un plateau de *laser game* déguisé en open space studieux. Les yeux remplaçant les faisceaux rouges, et les gilets noirs – avec cibles lumineuses – en moins. La cible principale, c'est moi. Bien sûr, je sens l'animosité envers Éléonore et Lorenzo, mais elle est protégée par sa position de chef, il est dédaigné parce que sa présence a été annoncée comme éphémère et donc peu nuisible. En revanche, moi qui pouvais percevoir les regards du désir, la gentillesse intéressée, l'admiration même parfois, je ne vois plus que des revolvers braqués sur ma tête. C'est flippant. J'hésite souvent quant à la réaction à adopter : le chaton apeuré qu'on a envie de câliner ou la panthère féroce qu'il vaut mieux ne pas emmerder. Finalement, j'alterne, selon les forces que je suis ou non capable de déployer.

Inès ne m'envoie plus d'œillades insistantes, elle me fuit et chuchote sur mon passage. Cette traînée écervelée n'a pas supporté de se faire éconduire et a, tout compte fait, trouvé au fond d'elle le peu d'orgueil nécessaire pour cesser de ramper vainement devant moi. Je lui tirerais presque mon chapeau si je ne devinais pas des desseins de vengeance à travers les lignes. Elle ne m'impressionne pas, mais la meute qu'elle est capable de drainer malgré son charisme relatif (les cerveaux bien remplis sont moins légion que les moutons chez Modus :

le recrutement au physique n'a pas que des bons côtés) ne m'inspire rien d'agréable. Quoi qu'il en soit, je sais que sur un ring ou dans la boue, je l'écraserais comme une misérable blatte.

Hector scrute et ne lèche plus grand-chose d'autre que l'arrière-train flasque de Barbara. Andréas a le cul entre deux chaises : il meurt toujours d'envie de me déshabiller, mais il sait que je m'en amuse d'en haut, avec une once de mépris, gentiment distillé.

Malgré l'hostilité environnante, ce sont le calme plat, les bonjours matinaux et la mine guillerette du dragon qui m'inquiètent par-dessus tout. Ça pue la manigance à plein nez. Elle n'a jamais pu m'encadrer et, soudain, dans un égarement de bienveillance, elle prend la peine de me tenir la porte d'entrée plutôt que de l'envoyer valser derrière elle ? Soit elle se fait troncher comme une chienne depuis une semaine, soit elle prépare le coup de l'année. Quand je regarde ses cuisses, sa moustache apparente et que je hume son haleine de phoque, je me dis que celui qui la culbutera n'est pas né, aveugle ou vraiment très laid. Donc… elle mijote quelque chose. Mais quoi ?

Cette impression de marcher sur un terrain miné aux couleurs apparentes du pays de Candy commence à me déboussoler. Mon visage expressif qui ne ment jamais aurait-il trahi l'un de mes secrets ? Le troupeau de cafards possèderait-il un indice quant à ma relation avec mon Éléonore ?

Je cogite et j'arrose discrètement mon Coca de whisky, encore.

♦ ♦ ♦

Courir après les étoiles et la nuit filante, voilà le remède à mes angoisses persistantes. J'ai repris le footing depuis quelques jours et je me défoule sur le goudron comme j'aimerais le faire sur le mari de Barbie et la clique de nuisibles de la Tour. (Sauf que j'aurais en ce cas préféré les talons aiguilles aux baskets.) Plus la douleur envahit mes jambes, plus j'accélère la cadence. Il y a dans cette peine sportive un plaisir dissimulé. La satisfaction de brûler des calories étant presque secondaire, c'est dans la rage de surmonter la difficulté que je puise ma délectation. Je souffre, je sens que mon corps de fumeuse est à bout de souffle et je poursuis ma route, avec ferveur. J'aime terriblement avoir mal.

Je visualise mon ancien prof de sport pour me motiver. Ses tablettes, son œil rieur, son sourire malsain, sa manie de se verser de l'eau dans le cou et sa voix dominatrice : tout son être était un appel au dépassement de soi. Devant un tel stimulateur de libido, il était impossible de lâcher, de s'autoriser une pause ou de céder aux cris du corps épuisé. Continuer, l'épater. Je l'imagine derrière moi, les yeux rivés sur mon postérieur, pour avancer contre cette pluie fine qui vient de s'abattre sur la ville. J'écoute, sans parvenir à chantonner, « Can't fight the Moonlight » de LeAnn Rimes (célèbre BO du sexy *Coyote Girls*) en me disant que si, je peux tout combattre. Mes sentiments comme mes détracteurs. Il suffit de trouver la force enfouie en moi et de la mesurer à l'adversité.

J'accélère sur « Wake me up » d'Avicii. J'ignore si je cours pour fuir ou pour atteindre quelque chose. Je me bats avec le sol et le vent glacé, j'ai envie de pousser des hurlements de tenniswoman enragée, j'ai la tête vide et pleine à la fois. Je déshabille en pensées ce fameux coach, réalisant que je n'ai pas baisé avec un homme depuis une éternité. Je n'arrive même pas à compter les jours qui me séparent de ma dernière relation sexuelle avec un pénis. Ça me démange, de foulée en foulée. Comment puis-je n'avoir d'yeux que pour une femme et, de surcroît, une femme mariée qui est également ma supérieure hiérarchique ? Des semaines que je ne suis pas sortie me mettre la tête à l'envers, que je n'ai pas joué les allumeuses ni les mantes religieuses, que je n'ai pas enfourché un corps masculin lubrique. Je m'interroge soudain sur la présence ou non de ce professeur de sport dans mon répertoire téléphonique… Et je passe encore une vitesse sur le goudron.

♦ ♦ ♦

– Comment peut-on torturer un pauvre chat sans défense ??? Je ne me remets pas de cette histoire…

– Ma Paula, je suis absolument d'accord avec toi mais je pense que tout le bar t'a entendue !

– Et alors ?? Ce petit chaton roux mérite bien qu'on prenne un mégaphone pour le soutenir, non ?

– Certes. Les bourreaux d'animaux devraient être mis en cage avec quelques lions…

– Non, parce que je suis contre la peine de mort. Mais un an ferme, c'était effectivement le minimum.

– Enfin, la boule de poils a retrouvé son propriétaire et j'espère que cette sanction fera jurisprudence si d'autres tortionnaires décident de passer leur nerfs sur une bête, moins bête qu'eux…

– Oui, moi aussi. Lamartine a dit : « On n'a pas un cœur pour les hommes et un cœur pour les animaux, on a un cœur ou on n'en a pas. »

Cette dernière phrase n'a pas échappé au vieux beau qui est assis à côté de nous au Pershing Hall. Persuadé qu'il s'agissait d'un appel du pied, monsieur s'invite dans notre conversation :

– Pardonnez-moi, mais vous ne pouvez décemment pas comparer l'homme à l'animal…

– Euh, excusez-moi, on se connaît ? fait Paula, la mine renfrognée.

– Non, mais je n'ai pas pu me retenir d'intervenir. Vous ne pouvez pas placer la vie animale sur le même plan que la vie humaine. Un an pour avoir chahuté un chat, c'est énorme tout de même…

Piquée à vif, j'interviens à mon tour :

– Chahuté ?? Jeté contre un mur, encore et encore, vous appelez cela chahuté ??

– Non mais…

Paula le coupe sèchement :

– Si vous permettez, nous aimerions reprendre ce tête-à tête-charmant. Merci pour votre opinion, et libre à vous de penser ce qu'il vous chante, mais je vois cette demoiselle trois fois par an, donc je souhaiterais en profiter. Bonne soirée.

– Bonne soirée, murmure-t-il, la queue entre les jambes.

Quand Paula prend son ton autoritaire, l'assistance ne moufte pas longtemps. L'intrus replonge son nez dans son assiette et nous nous en retournons à nos coupes de champagne.

Je me confie sur ma relation avec Éléonore, elle m'écoute attentivement et m'invite à prendre un peu de recul pour ne pas en souffrir. Selon elle, la seule issue possible à plus ou moins long terme est la rupture. Notre histoire ne peut qu'être passionnelle et… passagère. Je déteste les phrases qui sortent de sa bouche bien intentionnée et, pourtant, je sais qu'elle dit vrai. Je ne me mets que trop rarement dans la peau de ma Barbie, je ne réfléchis qu'à son affection pour moi, jamais à sa vision de femme mariée, à ses sentiments pour l'homme qui partage sa vie, lui qui est le père de ses enfants. Sa position a de quoi la rendre quelque peu schizophrène. Et ça ne pourra pas durer éternellement. Ce choix qu'elle refuse de faire, qu'elle évince dans la discussion, s'imposera de lui-même un jour. Et je serais bien folle de croire que la balance penchera de mon côté. J'en arrive donc à la conclusion qu'il va falloir que je me remette à m'envoyer en l'air ailleurs, pour ne pas nourrir cette exclusivité qui n'est que de la poudre aux yeux.

Lassée par l'autopsie de mon cerveau et de mon cœur, je fais bifurquer la conversation vers la raison de notre sympathique entrevue : le fameux défilé. Je lui montre mes prototypes dont elle tombe immédiatement amoureuse. (Je me demande parfois si elle est vraiment objective ou troublée par notre relation fusionnelle.) Elle accepte de m'aider et nous établissons, sur les serviettes en papier à disposition, un plan d'attaque. Les bulles excitant notre imagination déjà fertile, ces lignes de mots et d'idées risquent de nous paraître irréalisables quand la sobriété aura regagné notre organisme. Mais, pour l'heure, on s'éclate et mon esprit apprécie l'évasion méritée. *Carpe diem*.

♦ ♦ ♦

Je regarde les panneaux d'affichage de la gare Saint-Lazare et je me dis qu'à force de ne pas vouloir être en retard, je suis très en avance. Alceste, caché dans son panier de voyage, risque d'apprécier moyennement le temps d'enfermement supplémentaire. Tant pis, il a déjà une chance incommensurable d'être là, étant donné les directives très claires de ma blonde : pas de chat à Deauville, c'est trop galère !

L'idée de cette escapade est née autour d'un verre il y a quelques jours. Et jusqu'à ce que je la voie assise à mes côtés dans le train en partance, au fond, je n'y crois pas vraiment. Nous avons pris nos billets dans un moment d'euphorie (après avoir hésité avec un week-end planquées dans la suite *Lovez-Vous* de l'hôtel Seven niché dans le cinquième arrondissement) et depuis, Barbie ne cesse de s'interroger quant à la crédibilité de ce séminaire de travail de dernière minute, alors que je lui répète que sa paranoïa va lui donner un ulcère. Son mari ne peut pas douter, il n'a pas le moindre indice. Et c'est elle qui finira par se vendre sans le vouloir, avec sa panique intérieure. J'essaie donc, tant bien que mal, de l'apaiser.

La vision de mon Éléonore pimpante qui me cherche des yeux me sort de ma rêverie. J'ôte, presque sans difficulté, « La chanson des vieux amants » de Brel de mes oreilles. *She's here*. Cette fois, il n'y a plus d'incertitude permise : nous partons à Deauville. Un week-end loin du train-train parisien, plein de promesses et d'excitation. Je lui fais signe.

– Salut poupée, je ne t'avais pas vue !

– Je suis un peu cachée par mes valises, je te l'accorde…

– Mais oui, c'est quoi tout ça, Crys ? On part deux jours !!!

– Hey, chérie, les chaussures, la garde-robe, les accessoires dégotés sur *Lemon Curve* – et la salle de bains : ça prend de la place, je lance, en essayant de dissimuler Alceste pour faire durer la surprise.

Après quelques minutes d'attente, notre carrosse est annoncé voie 17 et nous avançons vers notre moment volé à la vie quotidienne. On s'installe, voiture 8. Nous sommes seules sur un quatre places, pourvu que ça dure. Barbie dépose son bagage au-dessus de nos têtes, pendant que j'essaie de planquer le tigré sous les tablettes, à mes pieds. Il échappe un miaulement, je tousse, ça passe. Je m'installe côté fenêtre, elle s'assoit à mes côtés et pose son visage sur mon épaule pendant de trop courtes secondes. L'abandon de soi à l'autre, un exercice pas facile pour Élé. Je savoure ce qu'elle m'octroie.

– J'ai hâte de me promener sur les planches avec toi.

– Moi aussi. J'ai flippé toute la semaine, mais tu vois, là, je suis bien. J'ai l'impression étrange d'être où je dois être.

Je souris et lui dépose une bise à la commissure des lèvres.

Alceste aura tenu quinze minutes. Il s'excite entre mes jambes comme un lion en cage, prêt à mordre la première main qui se présente. Je tente de le calmer en ouvrant la fermeture du dessus et en grattant l'arrière de ses oreilles dressées… Grosse erreur ! Le poilu se terre un instant et profite de ma confiance pour sauter hors de son panier. Je tente bien de le rattraper par la queue (pas de pitié), mais le têtu m'échappe et file dans le wagon. Barbie manque de s'étrangler.

– Putain, Crys, qu'est-ce que c'est que çaaaaaaaaa ?

– Euh, je vais t'expliquer mais là… il faut le choper, vite.

– Non, mais je rêve !!!

Je saute par-dessus ma belle énervée et sonde la rame à la recherche de l'asticot. Il se terre au milieu des valises, en me fixant. Ah ! tu me nargues en plus ? Les autres passagers commencent à remarquer le problème et y vont de leurs commentaires. « Je suis allergique » par-ci, « Y'a un chat dans le trainnn » par-là. Oui, oui, je sais. Tout est sous contrôle.

Je me mets à quatre pattes et avance lentement vers ce maudit matou qui va passer un sale quart d'heure quand je l'aurai récupéré mais qui doit présentement penser que je lui veux du bien. « Minou, minou, minou. » Une femme compatissante me tend un bout de sandwich au poulet : l'appât parfait. Plus je m'approche, plus Alceste enfonce ses fesses entre deux bagages. Je tente le tout pour le tout en brandissant fièrement mon morceau de bouffe qu'il semble humer avec intérêt. Ouf, sauvée. Il s'approche pour le saisir et je l'attrape d'un bond. Je le tiens et, sous les regards à la fois interloqués et rassurés, je regagne ma place. Pas d'applaudissements, je suis presque déçue. Éléonore s'enfonce de honte dans son siège, ce qui me fait rire malgré moi.

– Roh, c'est pas un drame, chérie ! Tu te doutais bien que je n'allais pas le laisser tout seul à Paris pendant deux jours… Et puis c'est drôle, ça fera de bons souvenirs !

– Crys, ce n'est pas marrant. Il aurait pu changer de wagon et nous échapper, tu imagines ? Et puis TOUT LE MONDE nous regarde…

– Et alors ? C'est normal, on est belles, on est câlines et on a un animal de compagnie caractériel…

– TU as un animal de compagnie caractériel. C'est TON chat !

– Oui, excuse-moi, j'ai cru un instant que ce week-end on avait le droit de dire « nous ».

Hop, la mine du « chat potté » et ça fonctionne : Éléonore s'attendrit. Ma mère ne me chantait pas « Les comédiens » d'Aznavour à chaque coup d'esbroufe pour rien. Je suis visiblement toujours aussi douée.

♦ ♦ ♦

Arrivées à la réception du Normandy Barrière, nous récupérons non sans enthousiasme les clés de notre junior suite, vue sur mer. Il est onze heures, donc un peu tôt pour le check-in, mais par chance notre nid est prêt. Je ne précise pas la présence d'Alceste qui roupille, ça se verra bien assez tôt. Je garde son panier planqué sous mon deuxième manteau, tandis qu'un groom s'empare de nos valises qui seront livrées directement dans notre chambre. Notre chambre, je ne m'y habitue pas.

Ce rouge-blanc-bois nous enveloppe dans une ambiance douce et chaleureuse. Et, tandis que le poilu prend ses marques et fouine dans les coins, le lit nous appelle déjà… Nous nous contentons d'un câlin tendre, comme pour nous laisser languir plus longtemps, et pensons presque amoureusement au programme de la journée.

– Ce week-end va passer si vite, il faut en profiter Barbie.

– Oui, oui, mon empressée, ma croqueuse de vie. On va savourer ces deux jours, ne t'inquiète pas. On n'est pas obligées d'écrire un planning minuté pour ça, hein…

Éléonore a le don de finir ses phrases par un sourire qui ne laisse pas la place à une réplique. Je capitule : tant que je suis près d'elle, je n'ai pas besoin de conducteur !

♦ ♦ ♦

Les planches, le ciel bleu, la mer à perte de vue, les écouteurs partagés sur « She's like the wind », la danse des mouettes, le vent frais qui donne envie de se réchauffer dans les bras chéris – quelle idée d'être encore en jupe ? – ; la balade joyeuse et bavarde dans les rues animées avec un Alceste radieux au bout de la laisse ; le léchage de vitrines délicieux et frustrant ; le déjeuner façon fruits de mer/chardonnay sur le trottoir du marché de Trouville ; les embrassades discrètes derrière un camion de l'éternelle mini-fête foraine ; les deux heures de massage surprise organisées par Élé à la Thalasso ; le retour à l'hôtel, le bain à deux, le jeu des corps dans le lit, la préparation girly pour notre soirée Vapeurs-casino… Tout est si parfait que j'ai l'impression de rêver éveillée, de marcher sur un nuage de coton. Mes envies d'ailleurs, de nouveaux amants et maîtresses, me paraissent si lointaines. Je voudrais arrêter le temps ici.

♦ ♦ ♦

Les Vapeurs, restaurant prisé des touristes et des connaisseurs, sont en ébullition, comme tous les samedis soir. Le monde afflue, les commandes fusent et les serveurs courent en essayant de ne rien envoyer valser. Tout ce tintouin ambiant ne perturbe pas notre bulle, notre « yeux dans les yeux ». Le tourbillon de paroles incessant est une preuve de notre complicité sans bornes. Les rares silences que l'on s'accorde sont réfléchis, langoureux.

Quel bonheur, cette terrasse chauffée ! Les discussions philosophiques, comme les plus légères, n'ont pas le même charme sans mes cigarettes au bec. Cloper m'aide à penser, me sociabilise. Éléonore, qui d'ordinaire me traîne à l'intérieur, a cédé à mon caprice. Elle lâche du lest parce que ce week-end, elle veut me faire plaisir, se consacrer entièrement à moi. Il faut dire que j'ai réponse à tout quand je veux convaincre mon amante :

– Je vais me geler Crys, je préfère que l'on s'installe à l'intérieur et que je t'accompagne dès que tu as envie d'en griller une.

– Mais non, chérie, tu as ton animal mort pour te tenir chaud et il faut bien qu'il serve à quelque chose celui-là... Et puis, si ça ne suffit pas, mes mains ne sont jamais bien loin, tu sais...

Nous dégustons bulots et soles avec extase, et le vin nous monte suffisamment à la tête pour que les confidences nous échappent. Je lui lance un « Je t'aime... vraiment beaucoup » et dans un battement de cils elle me répond « Moi aussi ». Mettre des mots sur notre histoire est un exercice auquel on s'adonne rarement ensemble. Ce soir, on avance nos pions avec moins de pudeur, portée par la magie de cette fin de semaine arrachée à la bienséance. Si l'on évite les grandes déclarations, on admet facilement que notre aventure marquera nos vies respectives. Nos mains se frôlent sous la table, mon cœur s'emballe comme la première fois dans ce taxi. Cette femme laissera son empreinte dans ma chair, quoi qu'il advienne.

– Et voici vos profiteroles à partager, avec deux cuillères, mesdemoiselles.

Lâchage absolu, « truisation » intensive (expression inventée par mes soins pour décrire l'excès culinaire). Nous avons succombé au péché du sucre, après avoir avalé raisonnablement des fruits de mer sans trop de mayonnaise toute la journée. Putain, c'est bon. Ce chocolat au lait qui caresse ma langue, par-dessus ce morceau de chou à la glace vanille : l'orgasme du palais est à portée de bouchée. Barbie, qui prend sur elle pour oublier le nombre de calories contenu dans ce dessert pour deux, se régale aussi. On en fermerait presque les yeux... ce qui nous aurait sûrement évité ce moment affreusement gênant. Celui où, soudain, mon regard croise la face penaude de... la Boulotte du septième.

Delphine, en os et surtout en chair, se trouve devant nous, avec une autre fille tout aussi disgracieuse et plus âgée. Éléonore se cache le visage des mains par réflexe, et glisse sur sa chaise.

Bien sûr, la paupiette ne nous a pas loupées mais, parce qu'elle a plus de délicatesse qu'on lui en prête, elle s'est contentée de nous saluer de loin avant d'enfoncer son postérieur démesuré à l'intérieur du restaurant. Je tente de ramasser ma blonde en décomposition.

– T'inquiète va, elle n'a rien vu de suspect, elle ne peut absolument rien contre nous.

– Tu plaisantes ? C'est la fin, on est cuites, pire que le crabe d'à côté...

– Mais non ! Elle a eu l'élégance de nous faire signe de là-bas, ce n'est pas une fouille-merde. Elle s'imagine probablement qu'on est devenues les meilleures cop's du monde et qu'on n'a pas envie de l'ébruiter.

– C'est ça, rêve… Elle nous tient ! Elle va enfin pouvoir sortir de sa condition de larbin, en brandissant à qui de droit ce joli dossier !

– Élé, tu crois franchement qu'elle a les couilles nécessaires pour aller raconter ça, alors que, sans preuves, c'est sa parole contre la nôtre et, surtout, contre la tienne… Arrête de flipper, je te jure, tu te fais du mal inutilement. Elle ne connaît pas Jack, elle n'a aucune influence dans la Tour et elle est certainement plus mal à l'aise que nous en ce moment…

– Mouais, admettons. Mais filons vite d'ici quand même.

– Tu ne finis pas les profiteroles ?

– Je n'ai plus faim, ça m'a coupé l'appétit. Et puis il reste à peine deux cuillerées, on s'en fout.

– OK chérie, casino !

♦ ♦ ♦

Après avoir déposé nos manteaux (mes yeux sont ravis de prendre congé de son horrible compagnon poilu), présenté nos cartes d'identité et bu notre première coupe de champagne au bar, la *gameuse* en moi se réveille. J'aime penser que c'est mon côté Sagan. Ce casino de Deauville m'a souvent porté chance, alors avec Barbie à mon bras, je me sens encore plus puissante.

Comme je ne veux pas l'effrayer (elle ne sait rien de ma passion pour les jeux), je commence doucement, avec les machines à sous. Élé s'installe à mes côtés, sur sa propre machine, et choisit la version soft : pièce par pièce. Je prends l'option de la mise maximum, pour un éventuel gain lui aussi maximum. J'aime le risque et l'adrénaline. Quand je joue, avec le manche ou les boutons, j'ai l'impression d'être seule au monde, face à mon écran. Aux tables en revanche, je suis stimulée par les regards curieux, je fais mon show.

Ma blonde s'ennuie rapidement devant ces dessins qui ne s'alignent pas correctement et décide de poser ses fesses sur ma cuisse gauche pour m'encourager. Les hommes qui nous entourent semblent s'émouvoir de l'image. Je frémis de désir et redouble d'envie de continuer. Le deuxième *gling gling* m'arrache un sourire et Éle m'offre un baiser tendre dans le cou. Encore !

– T'es chanceuse Crys, c'est fou !

– C'est parce que j'ai mon porte-bonheur grandeur nature, baby !

– T'es *cute*.

– Hum, j'ai faim de toi, là... T'approche pas plus, je risquerais de déraper sur tes lèvres.

– Calme tes ardeurs, chérie, déjà que je suis assise sur toi, on est en public, n'oublie pas.

– *I know* ! Viens, on va s'arroser un peu le gosier !

– Vendu, mais d'abord on compte tes pièces !

400 euros en une heure trente, c'est un bon ratio. De quoi payer deux cocktails et envisager sérieusement la table du black-jack, malgré les réticences de ma compagne. Son dos nu me donne des ailes... Cette sensualité est un boosteur d'énergie et de libido. Comme si j'avais besoin de ça, moi qui suis déjà au paroxysme, non-stop. Elle sirote son Cosmo, je finis ma Caipirinha avec le sentiment d'être toujours aussi assoiffée. La pause toilettes s'impose, et pas pour vider ma vessie. Je l'y traîne sans trop de difficulté et la plaque sur la porte fermée. Retrouver sa langue, caresser ses cuisses, glisser un doigt dans sa chatte humide, sentir son souffle court dans mon cou, toucher ses seins, son cul... Enfin.

À la table du black-jack, je fais moins la maligne en voyant s'envoler rapidement ma mise de 200. Je ne suis pas concentrée et, à force de vouloir impressionner Élé, je perds tout. Stupides cartes, stupide banque, stupide croupier ! Tentée par la roulette, j'écoute ses conseils et abdique :

retour aux machines pour un dernier round. Je repousse gentiment les avances de deux gros en costards en les narguant un peu :

– On se suffit amplement à nous-mêmes, ici comme au lit, mais merci pour la proposition.

Elle est gênée, je suis pompette.

♦ ♦ ♦

C'est la première fois que je me réveille à ses côtés. Émotion. Jubilation. Ribambelle d'étoiles évanescentes qui défilent. Elle a l'air si paisible. Ses cheveux en cascade recouvrent sa nuque, une partie de sa joue, et viennent mourir sur sa poitrine sans la cacher. Alceste, qui s'est calé au creux de ses genoux, ne bouge pas une moustache. J'ai l'impression que l'on est une petite famille… et me sors vite cette idée de la tête. Ne pas exagérer, ne pas s'emballer, profiter du moment.

Je songe à ce que je pourrais faire pour la surprendre quand elle ouvrira les yeux. Sur la pointe des pieds, j'enfile un jean troué (le préféré de ma mère), des bottes plates, un pull à grosse maille légèrement transparent, une veste en cuir et une étole. L'*Alma* et la carte de la chambre en main, je referme la porte de ce nid que j'aimerais ne pas quitter. Je fonce chez Louis Vuitton. Après une fin de soirée comme celle d'hier et un total de 3 500 euros dans mon sac à main, je peux bien faire une folie. « Crys, tu me promets que tu mettras ça sur ton compte épargne dès lundi matin, ça peut vraiment te servir pour ta collection. » Oui, oui, ai-je fait sans conviction, pour la rassurer… À quoi cela sert de gagner une somme inattendue si ce n'est pas pour la dépenser de façon inhabituelle ?

J'adore ce Louis Vuitton de Deauville qui ressemble à une maisonnette pleine de charme. Je contemple chaque recoin de la boutique avec un émerveillement constant. J'espère que le jour où j'aurai les moyens d'acheter une étagère entière de sacs, je garderai ce même enchantement béat. Je rêve un instant devant la bagagerie avant de me concentrer sur mon but : trouver un cadeau pour ma Barbie... et pour moi par la même occasion. Je parcours un à un ces modèles que je connais par cœur (le site officiel est dans mes favoris sur mon ordinateur), à la recherche du *perfect present*. Je flashe sur la pochette Montaigne noire : c'est pour elle. J'ajoute au panier le châle monogrammé noir qui se mariera royalement avec mon *Alma* adoré. À la caisse, je brandis fièrement mon cash, faisant peu de cas de ces quelque 1 000 euros qui quittent mon portefeuille. Aujourd'hui, je suis une princesse.

Je m'arrête à la boulangerie pour acheter deux petites tartelettes à la fraise que nous aimons tant et gambade jusqu'à l'hôtel. Je suis à peine surprise de la trouver en séance de câlins avec le tigré, elle l'est davantage de me voir rentrer avec un sac griffé de ma marque préférée.

– Bonjour chérie, tu as bien dormi ?

– Oui, merveilleusement bien, mais je m'attendais à te trouver à mes côtés en ouvrant les yeux... Tu es sortie en ville ?

– Je voulais te faire une petite surprise. Tiens...

– Ne me dis pas que tu as fait des folies ?

– Barbie, on n'a qu'une vie. Mange ta tartelette et ouvre ton paquet !

Elle s'exécute et n'essaie même pas de dissimuler son excitation « parce que Crys c'est complètement dingue ». Elle s'abandonne, une fois encore, à ma déraison. Elle adore sa pochette, trouve que mon châle me va à ravir et se jette sur moi pour me remercier.

Nos corps effervescents s'enroulent sur le sol et s'enflamment au contact de l'autre. C'est si bon de connaître par cœur son partenaire...

Qui a dit heureux aux jeux, malheureux en amour, déjà ?

23

Éléonore

– JE TE SENS PENSIVE.

La voix de Crys me fait sursauter, alors que je range vêtements et magazines dans ma petite valise.

– Un dernier tour avant de boucler nos bagages, ça te tente ?

Je regarde ma montre. Il n'est que quatorze heures, et nous avons choisi le train de 16h04 pour mettre un terme à nos deux jours de folies. Je suis subitement tendue, sans raison apparente.

Vers midi, après une grasse matinée de rêve faite de câlins et de tartelettes, nous sommes allées nous balader en face, à Trouville. Je voulais retrouver une petite épicerie salon de thé dans laquelle j'ai acheté, il y a une dizaine d'années, une confiture de caramel au beurre salé et une huile d'olive parfumée incroyables.

Le soleil était radieux, nous flânions sans nous prendre la main, comme on s'y serait peut-être risquées si nous n'avions pas croisé la Boulotte. La boutique était bien là, comme dans mon souvenir, charmante et désuète. Je me suis précipitée vers les rayons, et la magie a opéré… Mes produits rares étaient là. J'en ai fait une provision qui a amusé la Girafe.

– Moi qui pensais que la bouffe t'intéressait moyen !

Nous nous sommes attablées dehors, sur la terrasse de planches caractéristiques de l'endroit, pour nous faire servir quiches aux légumes et salades vertes sans sauce, arrosées de Coca Zero pour nettoyer toutes les toxines que nous avons accumulées ce week-end…

Je réponds à contrecœur :

– Impossible ma belle, on aurait dû checker out il y a déjà deux heures, ils sont bien gentils de nous avoir laissées tranquilles…

Nous confions tout de même nos bagages à la réception, afin d'être plus libres. Et Alceste, dans son panier, qui nous regarde partir avec un air encore plus indigné que d'habitude.

Nous nous dirigeons vers la mer, une fois de plus. L'eau aimante Crystal, aussi sûrement que le sexe et la vie. C'est un autre aspect que je découvre d'elle, son côté un peu plus romantique que tout le reste, talons-maquillage-provoc, masque au quotidien. Elle inspire l'air iodé à pleins poumons, se retourne vers moi.

– Ce que j'aimerais rester ici pour toujours !

Son ton enfantin m'amuse.

– Quoi, tu quitterais Paris, les mondanités, la jet-set, pour t'installer sur un bord de mer déserté l'hiver ?

– Oui et non ! fait-elle en fronçant son petit nez.

– Explique.

– Je suis née au Cap Ferret…

– Mais tu ne me l'avais jamais dit ! je m'exclame. Tu es donc une petite, heu, grande girafe girondine…

– Bon, j'y ai très peu vécu, mon père a obtenu une promotion et toute la famille s'est installée en banlieue parisienne quand j'avais six ans. Mais c'est assez pour que je me sois construit des images, un paradis juché sur une colline que les vagues de l'océan bousculent…

– Tu deviens poète !

– Je ne peux pas tout le temps faire la tass-pé ! cligne-t-elle.

– Comment tes parents se sont rencontrés ?

– Ils étaient voisins, dans un petit lotissement où tout le monde se connaissait, il l'admirait en secret. Jusqu'à un bal du 14 Juillet, où il l'a fait valser pendant des heures avant de l'embrasser. Ils ne se sont plus quittés.

– Et ça fait…

– Ouaip, pas loin de trente ans que ça dure.

Waouh.

– Et tu as vécu comment votre déménagement ?

– Très mal, enfin il paraît. Je n'en ai aucun souvenir, alors que j'en ai de très précis d'avant, de notre maison avec un grand jardin, des balades avec Léo qui était encore bébé dans sa poussette, sur la plage. Des huîtres au petit déj…

– Nonnnnn…

– Je te fais marcher. Enfin, pour les huîtres. Le reste est absolument vrai.

– Mais on t'a raconté le départ ?

– Bien sûr. Le jour où le camion a emporté la majeure partie de nos meubles et de nos affaires, je lui ai couru après. J'ai refusé d'entrer dans la voiture de mon père pour aller à Paris. J'ai hurlé pendant tout le trajet. Et ensuite, une fois installés dans un appartement deux fois plus petit que notre ancienne maison, j'ai fait des cauchemars toutes les nuits. Je me levais, quasi somnambule, pour aller faire pipi au coin du lit de Léo…

– J'adore quand tu me racontes des trucs comme ça, Crys.

– Et pourquoi ? Ça n'est pas très intéressant !

– Au contraire ! Je te cerne un peu mieux…

– Je n'ai pas envie d'être cernée…

Crystal se jette sur moi et nous tombons sur le sable. Elle essaie de me chatouiller, sous l'épais manteau d'animal qu'elle déteste. Elle y renonce assez vite, se redresse à moitié pour mieux m'observer.

– Je préfère cerner les autres…

Elle est sur le point de m'embrasser, je secoue la tête, un peu mal à l'aise. Son visage se rembrunit.

– Ne le prends pas mal, Crys…

– Dire que j'étais sur le point de t'avouer mon plus grand secret. J'ai bien fait de me taire !

– Oh non, tu peux avoir confiance, je suis une tombe !

– Peut-être, mais tu n'es pas une tombe méritante !

– Allez…

– Je te raconte mon secret si tu me laisses t'embrasser.

En guise de réponse, je lui tends mes lèvres, qu'elle s'empresse de saisir. Nos visages sont collés, nos mèches de cheveux un peu humides emmêlées. Vues de loin, je me persuade qu'on ne peut pas nous reconnaître…

– Je me lance. Mon plus grand secret, et si tu le répètes je t'étripe, c'est que je ne m'appelle pas Crystal.

– ?

– Mon vrai prénom, c'est Marie.

– Non ??? Et ça ne te plaisait pas ?

– Trop classique. J'assumais pas.

– Tu es folle. Marie est le plus joli prénom de la Terre… heu, derrière Crystal bien sûr.

– Je pensais déjà à mon avenir, figure-toi ! S'appeler Marie Solière et vouloir faire des pompes de luxe…

– Je ne te suis pas.

– Solière a une double origine…

– Je crains ce que tu vas me dire !

– Solière est, en métallurgie, une verge de douze centimètres.

J'éclate de rire.

– Tu ne vas pas me dire que la deuxième est liée à la chaussure ?

– Justement si. *Solièr*, en gascon, c'est bien sûr le soulier.

– Alors c'est parfait, au contraire !

– Non. Je voulais choquer, marquer les esprits, qu'on ne m'oublie pas.

– Difficile !

– Marie Solière, tu oublies immédiatement. Crystal Roche, ça claque.

– C'est sûr…

Je suis songeuse. Crystal alias Marie, mais bien loin d'être une sainte, en profite pour m'embrasser à nouveau.

– J'rigoooole ! Tu marches à fond, c'est trop drôle ! Marie Solière... Non, mais je rêve, tu as vraiment cru ce que je te disais... J'ai une tête à m'appeler Marie comme la Sainte Vierge, moi ?

Morte de rire, la Girafe.

Second coup d'œil à ma montre : il faut se dépêcher ou on ratera le train !

♦ ♦ ♦

Alceste roucoule comme un bienheureux dans les bras de Crys qui s'est endormie, la joue contre la vitre. Je feuillette le dernier *Vogue*, incapable de me concentrer. Comment vais-je être accueillie par Jack ? Pourquoi cette appréhension m'a-t-elle envahie au point de me gâcher nos dernières minutes volées ? En montant dans le train, galamment, elle m'a tendu la main, que j'ai refusée, par réflexe. J'ai aussi gentiment repoussé son pied, sous les tablettes de nos places...

Elle a raison de m'en vouloir, au moins un peu. Et Jack aurait raison de m'en vouloir, beaucoup. Tout se mélange dans ma tête. J'aimerais ronronner comme un gros chat paisible, sans me préoccuper de rien. Ou être la maîtresse de quelqu'un qui est marié. Ne pas être celle qui est entre deux. Cette position n'apporte jamais rien de bon.

Mon portable vibre.

TU ES DANS LE TRAIN ? TU SERAS À L'HEURE, À SAINT-LAZARE ?

Je flaire immédiatement l'embrouille. Jack a décidé de venir me chercher avec les microbes à bord de sa grosse Audi neuve. Une surprise dont il est assez coutumier. Faut-il que je réponde que notre train a des difficultés, qu'on ne peut pas prévoir son heure d'arrivée ? Il lui suffirait de se connecter sur le site de la SNCF pour constater que je mens. Dois-je lui dire que j'ai carrément raté ce putain de train ? J'aurais du mal à expliquer mon retour à l'heure dite à la maison. Je suis… cernée.

Et Crystal qui a un sourire bienheureux sur les lèvres. Faut-il la réveiller, lui demander de s'éclipser dès que le train entre en gare, ou au contraire de rester pour accréditer ma thèse du séminaire de week-end ? Dans ce dernier cas, elle devrait accepter le jeu de la collaboratrice pressée de rentrer chez elle, et je ne suis pas certaine que ce scénario lui plaise…

Nouveau texto, lourd alors qu'il se veut attentionné.

CHÉRIE, TOUT VA BIEN ? 18H16 DONC À PEU PRÈS 19H À LA MEZ ?

Je ne réponds pas immédiatement. On ne peut pas dire qu'il ait été très insistant, pourtant, depuis samedi. Il me pensait occupée à suivre des conférences et des réunions de travail, à brainstormer. Je n'ai reçu aucun coup de fil de routine (« Élé, comment tu fais démarrer le lave-vaisselle ?), aucun SMS agacé (« MERDE, LES HOBBITS REFUSENT DE MANGER, JE N'AURAIS PAS DÛ LEUR DONNER DES TARTINES DE NUTELLA À DIX-HUIT HEURES, ON FAIT QUOI ? »), aucun SOS (« Lily tousse, je lui donne du Doliprane à partir de combien de température ? ») ou texto suspicieux (« TU ES SUR SILENCIEUX ? MAIS POURQUOI ? C QUOI LE FIXE DE TA CHAMBRE… »). Je me dis, sans y croire, qu'il sera facile de reprogrammer une autre escapade avec la Girafe, d'ici deux-trois mois… si l'on imagine que nous serons encore ensemble.

Alceste émet un petit ronflement, Crystal est ravissante. Alors que je m'apprête à l'embrasser discrètement sur la joue, sans la réveiller, une Boulotte fait son apparition à l'autre bout du wagon. Je tressaille, avant de me ressaisir : ça n'est pas Delphine, quoiqu'elle lui ressemble beaucoup de loin. Même coupe ratée, mêmes vêtements improbables, même mine joviale mais au fond agacée.

Je me renfonce dans mon siège. Qu'est-ce que cette fille a entendu dans les toilettes chez Modus, après l'épisode de l'œuf vibrant, et qu'est-ce qu'elle a imaginé en nous voyant dîner à Deauville pendant un week-end ? Je devrais peut-être nous inventer un bobard crédible à resservir en cas de questions de sa part. Ou peut-être n'en posera-t-elle aucune, parce que ça ne l'intéresse pas, ou parce qu'elle n'est pas suffisamment intelligente pour raccorder les fils entre eux ?

Mal au crâne.

♦ ♦ ♦

Crystal a joué le jeu, en m'arrachant la promesse que ce serait la première et la dernière fois. Il n'empêche : j'ai détesté le moment où elle a croisé mon mari et mes enfants. Il y avait quelque chose qui sonnait faux dans l'ensemble. Elle n'était pas à sa place dans mon tableau de famille, et je n'aurais jamais dû lui demander de rester. J'ai eu peur qu'elle se vexe si je lui signifiais qu'un départ en douce était préférable, mais j'aurais dû le supporter au lieu de créer cette situation tendue et hypocrite. Devant mes petits bouts. Mère pathétique.

À la maison, humeur et ambiances moroses. Jack s'est à nouveau renfermé dans sa coquille. Heureusement que les enfants sont là, ils me réconfortent sans le savoir. Je décide que le week-end prochain, je ferai parler mon mari. Il faut que la situation se débloque, qu'on aille quelque part, au lieu de faire du sur-place et de se noyer dans les non-dits. Je n'avouerai jamais, pour Crystal ; en revanche, lui me cache forcément quelque chose. Si ça se trouve, il ne m'aime plus. Des larmes me montent aux yeux rien que d'y penser. Et de penser au cataclysme que serait une séparation. Séparation avec Jack, ou séparation avec Crystal.

♦ ♦ ♦

Un mail atterrit dans ma boîte, je bondis de ma chaise. Il vient d'Inès, et il est adressé à Barbara. Je suis en copie cachée, ce qui m'étonne.

« Barbara, voilà les clichés dont je vous ai parlé hier. Il me paraît urgent de les transmettre à Jean-Claude. Il en va de la réputation de notre société. Je vous serais reconnaissante de ne pas me mentionner, j'aime beaucoup Crystal et elle serait sûrement peinée de me savoir impliquée. Inès »

Je me mets à trembler. Une goutte de sueur perle au-dessus de ma lèvre. J'hésite à cliquer sur les pièces jointes. Vais-je y figurer, embrassant Crystal à pleine bouche dans la Tour, à Paris, à Deauville ? Il s'agit forcément de cela, même si je n'apparais pas dans le message… Inès m'a-t-elle mise en copie pour que je donne ma dém', pour me faire chanter ?

Les documents s'ouvrent, je retiens mon souffle, que je relâche très vite. Il s'agit de photos de soirée. Une soirée qui s'est visiblement déroulée dans nos bureaux. Une vingtaine de participants tout au plus, dont on reconnaît quelques visages. Jusque-là, rien de bien blâmable, même si en théorie il n'y aurait pas dû avoir de fête et d'alcool ici. Mais il y a trois photos très embarrassantes pour Crystal. Sur la première, elle s'enfile un rail de coke sur le lavabo des toilettes. Sur la deuxième, elle fait un genre de pole dance sur un des piliers de l'open space et on voit qu'elle ne porte pas de dessous. Et sur la troisième, prise de haut, elle a la tête fourrée entre les seins dénudés d'une fille impossible à identifier ; celle-là même qui prend la photo…

Une partie de moi est soulagée, une autre terriblement jalouse, une troisième terrifiée. Quelles conséquences peuvent avoir ces clichés au sein de l'entreprise, ou plus généralement dans la carrière de Crystal si elles fuitaient sur le Net ? Inès s'est-elle trompée en me mettant en copie, voulant l'envoyer plutôt à Jade Wilden, sa meilleure copine de l'étage ? Son nom de famille commençant comme le mien, il n'est pas impossible que l'ordinateur lui ait suggéré mon mail en écriture intuitive.

Je me lève lentement pour me diriger vers le bureau de Barbara, qui a dû lire le mail à l'heure qu'il est. Je l'aperçois, devant son écran, un sourire carnassier sur le visage. Je crains le pire. Je toque et entre.

– Moui ? fait la diva du marketing, visiblement enchantée de sa matinée.

Je ne sais pas ce que je dois dire, comment le formuler, si c'est judicieux de le faire maintenant, dans une heure, demain, jamais ?

– Hum, je voudrais organiser une petite réunion entre Jean-Claude, toi, Crystal et Lorenzo pour que les jeunes vous présentent leur projet.

– Bien sûr ! roucoule la Carton. Quand tu veux. Je suis très libre tous les matins de la semaine prochaine. En revanche, je voudrais y inclure deux personnes de plus dont je ne peux pas te dévoiler l'identité, liées au dossier sur lequel JE travaille depuis un mois... Ce sera très intéressant de les confronter et d'en discuter, de choisir ensemble.

– Dans ce cas, si on élargit, faudrait prévenir Nathalie, qui a également mis son service à contribution.

– Absolument. Et Hector, qui a une proposition en solo. Je sens que ce sera instructif tout ça !

Elle se frotte les mains par avance.

Instructif ? Du moment qu'elle ne balance pas les photos de Crystal sur PowerPoint... Je l'ai rarement vue si agréable. Je prends mon courage à deux mains. Il faut que je défende Crys. Que j'empêche Barbara de nuire. Elle me voit embêtée, son sourire s'élargit encore, on dirait une banane avec ses dents jaunes...

– Et sinon, tu as aimé bosser avec la petite ?

Une dose d'adrénaline me serre le cœur. Quel est le sens caché de sa phrase ?

– C'est une fille remarquable...

Je commence pianissimo, histoire de choisir les mots justes.

– On dit que vous vous êtes drôlement rapprochées. C'est étrange, je n'ai jamais réussi à m'entendre avec elle.

– Tu n'as pourtant rien eu à lui reprocher. Et elle a scrupuleusement suivi tous tes ordres, rempli les missions que tu lui confiais.

– Mouiii, c'est une question de feeling, j'imagine. Entre toi et elle, il est évident que ça a tout de suite collé… Peut-être parce qu'elle voulait bosser dans ton service au départ ? Que le marketing, elle s'en fiche comme d'une vieille paire de la Halle aux chaussures ?

J'inspire. Profondément.

– Non, je crois que c'est vraiment une histoire de personnes.

Elle me fixe comme un serpent. Je lui rends son regard.

– Nous nous sommes entendues, nous avons des points communs, et je la trouve attendrissante. Très talentueuse et attendrissante.

– Talentueuse pour se faire remarquer, ça oui, c'est sûr ! grince l'autre. Attendrissante, faut que tu m'expliques…

– Elle est jeune. Elle sait ce qu'elle veut, ce qu'elle ne veut pas, qui elle est, et en même temps elle ne sait rien.

– Rhooo, Éléonore, tu te prends pour Descartes ?

Je me retiens de dire à cette gourde qu'elle confond avec Socrate. Je reste imperturbable.

– Elle a beaucoup de qualités humaines. C'est une fille vive et pétillante, avec le cœur sur la main, parfois un peu trop…

– Un peu trop, ça c'est sûr ! Un peu trop chaleureuse, si tu veux mon avis ! glousse la mégère.

C'est ici que je devrais aborder la question des photos. Mais je n'y parviens pas. Je ne veux pas donner de l'importance à ce qui, peut-être, pour Barbara, n'en n'a pas réellement. Ça se produit souvent, de mettre involontairement l'accent sur quelque chose qu'on voudrait voir disparaître, et d'attirer l'attention des autres dessus.

– Tu aurais dû tenter de la connaître un peu mieux… Tu n'as jamais pris un café avec elle, par exemple…

– Non, mais tu me prends pour qui ? Il n'y a que toi qui prends des cafés avec les sous-fifres ! On n'est pas là pour faire copain-copain avec ces gens, on est là pour bosser ! Prendre un café avec Crystal, je rêve…

Je l'ai fait plusieurs fois, et j'en suis ravie.

– Tu ne l'aurais pas fait un peu trop souvent ?

Son œil se fait incisif, tentant de me mettre mal à l'aise. Mon angoisse me reprend la gorge.

– Qu'est-ce que tu veux dire ?

– Je ne sais pas, moi. Je trouve juste ça curieux qu'une jeune femme occupée comme toi, avec un mari, deux enfants, un job prenant et bien payé, gaspille des heures avec une assistante superficielle…

– Elle n'est absolument pas superficielle ! je bondis.

– Holà, ne monte pas sur ton grand cheval. Je suppose… que tu as besoin de te détendre. Et que cette fille… te détend.

Je ne sais pas ce que cachent ces mots. Je me dirige vers la porte, d'un pas ferme alors que je tremble de l'intérieur.

– Ce sont des commérages sans intérêt. De nouveaux ragots viendront bientôt effacer cette rumeur idiote. Ça marche comme ça.

– Très bien, Éléonore. Tu as raison, un scandale chasse l'autre.

Un peu plus tard, alors que je suis assise dans mon bocal, pensive, incapable de travailler, les yeux rivés sur ma boîte mail, je bondis. *Un scandale chasse l'autre*. Elle parlait évidemment des photos de Crystal dénudée et droguée. C'est épouvantable. Comment ai-je pu penser un instant qu'elle ne les utiliserait pas ? Je vais lui balancer en travers de la gueule un dossier qu'elle imagine connu d'elle seule, afin de la réduire au silence.

Je décroche mon téléphone et l'appelle. Sa voix est toujours aussi mielleuse. J'attaque direct, plus franco que tout à l'heure, espérant la déstabiliser d'entrée :

– Je sais que tu as des photos de Crystal qui peuvent être désastreuses.

– En quoi ça te concerne ?

Le ton de chien remplace le miel.

– Je veux la protéger, elle n'a commis aucun crime, c'est une fille qui aime s'amuser. C'est tout.

– Je crois que tu perds le sens commun, ma petite. Sauf si, bien sûr, tu te trouvais à cette soirée et que tu culpabilises. Que tu flippes qu'on parle de ce qui a eu lieu dans ces bureaux.

– Pas du tout ! D'ailleurs je me fiche de ce que tu penses au sujet de cette sauterie. Mais tu ne dois pas utiliser ces photos. Ce serait vraiment moche.

– Qui es-tu pour me dire ce que je dois faire ? Je te rappelle que je suis ta supérieure hiérarchique…

Le ton monte.

– Barbara, je pourrais dire des choses qui te déplairont. Si tu montres ces stupides clichés.

– Ah oui ? J'aimerais beaucoup savoir lesquelles ! fait-elle d'une voix vibrante d'indignation. Tu crois que tu me fais peur ?

– Il y a trois ans, tu as pris deux semaines de congé. Pour passer du temps auprès de ta mère malade.

– …

– Mais ta mère se porte comme un charme. En réalité, tu as participé à un séminaire haut de gamme et confidentiel, organisé par Vuitton, en Thaïlande. Palace, massages et réunions au sommet, cocktails au champagne, quelques balades pour vous faire profiter des lieux. Vous étiez un petit groupe de VIP, tous issus de marques différentes.

– Comment le sais-tu ?

– J'ai un bon réseau, ma grande. Au cours de ce voyage, des tuyaux ont été échangés, des postes ont été proposés. Mais *in fine* tu n'as rien obtenu…

– Je répète : comment es-tu au courant ?

– Je ne révèle jamais mes sources. C'est une véritable faute professionnelle que tu as commise. Tu as délibérément enfreint la clause de confidentialité du contrat qui te lie à Modus. Tu as fauté et menti, en laissant la concurrence t'approcher.

Barbara se tait, signe que j'ai touché juste alors que j'ai un peu bluffé. J'avais eu vent de son séjour en Thaïlande car Barbara avait croisé sans le savoir mon père, au bar de son hôtel à Bangkok. Il avait entendu une conversation qu'il m'avait soigneusement répétée, ayant saisi au vol le nom de la boîte. Il avait même réussi à prendre, avec son iPhone, une photo de mon ennemie discutant avec le numéro 2 de Vuitton. J'avais d'abord été super jalouse. Pourquoi le groupe de mes rêves faisait-il appel à cette furie, ignorant le potentiel plus jeune qui officiait à ses côtés ? Puis cette histoire m'avait semblé providentielle. Je détenais désormais un vrai moyen de pression sur cette femme détestable. Je ne pensais pas l'utiliser ainsi, cependant…

– Bien… grince-t-elle. Bien, bien, bien…

– Alors ? Que décides-tu ?

– Est-ce que tu me donnes vraiment le choix ?

– Non.

– Je vais détruire ces photos. Mais que ce soit bien clair, en échange tu m'enverras une lettre spécifiant que cette histoire de Thaïlande est un mensonge…

– Tu me fais rire, Barbara. Ça ne te servira à rien. En revanche, et je suis quelqu'un de parole, si tu ne te sers pas de ces clichés, je ne ressortirai pas cette histoire.

– Je peux me permettre une remarque ?

– Je t'en prie !

– Je ne comprends pas pourquoi tu gaspilles une telle cartouche pour cette gamine. Cette fille évaporée, sans dignité, qui n'a l'attention des médias que parce que sa vieille copine bi aime ses chaussures affreuses…

Quelle méchanceté et quel sadisme !

– Je gaspille ma cartouche parce que c'est juste.

– Je crois que tu planques un truc. Peut-être que Crystal a aussi un dossier sur toi, après tout ?

– Je pense que cette conversation est terminée.

– Pas tout à fait. Je trouve que vos relations avec Crystal sont louches.

– Si tu le dis…

– Je ne suis pas la seule à le dire.

Je bondis. Qu'est-ce que cette garce me réserve encore ?

– On parle, dans les couloirs... Et si ces bruits arrivent jusqu'au BB, et jusqu'à ton mari, le beau Jack...

– Des bruits de quoi ? je fais semblant de rire.

– De toi et Crystal devenues inséparables. Ce que ça recouvre au juste, on finira bien par le découvrir...

Je soupire et lâche :

– OK, bruit ou pas, qu'est-ce que tu veux ?

– Que tu restes neutre lorsque les projets seront présentés. Que tu ne t'en mêles pas, que tu ne cherches pas comme d'habitude à influencer le jugement de Jean-Claude. Que tu la boucles. Si tu parles, je ruine ta réputation de petite femme mariée fidèle. J'ai deux-trois trucs que tu n'imagines pas en magasin.

– Donc on se tient, si je comprends bien...

Elle me raccroche au nez.

24

Crystal

Inspiration. Expiration. Inspiration. Expiration. Au secours ! J'ai les fesses qui claquent, pour changer. (« Non Crys, tu paniques… c'est bien plus joli dans ta bouche. » Oui, oui Maman, si tu veux !)

La salle de réunion ressemble à une arène pleine de gladiateurs en armure. Je tente de réguler ma respiration, en vain, depuis quinze bonnes minutes. Même le sourire d'Éléonore ne parvient pas à m'apaiser et Lorenzo m'a envoyée bouler quand je lui ai demandé s'il n'avait pas quelques vestiges de coke d'hier soir. « Tu dois assurer Crys, sans artifice, et tu vas y arriver. » *My ass*. Je n'ai plus une goutte dans ma fiole de *whisky qui détend le string*, donc je choisis de m'isoler dans les toilettes pendant les trois minutes qui me restent, pour utiliser la dernière méthode anti-stress à disposition : une chanson de Bruno Mars. Cul ou love ? J'hésite entre « Locked out of heaven » et « Marry you »… J'opte pour la première, m'assieds sur la cuvette rabattue et ferme les yeux.

« *Cause your sex takes me to paradise*
Yeah your sex takes me to paradise
And it shows, yeah, yeah, yeah
Cause you make me feel like, I've been locked out of heaven… »

Je suis prête. Ce *beat horny* dans mes oreilles m'a calmée et réchauffée. Je rejoins Barbie, qui me cherchait partout, et m'engouffre dans la cage aux lions avec toute l'assurance que je peux rassembler. Je m'installe entre mes deux compères, faisant face à la bande du Dragon, étrangement gaie. Le BB prend la place du président en bout de table et Nathalie se pose plus loin, en observatrice. J'ai l'impression d'être dans le bureau d'un avocat qui s'apprête à départager deux familles, à arbitrer les désaccords, à répartir les biens.

Jean-Claude décide de donner d'abord la parole à la Team Wilde, puisque c'est nous qui l'avons initialement sollicitée. C'est de bonne guerre. Éléonore se lance, comme nous l'avions prévu, dans la phase de présentation du projet. Avec tact et détermination, avec entrain et professionnalisme, ma blonde adorée raconte la naissance de l'idée, explique son coup de cœur pour mes créations. Elle argumente et expose la continuité, à la fois logique et surprenante, que représente « Mourir de plaisir » pour *Ladies' Taste*.

– Jeun's, inattendue et addictive sont les maîtres mots de cette collection de chaussures aphrodisiaques.

Barbara manque de s'étouffer et glousse à dessein. Élé ne se laisse pas déstabiliser, elle sait que le BB est tout à elle, concentrée sur son charmant décolleté et sa verve intrigante. Flaire-t-il le coup de génie ? Trop tôt pour le dire.

À mon tour. Je visualise les toilettes musicales, fais abstraction des vipères et me focalise sur ma *target*. J'ai aussi pensé à un assortiment vestimentaire crédible mais sexy, qui ne semble pas le laisser indifférent. J'introduis Lorenzo, retrace mon jeune parcours de passionnée (l'émotion favorise la compassion, voire la catharsis), rappelle aux mesquins l'histoire d'amour entre Paula Jackson et ma première paire, et détaille les contours de cette collection. Pourquoi « Mourir de plaisir », pourquoi les points de réflexologie, pourquoi le style provoc-branché… je justifie et j'insiste sur le pouvoir de l'originalité. Le clou de l'argumentaire ? Les prototypes ! Lorenzo présente tour à tour les cinq paires que l'on a choisi de révéler aujourd'hui, sous les yeux plutôt ébahis de l'assemblée. Pas facile de réfréner sourire et admiration chez la Team Carton. Barbara réprime pourtant rapidement son élan, tandis qu'Inès et consorts parviennent plus médiocrement à cacher leurs impressions. Nathalie, moins neutre que la Suisse finalement, se range derrière nous : elle est fan ! Je propose au BB un défilé et joue la carte de la provocation, encore. Je grimpe sur la table avec audace et expose mes réalisations, en action. Le filet de bave n'est pas loin du grand manitou, Nathalie applaudit, Inès se mord les lèvres et les autres… font ce qu'ils peuvent.

Moi ? Je me retiens de jouir… Hier petite assistante inconnue au bataillon, aujourd'hui debout sur la table de réunion de Modus.

– Bon, c'est fini ce cirque, Crystal ? explose le Dragon.

– Tu es jalouse, Barbara ? ose Élé.

– Vous voulez un ring, Mesdames ? s'amuse Jean-Claude, clairement excité par mon petit numéro.

Je regagne mon siège, satisfaite, et laisse la parole à l'adversaire, sans inquiétude. Le BB, qui a décidé d'écouter chaque équipe avant de se prononcer, signale à la Team Carton que pour égaler ce que l'on vient de présenter, il va falloir s'accrocher. Il est conquis, autant par le concept que par sa mise en valeur.

La logorrhée de l'horripilante Barbara et de ses larbins ne tarde pas à nous ennuyer. C'est un peu comme si un lutin invisible avait envoyé un somnifère dans nos tasses de café. Je griffonne sur mon cahier, Barbie tournicote une mèche de cheveux sur son index, Lorenzo bâille sans discrétion, Nathalie regarde ses ongles et le BB ne décroche pas du décolleté d'Élé. Leur idée grandiose ? Faire dessiner à nos égéries, Queen B et ma Scarlett, une ligne de rouges à lèvres et de fond de teint, estampillée *Ladies'* ! Waouh, ils sont allés la chercher loin, celle-là. Quel talent ! Les habituels camemberts ont laissé place à un PowerPoint faiblard, paraphrasé par Andréas et Hector.

– Pardonnez-moi, Barbara, mais ce n'est pas avec ça que l'on va ferrer toutes les *It-Girls* de la planète. Des cosmétiques griffés Scarlett et Beyoncé, c'est d'une banalité… C'est téléphoné !

– Jean-Claude, voyons, vous n'allez pas vous laisser berner par toute cette poudre aux yeux ? Nous avons une image de marque à tenir. Et la vulgarité n'a jamais fait partie de notre ligne d'action…

– Quelle vulgarité ? Il faut vous ouvrir à votre temps, Barbara ! Vous confondez tout ! Ce que propose l'équipe d'Éléonore n'est pas grossier. C'est moderne, étonnant et insolite. Il ne faut pas s'aligner sur la concurrence, reproduire des procédés éculés et soi-disant rentables : il faut innover !

– Mais…

– Il n'y a pas de mais ! Je vous ai écoutées toutes les deux, et ma décision est prise…

– Jean-Claude, excusez-moi de vous couper, mais je pense que vous devez savoir quelque chose sur la protégée de votre chère Éléonore… Je ne voulais pas en arriver là, mais puisque vous m'y obligez.

Éléonore se décompose, Jean-Claude s'interroge et moi, je ne comprends absolument rien. Barbara ouvre une chemise et en extirpe plusieurs pages colorées qui ressemblent à des photos. Elle les glisse sous le nez du BB, commentaires à l'appui. Je blêmis. Coup de poignard. Que dire, que faire, que rétorquer ? Je cherche les yeux de ma Barbie qui fond comme neige au soleil en fixant le sol. Lorenzo prend ma main sous la table. Pire moment de solitude *ever*.

– Cocaïne, sexe et pole dance au bureau. Vous la percevez maintenant, la vulgarité ? On ne peut pas se permettre une telle publicité. Mais ce n'est pas tout, j'ai gardé le meilleur pour la fin.

Mon cœur se serre. Qu'est-ce que la garce en chef peut bien avoir de plus sur moi ? Va-t-elle dévoiler au monde mon histoire avec sa rivale ? Jean-Claude semble plus curieux de la suite que choqué par les clichés qui trônent devant lui. J'imagine que de la coke et du cul, il en a vu et revu dans sa carrière comme dans sa vie. La question est de savoir s'il aime suffisamment ça pour le tolérer dans ses rangs. La mine déconfite d'Élé ne me rassure pas à ce sujet.

La furie reprend :

– Vous vous souvenez du bracelet Cartier destiné à Beyoncé qui avait mystérieusement disparu quelques jours avant le lancement de *Ladies' Taste* ? Eh bien, sur cette photo, vous pouvez l'observer au poignet de Crystal !

– C'est une plaisanterie ? j'interviens à bout de nerfs. Oui, j'ai pris de la cocaïne, j'ai dansé en petite tenue contre un pilier du plateau et j'ai possiblement eu des relations intimes avec celle qui vous a fourni ces stupides images… Hein, Inès ? Tu t'en souviens, toi aussi, tu avais le nez plein et la culotte humide ! Est-ce un crime ? On travaillait comme des chiens pour réussir cette soirée cruciale, on a trouvé un moyen de se détendre un peu au milieu de nos dures heures de labeur. Mais jamais…

– Crystal, on ne vous a pas donné la parole… me coupe le Dragon.

– Ferme ta grande bouche ridée, toi. Je ne vais pas vous laisser ruiner ma réputation sous prétexte que vous ne supportez pas notre supériorité créative ! Je disais donc que je n'ai jamais rien volé de ma vie. Ce bracelet était avec les autres ce fameux soir, nous avons toutes essayé les différents bijoux avant de les reposer à leur place. Cette photo n'est pas une preuve de ma culpabilité mais de mon goût pour les belles choses, comme tout le monde ici !

Personne n'ose rompre le silence après ma plaidoirie. Jean-Claude réfléchit et finit par reprendre le lead de cette réunion désastreuse.

– Crystal, je ne peux pas vous féliciter pour ce que je viens de découvrir. Toutefois, vous n'avez certainement pas organisé cette soirée inappropriée toute seule, donc si je vous vire, je me dois de renvoyer également la moitié de cet étage. D'autre part, je n'ai jamais été un grand admirateur de la délation et je ne suis pas dupe du jeu de l'équipe Carton ici. La drogue, le sexe et les nuits débridées au bureau sont monnaie courante dans notre milieu, ça ne scandalisera personne même si ce n'est effectivement pas la campagne idoine pour la suite de *Ladies' Taste*. La seule question qui m'importe est de savoir où sont les preuves qui vous permettent d'asséner de telles allégations à l'encontre de Crystal concernant ce bracelet ?

– Je pense que nous pouvons régler ça simplement. Puisque vous n'êtes pas convaincu, une petite vérification suffira à lever tous les doutes qui flottent dans l'air. Allons faire un tour ensemble près du bureau de l'accusée !

– Présumée innocente, je fais, sûre de moi.

Lorsque je vois Barbara extraire ledit bracelet de mon deuxième tiroir, je manque de m'évanouir, retenue par le bras de Lorenzo. Comment est-ce possible ? Je crie à la manipulation, je jure sur mon chat que je n'y suis pour rien, que la Team Carton est prête à tout… et j'abandonne face aux dernières paroles de Jean-Claude qui va « mener son enquête interne et faire la lumière sur cette affaire ». Je suis cuite.

Devant cette injustice flagrante, contre laquelle je ne peux pour le moment pas lutter, je décide de plier bagage. J'attrape l'*Alma* et pars sans un mot pour mes deux acolytes. Je n'ai qu'une envie : retrouver Alceste et ma bouteille de whisky. Je cours hors de cette tour, comme si ma vie en dépendait. Vite, de l'air.

♦ ♦ ♦

L'étoile de mer, ça faisait longtemps. Mon Oban, 14 ans d'âge, coule dans mes veines depuis une bonne heure et demie, laissant sur son passage une empreinte de malt, d'iode, de sel, de fruits et de feu de bois. Alceste, qui sent toujours ma détresse, s'est collé contre mon ventre et ronronne pour guérir mes maux. Je pense une seconde à mon tiroir magique ; l'orgasme pour se vider l'esprit, pour partir ailleurs. Je ne me résous pourtant pas à déplacer ma boule de poils réconfortante. Je me concentre sur le reflet des bougies au plafond, perçant l'obscurité imposée à mon antre, et peine à réfléchir. Les vapeurs d'alcool, la déception et le sentiment d'impuissance me clouent au lit. Je devrais sortir, courir sur le bitume, évacuer la tension qui va me faire imploser. Je reste inerte, cherchant des réponses dans le néant.

Les bip-bip incessants de mon téléphone ne m'agitent pas plus que ça. Après avoir trouvé la force d'attraper mon iPhone pour lire les premières séries de SMS de Lorenzo et d'Éléonore, j'ai décidé de laisser sonner. Ils s'en remettront. Je n'ai rien à leur dire, je suis une coquille vide. « Just Leave me Alone ». Avec Alex Hepburn.

« *Pain is losing hope, When there's no way out, And nobody's home, Pain is just a part of me, Feeling helpless inside, It's everything that I believe, When I got nowhere to hide...* »

♦ ♦ ♦

J'ai envoyé un mail à Éléonore ce matin pour lui signaler qu'une gastro me condamnait à la quarantaine pour la journée. « Je ne voudrais surtout pas contaminer quelqu'un à la Tour, je vais appeler un médecin », ai-je fait, dans un sarcasme. Impossible de voir leurs gueules, à tous. Je les vomis pour mes dernières vingt-quatre heures, je maudis leur perversité. Et, puisant dans le brin d'orgueil qu'il me reste, je me dis qu'on essaie toujours de renverser ceux qui risquent de nous faire un jour de l'ombre. Qu'ils me fassent donc courber l'échine, je ne vacillerai pas. Je suis un roc, je n'ai besoin ni de leur approbation ni de leur admiration. Le monde me nourrira plus tard, quand je lui aurai donné de quoi m'aimer.

En attendant, sur un « Je suis malade » en boucle depuis une heure, je me bats fictivement avec Éléonore. J'ignore pourquoi ma rancœur envers elle ne m'est apparue qu'au réveil. Hier, j'enculais en pensée Barbara et consorts, me contentant d'ignorer provisoirement l'existence de mes deux compères. Rongée par la honte ? Sûrement. Aujourd'hui, je continue à laisser de côté ce pauvre Lolo que j'ai embarqué dans ce merdier, mais m'acharne sur la blonde. Pourquoi n'est-elle pas intervenue ? Pourquoi n'a-t-elle pas bondi sur les photos ? Elle aurait pu insulter Barbara, la faire taire, me trouver des excuses, hurler au montage, simuler le malaise pour que le BB ne pense plus qu'à lui venir en aide, me prendre dans ses bras, dire que si je pars elle aussi, crier à l'assemblée mon sens des valeurs... Bref, me porter secours au lieu de se murer dans un silence qui sonnait presque comme un affront. Ses traits fermés, son teint blême, ses yeux baissés me font tressaillir rien que par le goût amer du souvenir. Pas de couilles (ou d'ovaires, pour les puristes féministes), pas de feu à l'intérieur. Elle a subi sans moufter, dès que la situation s'est envenimée. Elle m'a déçue. Blessée et déçue.

Je voudrais effacer les fichiers dans mon crâne comme sur un ordinateur. *Delete. Erase.* En un clic, faire disparaître Deauville, le taxi, les toilettes, les recoins de mon appartement, la soirée de lancement, les restaurants, les bars, son bureau, le parking, l'ascenseur, la machine à café... Et tous ces morceaux de nous qui corrompent ma lucidité, entravent mon courage, asphyxient mon cœur.

Je devrais la renvoyer à son mari, rompre sèchement. Une coupure nette et franche. Lui dire qu'elle a fait son choix, le seul possible dans son esprit étriqué, et que moi, je me suis assez amusée avec elle. L'avilir, l'aplatir, lui faire mordre la poussière. Lui rappeler que je suis un électron libre, sans attaches, et qu'elle était plus ma distraction que moi la sienne : j'en aurai mille autres cette année si je le désire, tandis qu'entre les réminiscences de ce qu'elle a découvert et l'ennui de l'après, elle n'aura qu'une putain de phase de cristallisation, inévitable. Elle ne m'oubliera pas, parce que rien ne viendra pimenter son quotidien rangé comme je l'ai fait. Les trajets maison-boulot ne seront plus ponctués de fous rires au téléphone, les bains n'accueilleront plus mes SMS érotiques et top secrets, son bocal ne souffrira plus de la buée sur les vitres. Sa Mini sera vide de ma musique, de mon corps dénudé. Mon souffle ne suivra plus son cou, mes mains ne chercheront plus ses cuisses et mes pieds ses traces de pas. Plus d'ombre rassurante et excitante dans son dos. Juste une vie normale, un retour à la case « avant Crystal ».

Je bande sur l'idée, j'adore me sentir unique et je pense que je le resterai pour elle. Ça me remonterait presque le moral si la sale tronche de Barbara ne clignotait pas dans ma tête.

♦ ♦ ♦

Delia vient de m'appeler, elle est à Paris. Ma lesbienne sexy et chaude a quitté New York pour quelques jours et est dans mon pays. Totalement prise au dépourvu, à la fois ravie et désorientée par cette surprise des plus inattendues, j'ai accepté de la voir ce soir. Mon Américaine déjantée n'en attendait pas moins : lorsque l'Atlantique n'est plus entre nous, aucune raison valable n'existe pour nous empêcher de retrouver nos corps-à-corps délicieux.

Je range les feuilles noircies sur lesquelles je crayonnais et commence le ravalement de mon moi-même, en cogitant. Je me suis réconciliée avec Éléonore aujourd'hui (enfin, j'étais la seule à être fâchée) et je m'apprête à la tromper ce soir ? Après cette journée éprouvante, n'ai-je pas le droit de me détendre ? Me demande-t-elle mon avis quand elle baise avec Jack ? En tant que maîtresse, me dois-je de lui être fidèle parce que c'est moi la pièce rapportée ? Le principe d'exclusivité n'inclut-il pas une réciprocité ? Pourquoi devrais-je me priver d'exulter dans d'autres bras alors que Barbie passe de mes doigts à la queue de son mari ? La vulgarité de mes pensées m'agace. Il faut que je vive l'instant, que j'arrête de me torturer. Notre histoire ne s'est bâtie que sur le temps présent, sans penser à demain. Je dois donc suivre ces règles sans me poser de questions et au rythme de mes lubies.

Pomponnée des pieds à la tête et habillée spécialement pour Delia (tregging en cuir, décolleté bleu électrique, ongles courts et noirs, talons hauts de ma collection pour l'impressionner, cheveux lissés, sous-vêtements transparents), j'astique mon antre en déplaçant le chat-roi toutes les dix minutes. Il accroche ses griffes en profondeur dans son coussin, en guise de réprobation.

Musique lounge et neutre dans les enceintes, pizza sur la table basse (les salades et le bio, très peu pour ma brune ténébreuse), bougies allumées, Leffe pour elle, Desperado pour moi. *Ready*.

Lorsqu'elle pénètre dans l'appartement, je n'en crois pas mes émotions. La vision de son être, son odeur, sa voix, son sourire, sa poitrine débordante qui s'échappe presque de son top provocant... On est bien loin du style BCBG de Barbie et, pourtant, j'en ai le cœur retourné. On se fond dans les bras l'une de l'autre, pendant de longues minutes.

–It's so good to see you, Crys.

–You're gorgeous baby! And this smell... God! I'm loosing my words.

Elle m'électrise. Je ne suis plus dans le sentiment, dans la tendresse et la tentative de construction qui induisent des réflexions sans fin, qui grignotent l'intérieur. Je suis dans le plaisir, la séduction immédiate, la facilité de l'alchimie, sans promesse. Du partage simple, l'évidence d'une relation de *fucking friends*, perverse et grisante.

Il ne nous aura pas fallu plus d'une heure, deux canettes et trois parts de pizza pour passer la vitesse supérieure : strip-poker. Elle gagne toujours, mais je me bats avec une douce férocité. Je sais qu'à la fin, je plierai. Sous ses ordres, sous ses seins. Son autorité sexuelle participe, depuis notre première nuit, de ce puissant désir réciproque. Et, contrairement à certains hommes idiots que j'ai connus, elle sait que la domination ne doit pas dépasser les contours de nos ébats. Je ne le supporterais pas et je n'ai pas eu besoin de lui préciser. Elle me laisse tout l'espace dont j'ai besoin et prend le lead au bon moment…

Je suis en string, elle a encore ses chaussures, son top sans soutien-gorge, et son boxer. Tellement bandante. Elle fouille dans mon tiroir, dont je lui ai maintes fois vanté les mérites, et en extrait ce qui l'intéresse : des nouvelles menottes en plumes (fraîchement livrées hier par *Lemon Curve,* of course), un bandeau et un vibro. Elle m'allonge sur le sol, m'attache un bras à chaque pied de la table basse en prenant le soin de frotter son opulente poitrine contre mon visage. Elle me voile les yeux. M'arrache mon string (paix à son âme) et touche mon corps avec curiosité et empressement. Que j'aime cette contrainte, cette sensation de lui appartenir, d'être son jouet ! Ses doigts retrouvent naturellement le chemin de ma gorge et de mon sexe. Je suis déjà trempée. Elle me gifle les seins, tord mes tétons, empoigne mes fesses, elle assied son pouvoir, ne me laisse aucune liberté. Elle pose sa chatte totalement épilée sur ma bouche et m'ordonne de la lécher. Je m'exécute pendant qu'elle gesticule. L'odeur de crème au beurre de karité m'enivre, la douceur de ses lèvres est sans pareille. Elle m'étouffe par intermittence, pousse des cris de rodéo girl et change de position. Tandis que je suis toujours allongée, les bras en croix, elle se met à quatre pattes sur moi, m'offrant son cul. Je n'ai aucun tabou, elle le sait bien. Je titille son anus avec ma langue jusqu'à ce que l'excitation me permette de la rentrer en elle.

Delia s'amuse de l'autre côté, avec le vibro… Je suis en transe. Sa langue sur mon clito, le vibro à l'intérieur, son doigt dans mes fesses : je meurs de plaisir. *Fuckkkkkkk, do it again !*

La nuit ne fait que commencer et, connaissant mon Américaine, chaque mètre carré va accueillir nos corps bouillants, la cire des bougies n'est plus loin de mon buste et, à l'heure où il faudra compter nos orgasmes respectifs, on se félicitera encore de notre compatibilité.

Je pense un instant à Éléonore. Aimerait-elle nous rejoindre ?

25

Éléonore

DIRE QUE JE ME SENS en situation d'échec est une expression jolie. Adoucie. Mensongère.

Je ne me remets pas des conséquences désastreuses de cette réunion au cours de laquelle a eu lieu la présentation de nos projets respectifs. Jean-Claude, emballé par les chaussures de Crystal, puis immédiatement refroidi par les clichés brandis par Barbara. Quelle vieille salope ! Si j'avais pu imaginer un instant que ce qu'elle tenait contre nous n'était pas seulement un outrage à la décence…

Crystal aurait dû être irréprochable, mais à vingt-cinq ans, quand on bouillonne de créativité, d'énergie, de sensualité, est-ce possible ? Elle a réagi avec une certaine dignité, au fond. Si mon intimité – nudité + drogue + sexualité, un cocktail détonnant ! – avait dû être dévoilée ainsi, je ne m'en serais pas remise. Je serais allée m'enterrer en Bretagne, auprès des ancêtres de Crys et de Maëlis, planter des choux et des coquelicots.

De tout cela, en règle générale, Crys hausse les épaules. L'image sulfureuse que cela véhicule ne fragilise pas son entourage, même si elle m'a confié à demi-mot qu'elle préférerait que sa grand-mère ne le découvre pas. Elle a grandi avec les indiscrétions du web, avec le partage d'infos perso sur Facebook, avec la volonté de se faire remarquer plutôt que de passer inaperçue.

Ce qui a vraiment flanqué les choses au fond de la benne, c'est le bracelet Cartier. Je n'ai pas tilté lorsqu'Inès s'est gourée en m'incluant dans les destinataires de son mail boulet de canon. Le magnifique bijou prêté à Modus pour la soirée figure au poignet de mon amante, sur les photos…

Suite à quoi tous les yeux ont convergé vers Crys, lors de cette horrible réunion.

J'aurais dû rire des photos, dédramatiser. Jean-Claude m'aurait peut-être suivie. Peut-être pas. Mais essayer. Voilà ce que m'ont dit les yeux de Crystal, lorsqu'elle a brutalement quitté la salle de réunion. Et interroger devant témoins la démarche d'Inès, qui se faisait toute petite. Bon sang, Inès… s'attardant au bureau de Crystal… Je sursaute, la gorge nouée. Une petite enquête s'impose.

♦ ♦ ♦

Crys est absente, la cause officielle étant une maladie à laquelle, évidemment, personne ne croit. Lorenzo a quitté Modus. Et moi, ce soir, en cette fin de semaine épuisante, je rentre tôt. Miracle. Les jumeaux sont épatés de voir leur maman à dix-sept heures. Pile pour le goûter. La dernière fois que cela s'est produit, c'était parce que j'étais si malade que j'ai fini aux urgences plus tard dans la soirée.

Lily s'inquiète.

– Maman, tu as un virus ?

– Non, mon poussin, qu'est-ce qui te fait penser ça ?

– Ben, tu ne dois pas être au travail ? Tu disais à Papa que la semaine était dure…

– J'ai décidé de profiter de vous, pour une fois…

Jules trouve ça louche, lui aussi.

– T'as un problème ?

Alison en rajoute une couche.

– Je peux vous aider, Éléonore ?

Je soupire.

– Mais non. Allez, vaquez à vos occupations, goûtez, il y a des compotes et même des brioches que j'ai rapportées de la boulangerie.

Les jumeaux s'exclament et foncent vers la cuisine.

Je reste avec notre jolie nounou-étudiante anglaise. Une merveille, dont mes amies m'ont toujours dit de me méfier. Claudia la première, qui m'avait jugée cinglée d'introduire sous notre toit une bombe atomique comme elle, brillante de surcroît – inscrite à la FEMIS.

Moi, tout ce que je constatais, c'est que les enfants n'avaient jamais été si bien filmés et photographiés depuis.

– Les monstres ont passé une bonne journée ?

– Excellente... Ils ont eu un atelier de poterie ce matin, ils ont adoré, surtout Jules. À midi, Lily n'a pas voulu les haricots verts, comme d'habitude. Et Jules a essayé de piquer le yaourt de son voisin. Et...

– Pourquoi vous pleurez, Alison ?

La nounou fond carrément en larmes. Merde. Elle ne doit plus supporter mes terreurs, c'est moi qui vais pleurer dans cinq minutes chrono.

– Éléonore, je ne devrais pas vous le dire.

– Me dire quoi, Alison ?

– ...

– Vous m'inquiétez, bon sang ! Il y a un problème avec les jumeaux ? Jules a fait une connerie ? Lily a insulté la maîtresse ? Je peux tout entendre, vous savez !

Le mois dernier, nous avons frôlé l'incident diplomatique lorsque ma fille a expliqué à sa maîtresse qu'elle la trouvait mal habillée. Mais ce n'est sans doute rien, comparé à ce qu'Alison s'apprête à me raconter. Je me blinde. Intérieurement. À l'extérieur, aussi.

– Pas du tout... Les enfants vont super bien, ils pètent le feu, ils sont appréciés par l'instit et ils ont plein de copains, non, c'est pas ça...

– Bon Dieu, dites-moi ce qui se passe ! Vous ne pouvez pas fondre en larmes comme ça et ne rien m'expliquer ! Je suis morte d'angoisse, moi…

– C'est au sujet de ma tante Emily.

Emily. Une magnifique quadra aux cheveux auburn, à la silhouette d'ancienne nageuse parfaitement dessinée (bras fermes, poitrine haute, taille fine, hanches harmonieuses, jambes interminables), à l'humour dévastateur. Emily est une brillante collègue de Jack. C'est par elle que nous avons engagé Alison.

– Emily ?

Je ne suis pas sûre d'avoir envie de savoir, mais je sais que nous sommes engagées sur un chemin de non-retour, et que ne pas poursuivre serait considéré comme une preuve de lâcheté, d'indifférence ou d'impuissance – trois sentiments bien éloignés des miens.

– Ma tante Emily a divorcé, il a quelque temps…

– Ça, je sais. Jack m'en a parlé. Il l'a beaucoup aidée à ce moment-là.

Alison me regarde bizarrement. J'enchaîne.

– Arrêtez de rouler des yeux et de tourner autour du pot !

Ma perle anglaise se remet à se lamenter, ce qui m'exaspère.

– Vous savez que ma tante a passé quelques jours en Bretagne, dans l'un des appartements que loue votre belle-mère, pour se ressourcer ?

– Oh, Jack a dû le mentionner…

– Oui ? Non mais, quand même… Ça ne vous fait rien de savoir que ma tante est allée chez votre belle-mère ?

– Bah, c'était une location…

– Ou pas !

– Qu'est-ce que vous voulez me dire, à la fin ? je m'énerve.

– Ma tante a décidé ensuite de venir faire du shopping à Paris. Elle est descendue au Bristol.

Je tressaille. Le message me saisit comme dans un cyclone. Jack est resté quelques soirées tardives au Bristol, ces derniers temps, sans me préciser avec qui. Alison doit penser que je suis une demeurée. Au mieux.

Je me referme comme une huître. Ne pas céder aux soupçons, réfléchir, poser les bonnes questions à la personne concernée. C'est-à-dire Jack, pas ma nounou.

– Alison, je sais que vous ne dites pas ça pour semer la zizanie, mais ça n'est pas à vous de…

– Ah mais si, c'est bien à moi de vous mettre en garde ! La seule chose que ma tante Emily ait fait de bien dans sa vie, c'est m'expédier chez vous ! En dehors de ça, je peux bien vous le dire maintenant, c'est une véritable Gorgone sans cœur…

– Elle n'en n'a pas l'air !

– Elle cache bien son jeu. C'est un monstre d'égoïsme, obsédée par sa carrière et par… la séduction. Une garce. Au moins, je vous l'aurais dit. Et vous devriez demander à Jack pourquoi il ne vous a pas parlé de son séjour au Bristol.

Je la remercie d'un pâle sourire et lui fais signe d'aller retrouver les enfants.

Mon téléphone vibre. Crystal. Tentée de ne pas décrocher, je me fais violence. Car Jean-Claude, qui n'a rien trouvé pour l'innocenter, a évidemment décidé de ne pas renouveler son contrat et souhaite même qu'elle plie bagages sans attendre la fin du CDD. En échange de quoi il ferme les yeux sur l'énorme incident de la soirée clandestine et du bijou. Après tout, c'est ce que j'ai argumenté lorsque nous en avons reparlé en tête à tête, le bracelet a été retrouvé et rendu… C'est évidemment moi qui suis chargée d'annoncer tout ceci à Crystal.

Quel gâchis atroce, sans parler du fait qu'une fois Crys partie, nous nous verrons infiniment moins. C'est tellement plus simple d'avoir une liaison avec un collaborateur ! Beaucoup moins de prévoir des escapades, des rendez-vous secrets, des mensonges. Si j'écrivais un manuel de la liaison parfaite, je commencerais par recommander de coucher avec un collègue. Jack. Emily.

Je décroche, donc. Le problème, c'est que Crystal m'appelle sans s'en rendre compte. Elle ouvre la porte à quelqu'un. Une Américaine. Delia, d'après ce que j'entends... Dois-je raccrocher ou écouter ? Elle ne m'avait pas informée de la venue de celle qui a été son initiatrice...

–*It's so good to see you, Crys.*

–*You're gorgeous baby ! And this smell... God ! I'm loosing my words.*

Mon sang se glace. Je me dirige lentement vers un tabouret aligné près du bar, dans le salon, pour m'y jucher. Dehors, la nuit tombe. Je suis dans la poche de ma maîtresse qui reçoit elle-même son ex. Je m'apprête à raccrocher, parce que ce n'est décidément pas mon genre d'écouter aux portes, quand Delia susurre :

–*I hope you're ready... I've got new tricks to show you !*

–*Mmmmh... Don't you wanna drink a beer before ? And let's play poker, like we used to...*

Je coupe.

♦ ♦ ♦

Couchée dans la pénombre alors que les enfants sont dans leur bain, je fais le point. Mon mari me trompe avec une femme, ma maîtresse me trompe avec une autre femme alors qu'elle a désespérément envie d'un coup de bite –elle me l'a confié à demi-mot, et je pense qu'elle espérait secrètement me chauffer– et moi je suis totalement perdue, même si j'ai l'avantage d'être au courant sans qu'eux le soient.

Il est temps de reprendre ma vie en main. Au sujet de cette histoire avec la belle Crystal, aussi romantique, folle et sexy qu'elle ait pu être, je dois réfléchir sérieusement pour décider de ce que nous ferons. Pour elle, pour moi et mon couple, que je suis en train de perdre. L'entorse de Jack à notre pacte conjugal me fait mal, bien sûr, mais je sais au fond que ça ne représente rien. Il voit Emily tous les jours... comme moi je vois Crys tous les jours. Ça ne signifie pas pour autant qu'on en est au point de divorcer... Quoique je n'aie pas non plus l'intention de rompre avec ma Girafe. Ou alors...

Ne pas leur dire ce que je sais, ni à l'une ni à l'autre. Redresser le menton, aider la première à organiser son défilé (ce n'est pas parce qu'une porte a été claquée que d'autres ne peuvent pas être défoncées), tout en me donnant du temps pour savoir ce qui adviendra de notre liaison ; reconquérir le deuxième.

♦ ♦ ♦

Samedi, dix heures trente. Je me suis échappée de notre week-end familial, en me jurant que ce serait la dernière fois. J'ai fait taire mon mari renfrogné par ma sortie inopinée en lui promettant une belle surprise à mon retour. C'est à Crystal que je m'apprête à faire un autre genre de surprise. J'ai décidé de la coincer en flagrant délit de tromperie. En surgissant à l'improviste chez elle, je tomberai peut-être sur Delia ? La confondre, j'ai envie de la confondre, mue par une idée encore floue... Car ça n'est pas moi qui proposerai une partie à trois ! Mais je vais trop vite en besogne.

Je gare la Mini à l'arrache, achète quelques croissants et monte quatre à quatre les escaliers qui mènent au nid d'amour. Elle doit logiquement encore traînasser au lit avec Alceste et, qui sait, une autre boule de poils.

Je sonne avec insistance, veillant à ne pas me mettre en face du judas, orifice qui porte bien son nom. Une Crystal ensommeillée et ébouriffée m'accueille avec un plaisir manifeste – qui me confirme aussi qu'elle est seule et n'a personne à cacher dans son placard délabré... La lionne me prend la main :

– Comment tu as pu te libérer ? C'est génial, je vais t'avoir pour moi ce matin ?

Je ne la détrompe pas, même si je n'ai pas l'intention de rester…

Je ferme les yeux avant de l'embrasser à pleine bouche.

Elle enlève mon manteau et me regarde gravement, puis me fait asseoir. J'ai la gorge un peu serrée et lui demande du thé… Elle sourit.

– Tu ne veux pas jouer un peu avant, Barbie ?

Si je veux jouer ? C'est tout le contraire. J'arrête les conneries de gamine trentenaire immature. Je dois y voir plus clair. Alceste saute à côté de moi sur le divan, se frotte, ravi de me retrouver. Je le prends dans mes bras et enfouis mon nez dans son pelage, il sent bon le shampoing.

Dans la chambre de Crys, je me cogne le genou contre le king size. Ma future ex-maîtresse minaude.

Elle défait son peignoir blanc qui contraste avec sa peau mate, sous lequel elle est intégralement nue. Ses seins comme des pamplemousses attirent mes mains, tandis que les siennes se collent à mes fesses, dont elle prétend qu'elles sont les pommes les plus rebondies de l'histoire de ses relations sexuelles. Nous sommes un peu une salade de fruits défendus, quoi. N'empêche que ça fait du bien d'entendre ça. Même si ça n'est pas tout à fait la vérité. Elle m'étend sur le lit, se jette sans plus de façon sur moi. Elle est gourmande, ce matin, et m'entreprend plus vigoureusement que sa mine endormie le laissait prévoir. Elle se relève, tamponne ses lèvres avec un mouchoir, farfouille dans sa penderie, en sort un gode monstrueux, nervuré, vibrant.

♦ ♦ ♦

Samedi, début d'après-midi. Je reviens à Neuilly, après m'être éclatée – enfin, après avoir fait jouir plusieurs fois ma maîtresse adorée – et tout à fait concentrée sur l'objectif que je me suis fixé.

Récupérer mon mec. Le sonder, comprendre la relation qu'il vit avec la fameuse Emily, agir en conséquence ; séduire, briser l'ennemie. Ce dont je suis moins sûre, c'est de la date de ma rupture avec Crys, qui paraît un peu inéluctable mais à laquelle je ne parviens pas à me résoudre. Ça peut attendre. Tant qu'il y a le défilé à construire et organiser. Sans moi, elle ne pourra pas le faire. Et si nous rompons, elle ne me laissera pas l'aider – d'ailleurs, nous n'en aurons plus envie ni l'une ni l'autre…

J'ai chargé Alison d'emmener les petits au Jardin d'acclimatation sur le prétexte d'un coup de tête, d'un besoin de solitude, alors que j'ai prévu toute une mise en scène avec Jack. C'est le début de la reconquête, les starting-blocks pour une nouvelle vie.

Jack paraît indifférent au tumulte qui m'agite et au silence de l'appartement. Il est plongé dans ses dossiers sur la table basse du salon, maugréant comme d'habitude contre je ne sais quel chiffre tombé dans l'heure. Je m'assieds derrière lui et entoure son buste de mes jambes nues – je me suis mise en débardeur sans soutien-gorge et short court sans culotte. Je pose mon visage sur son épaule, il se raidit. La partie s'annonce moins facile que je l'imaginais. Regagner du terrain demandera du temps. Je glisse à ses pieds, repousse l'ordinateur portable sur la table basse et entreprends de caresser ses cuisses à travers son jean. Je glisse une main sous son marcel gris, une autre sur sa braguette, colle ma bouche sous son oreille…

Je sens mon mari durcir. Il ne s'avoue pas vaincu pour autant, proteste à moitié, rend les armes sous mes baisers, son buste capitule, ses reins reculent, son corps se détend enfin sur les coussins du canapé.

♦ ♦ ♦

Je regarde Crys remplir ses deux cartons des affaires entreposées ici depuis son arrivée. Elle semble presque légère à l'idée de quitter la Tour, sous le regard inquisiteur de nos désormais ennemis officiels : Barbara, Inès, Andréas,

Hector… J'ai presque envie de la suivre. Je ne le ferai pas, comme je le lui ai expliqué ce week-end. Je ne peux pas tout quitter comme elle. Crystal le savait avant qu'on en parle. De même que Lorenzo, qui a déjà rebondi. Il a repris son travail à mi-temps dans l'atelier de son père, et sollicité une bourse de la création auprès de la fondation Pierre Bergé. J'ai promis à Crys que nous monterions tout de même notre défilé.

– Et tu crois vraiment qu'il est possible de créer l'événement sans l'appui de Modus ?

Elle est sceptique. Mais je pullule d'idées…

D'abord, nous avons évoqué la possibilité de faire appel à des actrices connues pour porter nos modèles. À débattre. Puis, contrairement à la soirée *Ladie's Taste*, le choix de l'endroit me paraît évident pour cette collection hyper novatrice, sexy et provoc : il faut que le défilé soit organisé dans un lieu chic et classique, à savoir le musée Galliera – haut temple de la mode et des accessoires – avenue Pierre-Ier-de-Serbie.

Mon idée n'a pas plu à la Miss.

– Un musée, pouahh, quelle horreur et quel ennui ! Je te connaissais plus créative, Barbie !

– Mais justement, l'idée est de créer un décalage…

– J'avais plutôt imaginé d'un endroit à l'ambiance ultra sexuelle, pour que les gens soient tout de suite dans le bon *mood*… Je pensais à une folie genre un club échangiste, comme Les Chandelles…

– Grande malade, va. On va dire qu'elles sont vulgaires, tes chaussures…

– On peut peut-être trouver un lieu *juste* glamour ?

26

Crystal

SI J'AI MIMÉ L'INDIFFÉRENCE, quitter Modus a été une épreuve. Cette Tour que j'avais cru apprivoiser, cet univers que j'avais fait mien, cet endroit qui a vu naître une idylle passionnée... J'ai l'impression d'être amputée. Consciente que je dois aller de l'avant et que le temps fera son œuvre, je rumine malgré tout. La mesquinerie des anti-moi ne me manquera pas vraiment, mais elle avait le mérite d'être un booster. Je suis de celles qui adorent relever les défis, contredire les détracteurs. « Votre fille n'aura jamais sa troisième étoile », avait dit ce moniteur de ski à ma mère. Ah oui ? Quelques jours après, je réalisais un sans-faute et repartais avec la précieuse médaille. Ne jamais me dire jamais, je risque de vous impressionner.

J'avais pressenti cette claque dans la tronche. Trop de bonheur, trop de portes ouvertes, de coups de pouce du destin, de gains inopinés, d'amour et d'orgasmes... ça ne pouvait pas durer. Il fallait que la vie m'arrache quelque chose, mais elle s'est fait un peu trop plaisir : Delia a déjà quitté Paris pour poursuivre son périple en Europe (et retrouver une amante dans chaque port ? Je préfère ne pas y songer), je suis désormais persona non grata chez Modus et Éléonore n'est plus la même, elle souffle le chaud et le froid, ça sent mauvais. Pas de pénis pour combler mes vides intérieurs. Me restent ma collection et la mise en place du défilé : focus.

Le footing de ce matin n'a pas suffi à mon corps, j'ai tant de toxines à évacuer. Je décide de lancer ma playlist « gym at home » et d'enchaîner une heure de fitness, aussi utile à ma ligne qu'à ma santé mentale. Shorty gris, débardeur noir, je n'ai personne à éblouir, mais si mon reflet me convient, je travaille mieux. Face aux miroirs de ma penderie, balai dans les mains et musique à fond, je multiplie les squats (flexion sur les jambes) jusqu'à ce que mon cul me crie d'arrêter. Puis les fentes, les relevés de bassin, les abductions des hanches (mouvement de balancier des bras vers les chevilles, à tour de rôle), etc. Debout, couchée, debout, couchée : aucun répit. Suante et essoufflée, je sens les douleurs pulluler du buste aux jambes en passant par le fessier. Encore.

♦ ♦ ♦

Ma sonnette retentit un peu trop à l'improviste à mon goût des temps-ci. Qui peut bien encore venir me déranger cette fois ? N'ai-je pas le droit de cuver ma colère en paix ? Bordel…

– Oui ?

– C'est la voisine du dessous…

Je le vois bien connasse, j'ai le judas. Mais que me vaut cette désagréable intrusion ? Je garde mon venin et lui ouvre la porte malgré moi.

– Mademoiselle, il faut qu'on parle.

– Ah oui, mais de quoi donc, Madame ? dis-je en me demandant ce qu'elle dissimule dans le panier qui bouge tout seul dans ses mains.

– De votre chat et de ses problèmes…

– Mon Alceste n'a aucun problème ! Je ne vous permets pas de…

– Ah oui ?? Et c'est quoi ça ??? fait-elle en haussant le ton.

Elle retire la couverture qui recouvrait le panier sautillant et me pointe du doigt quatre adorables petits chatons sur lesquels je ne tarde pas à m'attendrir. À croquer, ces bébés ! Toutefois, je ne vois pas le rapport avec ma boule de poils.

– Alceste a-t-il été agressif avec eux ? Il est d'un naturel assez jaloux, vous savez. Il tient à être le seul mâle de la maison et de l'immeuble. Ce sont ses escaliers, son hall d'entrée, son terrain de jeu.

– Ah ! mais ce n'est pas ça le souci, Mademoiselle.

Si elle continue à me donner du *Mademoiselle* sur ce ton, celle-là, je vais lui claquer la porte au nez ! Je reprends en essayant de calmer mes nerfs et de fixer mon attention sur ces magnifiques miniatures.

– Il ne fait plus ses besoins dans la cage d'escalier depuis des années il me semble, donc je ne vois vraiment pas ce que vous avez à lui reprocher…

– Regardez bien ces chatons, Mademoiselle Roche !

– Oui, ils sont absolument craquants, mais…

– Vous ne remarquez rien ??

– Non ! Vous allez me dire ce qui se passe à la fin au lieu de m'asticoter ?

– Votre gros matou a engrossé ma sublime chatte !!!

– Alceste n'est pas gros… Euh, quoi ???

– Parfaitement très chère ! Il a violé ma délicieuse Fantine !

– Vous délirez ! Elle n'est pas du tout son genre en plus.

– Il faut croire que si ! Et ma Fantine a fait un déni de grossesse, la pauvre.

– Un quoi ? Ça existe chez les chats ça aussi ? Déjà que j'ai eu du mal à y croire pour Sheryfa Luna…

– Ne faites pas de l'humour, ce n'est pas drôle. Il a abîmé son corps, violé son intimité… et maintenant, je me retrouve avec quatre enfants issus des sévices…

– Euh, vous perdez l'esprit là ! Des sévices ? Ça ne va pas bien là-haut, hein ? Ce sont des chats, avec des envies sexuelles comme tout le monde, et ils ont copulé, voilà tout. En même temps, la pauvre, je la comprends…

– Que voulez-vous dire ?

– Non, rien. On ne va pas disserter sur leurs petites affaires pendant trois heures. Je suis bien désolée que la ceinture de chasteté de votre minette n'ait pas résisté à mon play-boy de chat, mais j'ai beaucoup à faire aujourd'hui.

– Très bien. Je vous laisse donc les restes de leur petite affaire, comme vous dites. Et que je ne revoie aucun de vos monstres chez moi !

– Mais, attendez, que voulez-vous que j'en fasseeeeee ?

Mes mots se perdent dans le vent, la vieille a déjà rejoint ses pénates, et les petits trônent sur mon paillasson. *Fuck*.

C'est vrai que, quand on prend le temps de les observer, ils ont du Alceste en eux. Des apollons en puissance ! Leurs petites bouilles ne me laissent pas indifférente, mais je n'ai pas la place d'élever une famille monoparentale moi ! Mon chat-roi ne prend pas mieux la nouvelle que moi, il souffle de loin, et sa mine renfrognée ne m'annonce rien qui vaille. Qu'allons-nous devenir ?

Telle maîtresse, tel chat, hein ! Bête de sexe un jour, bête de sexe toujours !

– Putain, Alceste, tu ne pouvais pas te contenter de frotter ta quéquette contre ton lapin en peluche comme d'habitude ??

Il me toise avec un air qui dit « je ne comprends pas pourquoi tu gueules alors que c'est toi qui amènes des intrus chez nous ». Sacré lui !

Fantine et Alceste : Victor Hugo et Molière se retourneraient dans leurs tombes. Une histoire impossible, anachronique. C'est forcément Fantine la coupable ! Traînée, va…

Je me demande tout de même comment il a fait ? Ça sent le coup foireux de Lorenzo qui, lorsqu'il n'en peut plus des caprices de mon tigré, lui ouvre la porte d'entrée pour avoir la paix. Alors même que je lui ai déjà dit cent fois que c'était risqué et qu'Alceste ne devait quitter l'appart qu'en laisse…

Et Léo qui débarque dans quelques heures pour dîner, c'est un cauchemar. Je décide cependant de régler ce petit imprévu en adulte. Pas de SOS cocaïne, pas de fuite en avant sur le bitume ni d'étoile de mer imbibée de whisky. Je file chez le vétérinaire – qui ne manquera pas de me rappeler ô combien il m'avait prévenu de la nécessité de castrer mon matou (non mais franchement, quelle barbarie !) – pour trouver de quoi nourrir la progéniture du play-boy de l'immeuble.

Alceste me regarde enfiler bottes et manteau en me suppliant de ne pas le laisser seul. La mine de cocker version la *Belle* du *Clochard*, fallait y penser avant de prendre ton pied avec une chatte de passage mon gros : démerde-toi !

♦ ♦ ♦

– Non mais Léo, tu ne peux pas fumer de pétard devant les petits, tu vas les intoxiquer !

– Sérieusement Crys ? Déjà que j'ai les yeux rouges, le nez qui gratte et que malgré tout je suis encore là parce que tu as insisté, tu ne vas pas en plus me priver de ma beuh parce que tes rejetons ont envahi l'espace ??

– Tu exagères, je n'y peux rien si mon chat est un pénis ambulant !

– Fume pour oublier dans ce cas. D'ailleurs, il n'a pas l'air bien ton papa, là… Tu ne veux pas lui faire tirer une latte ou deux ?

– T'es dingue !

– Roh, ça ne va pas le tuer. Je suis sûr qu'il a déjà fini les verres de sky que tu laisses traîner au pied du lit quand t'es défoncée !

– N'importe quoi… Je ne sais pas ce que vous avez tous aujourd'hui avec mon chat, il n'est pas aussi dépravé que vous le dites. Il aime les bonnes choses comme moi, c'est tout.

– Tu as dit l'essentiel, Princesse !

– *Shut up* !

Je tente de ménager mes convives pour éviter la Troisième Guerre mondiale. Du lait maternisé pour les trolls (entre quatre et six fois par jour, ça va être pratique avec le boulot qui m'attend pour le défilé !), un cendrier, une pizza et de la bière pour le frérot, des restes de poulet pour le nouveau père de famille déjà dépressif, qui ne supporterait pas la sécheresse des croquettes. Et « *Here I am (Come And Take Me)* » de UB40 dans les enceintes pour moi.

– Bon, avant que je sois trop high, dis-moi, tu vas bien ?

– Léo, t'es déjà high !

– Admettons... Mais réponds !

– Ça va, oui. Je me remets doucement de l'épisode Modus. Le plus dur n'est pas vraiment d'être partie puisque mon contrat touchait à sa fin de toute façon. Ce qui me bouffe, c'est l'injustice. Je déteste ça, tu sais bien. Laisser derrière moi une image tronquée, c'est affreux. Assumer mes excès et ma dépravation, OK, mais je ne suis pas une putain de voleuse...

– Je peux te faire un aveu ? Je ne sais pas si je t'écoute ou si je te regarde parler... Faut dire que t'es particulièrement canon ce soir...

– Pfff ! Je suis ta sœur, Léo... Mais t'as raison, suis hot avec mes cheveux en pagaille et mon jogging bleu !? je lui lance, ironique.

– Ben oui, je ne plaisante pas. On dirait Gabrielle Solis !

– *My God*, quand tu prends des références comme ça, j'ai l'impression d'être avec Lorenzo ! Chéri, faut te remettre au foot et aux sorties entre mecs, ça urge !

Je regarde mon frère affalé sur le sol, Alceste tourner avec curiosité et appréhension autour des petits (trois mâles et une femelle), et je me dis que mon monde est un joli foutoir.

– Tu vas en faire quoi des vermisseaux, là ?

– Pourquoi, tu en veux un ?

– Toi aussi tu planes, Gabi !

– Je pensais à Lorenzo justement, et puis à Papa et Maman...

– Arrête !! Avec les micro-cochons choses, là ?

– Les cochons d'Inde !

– Oui, comme tu veux... Maman ne voudra jamais prendre le risque de blesser un de ses petits rats...

– Cochons d'Inde !!! Et puis il n'y a pas de raison que les chatons les agressent : ils sont en cage et les petits ratons sont très jeunes. Ils vont s'habituer dès leur tendre enfance, tout ira bien.

– Moi je dis : bon courage pour la négociation !

– T'inquiète, je tirerai sur les cordes sensibles.

– T'es machiavélique…

– En fait, plus t'es déchiré, plus t'as du vocabulaire toi…

– *Bitch* !

♦ ♦ ♦

Éléonore me semble si loin, elle se dérobe et j'ai bien trop d'ego pour la ramener à moi, sachant que mes dernières tentatives se sont soldées par un échec. Elle fuit comme le savon qui m'a fait me ramasser par terre ce matin, tout en ayant le vice d'être très présente pour l'organisation du défilé. Imagine-t-elle que la pilule passera mieux si elle quitte d'abord mon lit, avant d'abdiquer professionnellement ?

Lorenzo, qui a accepté de prendre sous son aile la chatte du panier après deux heures de pourparlers, ne sait pas quoi en penser. Il ne m'encourage plus à aller vers elle, à jouer la carte de la séduction ou de l'affect. Sait-il quelque chose que j'ignore ? Toujours est-il que mon Lolo a souvent été extralucide, et ce constat endommage mon maquillage : si j'y réfléchis trop sérieusement, je fais couler mon rimmel. Je me concentre donc sur les coups de fils fondamentaux à passer : convaincre ma mère pour les chatons, discuter avec Paula du déroulé et écouter Lorenzo qui doit m'annoncer sa grande trouvaille concernant le lieu du défilé (il a commencé le teasing par SMS). Je décide de donner la priorité à ma mère parce qu'Alceste semble de plus en plus sceptique quant à ses nouvelles fonctions.

– Salut Maman !

– Coucou ma puce, comment vas-tu ?

– Pas très bien…

– Oh mon petit cœur, qu'est-ce qui t'arrive ?

(Non, je n'ai pas eu la force de dire à mes parents que Modus et moi avions divorcé avant l'heure pour des histoires de sexe, de drogue et de vol. Je me contente d'attendre la fin officielle de mon contrat.)

– Rien de grave mais entre la préparation du défilé et le stress qui monte, je panique total. Et là, je viens d'apprendre une nouvelle un peu embarrassante, dans tous les sens du terme.

– Comment ça ?

– Alceste est papa !

– Quoi ? Mais ton chat ne peut pas être enceint voyons, c'est un mâle !

– Non, non, il n'a pas de polichinelle dans le tiroir, Maman, il est papa de quatre chatons ! C'est la voisine du dessous qui me les a amenés hier en me disant qu'Alceste avait engrossé sa chatte et que celle-ci avait accouché. La tête des petits a trahi le coupable, si tu vois ce que je veux dire…

– La vache, mais comment tu vas faire ?

– C'est bien là le problème Mum. Je n'ai absolument ni le temps ni la place pour les garder…

– Ah non, je te vois venir !

– Maman…

– Non mais Crystal, c'est TON chat et TES problèmes. Moi, j'assume déjà mes cochons d'Inde et il est impossible de…

– Maman, tu ne peux pas me faire ça. Prends-les au moins en attendant qu'on les place. Tu as plus de temps que moi pour les nourrir et t'en occuper, je te jure, je suis débordée, je joue ma vie avec ce défilé. Et puis Lorenzo en a déjà recueilli une chez lui.

– Il en reste donc trois, tu te rends compte ? Trois bébés chats ?

– Oui, Maman, mais je n'ai que toi pour m'aider (je tente avec une voix chevrotante).

– Ah, tu m'énerves. C'est toujours pareil depuis que tu es petite : tu me fais endosser les conséquences de tes choix…

– C'est un cas d'extrême urgence, le défilé approche et avec le boulot en plus, je suis sous l'eau. T'es ma maman d'amour : si tu ne te dévoues pas, qui le fera ?

– Faites des enfants qu'ils nous disaient... Sacrée toi ! Je vais en parler à ton père et on va venir les chercher, mais je te préviens, dès que ton défilé est fini, tu te démènes pour leur trouver un foyer.

– Oui Mum, t'es la meilleure ! Je t'aime fort !

– C'est ça oui... quand ça t'arrange !

– Non, toujours ! Je pense que le mieux serait de laisser passer les six semaines de lait maternisé puis de sevrage et dès qu'ils peuvent manger normalement, on les placera.

– On verra ça...

Crystal : *one point* ! *Next*...

– Hello mon Lolo ! Ça va ?

– Yes et toi, ma Tatass ?

– Pas mal, j'ai réussi à refiler les trois autres à mes parents, ils vont passer les prendre en voiture.

– Toi alors, t'obtiens toujours ce que tu veux...

– J'ai souvent de bons arguments, c'est tout ! Comment tu t'en sors avec la miauleuse ?

– Plutôt bien, je l'aime déjà. Je lui ai trouvé un prénom qui devrait te plaire d'ailleurs.

– Ah ouais ? Balance !

– Scarlett !

– Comme une princesse hollywoodienne, j'adore !

– Je m'en doutais.

– Bon, et c'est quoi alors ton lieu magique pour le défilé ?

– T'es prête ? J'ai tranché entre le musée et le club échangiste, fallait bien vous départager... Et je vous propose...

– Accouche !!!

– Le Cloître des Billettes !

– Qu'est-ce que c'est que ce truc-là ?

– C'est dans le 4ᵉ, rue des Archives.

– Sympa comme coin, mais encore…

– J'ai déjà dîné là-bas, c'était incroyable. Illuminé aux bougies, en plein hiver mais avec les lampes chauffantes et tout le tralala. Quand tu vas voir les allées voûtées jouxtant la cour intérieure, tu vas tomber par terre chérie ! Parfait pour installer le catwalk, suffisamment inattendu et insolite pour créer l'événement comme tu le voulais et ni trop vulgaire ni téléphoné, comme le souhaitait Élé…

– Mouais. Et on a l'accord ?

– Oui, je suis en train de finaliser !

– Sans avoir eu mon aval ?

– Joue pas les divas, Crys !! On avait besoin d'une solution et puis, tu me fais confiance ? J'ai eu un coup de cœur, tu aimeras forcément.

– OK, OK, admettons.

– Tout le côté religieux fait écho à « Mourir », quant à « de plaisir », ça laisse la surprise !

– Tu le vends bien. Je te crois et je te quitte là-dessus, il faut que j'appelle Paula.

– Dac, tiens-moi au jus !

– Of course, baby, bisous !

– Kiss.

Je me sers un petit remontant (j'ai bien le droit de décompresser) et j'enchaîne, avec mon tigré sur les genoux. Le gratter a un double effet positif : ça nous calme tous les deux. Son ronronnement m'apaise. Paula, *now*.

– Ma beauté !

– C'est moi !

– Comment tu vas, ma Crystal ?

– *Up and down*, mais globalement je m'en sors. Mille péripéties à te raconter quand le défilé sera derrière nous !

– Je me doute ! C'est pas évident d'être une jeune créatrice : faut toujours être à la hauteur de son talent !

– On va dire ça, oui…

– Ne t'inquiète pas va, tu vas tout déchirer comme d'habitude. Et n'oublie pas : *I've got your back baby* !

– *I know*, t'es un cœur, heureusement que tu existes, toi !

– Je travaille la presse féminine au corps, je veille sur tes super VIP et je suis sûre que ta mise en scène va en mettre plein la vue !

– J'espère… Je prie pour ne pas m'être gourée en oubliant l'idée des mannequins people !

– Non, c'est un choix audacieux mais un bon choix ma puce, vraiment. Ça change ! Et puis on s'en fout que ce soit Kate Moss sur le stage, l'important c'est que tout le monde ait les yeux rivés sur les pieds et les chaussures ! Le fait d'avoir opté pour des « madame tout le monde », c'est parfait. Surtout que tu leur as créé un univers, une histoire. Les starlettes auraient eu tendance à faire de l'ombre au scénario, au concept et à tes créations… T'as géré, je t'assure.

– T'es canon, j'ai toujours le moral quand je parle avec toi. Tu me fais voir la vie en rose !

– (sourire bruyant) Ça s'est bien passé avec le kiné ?

– Nickel. Il est venu tester les produits avec plusieurs filles et il a approuvé le système. Aucun point noir à l'horizon, ça m'a rassurée.

Tant mieux ! Et le lieu ?

– Éléonore voulait un musée pourri, moi un club échangiste soi-disant vulgaire. Lorenzo était évidemment, ENCORE, du côté d'Élé mais devant ma fin de non-recevoir, il a trouvé une autre idée. Le Cloître des Billettes je ne sais pas quoi…

– Génial, c'est top cet endroit !

– Ah oui, tu connais ?

– Yes, j'ai vu une expo là-bas une fois, y a une âme dans la place. Et puis c'est un lieu plutôt austère qui devient vite chaleureux quand tu l'habilles d'une ambiance. Faut la jouer bougies et décor intimiste.

– Oui, avec de l'encens aussi. Lorenzo finalise le deal et on installera tout ça.

– Top ma chérie, ça va être GRAN-DIOSE ! Et avec ta Barbie ?

– Arf, n'en parlons pas, je préfère penser positif et notre histoire part un peu en cacahuète, je la sens plus… Mais bon, elle est à fond pour l'event, je me dis que, présentement, c'est l'essentiel.

– T'as raison. Focalise-toi sur ça, ton destin est en marche, beauté. Je dois te laisser, j'ai un double appel urgent. T'embrasse fort !

– Idem et merci pour tout.

–*Always*…

Hop, c'est déjà l'heure de nourrir la marmaille…

27

Éléonore

BRASSERIE LE COQ, COMME D'HAB', avec ma Claudia... Mon amie vient de quitter son mari pour la quinzième fois depuis que je la connais, elle et moi en rions, nous savons que l'époux reviendra et qu'elle succombera. En attendant, elle boude chic dans une suite du Ritz...

– Tu savais qu'ils ont une piscine vraiment fabuleuse ? Ça me donnerait presque envie de jeter pour de bon le nabab...

Mon Italienne préférée appelle toujours son mari ainsi. Le nabab...

– Et l'avocat ?

Ça, c'est pour Jack. Je ne sais pas trop comment répondre à cette question. Dois-je avouer à Claudia que rien ne va plus, alors qu'elle nous a toujours cités en exemple dans la tourmente ? Le couple modèle, a-t-elle coutume de nous surnommer. Par bonheur – ou malheur ? – elle enchaîne sur Crystal, qui lui a tapé dans l'œil. Qu'est-ce que je disais... La Girafe ne laisse personne indifférent.

– Et ta cordonnière incendiaire ? On a vraiment un orgasme en mettant ses chaussures ? cligne Claudia, le museau dans son cocktail au champagne rosé.

– Sa collection d'escarpins est conçue de telle façon que les zones érogènes du pied sont stimulées... Donc tu n'auras pas un orgasme en les chaussant, mais ton désir sexuel est réveillé...

– Tu les as essayées ?

– Pas tout à fait… Je veux dire, j'ai enfilé un modèle, mais je ne les ai pas portées suffisamment longtemps pour en éprouver les vertus ! Ce sont des prototypes extrêmement précieux. Y a que Crystal qui les teste un peu plus en profondeur, si j'ose dire.

– Il faut les montrer. Qu'est-ce qu'elle compte faire ? Modus va l'aider à faire connaître son idée ?

– Pas vraiment. En fait, elle s'est fait virer par Jean-Claude…

– Pourquoi ? Il est tombé sur la tête ? L'idée marketing est géniale, même si l'histoire de réflexologie plantaire ne doit pas vraiment fonctionner…

– Jean-Claude s'est fait manipuler par Barbara Carton, tu sais, ma vieille ennemie…

– Ah ! le Dragon qui pue, c'est ça ?

Je glousse.

– Je voudrais aider Crystal. Tu crois que tu peux t'en mêler ?

– Certainement *darling*. Même si ta copine a d'autres alliées, il me semble. Paula Jackson ?

– Oui, mais il nous faut ta présence. À nous quatre, c'est le succès assuré. Nous voudrions monter un défilé incroyable. Hors fashion week. Ici, à Paris.

Elle hésite.

– Tu sais que Paula ne m'aime pas beaucoup ?

– Tu ne m'en as jamais parlé.

– Bah, c'est une vieille histoire. N'empêche que cette pimbêche a la dent dure !

– Raconte !

– Ben c'est tout con : j'ai couché avec son mari.

– Tu as couché avec Paul ??

– Ça te semble si extravagant que ça ? Il est plutôt beau gosse, je crois que je ne suis pas difforme, et on passe nos vies dans les avions… dans les plus beaux hôtels du monde…

– Passons… Tu as donc couché avec l'un des DJ les plus connus de la planète, sa femme jalouse l'a su et…

– Sa femme jalouse, comme tu y vas ! À l'époque, elle avait un net penchant pour les brunettes sexy. Paul pensait baiser en toute impunité…

– Tu sais bien que c'est jamais aussi simple, Claudia.

On se tait quelques secondes, nos carpaccios-roquette sans assaisonnement, parmesan à part, sont délicatement posés par une serveuse bombesque.

– Bon, en même temps je lui ai bien sauvé la mise en le tirant de son problème de douane, l'autre jour…

– Tu l'as fait pour notre soirée *Ladies' Taste*, pas vraiment pour lui…

– Et alors ? Claudia hausse les épaules. Le résultat a été le même, non ?

– Ma belle, on a besoin de toi pour ce défilé. Ce doit être un coup d'éclat, un coup de beauté, un coup de com' et un coup de génie. Il va permettre à la carrière de Crys de s'envoler… Elle ne sera pas venue chez nous pour rien.

Claudia me regarde, légèrement soupçonneuse.

– Mais dis-moi, tu peux m'expliquer pourquoi tu fais tout ça pour cette fille ? C'est quoi l'idée, tu as un truc à cacher ? Elle te fait chanter ? Elle a un doss ?

– Pas du tout, c'est pour elle, uniquement pour elle. Parce qu'elle me touche, qu'elle me ressemble en plus jeune, elle a une créativité et une ambition que l'âge et les enfants n'ont pas encore émoussées…

– Et alors ? Tu n'es pas sa mère. Quelqu'un t'a aidée, toi, lorsque tu as monté ta première expo ? Quelqu'un t'a donné un coup de main dans le panier de crabes de Modus ?

Je mâchonne un bout de viande sans conviction.

– Personne ne m'a aidée, c'est vrai… Encore que Jack… toi…

– Tsss. Tu as fait tes choix comme une grande, tu t'es frayé un chemin dans la jungle… Explique-moi pourquoi je devrais donner une once d'énergie à ce défilé dont tu ne tireras rien ?

– Fais-le parce que je te le demande… Pour moi. Parce que Crys compte à mes yeux, et que je compte aux tiens.

– Bah dis donc, je serais presque jalouse !

Claudia est ébranlée.

– Tu n'as pas à l'être ! Ce qui nous relie est tout à fait différent. Rien à voir.

– Je veux bien que tu m'expliques, alors, en quoi ton amitié pour elle est différente de la nôtre ! Je te jure, Élé, tu vas finir par me faire flipper…

Je respire un grand coup. Et si, après tout, je lui racontais ma liaison ?

– Nous sommes plus qu'amies.

– Vous êtes amantes ? Non, je le crois pas. Et si, en fin de compte, c'est raccord !

– Raccord avec quoi ? Tu as vu quelque chose à la soirée ?

– Absolument pas. Mais ton mari est convaincu que tu as une histoire avec Andréas ou le BB. Il ne savait pas très bien qui, au juste, et ses hypothèses ne le satisfaisaient pas… Il n'était pas à côté de la plaque en fait !

– Attends, depuis quand Jack te fait des confidences ?

– Il y a quelques semaines, je suis venue prendre un thé chez vous. Ne t'énerve pas ! La nounou était là avec les jumeaux, c'était purement amical, d'ailleurs c'est toi que j'étais passée voir à l'improviste, mais tu te trouvais Dieu sait où.

Dieu sait : avec Crystal. Je pique du nez dans mon assiette.

– Et donc ? Que t'a dit Jack ?

– Pas grand-chose, et l'essentiel. Depuis Rome, vous êtes deux étrangers… Mais merde, Élé, tu couches vraiment avec une autre femme ?

– Oui. (Je plante mes yeux dans les siens, par défi.) Et c'est génial.

– OK, mais ça n'est pas très sérieux ? Parenthèse, tu crois que tu es gouine ?

– Beurk, arrête d'utiliser ce mot trop moche. Non, je ne suis pas lesbienne, et Crystal non plus d'ailleurs. C'est juste qu'il y a une attraction entre nos corps et nos âmes, depuis que l'on s'est rencontrées…

– Blablabla…

– Je te jure !

– Et puisqu'on y est, comme tu as goûté à la tarte aux poils… tu me trouves comment ?

Je ris à nouveau. Question piège, typique de mon amie facétieuse et profondément soucieuse de son apparence.

– Je n'ai jamais pensé à coucher avec toi, même si tu es de loin la plus belle femme que j'ai rencontrée. Je ne suis pas lesbienne. Ce qui se passe avec Crystal, c'est hors normes, c'est électrique, enchanteur, irrésistible. Quand on est ensemble, on n'est pas deux femmes. On est deux corps qui se réclament, qui se gourmandent, qui s'apaisent. C'est très étrange, je t'assure ! Mais si j'étais lesbienne, aucun doute, je te sauterais dessus.

Claudia médite mes paroles, satisfaite. Elle s'assombrit à nouveau.

– Tu vas faire quoi avec ton mari ? Je te signale que tu as un mari. Une bite avec un cerveau…

On pouffe toutes les deux, même si l'heure est redevenue grave.

– L'ensemble forme un tout assez sympa dont tu portes le nom, tout comme vos enfants… Dix ans de mariage, tu saisis ? Elle y réfléchit la petite… ?

– Non, elle n'y pense pas car on ne se projette pas, qu'elle a vingt-six ans et bien d'autres trucs en tête.

– Mouais. C'est quand même pas cool, ce que tu fais à Jack.

– Hé, Claudia, je te signale que t'es loin d'être un parangon de la fidélité conjugale ! Vous vous êtes séparés combien de fois, avec le nabab ?

– On ne les compte plus, ça fait partie de notre histoire, ma chère ! Sans tromperie et sans mensonges, notre couple ne tiendrait pas… Mais toi…

– Jack s'est peut-être plaint auprès de toi, mais est-ce qu'il a pensé à t'avertir de sa *love affair* avec sa collègue ? La belle, brillante et *single* Emily ?

La réponse est négative, bien évidemment. Éléonore la vilaine, Emily le fantôme. C'est pratique ! Mon amie italienne résume plutôt bien la situation.

– Vous vous trompez, tu te réfugies derrière le fait que coucher avec une femme n'est pas vraiment tromper ton mari, et lui a moins d'excuses même s'il nourrit le sentiment que tu le délaisses... Vous êtes quand même tous les deux coupables.

– ...

– Tssst ! Ne dis rien. La seule façon de reprendre la main, c'est de redevenir irréprochable.

Je picore une feuille de roquette, une lamelle de parmesan, un bout de viande.

– Tu m'as bien entendue, Élé... Il faut que tu redeviennes irréprochable si tu veux récupérer Jack.

– OK, mais je ne peux pas laisser tomber Crystal maintenant ?

– Qui te parle de la laisser tomber, mon chou ? Tu vas l'aider pour ce défilé ! Être le rouage sans qui rien ne tient. Mais il faut aussi que tu prépares ta sortie de la vie de Crystal.

– Comment ?

– En provoquant les disputes, les incompréhensions, les doutes. En ne lui accordant plus la moindre intimité. Il faut que la rupture soit crédible...

Claudia sirote son Coca Zero.

– Mais bon sang, j'arrive toujours pas à croire que tu aies couché avec une nana !

♦ ♦ ♦

Crystal et Lorenzo sont à fond. Moi, je suis censée bosser sur d'autres idées de développement pour *Ladies' Taste*, mais je m'échappe dès que possible pour rejoindre mes protégés, réunis chez l'un ou l'autre en alternance.

J'éprouve un tel plaisir à travailler avec eux, à avancer sur le pourquoi et le comment de notre défilé, c'est un régal. Et en même temps, je ne perds pas de vue ce que Claudia me suggère...

Il faut que je me sépare de Crystal, en douceur. Que personne ne souffre – impossible. L'autre jour, pensant à la fin de notre idylle, j'étais si désemparée que je me suis arrêtée en pleine rue en double file, hébétée par ce que cela signifiait sur mon quotidien à plus long terme. OK, je récupère mon mari, et notre famille se ressoude, et après ? Où est l'adrénaline, l'excitation, le frisson ? Le moteur de la Mini ronronnait, et je me suis aperçue que j'avais pilé devant… l'école des Beaux-arts.

J'aime croire aux signes. Rentrée à la maison, je suis montée dans la chambre de bonne du huitième, dix mètres carrés achetés en même temps que l'appartement et dont j'avais fait mon atelier. Elle est propre, pas trop mal rangée, un peu empoussiérée, aux odeurs de cire et de lavande. J'ai poussé les cartons entreposés au fil des années, qui n'ont rien à voir avec la peinture. J'ai ouvert la petite fenêtre qui donne sur les toits et la grande caisse de bois qui contient mon matériel. Je me suis promis d'aller acheter quelques toiles dès que possible. J'ai des envies de pinceaux, de gouache, de couteaux, de couleurs vives… Je me suis assise dans le grand fauteuil en cuir offert par mon père, à côté du chevalet. J'ai promené mon regard sur les étagères couvertes de livres d'art. Jack a tenté de me convaincre de transformer l'endroit. En faire un bureau. Une chambre d'amis. Un dressing. Une pièce à vivre pour une jeune fille au pair. Maëlis avait suggéré de remeubler et de louer à des étudiants.

Je suis ravie d'avoir tenu bon. Mais m'enfermer pendant des heures dans ce paradis dont j'oublie presque l'existence au quotidien n'est pas la solution pour reconquérir Jack. J'y reviendrai… plus tard.

L'opération séduction du mari a donc commencé. Elle passe par des étapes en apparence inoffensives pour lui – il ne faudrait pas que chéri s'affole. Multiplication de dîners romantiques ou d'événements mondains où je le fais particulièrement briller. Invitation de Maëlis à la maison, comme ça, sans raison, ce qui donne à Jack des envies d'escapades à l'hôtel d'à côté, à l'heure du goûter, tout à fait bienvenues. Petits cadeaux agréables – nouvel iPad, chemises en soie, montre à chronomètre insubmersible. Je transforme mon homme en James Bond du samedi. C'est sans compter les sextos qui pullulent. Des propositions coquines, genre « matons un film porno ». Toutes ces techniques ont été vues cent fois, elles ont une certaine efficacité, mais il me manque un coup d'éclat.

Alison m'abreuve d'infos sur Emily, qui passe la plupart de ses week-ends au Bristol. Je fais tout pour garder jalousement Jack à la maison : elle finira bien par se lasser de l'attendre, sortira les griffes alors qu'il a une chatte câline à la maison… Elle aurait grossi (à cause de son faible pour la cuisine orientale) et se supporte mal en ce moment. Quand elle picole un peu trop, elle devient bruyante, agitée et rouge homard. Les enfants l'insupportent. Enfin, il y a trois sujets qui la rendent hystérique : la famille royale d'Angleterre, l'écologie et le football.

J'entrevois une stratégie pour éliminer ma rivale : la mettre dans une situation où son tempérament colérique ressortira. Jack, qui déteste le conflit, sera horrifié de constater que sa maîtresse est un démon alors qu'il a une femme angélique. Je propose innocemment un dîner à la maison un samedi : Jack est très étonné que je sois au courant de la présence d'Emily dans la capitale, un peu mal à l'aise, mais il accepte de lui en parler. Le BB et sa plante verte, un avocat qui a fait ses études avec Jack et Emily, et sa femme, se joindront à nous. Je me frotte les mains, avec un machiavélisme qui m'étonne. Ce qui m'empêche de penser à Crystal.

♦ ♦ ♦

Jeudi, dix-neuf heures : je soudoie le responsable de la sécurité de Modus, qui détient les cassettes des caméras de vidéosurveillance. Ce brave type accepte de me laisser venir dans sa loge pour vérifier les bandes de notre étage…

S'il n'y a pas de caméra braquée sur nos bureaux, il en existe une à l'entrée du plateau, une autre près des ascenseurs et une dernière près de la terrasse sur laquelle les fumeurs se rendent. Je découvrirai peut-être quelque chose ?

Je suis convaincue qu'Inès n'est pas nette. J'ai prévenu Alison que je rentrerai tard, j'ai acheté une bonne bouteille de vin et fait livrer des sushis (le popcorn n'étant pas dans ma culture culinaire) pour le gardien et moi. Je lui ai même dégoté le dernier Harlan Coben, sachant qu'il est friand de thrillers : avec un peu de chance, il se tankera dans un coin de sa loge et je pourrai me concentrer sur les fameuses bandes.

Je passe tout de suite à la date qui m'intéresse, après la soirée dont Crystal m'a dit que c'était celle où elle avait porté ledit bracelet. Au bout d'une heure de visionnage en semi-accéléré, où je ne m'arrête que sur les silhouettes de mes suspects, je tombe enfin sur un passage croustillant : Inès sort presque en courant de l'open space, bras dessus bras dessous avec Andréas, cachant un petit paquet contre elle. Impossible de voir de quoi il s'agit. Je soupire. C'est trop peu. Je poursuis, étonnée de découvrir certaines manies indécelables chez les gens : Barbara se gratte systématiquement le nez avant de prendre l'ascenseur, Hector perd son portable dix fois par jour et s'en aperçoit avant de fumer, Andréas a la gaule en allant aux toilettes.

Sur la vidéo du lendemain, même petit manège entre les deux abrutis, qui pouffent assez ouvertement – je parie qu'ils ne se doutent pas que leurs gestes sont filmés. Cette info est pourtant écrite noir sur blanc sur les contrats que nous leur faisons signer. Alors que les deux compères s'apprêtent à prendre l'ascenseur, un éclat brille furtivement. Je zoome et ralentis l'image, plan par plan, et on voit bien qu'elle extrait un bracelet qui ressemble fort au Cartier disparu. La vidéo est datée, bien sûr, tout comme les photos qui incriminaient Crystal. Cet enregistrement permet donc de prouver que ce n'est pas la Girafe qui a tenu le bijou en dernier entre ses mains délicates. Je jubile.

Je demande à mon gardien préféré de me sortir une copie de la vidéo et de conserver précieusement l'originale. En rentrant à Neuilly, je me demande si je dois avertir Crys de ma victoire ou attendre qu'elle soit vraiment innocentée. J'opte pour la deuxième option. Elle va de pair avec la stratégie que je m'impose depuis ma discussion avec Claudia : m'éloigner. Ne pas favoriser de contact, visuel, tactile ou téléphonique, au quotidien. Au départ, Crystal a été déboussolée mais j'ai tenu bon. Pour elle, pour moi, par égard envers ce que nous avons vécu.

♦ ♦ ♦

Samedi soir. Mon appartement brille de propreté et de chic. J'ai acheté de nouvelles bougies, l'ambiance est tamisée par la voix magnifique de Lisa Ekdahl, j'ai fait venir un chef libanais pour que tout soit parfait. Au menu, Hommos, Dolma (ces feuilles de vigne farcies au riz en forme de nems) et Moutabbal (compote d'aubergine à la crème de sésame et au citron) ; brochettes de viande d'agneau hachée au persil et aux oignons accompagnées de taboulé ; Baklawa (douceurs feuilletées à la pistache et à la noix de cajou) et Maamoul (gâteau aux dattes). Mon ennemie saura-t-elle résister ?

Alison se chargera de garder l'œil sur les jumeaux, un serveur a pour mission de ne laisser aucun verre ou assiette vide. Je veux que tout soit parfait. Que Jack se dise qu'il n'y a rien de mieux que son foyer. Son épouse. Que chacun lui enviera. Je suis passée chez le coiffeur et la manucure. Je me suis offert un bon massage californien. Armand m'a fait livrer une robe sexy et moderne : un fourreau noir en taffetas, que j'ai assorti d'une paire de Louboutin.

Des orchidées blanches sont disposées un peu partout. Ma fleur fétiche. Jack a les yeux qui pétillent en débouchant un grand cru. Je lis dans ses prunelles qu'il est heureux de recevoir un petit groupe d'amis triés sur le volet pour une soirée classe… Je me frotte les mains silencieusement. Il ne voit pas Emily comme sa maîtresse à cet instant, mon plan se déroule à merveille.

Emily arrive la première, seule, avec un bouquet de roses qu'elle préférerait offrir à Jack plutôt qu'à moi, et que je réceptionne avec le sourire. Je l'installe près de la cheminée, pour qu'elle observe de près le ballet gracieux de la famille Wilde. Jack regarde ses chaussures, hyper gêné. Je ricane à l'intérieur. Je lui suggère de nous préparer des « Cointreau-Politains », et quelques « Vodka-Jet », deux mélanges qui requièrent de la glace et des allers-retours fréquents vers la cuisine. Les mignardises servies sont exquises, je vois du coin de l'œil qu'Emily plonge. La culpabilité brille sur ses lèvres…

Le BB arrive avec son assistante-mannequin, juste avant l'ancien comparse d'études. Sauf que ce dernier se présente sans sa moitié, ce qui me désespère. Le prétexte ? La fiancée a eu un malaise et a préféré rester à la maison. Tu parles, il y a de l'eau dans le gaz, le copain d'études va se venger en essayant d'embarquer l'autre célibataire de la soirée – Emily – ce qui ne me convient pas car cela risque d'attiser la jalousie de Jack. Faut-il que je me lance dans une entreprise de drague outrancière du BB, pour contrebalancer ? Je panique. Qui appeler pour avoir un conseil ? Claudia ne comprendrait rien, et Crys me raccrocherait avec raison à la gueule.

Nos hôtes sont rassemblés sur les canapés moelleux, dégustant et sirotant ce que nous leur proposons. La femme de Jean-Claude essaie d'accrocher avec Emily, alors que cette dernière lève, d'ennui, les sourcils au ciel. Les hommes commencent déjà à parler affaires. La maîtresse de mon mari aimerait se joindre à la discussion passionnante, mais difficile de laisser l'autre en plan. Je me garde de m'approcher.

Les jumeaux sont policés, incroyablement mignons et délicats – tout le contraire de leur vraie nature, mais il n'y a que nous qui le sachions. Et puis soudain… Lily renverse le vin argentin (un nectar corsé, à la trace olfactive tenace) sur la robe écru d'Emily –yes ! – tandis que Jules lui écrase un pied pour passer, faisant semblant de trébucher avec son plateau de petits fours bien gras qui atterrissent sur ses cuisses. La belle Anglaise se lève d'un bond, je me confonds en excuses et lui propose de me suivre dans la chambre conjugale. Perverse, je guette les réactions de son visage. Elle observe et s'imprègne, comme une chasseresse sûre de revenir plus tard.

On parie ?

Le changement de sa tenue fait partie du programme. Tout comme le fait de lui proposer un joli 36, alors qu'elle rentre à peine dans du 40. Elle se boudine comme elle peut dans ma robe en lamé argenté qui ne va pas du tout avec sa chevelure auburn et son teint pâle.

Elle nous rejoint au salon, Jack la regarde étrangement. Dieu que cette robe, qui est belle sur moi, lui va mal ! Le BB doit se faire la même réflexion, il dissimule une grimace et reporte immédiatement les yeux sur moi. Le copain d'études abandonne sa tentative de drague ; je suis sauvée.

Nous passons à table. J'ai aussi briefé le serveur : remplir généreusement l'assiette d'Emily et ne jamais laisser son verre vide. Il s'acquitte de sa tâche avec beaucoup de d'efficacité et d'ardeur. Au bout de deux heures, l'autre est pompette, rit trop fort, ressemble à un radis mal emballé.

J'avance un autre de mes pions, le défilé. Alors que le BB me demande des nouvelles de Crys, je lui raconte ce qu'elle est en train de mettre sur pied, minimisant à mort mon implication. Il écoute attentivement, je le connais par cœur et je sais qu'il se dit qu'il regrette de l'avoir virée, même s'il est certain que c'est absolument ce qu'il fallait faire. Je cloue son cercueil en annonçant ma découverte concernant Inès et Andréas :

– Jean-Claude, il faut qu'on reparle du bracelet... J'ai la preuve qu'elle n'est pas celle qui l'a vu en dernier.

Il se fige, très mécontent.

– Que voulez-vous dire ?

– J'ai eu accès aux images de vidéosurveillance du bureau. Très intéressant !

– Hum… Reparlons-en demain, Éléonore… Vous êtes en train de me gâcher ma soirée !

– Je suis désolée, Jean-Claude, mais il faut innocenter Crystal !

– Je ne suis pas certain qu'on procédera ainsi. Je n'ai pas envie d'un scandale en ce moment. Votre protégée pourrait m'attaquer aux Prud'hommes pour l'avoir jetée à la porte sans ménagement et sans indemnités.

– Mais…

– Sans compter ce qu'il faudrait alors déclencher, en termes de procédures, concernant les deux fautifs !

– Jean-Claude, je…

Je m'interromps car Jack m'a balancé son pied dans les jambes. Le BB est mal à l'aise, et en tant qu'hôtesse il est très malvenu pour moi d'insister à cet instant.

– OK, on en reparle plus tard… je soupire.

– Mais ce défiiiiiléééé, on peut y assisteeeeer ?

La voix d'Emily traîne, haut perchée et plutôt désagréable.

– Oh oui, ce serait passionnant ! s'exclame la plante verte de Jean-Claude. Vous pouvez nous obtenir des places ?

– Sans problème ! je susurre de ma voix la plus douce.

Première manche gagnée.

28

Crystal

Je mordille le sein qui me nargue, passe au deuxième et retourne sans ménagement ce corps qui est au-dessus de moi depuis de trop longues minutes. J'attache les mains de ma blonde, presque contre sa volonté, et rampe sur elle, laissant ma poitrine la frôler de bas en haut et de haut en bas. L'œil malicieux, je la plante sur le lit et m'allume une cigarette en farfouillant dans ma *secret box*. Elle proteste, je monte le son de la chaîne hifi qui joue « Pumped Up Kicks » (Foster the People). Je tire lentement sur ma menthol et profite de l'instant. J'hésite entre plusieurs instruments et opte pour le gode non vibrant, d'une taille digne de Rocco. *Ah, tu préfères la queue ? Tu vas voir.*

Je verse une rasade de tequila dans la gorge de Barbie et lèche la goutte qui glisse sur ses lèvres. La clope gisant dans le cendrier, je reviens à la charge. Sans répondre à ses interrogations silencieuses, je me rue simplement sur son entrejambe et déploie tous mes talents pour qu'elle trempe mes draps. J'empoigne le petit fessier que j'aime tant avec une violence tempérée, plaque ma bouche contre son clitoris, agite savamment ma langue. Je m'aventure vers son anus, dessinant des cercles avec mes doigts, et reviens sucer tout son sexe. Ses gémissements m'indiquent qu'elle est au bord de l'orgasme. C'est mon signal : je m'arrête net. Elle relève le buste, je l'envoie valser en arrière. Je saisis mon Rocco et la pénètre sans prévenir. Elle pousse un cri mais me laisse dominer la situation. Le va-et-vient rapide la blesse un peu, mais j'ai suffisamment préparé le terrain pour qu'il soit supportable. Je lève ses jambes sur mes épaules, presse ses seins et continue mon martelage, en évitant son regard. J'ai envie de lui faire mal. Peut-être parce que je sais que cet ébat est probablement le dernier. Même si je m'efforce d'évincer cette idée depuis une heure, tout mon être en a conscience.

Je décide de finir mon travail à la bouche, malgré tout. Je veux que ce souvenir, comme une apothéose pleine de rage, reste empreint d'un plaisir exquis.

Détachée du lit, Éléonore vient se coller à moi. Premier élan de tendresse de notre soirée très sexuelle improvisée. Elle devait initialement passer prendre la paire de chaussures qu'elle portera lors du défilé afin de trouver avec quoi l'assortir. Ce rendez-vous en coup de vent s'est transformé en parenthèse coquine, d'un simple échange de regards suivant ces mots tranchants « Ma Girafe, comme tu l'as senti, je pense qu'il vaut mieux que l'on reste amies ». Une parenthèse entachée par ce froid sentimental qui s'est installé ces derniers temps et par la confirmation de la rupture flairée.

Show must go on !

♦ ♦ ♦

Éléonore a choisi Modus, je choisis à mon tour de limiter mes contacts avec elle aux strictes relations professionnelles. Si j'apprécie son investissement dans ce grand événement pour moi, autant que celui de Paula et de Claudia sans qui rien ne serait aussi simple et fascinant, je ne digère pas la pilule. Alors, n'ayant ni le temps ni le surplus d'énergie pour me consacrer à ma colère, ma déception ou mon éventuelle envie de la raisonner, je décide de ne visualiser qu'une image à l'horizon : celle qui représente mon avenir sur talons hauts, en tant que créatrice de chaussures.

Mes longues journées avec Lorenzo absorbent tout mon carburant et, à l'heure du coucher, j'ai besoin de faire le plein. Malheureusement, le sommeil réparateur ne suffit pas à m'animer. En bonne hédoniste, seule la multiplication des plaisirs me ravigote. Après avoir goûté une nuit particulièrement *crazy* avec Yannick et l'un de ses amis hier, je me prépare à rejoindre l'appartement d'un couple de trentenaires rencontrés il y a deux ans dans un club échangiste. Vanessa et Éric ont pour habitude d'organiser des parties fines à domicile. De ces soirées qu'il est plus facile de vivre que de raconter, tant la luxure règne en maître, à côté de tous les péchés mignons que l'on partage.

La jupe est de rigueur, comme le décolleté et les aiguilles aux pieds. Un jour, je me suis même rendue chez eux avec, sous mon manteau long, de simples sous-vêtements relevés de porte-jarretelles. Le passage au vestiaire avait fait tout son effet.

J'embrasse Alceste qui, étrangement, cherche encore ses chatons. Eux qu'il ne semblait pourtant pas adopter lorsqu'ils étaient des nôtres. Il m'étonnera toujours.

♦ ♦ ♦

Vanessa, charmante rousse aux faux airs de Blake Lively, m'ouvre la porte avec entrain, heureuse de me voir renouer avec ces délicieuses aventures nocturnes.

– Ça fait si longtemps, j'y croyais à peine en lisant ton SMS de réponse !

– Je t'avoue que j'étais pas mal prise ces derniers mois, mais c'est toujours un plaisir d'honorer vos invitations !

– Tu vas voir, il y a du beau monde. On a fait de jolies rencontres et je crois que tu vas adorer Rachel. Mais pas trop hein, je veux te garder un peu pour moi…

– Tu restes ma préférée, *for always, dear* !

– Charmeuse !

– Allumeuse !

– Allez, rentre et amuse-toi ! Éric a hâte de t'embrasser.

Quel couple d'enfer, ces deux-là. Vanessa rendrait lesbienne, le temps d'une nuit, n'importe quelle femme de cette planète. Elle a ce chien, cette assurance et cette manière de déambuler dans l'espace qui intriguent et mettent en confiance au premier coup d'œil. Elle fait partie de ces rares nanas suffisamment sûres d'elles pour ne jamais entrer en concurrence avec ses partenaires de jeu. Un bonheur. D'autant plus que son mari réchaufferait l'hôtel de glace en Laponie. Éric pue le sexe et appelle la concupiscence. Une gueule cassée sur un corps d'athlète. Ses yeux d'un bleu audacieux contrastent avec son teint de méditerranéen. Il m'excite autant que Vanessa, si ce n'est davantage. Un simple frôlement de main me donne envie d'aspirer tout ce qu'il a à m'offrir.

Je gambade gaiement vers la table des réjouissances. Les invités semblent être déjà bien entamés, et un trio s'est formé sur le canapé. Éric se jette sur moi et, me prenant par la taille, me fait tourbillonner dans les airs. J'ignore si l'érection, apparente dans son pantalon, est due à la vue de ma tenue légère ou à celle des trois polissons, mais elle me fait mouiller. Sa queue est l'un de mes jouets favoris et pourtant j'en ai testé des kilomètres (pardon Maman). Je m'installe sur ses genoux, dans un fauteuil en cuir moelleux, et accepte avec engouement la ligne qu'il me dessine sur sa main.

– Tu veux que je te fasse un topo rapide ? me suggère-t-il, l'air malicieux.

– Avec joie, mets-moi l'eau à la bouche, *darling* !

– Je vais te mettre autre chose dans la bouche très vite, crois-moi. T'es tellement canon ce soir, tu m'as manqué.

– Idem.

– Alors, tu vois la brune près de la cheminée ? C'est Rachel. Vanessa vous a prédit une fusion érotique sauvage !

– Oui, elle m'a dit ça tout à l'heure. En tout cas, vous connaissez bien mon style : elle est ravissante.

– Attends de la voir nue, tu vas tripper.

– J'imagine très bien…

– Le trio, c'est Kate et Antony qui s'éclatent avec Nico. C'est une adorable nympho et Antony adore la partager. Ils ont tout de suite flashé sur Nico ce soir.

– Charmants mais moins mon style, quoique ce Nico ait quelques attraits.

– Le couple plus discret avec les coupes de champ' à côté de la fenêtre c'est Mathias et Clélia. Des novices qu'il ne faut pas bousculer mais qui ont besoin de mettre un peu de piment dans leur intimité. Je pense qu'elle est plus perverse que lui et, en bon gentleman, il suit, il découvre avec elle…

– Je vois.

– Les deux nanas sont des lesbiennes, un peu bi à l'occasion. Vanessa les adore !

– Tu sais, moi, je suis surtout venue pour Vanessa et toi. J'avoue que Rachel est la cerise sur le gâteau.

– Cochonne. Tu l'aimes ma bite, hein ?

– Je l'adore. J'ai le clito qui bande à l'idée de ce que tu vas me faire…

Éric aime les phrases crues, les propos salaces. Je m'y suis vite habituée et savoir que je l'excite me donne toujours envie d'en rajouter. C'est un homme mi-nounours mi-prédateur, un cœur d'enfant avec une âme vicieuse. Son narcissisme m'amuse parce qu'il sait aussi vénérer l'autre. Mon côté libérée, goûte à tout et obsédée, lui a plu dès notre première rencontre. Et de ce feeling immédiat à trois, avec Vanessa, est née une complicité dans l'extase. Impérissable ; parce que la rareté de nos retrouvailles leur donne une saveur singulière.

Voilà pourquoi je me retiens d'entretenir une relation suivie en dehors de ces rendez-vous-là. Nous pourrions vraiment nous attacher un peu trop les uns aux autres et il n'y a pas de place pour moi dans leur couple au quotidien. (Oui, j'admets l'avoir déjà imaginé tant leur contact m'est précieux et agréable.) La puissance de l'échange réside dans le fait que j'accroche autant avec Éric qu'avec Vanessa. La connivence est aussi forte des deux côtés et, à trois, elle explose d'un surplus de passion.

Je partage la cigarette de mon beau brun et, pour une fois, je ne pense à rien. Le défilé, Modus, Éléonore, les avortons d'Alceste : tout ça me passe à dix mille. Seules l'odeur de *Pour Monsieur* de Chanel et les fossettes qui s'animent à mes côtés m'intéressent. Ai-je déjà dit à quel point j'aime les fossettes apparentes ? Ça m'émeut, ça rend mon interlocuteur plus humain, c'est le supplément de charme qui me fait chavirer.

Au contact d'Éric, un souvenir gomme les autres et vient me chatouiller les entrailles. Si nous avons privilégié les entrevues courtes et intenses, nous nous sommes un jour autorisé un week-end à Ibiza, dans la villa de leurs amis. L'image qui m'obsède soudainement est celle du trajet en avion. Vanessa, qui a une peur panique de l'engin, s'était empiffrée d'anxiolytiques et de somnifères. C'est contre son précieux hublot (j'avais dû faire preuve d'un effort surhumain pour lui céder cette place de princesse), qu'elle avait roupillé tout le long. Sans préméditation, Éric et moi en avions profité pour dévergonder un peu les heures. Je n'avais jamais envisagé auparavant une partie de sexe en plein air, du moins pas tant que je ne jouirais pas d'un jet privé comme celui d'Atticus dans la saison 6 de *Californication.* (Je prendrai dans ce cas un menu Hank et Faith, sans couverts.)

Pourtant, ses mains glissant sur mes cuisses appelaient de toutes leurs forces mon appétence. Un regard insistant avait suffi à me convaincre, et c'est en évitant celui du personnel de bord que nous nous étions faufilés dans ces toilettes étroites et froides. La chaleur de notre ébat n'avait pas tardé à réchauffer ce trou qui titillait ma claustrophobie. Nous avions tenté d'étouffer les cris, de contenir les élans d'excitation et de dompter les bêtes que nous sommes ensemble. Un coup rapide, complice, inédit, étrangement puissant. L'intériorisation obligatoire avait participé à rendre l'instant mémorable, entre frustration et assouvissement.

Vanessa, qui balade Rachel à son bras, nous rejoint. On s'envoie quatre lignes, et la bouteille de champagne passe de bouche en bouche, seulement entre nous. Le jeu commence. Sans nous concerter, Van, Rachel et moi pervertissons les gorgées, jouant du goulot. Nos langues se frôlent, se mélangent et s'apprivoisent en trio, tandis que nos yeux cherchent ceux du maître. E, pour Éric. E pour extase, évidence, étincelle, entrave. Suspendue à ses gestes, nous nous rodons, nous ajustons. Une pipe à trois, ça demande un consensus naturel, un plan d'action compréhensible sans formulation. Il est prêt pour nous et je prends l'initiative de déboutonner son jean brut. Être la première, la plus audacieuse, toujours. Contrairement à Vanessa, le goût de la compétition ne me quitte jamais vraiment, même si le mélangisme permet de s'en détacher pour prendre de la hauteur. Les deux femelles qui vont m'accompagner dans cette mission de séduction rapprochée m'inspirent un respect sexuel. Rachel, nouvelle dans notre trio, ne semble pas du genre à se perdre en route. Sensuelle et provocante, elle se fond dans notre ensemble, elle est le bonus. Les deux phénomènes posent leurs mains douces sur mon corps qui se dénude, pendant que ma bouche officie sur la matraque d'Éric. Ce type me fascine, pour des raisons tout à fait futiles, subjectives, accessoires. Il est réfléchi mais pas brillant, drôle mais régulièrement lourdingue, respectueux mais pas trop, généreux mais seulement après avoir pensé à lui, coureur à l'extrême, incapable de se contenter du caviar qu'il peut manger tous les jours. J'ai l'intime conviction que même s'il était possible et accepté par chacun, notre ménage à trois ne lui suffirait pas. Sa soif de conquêtes est incommensurable, prioritaire. Malgré tout, ce mec m'électrise sitôt que l'on se retrouve dans la même pièce. Sa présence irradiante connecte certains fils de mon cerveau. C'est une lapalissade, impossible à nier, mais sans sentiment amoureux. Une alchimie purement corporelle (pas seulement sexuelle), une obsession (encore !) parfaitement contrôlable à distance mais anesthésiante dès que l'on commence à se respirer, en vrai. Ce ressenti, que je sais partagé, me donne l'avantage. Quel que soit le cul qu'il va mater, la chatte qu'il va pénétrer, la langue qu'il aspirera, il aura un brin d'attention supplémentaire pour moi, un œil curieux, une complicité inégalable.

Nos trois bouches s'amusent sur sa verge avec appétit. J'embrasse au passage Vanessa puis me laisse frencher par Rachel. Éric, dur comme un iceberg, se mord les lèvres avec délectation. Les choses se précisent. Rachel prend son gland, Vanessa rend hommage à ses boules et je m'exerce sur son anus. Il convulse presque et nous somme d'arrêter… Ne pas le perdre, déjà. On se rétracte toutes, obéissantes et intéressées par la suite du programme.

Il me demande de jouer avec Rachel et met Vanessa à quatre pattes pour une levrette endiablée. Ainsi, tous deux ont une vue parfaite sur ma danse avec la brune pulpeuse. Elle a faim de moi, la cochonne, et on ne se perd pas dans des effeuillages sans fin. En tenue d'Ève, on se plante respectivement des doigts avec une cadence si soutenue que l'on est vite détrempées. Naturellement, on choisit les ciseaux. Allongées sur le sol, face à nos deux complices, nos jambes bien écartées s'orientent et se démènent pour laisser le frottement des chattes faire son travail. Sentir son clitoris durcir sous le mien, c'est fort. Cette position-là est l'une des plus personnelles entre femmes. Intense. Éric se régale de la vision et m'allume d'un regard qui dit : « Attends, toi, j'arrive… »

Pour l'heure, je fixe Rachel et prends conscience que ce moment rare va se produire : nous allons jouir simultanément, parce qu'on l'a implicitement décidé. Ce « prunelles dans prunelles », la bouche semi-ouverte, a de quoi exacerber le ressenti et l'excitation. *Done*.

Éric me rejoint, laissant Vanessa prendre son tour avec Rachel. J'hallucine en voyant la première chausser un gode ceinture pour s'occuper de la seconde. Cette nuit de débauche sans limite me remplit, minute après minute, de toute l'énergie qui me manquait et je me sens bien partie pour rester jusqu'aux premières lueurs du jour.

Éric commence par me serrer contre lui, tout en me pénétrant doucement. Il est debout et me porte à l'équerre, pressant mes fesses de J-Lo dans ses grandes mains rassurantes. Son souffle sur mon cou m'emmène au nirvana, avant même que sa bouche se mette à dessiner des suçons de part en part. *God* que j'aime ça. Un plaisir d'adolescent qui ne m'a jamais quittée.

Cette électricité sexuelle nous promet encore bon nombre de positions avant d'accepter la chute, la petite mort. Virant d'un bras ce qui encombre le bout de table, mon dieu de la baise m'installe jambes en l'air et chevelure étalée sur la pièce en verre, soumise à son double décimètre. Le contraste entre la chaleur de mon corps et le froid de la table me donne un frisson apparent. Il sourit et je comprends que je ne vais pas être concentrée longtemps sur cette opposition de température : son pénis trouve le chemin de mon cul avec un entrain palpable. Douleur, plaisir, douleur, plaisir : satisfaction totale. Ses doigts qui pianotent en même temps sur mon clito me font rêver, je suis ici à la fois en enfer et au paradis.

Allô l'univers ? Merci de mettre sur pause, *now*.

29

Éléonore

MOMENT DE JUBILATION. Jean-Claude, après notre soirée et le coup de pied de Jack dans mon tibia sous la table, remarqué par tous nos convives, a décidé d'agir. Il est dix heures, le lundi matin précédant le défilé « Mourir de plaisir » qui aura lieu jeudi. Le BB est le seul, avec Nathalie, à y avoir été convié. Et comme des échos fuitent dans la presse, grâce au patient travail de Claudia et Paula, il y a beaucoup de gens vexés dans la boîte… Barbara, Hector, Andréas et Inès, pour ne citer qu'eux. Ils ne sont pas au bout de leurs surprises. J'ai dupliqué la vidéo extraite des caméras de surveillance, l'une a atterri sur le bureau de notre patron qui, a opté pour le coup de gueule en interne.

L'intégralité du plateau du septième est réunie devant des gobelets de café brûlant et des corbeilles de croissants croustillants encore chauds. Ça n'est pas un lundi avec un ordre du jour précis, le visage de chacun est détendu. Pas de stress palpable. C'est surtout un instant trompeur. Jean-Claude salue ses employés, puis, très sérieux, ouvre le bal.

– Vous êtes au courant de la disparition-réapparition du bracelet Cartier… Crystal Roche a été déclarée responsable de ce vol qui n'en n'était pas vraiment un. J'ai décidé de licencier cette jeune femme car même si l'intention n'était pas mauvaise – si elle l'avait été, elle aurait revendu le bijou ou ne l'aurait pas gardé au bureau –, elle mettait la boîte dans une posture très délicate vis-à-vis de notre partenaire.

Quelques toussotements dans la salle.

– De nouveaux éléments ont été portés à ma connaissance, qui changent mon opinion sur cette disparition. Jugez par vous-mêmes.

Regards étonnés. D'autres plus inquiets. J'ai presque envie d'appeler Crystal pour lui faire entendre ce qui va suivre. Barbara reste de marbre. Jean-Claude fait signe à son assistante numéro 2, qui insère le DVD prouvant qu'Inès et Andréas ne sont pas tout blancs. Ici, ils sont blêmes. *Play*.

Tous les collaborateurs restent figés par la scène, passée au ralenti, permettant de constater qu'Inès et Andréas cachent très certainement le bijou. Jean-Claude coupe et annonce avec sévérité :

– Ces images ont été filmées après les photos que vous connaissez. Crystal n'est probablement pas celle qui a eu le bracelet entre les mains en dernier.

Barbara a un sourire narquois. Je ne parviens pas à lire si elle était au courant, voire en était l'instigatrice. On ne devrait pas tarder à le savoir, car les présumés coupables tremblent comme des feuilles. Si l'ensemble a été commandité par elle, ils la trahiront : la paire est aussi courageuse qu'Alceste devant une baignoire.

Jean-Claude reprend.

– J'ai en outre recueilli quelques témoignages qui confirment que vous, Inès, avez prétexté une panne d'ordinateur pour utiliser celui de mademoiselle Roche, alors que votre complice Andréas la persuadait d'aller fumer une cigarette. Quel meilleur moment pour remettre le bijou dans le foutoir de ses tiroirs ?

Inès éclate dans des sanglots qui l'accusent, tandis qu'Andréas ricane.

– On voulait qu'elle se barre, cette allumeuse…

Jean-Claude réprime un sursaut.

– On n'en pouvait plus de la voir se pavaner, avec ses grands airs et ses idées prétendument lumineuses. Elle brassait, elle brassait, elle battait des cils et elle remuait du cul, mais franchement, à quoi elle servait ?

– Ça, ce n'était pas à vous d'en juger, assène notre patron.

– Elle nous narguait ! Andréas coule un regard perfide vers moi. Elle nous promettait monts et merveilles, cette aguicheuse, alors qu'elle répartissait soigneusement ses faveurs…

Je retiens ma respiration. S'il parle, je suis morte. Mais il n'ose pas aller au bout de sa pensée. Elle semblerait très incongrue, et il en a conscience. Il s'abstient, se remet à ricaner. Inès prend la parole.

– On voulait qu'elle flippe et qu'elle perde de son aplomb, on n'imaginait pas que ça dégénérerait. On pensait qu'elle tomberait sur le bracelet et qu'elle le rapporterait à Barbara. Je suis… désolée. L'idée, c'était de lui donner une leçon.

– La leçon du jour, c'est que vous êtes virés tous les deux, sombres crétins !

Jean-Claude hurle soudain, je ne l'ai jamais vu dans un tel état de colère.

Qu'est-ce qui vous a pris, de mettre en place ce piège tordu ? Vous n'avez pas mieux à faire de vos journées ici ? On vous faisait confiance, et vous vous êtes focalisés sur une *leçon à donner* à une nouvelle à cent coudées au-dessus de vos têtes ! Vous avez essayé de noyer une fille qui a du talent parce que vous, vous en manquez cruellement ! Vous arrivez encore à vous regarder dans une glace, le matin ?

Jean-Claude roule des yeux et il éructe. Il exagère un poil. Pour la petite histoire, c'est sur un malentendu qu'il a créé Modus. Quand il avait trente ans, il s'est fait évincer du groupe de sidérurgie créé par son père à cause d'un collaborateur malhonnête qui l'accusait de piquer dans la caisse. Depuis, Jean-Claude a horreur des embrouilles visant les innocents…

Inès et Andréas baissent la tête, humiliés. Lui, risque un mot malheureux :

– Tout de même, elle se prenait pour la reine d'Angleterre…

– Et vous, misérable assistant, vous vous prenez pour qui ?

– Notre piège ne devait pas complètement se refermer sur elle, plaide Inès. Comme je vous l'ai dit, ça ne devait pas durer et…

– Je ne vous crois pas un seul instant. Et ce qui ne va pas durer, c'est votre présence ici. Vous descendez illico, vous rendez vos badges à l'accueil et vous attendez sagement chez vous le courrier de notre avocat pour la procédure de licenciement. Inutile de préciser que vous pouvez vous asseoir sur vos indemnités…

Les coupables se lèvent sans moufter.

– Il y a tant de témoins de votre sinistre manœuvre que j'ose espérer un départ sans fracas… leur jette le BB dans un dernier grognement méprisant.

Je n'applaudis pas, mais le cœur y est.

Barbara n'a pas un mouvement vers ses protégés, et cela me convainc qu'elle n'a rien à voir avec cette histoire. J'aurais bien aimé le contraire. Qu'elle tombe aussi, me laisse le champ libre et la paix.

♦ ♦ ♦

Mercredi soir, 21h. Je m'affale dans mon canapé après une rude journée essentiellement consacrée au défilé. Lorsque j'ai raconté à Crys l'éviction d'Inès et Andréas, c'est à peine si elle a levé le sourcil. En fait, elle est déjà passée à autre chose. Elle ne perd pas son temps en ruminations. Bien sûr, elle est satisfaite d'avoir été innocentée au sein d'une boîte qui compte, dans laquelle elle a passé plusieurs mois. Mais Modus, le septième étage et le XVIe arrondissement – tout ce qui constitue mon quotidien – sont loin pour elle. La Girafe est bien plus stressée par la venue d'une styliste américaine, amie de Paula, de passage à Paris, et qui a promis d'assister à *THE event*. Visiblement, cette nana fait le beau temps et le soleil sur les tournages de séries aux États-Unis.

C'est à peine si elle m'a posé une question

– Et il compte s'excuser, le BB ?

– Heu… Il ne veut pas que tu saches ce qui s'est passé, en réalité. Il a peur que tu lui envoies les Prud'hommes. Je crois que cette affaire l'a plus chamboulé que ce qu'il prétend.

– Et toi, tu n'as pas protesté ?

Le ton de Crys est un poil condescendant. Je n'aime pas ça, pourtant je m'abstiens de relever. Encore une fois, elle me reproche à demi-mot de ne pas m'élever plus bruyamment contre l'injustice.

Heureusement que Lorenzo me témoigne plus de gratitude. Il m'avoue être soulagé de savoir sa meilleure amie blanchie. Pour ma part, je suis surtout soulagée que tout se soit in extremis mis en place pour le défilé, qui aura donc lieu rue des Archives, dans le IVe arrondissement de Paris. Comment monter un événement de cette importance (enfin, de celle qu'on veut lui donner !) sans argent ? Bien sûr, Claudia et Paula ont signé quelques chèques. Mais c'est peu au regard de ce qui sera réalisé jeudi soir… De fait, la plupart des fournisseurs ont accepté de travailler gratuitement, ou de prêter gracieusement leur matériel, à condition d'être mentionnés sur les invitations.

Le Cloître des Billettes sera illuminé de bougies. L'édifice, qui date de 1294, sert aujourd'hui de lieu de concert ou d'exposition pour les jeunes artistes. Nous avons imaginé d'installer notre catwalk dans le portique, cette galerie couverte qui entoure la cour. Au centre, dans la cour, donc, un podium où les mannequins se retrouveront pour poser une dernière fois sous une pluie d'étoiles. Elles y abandonneront leurs chaussures et repartiront pieds nus.

Tout est absolument magique : les voûtes et les plafonds, les colonnes et les arcades moyenâgeuses… Pas besoin d'en rajouter beaucoup, côté décors ; en dehors de quelques esquisses de modèles fabriqués ou encore inédits, signées Crystal et Lorenzo, au fusain… La brunette a cependant tenu à un élément qui lui semblait indispensable : de l'encens (un mélange d'ambre et de rose) sera diffusé dès l'ouverture des portes. « Parce que sans parfum, assène-t-elle, tu peux mettre tous les accessoires glamour que tu veux, il manquera un truc. » L'ensemble est à la fois sexy, arty, authentique. Nos invités, une fois n'est pas coutume, ne seront pas assis le long du catwalk mais debout. Ils auront ainsi les yeux directement rivés sur les chaussures, les chevilles et les mollets.

Le défilé durera quinze minutes. Quinze minutes pour convaincre people et journalistes, réunis au son d'une playlist créée spécialement par Paul, qui ne sera hélas pas des nôtres. Le final sera un morceau inédit mixé par le roi des DJ, pour une paire d'escarpins de mariée portée par la créatrice elle-même. Les mannequins, payés à la pige, ont été patiemment recrutés dans des cours de danse privés et des conservatoires. Ce sont des danseurs, des gymnastes, pour certains des patineurs. Crys voulait des filles et des garçons jeunes, citadins, sportifs et harmonieux... Armand les habillera de ses créations de l'année dernière.

Dès que Crys paraîtra sur scène, quelques serveuses en rollers, à la mode américaine des sixties, circuleront parmi les invités pour servir des coupes de champagne.

♦ ♦ ♦

Jeudi, 20 heures. Il faut être présent partout. Rassurer les mannequins dans les vestiaires improvisés, briefer les serveurs pour que les arrivants soient accueillis et guidés, débarrassés de leurs manteaux ; calmer Crys et Lorenzo (ceux-là sont dans un état d'excitation tel qu'ils seront absolument inutiles en dehors du moment où l'une sera poussée par l'autre sur scène), papoter avec les journalistes. Il n'y aura que 70 personnes : celles qui comptent dans le monde de la mode à Paris, Londres, Milan et même New York.

C'est comme si j'étais inexistante pour Crystal, entièrement concentrée sur l'événement dont elle est la reine. Une partie de moi la comprend, l'autre a mal et sanglote à l'intérieur. Je crispe les mâchoires. Je dois penser à la réussite de cette soirée et garder l'œil sur Emily, que je n'enfoncerai pas six pieds sous terre, contrairement à ce que j'avais décidé.

En m'habillant, à la maison, j'ai surpris le regard de Jack, fasciné. Il est rentré plus tôt spécialement pour être présent. J'ai su qu'il me trouvait belle. Une petite robe simple et chic, comme ma penderie en regorge : vert forêt, dentelle sur satin, courte au-dessus du genou, décolleté en V sage devant et plongeant derrière, bras nus. Une étole dorée sur les épaules, une paire de « Mourir de plaisir », une émeraude au cou, une pochette Burburry sous le bras.

À quoi ressemblera ma concurrente ?

Je n'ai pas prévu de plan machiavélique. Pas briefé un serveur pour la salir ou la faire boire. Ce qui s'est passé chez nous m'a suffi. Je ne fais pas partie de ces femmes qui se battent avec des armes perfides pour obtenir ce qu'elles désirent. Je ne manigance pas – enfin, juste un peu de temps en temps. Mon mari est libre de ses choix, tout comme je laisse Crystal s'éloigner. On verra plus tard comment la vie doit s'agencer si je n'ai plus rien d'autre que mes jumeaux, ma chambre de bonne et un CDI.

♦ ♦ ♦

20h30. Les invités se sont répartis le long du catwalk, sur les quatre côtés abrités par les voûtes du cloître. En allant inspecter l'entrée, tout à l'heure, il m'a bien semblé voir la silhouette de la Carton rôder… Aurait elle osé franchir la porte, ou est-ce mon imagination fébrile qui me joue des tours ? Elle est mortifiée de ne pas être présente, sachant que les médias ne manqueront pas de le souligner.

20h45 : lâcher d'hirondelles dans la galerie, sursaut de frayeur des dames, rires des messieurs, concentration. C'est le début du show « Mourir de plaisir ». Les premières notes de musique résonnent dans les enceintes, la foule se regroupe, impatiente de découvrir les chaussures magiques.

Je me poste près des marches où les mannequins vont monter afin de défiler, veillant à ce que l'ordre soit respecté. Je connais désormais tous les modèles et leurs particularités, les histoires que Crystal a voulu raconter ce soir. Crystal, dont je cherche les yeux sans les trouver. Lorenzo, lui, m'envoie un coup complice dans les côtes.

Je me retourne, j'aperçois Claudia et Paula, fidèles au front row, se tenant par le bras alors que la presse people les considérait brouillées à jamais. Ont-elles fumé le calumet pour le bien de toutes ? Elles sont magnifiques, le comble de l'élégance, un duo d'orchidées envoûtantes et vénéneuses. De l'autre côté du catwalk, il y a mon Jack et son Emily. Cette dernière est bizarrement fagotée, pâlichonne. Je la vois chuchoter à l'oreille de mon mari, qui se crispe sans savoir que je les observe ; puis le BB s'approche d'eux avec sa plante verte. Le visage d'Emily se ferme. Je sens de la colère monter en elle. Jack réalise que je ne suis pas loin, m'envoie un baiser du bout des doigts.

L'une des filles se presse contre moi, en tremblant.

– Vas-y, monte, qu'est-ce que tu attends ?

La gamine est hyper stressée, elle n'ose pas, gémit.

– Impossible…

– Mais tu es cinglée ! Faut que tu montes, c'est toi qui fais l'ouverture… Fais un petit effort bon sang !

La jeune fille semble au supplice. Elle est vêtue d'un costume qui s'apparente à celui d'une ballerine, aérienne et gracieuse, avec des chaussures plates, pas du tout provoc comme ce à quoi on pourrait s'attendre. Un cygne sur le point d'attendrir l'assemblée. Car le défilé a été construit selon un concept qui se comprendra au fur et à mesure.

« On doit avoir l'impression de faire l'amour », m'avait expliqué Crys. C'était cela, sa grande idée. Une collection qui, grâce au défilé, simule l'accouplement. « On part de quelque chose de sage et gracieux, mais quand même désirable… On passe ensuite à la montée du désir, au jeu de séduction avec le partenaire, aux préliminaires, à l'acte, puis à l'orgasme. L'orgasme et la félicité qui le suit, c'est mon bouquet final. Il y aura des filles et des garçons pieds nus, qui les accompagneront. Je veux qu'ils dansent, plutôt que de défiler. Qu'ils se cherchent, et qu'ils se trouvent. » Une fois de plus, Crystal m'avait épatée. Elle était dans la structure et l'émotion à la fois, et tout cela se conjuguait à merveille.

Je prends la petite par les épaules.

– Crystal t'a raconté le rôle que tu dois tenir ce soir... je lui murmure doucement. Si tu n'es pas là pour capter l'attention, pour symboliser la pureté avant de déclencher la suite, tout tombe par terre... Tu es magnifique. Il faut que tu fasses le tour du cloître en marchant le plus innocemment possible. Comme on l'a fait pendant les répétitions. Tu es l'ange de l'amour, vierge et serein. Pourquoi ça te pose un problème ?

– Parce que je suis enceinte ! s'écrie la petite en fondant en larmes. Je ne me sens pas bien, j'ai des nausées, je risque de trébucher...

– Et merde ! je siffle sans qu'elle m'entende, perdue dans son sanglot. Je ne sais pas si tu en es heureuse ou pas, en tout cas c'est la dernière fois, si tu montes sur cette estrade, que tu pourras éprouver l'extase de l'insouciance. Après, il faudra redescendre sur Terre. Tu as trois minutes pour goûter pleinement au sentiment d'être seule au monde. Si j'étais toi, j'en profiterais.

Mes mots sortent tous seuls, ils ne veulent sûrement rien dire, mais pourtant ils touchent la gamine qui sèche ses yeux, conserve un je-ne-sais-quoi de tragique et s'envole. La petite danseuse s'élance. Elle est fluide comme une plume, ses ballerines valsent et scintillent dans la pénombre du cloître. L'assistance est captivée.

Notre deuxième mannequin se montre à son tour. Sa tenue évoque celle d'une femme que l'on dénude, couleur chair, en forme de tulipe ; on voit la naissance de ses épaules et de ses seins, la tendresse de ses cuisses de gymnaste. Les escarpins vertigineux qu'elle arbore sont irisés. Chairs, roses, argentés. Des cristaux Swarovski sur les talons draguent l'auditoire. La cambrure de son pied laisse les hommes rêveurs et les femmes un peu jalouses : exactement l'effet escompté par Crystal à ce stade.

L'un des clous de la collection se situe au milieu : la paire doit symboliser la domination de la femme sur l'homme. Elle est excessive, cette botte. Elle a des allures de SM, noire et cuir brillant, cloutée, les orteils et talons apparents alors que la botte recouvre la jambe jusqu'à la cuisse, talons aiguilles. C'est une botte qui cache bien son jeu. Le mannequin qui la porte, vêtue d'un body à lacets et de gants en soie, suivie de près par un homme qui ne se laisse visiblement pas manipuler, s'arrête au milieu de son chemin et regarde sauvagement le public. La jeune femme secoue sa crinière de lionne, se baisse, genre soumise, sauf qu'elle actionne en réalité un petit bouton caché sous un clou, sur le côté : une dizaine d'autres talons aiguilles sortent comme par magie de sous la voûte plantaire, formant un genre de semelle compensée ressemblant à un tapis de fakir. Vous me suivez ? Le mannequin domine désormais d'au moins une tête le garçon, qui se prosterne à ses pieds, et la suit comme un toutou tandis qu'elle rejoint la cour…

La foule n'en revient pas. Crystal montre la chaussure dans tous ses états, avec tout le fétichisme que cela implique. La pompe sage, sexy, énervée, high-tech, gadget et, évidemment, toujours érotique.

Les filles et les garçons se succèdent, symbolisant diverses étapes de la séduction et de la libération des corps. Chaque paire possède un nom évocateur d'une sensation : *Septième ciel*, *Petite mort*, *Recommencer*… L'une d'elle, baptisée *Solitude*, me semble particulièrement adaptée à ma situation. Sur le catwalk, fille et garçons sont vêtus d'impers sombres. Ils marchent en parallèle, sans se toucher. Les bottines exhibées sont d'une classe folle, et en même temps respirent un classicisme qui détonne parmi le reste. Seule extravagance, signée Crystal, qui aime sûrement ce modèle autant qu'elle le déteste : il est en fausse peau de lapin, d'un beige chamarré trop mignon, fourré à l'intérieur.

Les mannequins se rassemblent au centre du cloître et forment un vaste tableau où les corps se figent dans une mise en scène savamment imaginée. Une pluie de pétales de roses rouges s'abat, tandis que la créatrice s'avance chaussée de sa paire de mariée. Là aussi, on ne peut qu'être étonné par sa vision de l'union sacrée. Certes, la brunette est moulée dans une robe immaculée style Empire (corsage serré qui met en valeur les seins, taille évasée sous la poitrine, jupe droite plissée). Mais ses escarpins sont rouges zébrés de noir. Comme le vernis « craquelé », que la Girafe m'a un jour montré... Rouge comme la passion, noir comme le néant. Curieusement, cela ne jure pas avec l'ensemble.

La mariée est radieuse. On l'applaudit et l'ovationne pendant de longues minutes, presque aussi longtemps que le défilé. Crystal a su allier le romanesque à la fantaisie, l'exubérance à l'émotion, le sexe, dans une histoire à chapitres soigneusement agencés. Elle est resplendissante. Elle s'incline, à plusieurs reprises. Je me rapproche de la cour du cloître, espérant – que dis-je, mendiant ! – un regard, une attention, un frissonnement de cils. Je ne récolte rien. Je me referme, alors que tout, autour de moi, évoque l'ouverture et l'épanouissement. Crystal s'est définitivement éloignée, c'est la vie qui le veut, il ne fallait pas la retenir prisonnière, nous n'aurions pas pu continuer longtemps... Parce que la rage fait accomplir de grandes choses. Pour moi qui la connais, je sais que la fin de notre histoire, qui s'est affranchie de mots et d'explications, l'a galvanisée.

C'est pour cela que je l'ai aimée. Parce qu'elle avance, en dépit de tout le reste. Parce que ses envies prennent le pas sur la routine et la sécurité. C'est sans doute pour cela, aussi, que notre histoire n'aurait pas fonctionné.

Les journalistes sont comme des dingues. C'est bien l'une des premières fois qu'on leur propose une histoire d'amour racontée par les pieds. On ne parle pas, dans le cas présent, d'une simple collection d'hiver ou d'été. Il s'est passé quelque chose, ce soir, au Cloître des Billettes.

Le bouche-à-oreille est en marche. Tout va si vite : les journalistes envoient tweets et SMS à gogo. L'un des amis de Lorenzo a filé-monté les meilleurs moments de la soirée : dans quelques minutes, ils seront sur Facebook, YouTube, DailyMotion. « Le journal des tendances » sur LCI, « Trends » sur Itélé et « Au fil du web » sur BFM TV, ont déjà repris les images. Scarlett (ah, quand même !) a liké et partagé l'info à ses millions de followers. Il n'est que vingt-deux heures, les derniers people viennent de repartir et les serveurs sont encore en train de ranger : on sait que la soirée est un succès.

C'est ce que je répète, le sourire aux lèvres, à Crystal. Lessivée, cette dernière termine sa coupe de champagne, sourit bravement, des trémolos dans la voix.

– Barbie, je suis tellement crevée…

– Bien sûr, va te coucher, beauté. Fais de beaux rêves… *See you soon.*

Je m'éloigne. Comme dans un rêve atroce, puisque je sais que je ne la reverrai pas avant longtemps. Elle est déjà ailleurs. Je m'efforce, tandis qu'elle paraît marcher sur des coussins de soie pour rejoindre son Alceste, de retrouver le sourire pour que Jack referme ses bras sur moi.

Elle part. J'aurais aimé faire des provisions de son parfum. Le manque d'elle est immédiat, cruel, sans issue. Elle a réussi ce qu'elle souhaitait. Son talent vient d'exploser à la face du monde. Le reste, aussi, a explosé. Je suffoque, mon mari me rejoint et m'embrasse, je retrouve un peu d'air et le regarde avec reconnaissance. J'aurais pu me noyer, il m'a tendu la main. Comme jadis.

30

Crystal

Je plane. Non, je ne suis ni droguée ni alcoolisée, juste en altitude, en direction de mon destin. Trois mois que je n'ai pas vu Éléonore, que je n'ai pas respiré son odeur. Il me semble que dans ce vol Air France qui s'élance vers New York, en écoutant « Drive by » de Train, le moment est venu de lire la lettre que j'ai reçue d'elle il y a deux jours. Deux jours que je m'interroge sur ce précieux contenu, sur ce message qu'elle a préféré écrire que prononcer. Deux jours d'hésitation : n'est-il pas plus sage de laisser cette enveloppe à Paris ? Ai-je besoin de me replonger dans notre histoire avant d'atterrir dans la Big Apple où Paula m'attend de pied ferme ? Va-t-elle me donner des ailes ou me couper dans mon élan ? Vient-elle encourager sa protégée, féliciter son ex-amante ou broyer les deux ?

Lorenzo, qui me sépare d'un fossile ronchon (peut-on sérieusement encore prendre l'avion à cet âge-là ? C'est quoi son problème avec mon jean troué ?), intervient :

– Crys, tu vas l'ouvrir cette missive, nom d'une pipe ?

– Pipe, où ça ? Qui a dit pipe ? J'arrive !

– Très drôle Tatass, vraiment… Maintenant il est temps de revêtir ton manteau d'adulte en peau de courage, ouvre-la ! On a 7h30 de vol, il vaut mieux le faire vite pour avoir le temps de digérer avant l'atterrissage, au cas où…

– Ou avant le crash !

– *God*, que tu es chiante, princesse, aujourd'hui !

– Humour, baby, humour ! Ça me détend, parce que présentement je ne suis pas certaine de vouloir desceller ce truc… Ça pourrait faire couler ma barque ! Tu sais très bien à quel point j'ai dû enfermer son souvenir dans une boîte pour être capable de me concentrer sur mes projets pro…

– Oui, je sais… Tout comme je sais que tu auras toujours de l'affection pour ta Barbie. Cette fille est un amour, elle ne te veut que du bien. Seulement, elle est mariée et mère, il n'y a pas de place durable pour toi là-dedans. Elle en a toujours eu conscience. Ta sortie de Modus et ton envol au défilé ont juste accéléré l'inévitable processus de séparation.

– Ouais…

– Tu ne peux pas lui en vouloir ! Je vois la rage enfouie au fond de tes yeux, Crys, mais t'es injuste. Elle a fait ce qui s'imposait ! Toi, t'es jeune et excessive, tu ne prends pas de recul, tu vis l'instant. Éléonore a la hauteur de vue nécessaire, donc elle agit en conséquence, mais tu crois vraiment que ça ne lui coûte rien ? Cette lettre tardive est la preuve qu'il y a des mots qu'elle aurait aimé te dire…

– De toute façon, tu prends toujours son *side* ! Si elle m'avait arraché le cœur, tu trouverais le moyen de la défendre en prétextant que c'était pour avoir un souvenir !

– Arrête de dire n'importe quoi, s'il te plaît. Pour l'heure, je ne te cause plus tant que tu ne l'as pas lue, conclut la tête de mule en posant son casque sur ses oreilles.

OK, à nous deux Éléonore…

Ma girafe, ma beauté, ma douce Crys,

Ces quelques lignes pour te confier les pensées et les mots qui sont restés coincés dans ma gorge… J'ai songé à t'appeler cent fois – à nos horaires habituels, à te texter, à passer te voir à l'improviste, mais aucune de ces possibilités ne me semblait adéquates. Un SMS aurait été bien insuffisant, une rencontre trop bouleversante eu égard aux derniers événements, un appel un peu gênant... Notre histoire pas ordinaire mérite un traitement singulier, voilà pourquoi j'ai choisi l'encre et la plume.

Depuis la fin de ce nous inqualifiable, j'ai reconstruit tout ce qui s'effritait dans ma vie. Mon mariage, ma place près de Dieu chez Modus, la proximité (ne serait-ce que par rapport au temps que je leur consacre) avec les jumeaux, mes certitudes aussi. Je les ai rebâties sur les fondations que j'ai toujours connues, soutenues. Des bases qui me rassurent.

Ton arrivée dans mon bureau, puis dans mon lit, a chamboulé pas mal de choses, bien plus que je ne l'ai avoué... Je n'avais jamais envisagé une relation saphique avant toi, ni même une aventure extraconjugale. Je ne me suis pas reconnue dans cette parenthèse délicieuse que nous avons dessinée ensemble et, pourtant, j'ai pris un plaisir fou à la vivre. Première contradiction, parmi une quantité d'autres, qui a donné lieu à bon nombre d'insomnies. Je savais que la réalité, notamment la mienne, nous rattraperait vite.

Est-ce que je regrette ? Non. Je préfère mes quelques remords, ils sont pleins de merveilleux souvenirs, de ceux qui me font sourire, voire pouffer, quand j'ai besoin de me détendre en pensées, dans mon bocal ou dans mon bain.

J'aimerais que tu sois certaine que je n'ai pas joué avec toi, même si la brutalité de l'au revoir aurait pu le laisser croire. Je n'ai ni voulu te blesser ni voulu renier mes sentiments. J'ai seulement dû écouter la raison, choisir la voie de la sagesse et de l'amour marital. Je ne t'ai jamais menti à ce sujet, tu savais depuis le début la place qu'occupait Jack dans mon cœur. Mais, cette décision, c'est aussi pour toi. Tu dois t'envoler. Tu es jeune, hédoniste jusqu'au bout des ongles, tu dois vivre de plaisirs et d'ambition pour le moment. Je n'ai pas plus ma place dans ton paysage que réciproquement.

Je suis terriblement fière de toi, de l'accueil réservé à ta collection depuis le défilé, de ta future épopée new-yorkaise dont j'ai eu vent, de ta force et de ton rayonnement. Tu iras loin, ma Girafe adorée, et je suis heureuse d'avoir pu souffler derrière tes ailes aux premières heures de la belle carrière qui te tend les bras.

Mon rapport à l'amour, à la vie et au sexe a changé. Je regarde tout sous le prisme « d'après Crystal », sans amertume ni envies d'ailleurs, avec une simple impression d'avoir passé un cap inattendu, enrichissant, déstabilisant aussi. Je suis heureuse en tout cas, sache-le.

Je te souhaite le meilleur, sous tous les ciels que tu parcourras. Je n'ai pas de doute, tu mettras le monde à tes pieds. Seulement, garde la tête dans les nuages mais les talons sur terre ! Paula veillera au grain...

Je t'embrasse.
Tendrement,
Barbie

Inspiration, expiration, tremblements légers. J'ignore si ce contact m'apaise ou m'énerve. En tout cas, il me touche.

Je n'ai pas envie de me confier à Lorenzo et me contente d'attraper sa main en m'évadant dans ce ciel molletonneux de juillet, rose orangé. Le cœur suspendu au-dessus du hublot, je suis submergée par mes émotions. J'imagine un saute-mouton endiablé à travers les nuages de chantilly et parviens à esquisser un sourire dans le vide. Je ne peux ni ne dois pleurer, pas maintenant, pas aux portes de mon destin.

Nostalgique mais lucide, l'intense cogitation m'amène à la conclusion suivante : je ne lui répondrai pas. Elle a l'air épanouie, en accord avec ses choix. Je ne veux pas imposer effusions et longues déclarations à son cocon paisible. J'imagine qu'un jour nos routes se croiseront à nouveau, mais c'est trop tôt pour dresser des ponts. L'océan qui va nous séparer m'aidera, avec le tourbillon de rencontres et de démarches professionnelles, à prendre de la distance à l'intérieur.

Qui sait, dans quelques mois, elle verra peut-être mes chaussures à l'écran ! Surprise... *Fingers crossed*.

♦ ♦ ♦

À SUIVRE...

Remerciements

Merci à tous ceux qui, avec bienveillance, entourent ma passion pour les mots depuis presque vingt ans.

Merci…

À mon noyau dur, ma famille. L'essentiel c'est vous, je vous aime.

À Gauthier, mon Stitch, toi qui m'as appris qu'à deux c'est plus beau. Love. Always.

À Cocotte, toi qui as toujours été ma première lectrice, ma confidente, mon essence quand je suis vide. Toi qui m'as donné tant de force et de courage.

À Aurélie, ma Blanche-Neige, mon soleil depuis 20 ans, tu es une deuxième sœur pour moi.

À Alex, mon chouchou pas si loin de Lorenzo mais surtout très près de mon cœur.

À Isabelle, mon amie et partenaire de boulot… Merci pour ton fabuleux travail sur cette bande-annonce, tes relectures et ta présence.

À Fiona, Anastasiya, Stéphanie, Adeline - ma sœur adorée, Eva, Vikram et Antoine pour cette journée mémorable de tournage de la BA.

À Hugues, mon éditeur, toi qui as eu la lecture que j'espérais et qui as cru en mon bébé.

À Audrey, toi qui sais canaliser mes crises de stress, écouter mes idées folles et me rassurer au quotidien. Merci pour ton soutien.

À Olivia, Valentine et Sophie-Charlotte, merci pour votre implication dans cette naissance.

À Agathe Molinar et sa jolie marque *Lemon Curve*.

LAURA
TROMPETTE
Tome 2
Ladies'
SECRET
Hugo Roman

L'auteur

Le IN :

Passionnée par la danse des mots, Laura Trompette écrit depuis ses 8 ans. En 2008, elle remporte un concours d'écriture lancé par Patrick Poivre d'Arvor dans *Vol de nuit*. Elle travaille deux ans à la programmation de l'émission culturelle *Au Field de la nuit* sur TF1, puis devient chroniqueuse littéraire sur i<Télé la Radio. En 2010, elle cofonde son site web dédié aux bonnes nouvelles, Newzitiv.com. À partir de 2012, elle est journaliste et social media manager au sein de Newsring.fr sous la direction éditoriale de Frédéric Taddeï. Elle travaille aujourd'hui au sein de l'agence MaComAgency.com et gère le marketing digital, la communication ainsi que les réseaux sociaux. *Ladies' Taste* est son premier roman.

Le OFF :

Laura Trompette vit à Paris avec, entre autre, Diego, son chihuahua, même si elle est fascinée par les chats depuis l'enfance ! Elle écrit toujours en musique, voue un culte aux chaussures et aux sacs et n'est jamais autant inspirée que lorsqu'elle est dans son bain.

Retrouvez Laura et la série *Ladies* :
https://www.facebook.com/ladiestastebook
https://twitter.com/LadiesTaste
https://www.youtube.com/watch?v=ZnGtV_MYBvw&feature=youtu.be
https://plus.google.com/u/0/101157912589443721130

DÉCOUVREZ LES SÉRIES NEW ROMANCE

PARUES ET À PARAÎTRE CHEZ HUGO ROMAN

AFTER
"LE PHÉNOMÈNE LITTÉRAIRE
DE SA GÉNÉRATION"
ENFIN DISPONIBLE EN FRANCE
AFTER
AFTER
ANNA TODD
SAISON 1
Hugo+Roman
AFTER
ANNA TODD
AFTER WE COLLIDED - SAISON 2
AFTER
ANNA TODD
AFTER WE FELL - SAISON 3
AFTER
ANNA TODD
AFTER WE RISE - SAISON 4
AFTER
ANNA TODD
AFTER EVER HAPPY - SAISON 5
Hugo+Roman
MAI 2015
SAISON 5

LA SÉRIE
DE KATY EVANS
FIGHT FOR LOVE

FIGHT FOR LOVE - REAL

FIGHT FOR LOVE - MINE

FIGHT FOR LOVE - REMY

À PARAÎTRE

Fight For Love - Rogue (Mai 2015)
Fight For Love - Ripped (Juillet 2015)

Hugo Roman

ROMANS À PARAÎTRE
DANS LA COLLECTION
HUGO NEW ROMANCE

De Maya Banks
Slow Burn - 3 tomes : mai, août, novembre 2015

De Jay Crownover
Marked Men - 2 tomes : août, octobre 2015

De Laurelin Paige
Fixed - 2 tomes : septembre, novembre 2015

De Kay Bromberg
Driven - 2 tomes : octobre, novembre 2015

De Colleen Hoover
Maybe Someday, Ugly Love : 2015

De K.A. Tucker
Ten Tiny Breaths – 3 tomes : 2015

De Cecilia Tan
Endless Love - 3 tomes : 2015